使女的故事

The Handmaid's Tale

[加] 玛格丽特·阿特伍德 —— 著 陈小慰 —— 译

上海译文出版社

译序

1

拉结见自己不给雅各生子，就嫉妒她姐姐，对雅各说：“你给我孩子，不然我就死了。”

雅各向拉结生气，说：“叫你不生育的是神，我岂能代替他作主呢？”

拉结说：“有我的使女辟拉在这里，你可以与她同房，使她生子在我膝下，我便因她也得孩子。”

——《圣经·旧约·创世记》，第30章第1—3节

这段出自《圣经》里的文字，记载的是远古时代，地球混沌初开、上帝创造人类初期时发生的故事。谁能想到，在人类进化到未来二十一世纪初叶时，它竟成了美国生活中的现实。怪诞乎？荒唐乎？但那却是发生在加拿大著名小说家玛格丽特·阿特伍德笔下《使女的故事》（*The Handmaid's Tale*，以下简称《使女》）中基列共和国的真实情形。在这部以美国马萨诸塞州为背景的小说中，作者以超凡的想象力，描绘了一个令人毛骨悚然的未来世界，向人们揭示了一个毫无公理、残忍野蛮的专制政权的黑暗统治。在这个世界里，一方面是一个在宗教极权主义分子眼中无比美好的理想国度，另一方面，却是在这种政权下广大女性群体（也包括男性）所遭受的悲惨命运，尤其是以主人公为代表的，充当政教大权在握的上层当权人物“大主教”们生育机器的“使女”们梦魇般的经历。那里的社会构造，与我们的现实社会

迥异却似乎并不陌生。在故事中，现有美国政府被国内宗教激进主义信徒中的极端分子取而代之，成立了神权统治的基列共和国。在这个国度里，当权者对《圣经》顶礼膜拜，进行纯字面的解读，亦步亦趋地效法模仿《圣经》里的生活方式，甚至到荒唐可笑的地步。他们笃信所奉行的这一切足以抵抗人类面临的所有威胁：包括社会动乱、道德堕落、低生育率、环境污染与核废料的威胁，认为只要信奉上帝，一心顺从，便可以没有烦恼、不用思想。相信一切问题自有上帝安排，只要按上帝说的办，生活将变得轻松简单。他们生活在非此即彼的二元论世界里：非好即坏，非明即暗，非真即假。没有中间地带，不存在非此非彼。

在这个世界中，女性的地位发生了质的改变。她们不再以七八十年代以来在西方盛行的女性主义者傲视群雄、充满雄心壮志的女强人形象出现，一变而为社会的弱势群体。她们被剥夺了财产和工作，生活天地从社会退居到家中，即便是基列地位最优越的大主教“夫人们”也概莫能外。女性被分门别类：夫人、嬷嬷、使女、马大（女仆）、经济太太、荡妇，能够发挥的作用除了采购、烧煮、洗刷、生育、管家，管理使女和提供性服务外别无其他。还有一类是年老色衰、不能生育或越规逾矩的所谓“坏女人”，她们被发配到与二战期间纳粹“集中营”一般可怖的“隔离营”，生活在核泄漏和核废料之中。而小说中的“使女”更是一群身份暧昧的女人，她们没有自己的生活，没有自己的真名实姓，所有属于自己的名字均被抹去，代之以由英文中表示所属关系的介词 Of 加上她们为之服务的大主教的姓构成［如主人公奥芙弗雷德（Offred），意为“弗雷德的”］，使她们成了大主教们不折不扣的附属品。使女们以清心寡欲的修女形象出现，专门训练来为上层人物繁衍子嗣。极具讽刺意味的是，她们和修女一样，“在床上可做的事除了入睡或者失眠，别无其他。”（第 2 章）。她们也穿修女服，但其服装标记不是普通修女肃穆素净的黑色或白色，而是鲜血一般、象征性与生育的红色，“一个毫无特征、难以描述的红衣女人。”（第 2 章）她们是“国有资源”，其职责是成为国家的精子容器和婴儿制造机器：“我们的用途就是生育，除此之外，别无他用。我们不是嫔妃，不是艺妓，也不是高级妓女……充其量我们只是长着两条腿的子宫：圣洁的容器，能行走的圣餐杯。”（第 23 章）她们是没有自我的一群：“（家庭相册里）全是孩子的照片，但不会有使女。从未来史观的角度出发，扮演这种角色的我们是见不着的。”（第 35 章）

在这个世界中，男人也同样是受害者。一些男人比女人处于更为不利的地位。尽管有些男人特权在握，如当权的大主教、充当秘密警察角色的“眼目”等，但大多数男人行为受到严格限制，在性的问题上更是严厉苛刻：不准接触色情物品，不许有婚外性行为，实行包办婚姻，不许手淫，不许搞同性恋，要立下战功才有望得到婚姻，否则不得成婚。

在这个世界中，没有笑声，没有生气。“这些草坪干净整洁，房子外观气派典雅，整修一新；看起来就像以往印在杂志上有关家居装修的精美插图。这里同样人迹罕见，同样是一片沉睡不醒的景象。整条街活像个博物馆，又好比建来向人们展示昔日生活方式的城市模型中的一条街道。这里和那些插图、博物馆或城市模型一样，也不见孩子的踪影。”（第 5 章）整个社会讲究的是一板一眼，有条不紊。生活严谨刻板，毫无欢乐可言。各种恐怖、怪诞之事林林总总，不一而足。与“克格勃”如出一辙的眼目们，幽灵般无处不在，谁敢与当权者作对，必将受到他们的严厉镇压。他们与其乘坐的黑色篷车一道，成为基列国高压专制的象征。学校本是用来传播知识的场所，却被基列政权用来作为向女性灌输愚昧思想的感化中心，那里禁止读书写字，每天不绝于耳的只有《圣经》语录和充当统治阶级工具的嬷嬷们喋喋不休的老生常谈。她们不遗余力地对选到感化中心的女性开顽启蒙，施以教化，企图令她们忘却自我，皈依教门，心甘情愿地成为荒唐政权中达官贵人的生育机器。而象征知识、希望的大学校园，则成了违背清规戒律者恐怖的刑场，学校的围墙也成了死者示众的地方。

这一切，会是我们的未来吗?

2

《使女》是一部未来小说。未来小说在西方批评界也被称为思辨意味颇浓的“悬测小说”（Speculative Fiction），它描写的是未来之事，却不是通常意义上的科幻小说。未来小说尽管含有科幻成分，但具有丰富文化内容。它讲述已成历史的未来，从而使它具有可企及性①。这部小说描写的最远时间距小说写作时间二百多年，以几名历史学家的发现，让一位在基列不幸沦为“使女”、后来侥幸逃出的女性，通过录在磁带里的声音，向读者讲述发生在那个时间之前的故事，即主人公在未来二十一世纪初的亲身经历，其间夹杂着大量主人公对二十世纪八十年代生活的回忆与反思。正如所有的未来小说一样，它的叙述时间立足于某个未来时刻，讲述在那个时刻已成往事的未来。它属于未来，但故事离我们却并非遥不可及。而可企及性，正是未来小说的着眼点——按照当今社会的现状，发展下去，就会如何如何。这个发展的趋势，可能是正面的，也可能是负面的，若是正面的发展，即成为所谓的乌托邦——理想中最美好的社会；而若是照负面因素发展下去，未来世界就可能落到反面乌托邦的境地——成为假想中政治、经济情况一团乌黑的地方。对《使女》进行全面的审视，我们发现，这部小说不能用简单的非此即彼的划分来定义，说它是乌托邦小说或反乌托邦小说。这部未来小说作为我们这个

① 见赵毅衡著《中国的未来小说》，载《花城》，2000年第1期。

时代的反映，包含的内容要复杂得多。众所周知，阿特伍德一贯注重表现文学和文学产生的社会、政治及文化环境。她曾经就《使女》一书说过这样一句话："切记，在这本书中我使用的所有细节都是曾经在历史上发生过的。换句话说，它不是科幻小说。"① 阿特伍德笔下的基列国绝非空穴来风。这里，我们不妨对假想国基列产生的文化、社会及生态环境背景作一分析。

一、基列的宗教文化背景

"基列"（Gilead）之名源于《圣经》。它既是《圣经》中以色列英雄基甸（Gideon）与米甸人（Midianites）交战之地，也是公元前九世纪以色列先知以利亚（Elijah）的故乡。小说中基列国的当权者是一批信奉宗教激进主义（fundamentalism）的基督教新派分子，又被称作"基督教新右派"或"宗教新右派"。他们借用中世纪政教合一的阿拉伯国家元首的称号，以"大主教"自居。我们知道，基督教文化是西方传统文化的核心，以基督教为代表的宗教的"救世"作用在西方文化中可谓根深蒂固。从基督教的经典《圣经》中我们得知，自古以来人们便笃信耶和华上帝是统治世上万族万邦的惟一真神。基列的渊源可以追溯到十七世纪主张简化宗教礼仪，提倡勤俭清洁、苦行禁欲生活的清教徒（基督教新教徒的一派）时代，那时人们"希望他们的社会成为一个神权乌托邦，山顶上的一座城市，成为天下万邦的榜样和光辉典范。"② 宗教激进主义起源于十九世纪美国的"千禧年"运动。十九世纪三十至四十年代，美国曾出现"基督再世"的热潮，信奉者相信通过革命可创造理想社会，认为在世界末日到来

---

① Margaret Atwood, "THE HANDMAID'S TALE: A FEMINIST DYSTOPIA?" Marta DVORAK, 1999, *Lire Margaret Atwood The Handmaid's Tale*, p.23.

② Marlene Dolitsky, "IRONY IN OFFRED'S TALE", Marta DVORAK, 1999, *Lire Margaret Atwood The Handmaid's Tale*, p.120.

之际基督将复活并为王一千年，从此世界会有一个和平的千年，即所谓“千禧”。“千禧年”运动是一些新教领袖针对当时社会动乱而发起产生的，旨在捍卫《圣经》的权威性和绝对正确的启迪性。二十世纪初第一次世界大战结束时期，“千禧”主义者震惊于自由主义神学的泛滥，并对整个社会的颓败堕落深感不安，于是更名为“宗教激进主义”运动。宗教激进主义者相信基督由圣母降生，相信最后审判日耶稣将复活及赎罪说，相信基督无所不能，具有创造奇迹的神力，所有这些都被认为是基督教徒信仰中不可缺少的。他们认为基督教最最根本基要的是将《圣经》里的话句句视为绝对正确的真理，相信《圣经》中所记述的一切字字出于上帝之口，主张从字面解读《圣经》，反对美国宗教和尘世生活中出现的现代主义倾向，号召人们恪守传统观念，驱除现代主义及所有相关的“恶魔”（尤其是进化论学说，因为达尔文的生命进化说与宗教激进主义信奉的上帝造人说格格不入、水火不容）。他们关闭大学，开办《圣经》神学院和宗教激进主义神学院。二十世纪三十至四十年代，宗教激进主义又发展成为现代宗教激进主义，他们反对合法堕胎，反对同性恋权利法以及妇女平等权利法案。虽然宗教激进主义信徒并非绝对禁欲主义者，但大多数人烟酒不沾，也极少参加跳舞、看电影、看戏等娱乐活动。在大多数《圣经》神学院和宗教激进主义神学院里，这些活动受到严厉禁止。二十世纪后期，这个运动有了进一步发展，成立了许多相应的教会团体、教育机构以及相关的兴趣组织。①

二、基列产生的社会及生态环境背景

1. 社会环境

首先，纵观二十世纪末的美国社会，暴力和犯罪无所不在，

---

① *Encyclopedia Britannica*（98 光盘版）。

充满了不安定因素，人人自危，女性更是如此。正如女主人公在回忆中所描写的：

……我晚上从不跑步，白天也只在行人较多的路上跑。

那时女人不受保护。

我还记得那些从不用讲，但个个女人都心知肚明的规矩：不要给陌生人开门，哪怕他自称是警察。让他把身份证从门缝下塞进来。不要在路当中停车帮助佯装遇上了麻烦的开车人。别把上锁的车门打开，只管朝前开。要是听到有人朝你吹口哨，随他去，不要理他。夜里不要独自一人上自助洗衣房。(第 5 章)

关于在壕沟里或林子里或废弃的出租屋内的冰箱里发现尸体的报道——多数是女的，偶尔也有男的，最可怕的是有时还有孩子——他们穿着衣服或一丝不挂，有的遭人强奸有的没有，但无一例外都死于非命。总有一些地方人们不愿涉足，每天得小心翼翼，仔细锁紧门窗，拉上窗帘，不敢熄灯，以防万一。(第 35 章)

整个社会世风日下，色情物品泛滥，两性关系轻率随便。金钱成了衡量人价值的惟一标准。“不喜欢就换一个，我们互相这么说，对自己也这么说。于是我们换掉那个男人，再找一个。我们相信，新的总是胜过旧的。”（第 35 章）男女可以互相试婚，随便得很，就像衣服，不合适的尽可一扔了之。与此同时，两性关系也陷于十分紧张的境地，男人不尊重女人，对女人充满敌意，在许多男人的心目中，女人只是“荡妇”而已。他们对女人失去感觉，甚至对婚姻也兴味索然。而女权运动的兴起则使一些女人同样瞧不起男人。在她们眼中，男人根本算不上什么，“除了十秒钟制造婴儿半成品的那一点点价值外，男人什么用也没有。男人不过是女人用来制造别的女人所使用的法子罢了。”（第20章）她们“刚硬勇猛，斗气十足……无畏、从容、自信。她们挥动手臂的样子，仿佛要拥有宇宙。她们双脚叉开，稳当当地立足于大地。”（第25章）小说中主人公的母亲和好友莫伊拉就是代表。许多女人因为得不到作为母亲所应得的尊重，索性连孩子也不生了，以此来保护自己。紧张的两性关系造成社会失衡。

2. 生态环境

除了社会环境，生态环境和污染问题也日益严重。一方面是科学的发展和进步，另一方面却是生态环境的急剧恶化。随着一九七八年美国科学家在南极上空发现臭氧层空洞，这个问题已变成日益严峻的现实。从有关资料中我们得知，臭氧层能吸收对地球生物有害的那部分太阳紫外线，是地球一切生命的保护伞。没有它，地球一切生物都会遭受灭顶之灾。根据世界卫生组织一九九九年调查表明：进入一九九九年，南极上空臭氧层空洞较以往扩展近一倍，已达两千一百万平方公里，比两个中国的面积还要大。人类头上的天空，已是千疮百孔，臭氧空洞的总面积，已超过四个中国的总和。冰箱、空调、发胶、摩丝、清洗剂等破坏臭氧层的物质每年多达数百万吨。

掌握了高科技的现代人，对上苍恩赐人类的资源肆意破坏。放眼天下，哪条江河川流没被污染，哪座城邑市镇还敢称净土？人类赖以生存的空气中布满化学物质、辐射和放射物体，河水里充斥着有毒成分，昔日美味的鱼群正在被严重污染的江河里逐渐消失，滥捕滥抓的结果是鱼种灭绝。长此以往，遭受无妄之灾的当不仅是动物，人类自身也将成为濒危物种。

三、人类面临的困境

社会环境和生态环境的急剧恶化，给人类这个物种的前途和未来笼罩上层层极难排遣的阴影。

> 有时，我一想到自己，一想到自己的身体，眼前便自然会出现骨骼架：……里面充满有害物、变异的蛋白质、像玻璃一样粗糙的劣质晶体。女人们服用各种各样的药片、药丸，男人们给树木喷杀虫剂，牛再去吃草，所有那些经过添色加彩的粪便统统流入江河。更不用提在接连不断的地震期间，沿圣安德列亚斯断层一带的核电厂爆炸事件……此外还有梅毒的突变类型，任何一种菌体都对它无可奈何。(第 19 章)

> 非正常婴儿的概率是四比一……这些有毒物质悄悄侵入女人们的身体，在她们的脂肪细胞层里安营扎寨。天知道，恐怕从里到外都被污染了，肮脏得就像进了油的河滩，不管是滨鸟还是未出生的婴孩，都必死无疑。说不定连兀鹰吃了她们的尸体都会因此毙命。(第 19 章)

有关资料表明，随着全球环境污染的日益严重，人类的精子数量正在悄然下降。化学污染、放射线、电磁波、噪声等外界环境的恶化对人类的精子犹如凶猛的杀手，各种物理的、化学的、生物的有害因素，以及性病泛滥、吸毒吸烟成瘾等，正在悄然危害着人种延续。污染的世界，必将导致生殖异常现象。近半个世纪以来，人种赖以传递的精子出现了极度滑坡，向人类亮出了红灯。据专家统计，在过去的五十年间，男性精子几乎减少了一半，并且每年还在以 2.1%的速度减少。二十世纪四十年代，男性平均每毫升精液含精子一点三亿个，以后减少到六千六百万个。一九六〇年，每毫升精液中精子少于两千万个的男性占 5%。七十至八十年代，精子数少于两千万个的男性逐渐增多。到了九十年代，世界环境污染日趋严重，这个比率从六十年代的 5%猛增到15%。要使卵子顺利受精，两千万个精子是远远不够的。与此同时，人类精子的质量也在悄然衰退。畸形、劣质精子的比例在增多，其活力、穿透力、致孕率在下降，以致男性不育的比例也在逐年增加。

为此，权威人士发出警告，如果不及时采取有效措施，照此下去，用不了一个世纪，人类赖以传宗接代的精子将会严重衰退，人类将难以繁衍后代!

3

面对社会动荡、道德水准下降、生态环境恶化的困境，人类极力寻找出路，但出路在哪里，如何找到一条人类通向未来的生命通道?

小说中的基列共和国企图通过宗教的力量，回到上帝创世之初，用宗教力量束缚人们的思想和行为，把已然面目全非的地球拉回原性态、原生态，用灭绝人性的手段挽救人类。他们的努力能够起人类沉疴于霍然，挽地球生态于艰厄吗?答案显然是否定的。我们不妨来看看基列的做法。

基列统治开始后，对社会结构中政府、宗教、经济、教育、家庭这五个方面进行了变革。自以为找到拯救人类良方的基列认为，从历史的角度来看，以往的日子均属于畸形年代，在基列当权者的代表人物大主教看来，那只是些“历史的偶然罢了。我们所做的是使一切回归自然”。(第34章)他们的所谓“回归”，就是让人类退回到上帝初创人世之时，一切照《圣经》说的办，自欺欺人地认为只要人人信奉无所不能的上帝，一切社会、道德及经济方面的问题都将迎刃而解。为了禁止思想和行为的多元化和多样化，防止动荡，更好地管理其民众，基列实行的是极权政治，并为此采取了一系列措施，其中最重要的一条是一切都实行计划化、统一化、标准化、兵营化。一切都追求整齐划一。统一的服饰把女人按其功能和角色进行简单划分，不仅使女有规定统一的服装，夫人、马大、经济太太、嬷嬷、荡妇也都有规定服装，甚至连男性也不例外。眼目、天使军士兵、卫士、包括大主教，各有各的统一服装。除规定服装外，基列还要求使女们一举一动都谦恭卑微，优雅得体。“通常我们是佝着头走路，眼睛看着自己的双手或地上”（第22章），说话永远是轻声低语。此外，语言作为思想的载体，在基列也受到严格限制。使女们见面时有固定的寒暄用语，一个须说，“祈神保佑生养”，另一个则应回答“愿主开恩赐予”。这个做法既是为了限制她们的语言交流，也是要让她们时刻牢记自己所承担的新使命的宗教本质。基列的计划性还体现在使女们每日吃的食物上。食物的滋味是顶次要的，要紧的是营养。使女们必须严格控制食物，远离烟、酒、咖啡，为怀孕准备一具最理想的母体。为了达到这一目标，她们每天得接受以最科学、最理性的配方配制的食物，被迫放弃对滋味享受的自由。在基列看来，进食的目的才是最重要的，滋味和品种都无关紧要。 “都是营养极好的食物，虽然没什么味道。健康食品……是经过专门研究配制的。”（第12章）然而，尽管是科学配方，尽管富含维他命和矿物质，基列的食物在奥芙弗雷德的胃里却是人造的，非自然的，“在我的胃里，食物聚在一块儿，就像一团被捏得紧巴巴、湿乎乎的硬纸片。”（第12章）妨碍这些食物成为真正有营养东西的正是它的一成不变、老一套和标准化。如批评家指出，了无生气、充满压抑的基列缺少的恰恰是多样化、快乐、冲动以及随心所欲。①

在基列社会里，家庭的生育功能几乎已不复存在，而是靠允许不断更换的扮演《圣经》中“使女”角色的外来人完成。虽

---

① Marta Dvorak, “SUBVERTING UTOPIA: AMBIGUITY IN THE HANDMAID'S TALE”, Marta DVORAK, 1999, *Lire Margaret Atwood The Handmaid's Tale*, p. 78.

然使女必不可少，表面上也像是家庭中的一分子，但实际上，她从来不是以一个“人”的价值而存在，而仅仅是一个生育机器。她生活在家庭结构的边缘，可以随意更换、遗弃。早在二十世纪末，大量的不育人数已使生育服务应运而生。如“人工授精”、“生育诊所”以及使用雇来专事生育的“代孕母亲”等。在小说中我们看到，未来的基列以违反教规为由废除了头两个方法，但第三个方法因为在《圣经》中有先例可循而被法定下来并加以实行。然而，这一做法被基列“遵循效法”到了何其荒唐的地步！从每个月例行的“授精仪式”中，我们看到大主教和使女的关系不仅不能有丝毫性的文化色彩“爱”，就连性的自然属性“欲”也不许存在，性只剩下一个实用目的：生殖。基列的荒唐在于它否认“人”是社会结构中不可侵犯的基本单位。它看重的是某种小于人体的东西，特别是女性身体，各部分被仔细地切分开来，互不关联。对基列统治者实现他们的目标而言，女性的手脚无关紧要，至关重要的惟有子宫。拿女主人公奥芙弗雷德为例，她的可取之处只剩下那个梨子形状的器官，所有人的活动都围绕它来进行，马大、医生、夫人以及她所服务的大主教。然而，尽管所有这些活动同步进行，却缺少生命间的互动。在这里看不到亲情，人与人之间充满敌意。虽然基列宣传的是天下女人皆如姐妹，所谓“女人们为了共同的目标团结一心！在生活的道路上携手并进；在日常琐事中各行其责，相互帮助”。虽然丽迪亚嬷嬷常常鼓动：“我们追求的是女人与女人之间亲密无间、相濡以沫的精神。女人们必须团结一致，同心协力。”（第34章）但在高压禁锢中，人性变得尖刻、丑陋。如在感化中心众人对珍妮的态度：

有那么一阵子，即使我们都知道她正在受罪，还是忍不住对她嗤之以鼻。

爱哭包。爱哭包。爱哭包。

我们是有意为之，这就更其恶劣。

我过去一直认为自己是个好人。可那会儿我不是。（第13章）

在经济方面，基列实行的变革是剥夺女性的工作权利和个人财产，使女性在经济上失去独立性，彻底依赖男性。除此之外，我们并未看到基列在改善经济方面有什么上佳举措，相反，我们看到的是经济的严重衰退，百业不兴，娱乐业、教育业、律师业统统不复存在，食物匮乏，市场萧条。

在教育方面，基列采取的是愚民政策。学校关闭，禁止女性读书写字，剥夺她们的受教育权利。在女性受“保护”的表象后面，是对遵守教规的严厉苛求、女性失去行动自由和对男性权威的绝对服从。

这样一个极端社会，能将人类引向何方？能给人类带来什么样的福祉？实际上，就连作为当权者代表人物的大主教本人也对此将信将疑。身为基列的统治者之一，他自己却处处违规逾矩，表现出严重的“自由主义倾向”。他与使女奥芙弗雷德私下幽会，在奥芙弗雷德面前卖弄做作，私自藏有大量“异端”画刊和文学读物，甚至为了取悦奥芙弗雷德，竟让奥芙弗雷德乔装打扮，偷偷带她参加地下夜总会“荡妇俱乐部”等等。所有这一切都让我们看到，“在这扇不同寻常的房门后面，所有的忌讳禁令都失去效力。”（第25章）它一方面表现出大主教的虚伪，另一方面也让我们看到作为人的自然本性的流露，以及当权者中一些人面对使女们悲惨的生活现状出于维护该政权的需要所作出的“怀柔”努力。连他也觉得授精仪式“太冷冰冰没有人情味”（第26章）而因此受到良心谴责。我们看到，门里面的大主教表现得温情脉脉，潇洒倜傥，百般迁就，人情味十足，像个体贴慈爱的情人加父辈。“他希望向我证明什么，希望送我礼物，希望为我服务，希望唤起我的柔情。”（第32章）他尽力营造关爱气氛，把事情弄得似是而非。其目的是为了希望使女们“能够忍受目前的生活”。（第29章）只要使女们觉得她们的生活尚可忍受，便足以证明他们所做的一切合情合理、无可厚非。虽然大主教嘴上喜欢用冠冕堂皇的理由遮遮掩掩，从他身上，我们看到了基列政权的空虚和当权者自己的底气不足。

基列实际上是一个无比虚伪的社会。色情商场虽然取消了，但在地下夜总会“荡妇俱乐部”里，女性照样是男性消遣的玩物；当权者号召人们不求物质奢华，只求精神充实的时候，黑市照样猖獗，夫人们照样过着舒适豪华的物质生活，作为当权者走狗的眼目们照样花天酒地；天使军士兵恪尽职守并非单纯出于对上帝的信仰，更多的是为了名正言顺地得到一个女人。嬷嬷们教导使女的是克制、禁欲，自己却干着偷鸡摸狗的龌龊勾当；大主教夫人摇唇鼓舌、大肆宣扬女性应恪守妇道、安于家中，自己却不甘寂寞、四处游说，最终被迫无奈呆在家里时，却发现自己与其信以为真的东西格格不入而气急败坏。

基列社会的实质是逃避。这在丽迪亚嬷嬷说的话里得到了最好的体现:“自由有两种，一种是随心所欲，另一种是无忧无虑。在无政府的动乱时代，人们随心所欲、任意妄为。如今你们则得以免受危险，再不用担惊受怕。可别小看这种自由。”（第5章）在她看来，“从前那个社会毁就毁在有太多选择”。（第5章）面对当今这个充满暴力、罪恶、女性没有安全感的危险社会，基列给予的是逃离，但它却同时抹杀了人的主观能动性、自主权及个人选择权。对此，书中自助洗衣房的比喻耐人寻味：

> 我想着自助洗衣房。想着我走去时穿的衣服：短裤，牛仔裤，运动裤。想着我放进去的东西：自己的衣服，自己的

肥皂，自己的钱，我自己赚来的钱。想着自己曾经是驾驭这些东西的主人。（第 5 章）

基列的初衷似乎无可非议，“我们以为可以创造一个更美好的社会”。（第 22 章）小说中宗教激进主义信徒中极端分子的最初愿望是要力挽狂澜，创造一个更美好的生活。但对完美的盲目追求和走向极端往往造成事与愿违，导致极权、暴政，良好的初衷最终以黑暗统治结束。小说中的基列共和国不是以科学理性的态度拯救人类，而是用反自然、反科学的手段，利用宗教来实行极权统治，甚至不惜以扼杀人性来“挽救”人类，企图以此来力挽狂澜，救人类于危难。这样做到头来，只有把人类推向更为可怕的境地。二十世纪末的社会、环境问题固然可怕，但从一个极端走到另一个极端，矫枉过正、扼杀人性更为可怕。这是基列共和国的悲剧，也是人类的悲剧。

4

《使女》虽然是未来小说，其主题却是现实和多样的。它描写了专制政权对人的迫害和对人性的扼杀，同时也触及到现代社会共同关注的其他问题：如社会环境问题和污染问题等。除了主题的现实性和多样化，《使女》在写作手法上也十分新颖。具体表现在以下几个方面：

1. 特殊的时间叙述方式，时空颠倒。整篇小说是发生在一个前推时间之先的倒叙，只是这前推时间被放在了小说末尾部分，小说一开始便是宛若现实的倒叙，由于没有时间上的交代，读者几乎感觉不到故事中发生的事与其所处的现实在时间上的距离。而在倒叙中作者又一反按照事实发生的先后顺序进行叙述的传统手法，物理时间的先后顺序被人物的心理时间顺序取代，时空颠倒，大量使用现在时态，使故事更增加了即时感，仿佛讲述者就在我们对面声泪俱下，侃侃而谈。整个故事完全超越了时间和空间的限制，将已成往事的未来当作现实，又在这现实与回忆、当今与过去做了时间和空间上的交叉，从而突出了人物的心理活动，增加了该未来小说的真实感和可企及性。

2. 直接引用《圣经》原文。由于小说题材与西方宗教文化传统的紧密联系，作者在小说中不仅针对人物的特点，使用了大量出自《圣经》里的人名，还大胆引用了许多《圣经》原文，将这一西方宗教与文学的经典著作与虚构的故事巧妙自然地融合在一起，生动地再现了宗教激进主义极端分子的狂热信仰及其所作所为，同时也使熟悉这一文化传统的读者看到，这一珍贵的文化遗产一旦被专制政权堂而皇之地加以利用，将会多么可怕！

3. 制造悬念。悬念的运用也是这部小说的魅力所在。许多人物、事件刚出现时，作者都有意不予清楚交代，而是设下悬念，让读者在欲知结果的好奇心中通过阅读去逐渐发现答案。如在主人公房间柜子里那行神秘的拉丁文是在第 9 章出现的，但一直到第 29 章答案才水落石出。男主人公之一尼克的身份从一开始就扑朔迷离，好坏难辨，一直到故事末尾的最后一刻才“真人毕现”。至于书中许多意义含糊、模棱两可的细节以及整个故事的背景更是到了结尾“史料”部分才令人恍然大悟，豁然开朗。这一切使阅读本身极具挑战，也增添了阅读的乐趣。

4. 重复手法的运用。重复作为一种修辞手法，其作用在于能够强有力地表现情感。书中这一手法的应用主要体现在篇名上。除“史料”部分外，全书四十六章共分为十五篇。而其中以“夜”为题的竟高达七篇！重复使用“夜”为题，使读者对一个心灵被她屋里的四面墙壁，被大主教家的深宅大院，被将她一头秀发和脸庞严严遮住的头巾牢牢禁锢，饱受重创、苦不堪言的女主人公在基列国所经历的黑暗日子印象异常深刻。

5. 跨学科特点。小说的跨学科特点十分突出。涉及的面有医学、文学、美术、历史、经济、电子、生物、人类学、遗传学、心理学、音响学、网络学等。表现出作者广博的知识面，也使所探讨的主题更有深度。

6. 词汇创新。在词汇应用上作者大胆创新。由于这是一本未来小说，而未来必定是电脑应用普及的时代。为此，作者利用缩合法将读者熟悉的词进行拼缀，创造出不少这方面的新词。如 compucard =(computer+card 电子信用卡)；compuchek =(computer+check 电脑查验器)；Compucount =(computer+account 电子账户)；Computalk =(computer+talk 电脑对讲机）等。其他方面的新词还有如 Econowives =(Economical+wives 经济太太)；Libertheos =(liberty + theology 宗教信仰自由主义战士)；pornomarts =(pornographic+marts 色情商场）等。所有这些都给这部小说增加了语言上的鲜活性和新鲜感。

玛格丽特·阿特伍德曾经说过，她“试图将文字组合在一起做一些它们分开时所做不到的事情，即尽量扩大语言的表现力”。以上所有这些艺术技巧的综合应用，加上细致入微的观察、生动准确的比喻、机智幽默的语言、大胆的想象力以及哲人般的远见卓识和深刻思考，使得这部小说在思想性、艺术性和可读性上都堪称一流。

5

由于《使女》是一本在题材和表现手法上都十分“后现代”的作品，对读者是一种挑战，对译者则更是一种挑战。用译者一位加拿大朋友的话说，不管是谁，不管是用哪国文字来译这本书，都不是件容易的事。它要求译者本着格外认真负责的态度，付出比翻译一般文学作品更多的劳动。正如英国翻译理论家纽马克曾经指出的，“事实上，一个语篇在语言、文化和题材上难度越大，在开始翻译之前要作的准备工作就越多”。和译者以往的翻译经验不同，这本书的整个翻译过程就像是一个课题研究过程。陌生的宗教背景，众多未标明出处的《圣经》原话、历史掌故、文学典故和内涵丰富的比喻，各种学科知识和德文、法文、拉丁文穿插其间，大量当今美国社会生活、文化现象和事物以及作者创造的新词等等，凡此种种，惟有靠阅读查考有关书籍、资料，虚心请教，仔细揣摩上下文逐一解决。在本书翻译过程中，译者一九九二年首次访加结识的加拿大老朋友，原布洛克大学英语系系主任肯尼斯·M. 玛凯（Kenneth M. McKay）教授给予了巨大帮助，在此谨表示真挚感谢。另外还要感谢国际加拿大研究会的琳达·琼丝（Linda M. Jones）女士，她在得知译者正在翻译这部加拿大著名作家创作的当代名著时，通过加拿大驻华大使馆，热心提供了有关参考书籍，并帮助译者与作者阿特伍德取得联系，使书中一些关键性问题得到阿特伍德本人的权威性解答。

玛格丽特·阿特伍德是加拿大著名小说家、诗人和文学评论家。她自二十世纪六十年代开始不断发表作品，至今共出版了十六部长篇小说、十七部诗集以及多部短篇小说集和文学评论集。她的作品被译成三十多种文字在二十五个国家出版，不仅在加拿大，而且在美国、欧洲及澳大利亚都享有盛誉。《使女》是作者于一九八五年完成的作品。该小说是作者继一九六六年以诗集《圆圈游戏》（*The Circle Game*, 1965）第一次获加拿大总督文学奖后，于二十年后的一九八六年再次赢得总督文学奖。同时，该小说在英国获布克奖（Booker Prize）提名，并获阿瑟·C. 克拉克最佳科幻小说奖。在美国，该书获得洛杉矶时报最佳小说奖，并与加拿大另一著名作家艾丽斯·门罗的短篇小说集《爱的进程》一道被《纽约时报》书评专栏评为一九八五年年度最佳小说。该书自八十年代出版后，读者如潮，在美国、加拿大和英国大获成功。当时甚至有报纸打出“趁被禁前先睹为快”的标题为该书大作宣传。时至今日，该书的魅力仍经久不衰，成为国际评论界研究的热点和欧美许多国家高校英语文学课的必选教材。究其原因，是因为书中描写的一切是如此耸人听闻，同时又充满震撼人心的真情实感。它看似荒诞不经，却展现了一个不无真实的未来景象。尤其在二〇〇〇年已经到来之际，在环保问题日益严峻、邪教势力十分猖獗的今天，眼看作者在二十世纪八十年代对未来世界的一些描述不幸正在成为周围严峻的现实，我们在不断受到震撼的同时，不禁要被作者的高瞻远瞩、先知灼见以及敏锐的洞察力所折服。读这本小说，我们仿佛在聆听一位哲人的预言和警告，促使我们保持高度警觉，避免使人类误入歧途。这个虚构的故事反映的既是美国宗教激进主义极端分子所隐含的危险，同时也是世界各国宗教狂热分子所隐含的危险，它虽然讽刺的是美国的现实，却足以为整个人类敲响警钟。

翻译本书期间，正逢世纪之交，举世喜迎新千年。但在那万众欢腾的喜庆气氛之下，却也隐藏着深深的忧虑：新千年带给人们的是福，是祸，是忧，是喜？二十世纪已尽，二十一世纪将是一个怎样的世纪？

正如有人所言，世纪之交，人类被很多东西深深困扰。不过如果所有的缺陷都消失了，这个世界一定会变得无比乏味，世界因其不完美才令我们常怀希望，这是我们生活的动力。正视人类面对的困境，用科学理性、积极乐观的方式加以解决，这是我们应有的态度。

陈小慰

二〇〇〇年夏于榕城

二〇一七年夏修订

新版序言

一九八四年春，我开始写一部小说，最初并不叫《使女的故事》。我先是用手写，绝大多数时候写在黄色的标准拍纸簿上，然后把我几乎难以辨识的潦草手稿在一台租来的德国键盘手动打字机上敲出来。

键盘产自德国，是因为我当时身居西柏林，那时它还被柏林墙包围：苏维埃帝国仍然强大且地位稳固，要再等上五年才崩塌离析。每个周日，东德空军都要制造音爆，提醒我们，他们近在咫尺。我造访过几个铁幕国家——捷克斯洛伐克、东德——经历了那种小心防范、被人监视的感觉；或突然间沉默不语、转换话题；人们用各种暧昧方式传递信息，言辞闪烁。所有这些都对我当时的写作产生了影响。那些被另做他用的大楼也一样。“这座楼本来属于……但后来他们不见了。”类似的故事我听了许多回。

我出生于一九三九年，二战时开始记事，我知道既有秩序可能会在一夜之间消失。变化可以迅疾如闪电。“这种事不可能在这里发生”的断言并不可靠：只要有相应的环境和土壤，任何事都可能发生。

到了一九八四年，我那会儿刻意回避这部小说已经有一两年了。它在我看来无异于一个冒险之举。二十世纪五十年代上中学以来，我一直广泛涉猎科幻小说、悬测小说、乌托邦和反乌托邦小说，但从未自己动手写过这样一本书。我能写得了吗？这种形式遍布陷阱，其中包括说教的倾向，变成寓言的危险，还有就是可信度问题。即便我要创造一个虚构的花园，我希望里面的蟾蜍是真实鲜活的。我的一个原则是，不会在书中放入任何詹姆斯·

乔伊斯称之为历史的“噩梦”中不曾发生过的事件，或者任何不存在的科技。没有想象的小发明，没有想象的法律，没有想象的暴行。都说上帝在于细节。魔鬼也是。

回到一九八四年，书中主要的前提假设可谓大胆出格——即使在我本人看来也是如此。我能说服读者，美国发生了一场政变，从前的自由民主政权变成了一个缺乏想象力的神权独裁统治吗？在书中，宪法和国会不复存在：基列共和国建立在十七世纪清教徒信仰的根基之上，它也是我们自以为了解的当代美国的根基。

这本书的具体背景地点是马萨诸塞州的东部城市坎布里奇，哈佛大学所在之地。这所当今著名的人文高等教育机构过去曾是清教徒神学院。基列国的特工机构位于怀德纳图书馆，我曾多少个小时徜徉在书架间，查找我的新英格兰祖先的文献资料，还有关于萨勒姆女巫审判的文字记载。把哈佛大学的围墙用来悬挂示众受刑者的尸体会不会让有的人感到冒犯？（的确有过。）

在小说中，人口由于有毒的环境不断减少，生育健康婴儿的能力变得弥足珍贵。在极权制度之下——或者在任何一个等级分明的社会里——统治阶级独占宝贵资源，所以该政权的精英阶层将具备生育能力的女性分配给自己，作为使女。对此，《圣经》中有先例可循，即雅各和他的两名妻子拉结和利亚，还有她们的两个使女。一个男人，四个女人，十二个儿子——但是使女不能拥有自己的孩子。他们分别属于两名妻子。

于是故事就此展开。

我刚开始写《使女的故事》时，书名叫《奥芙弗雷德》（Offred），即主人公的名字。这个名字来自一个男性之名，“弗雷德”（Fred），加上前缀“奥芙”（of）表示“从属”，就好像法语里的“德”（de），或者德语里的“冯”（von），或者英语姓氏如

“威廉姆森”（Williamson）中的后缀“森”（son）一样。这个名字里还隐藏着另一种可能：“献祭的”（offered），意味着一种宗教的献祭，一个作为祭品供奉的受害者。

经常有人问我，为什么我们始终都不知道主人公的真实姓名？我回答，这是因为在历史上许多人都已改名换姓，或者干脆销声匿迹。有人推断奥芙弗雷德的真实姓名是“琼”（June）①，因为使女们在由原先的学校体育馆改造而来的寝室里念叨的所有名字中，只有“琼”这个名字没再出现过。这并非我的本意，但它说得通，因此读者们尽可以采纳。

在写作的过程中，小说名改成了《使女的故事》，其中部分原因是为了向乔叟的《坎特伯雷故事》致敬，另一部分原因则是借鉴了童话和民间故事的特点：这个故事由主人公讲述给后来或遥远的聆听者，它具备那种不可置信的奇幻色彩，和那些经历过惊天动地大事件的人们讲的故事有共通之处。

在过去的几十年中，《使女的故事》有了许多种形式。它被翻译成四十多种语言，并在一九八九年拍成了电影（一九九〇年初上映）。它还被改编成了戏剧，被编成了芭蕾舞。目前，它正被改写成绘本。二〇一七年四月，它将作为电视系列剧在米高梅电视频道（MGM）和美国视频网站葫芦网（Hulu）播出。

在这部电视剧中我会客串一个配角。在那幕场景中，新征募的使女将会在一个名为“红色感化中心”的机构里被教化洗脑。她们必须学会摈弃之前的身份，明白自己的地位和义务，了解她们不再拥有真实的权利。但只要顺从，就能得到保护，她们还将学会轻视自己，以便接受既定的命运，不会反叛或逃跑。

使女们围坐一圈，佩带着电击棒的嬷嬷们逼迫她们参加一种如今被称为（在一九八四年还未得名）“羞辱荡妇”的活动，辱

① 该词也指“六月”，代表青春美好，如June Bride（六月新娘）。

骂她们中一个名叫珍妮的成员。她被迫讲述自己青少年时期被轮奸的经历。其他使女则齐声念诵着“是她的错，是她勾引了那些男人”，对其加以愤怒声讨。

尽管这“只是一部电视剧”，女演员们在休息时间里会咯咯轻笑，而我自己也“只是在装装样子”，我仍然觉得这种场景可怕得令人不安。它与历史何其相像，太像太像了。是的，女人们会联合起来欺压其他女人。是的，她们会指责他人，为了保护自己：这在社交媒体时代公然发生在我们眼前，社交媒体本身也让这种组群现象成为可能。是的，她们会欣然攫取权利凌驾于他人之上，甚至——或许尤其是——在女性作为弱势群体的社会制度下：所有的权力都是相对的。在艰难时期里，拥有任何一丁点权力也比什么都没有要好。一些掌权的嬷嬷们的确发自内心地相信她们是在帮助使女们：至少她们没有被送去清扫有毒的核废料，至少在这个美丽新世界里她们不会被强暴，不会被那样强暴，不会被陌生人强暴。有的嬷嬷是施虐狂。有的是投机主义者。她们都长于利用一九八四年女性主义运动的宗旨——比如反色情宣传以及预防性侵活动——来达成她们的目的。正如我所说的：现实亦如是。

借此我来回答三个经常被问及的问题。

问题一：《使女的故事》是一部“女性主义”小说吗？如果你指的是一本宣传意识形态的小册子，里面所有女人都是天使，或是失去道德选择能力的受害者，或者二者皆是，那么答案是否定的。但如果你说的是这样一部小说，里面的女性均为有趣且重要的人类——性格各异、举止不同——在她们身上发生的一切对这本书的主题、结构和情节都至关重要，那么，答案是肯定的。在这种意义上，许多书都是“女性主义”的。

为什么说女性有趣且重要呢？因为她们在现实生活中的确如此。她们并非自然造化事后添加的产物，也不是人类命运中无关紧要的参与者，对此，每个社会一直以来都再清楚不过。没有女性生育，人类将不复存在。正因如此，对成年女性、少女、幼童的大规模强暴和谋杀长久以来都是种族灭绝战争以及其他意在征服和剥削某个群体的战争的特征之一。杀掉他们的婴儿，用自己的来取代，猫类是这么做的；让女人生育孩子却无力抚养，或者为了自己的目的将孩子从她们身边夺走，偷盗婴儿——这是一个广为流传、古已有之的主题。控制妇女和婴儿，是地球上每一个专制政权的特征。拿破仑和他的“炮灰”士兵，奴隶制及其手段花样翻新的人口买卖——它们与此都同出一辙。对那些推行强制性生育的人，我们应该质问：这么做“谁能获利”？有时是这部分人，有时是那部分人。总有人获益。

问题二（时常有人问起）:《使女的故事》是反宗教的吗？同样，这取决于你问题的涵义。的确，一群专制主义的男人掌握政权，试图重新建立一种极端的父系社会，禁止女性阅读（就像十九世纪美国黑奴一样）。更有甚者，她们无法掌管金钱，无法在外工作，连《圣经》里的一些女性都不如。这种政权利用《圣经》里的种种象征标志，任何掌管统治美国的独裁政府都不会放过这些资源。

基列国的女性穿着的朴素服饰来自西方宗教标志——大主教夫人们身着蓝色，象征纯洁，源自圣母马利亚；使女们身着红色，象征分娩时的出血，同时也源自抹大拉的马利亚①。另外，如果你要出逃，红色也更容易辨识。社会阶层较低的男人们的妻子被称为“经济太太”，着条纹服装。我得坦白说，那些遮挡脸部的系带女帽，其灵感不仅来自维多利亚时代中期的服饰以及修女服饰，还来源于二十世纪四十年代某个老牌荷兰清洁剂的外包装，上面有个女人的脸被遮盖住，孩提时我很惧怕这一形象。许

① 耶稣从其身上驱逐出七个恶鬼的女人。

多极权主义都曾采用服饰来识别和掌控人们，无论是禁止穿什么还是强制穿什么——想一想纳粹时代强迫犹太人身上佩戴的黄色六角星符号和代表高贵身份的罗马紫——它们中许多都打着宗教的旗号进行统治。这让异教徒的欲加之罪更加轻而易举。

在这本书里，占主导地位的“宗教”逐渐掌控大权，成为统治性教义，我们熟悉的宗教教派被逐渐废除。通过秘密渠道逃往加拿大，正如我所料。奥芙弗雷德本人也有一本私藏的《圣经》主祷文，她拒绝相信眼前这个政权是由一个公正、慈悲的上帝所授予。在当今的现实世界里，一些宗教集团发起各类运动，保护弱势群体，其中包括女性。

因此，这本书并不是“反宗教”的。它反对的是以宗教作为暴政的掩护；这就完全另当别论了。

《使女的故事》是预言小说吗？这是我被问到的第三个问题——甚至就在一九八四年，我正在写这本小说时，随着美国社会中的某些人掌权并通过法令，声称要做到什么——这个问题就开始被问了又问，日趋频繁。不，这不是预言小说，因为预知未来实在是不可能的事：有太多的可变因素，各种可能性都存在，根本无法预知。是否可以说这是一部反预言小说：如果未来都能够巨细靡遗地讲述出来，或许就不会发生。但这种想当然的想法同样也靠不住。

许许多多不同的材料孕育了《使女的故事》——集体处决，禁奢法令，焚书运动，党卫军的“生命之源”计划，阿根廷将军偷窃幼童的行为，蓄奴制的历史，美国一夫多妻制的历史……林林总总，不胜枚举。

但还有一种文学形式我尚未提到：目击者文学。奥芙弗雷德尽其所能地记录了她的故事；然后将它藏匿起来，相信日后可能会被某人发现，而这人能够看懂其深意并传播出去。这是一个充满希望之举：每一个被记录下的故事都暗含着一个未来的读者。

鲁滨逊记日记。塞缪尔·佩皮斯也写日记，他详细记录了伦敦大火。黑死病瘟疫期间也有很多人这么做，但他们的许多记录常常戛然而止。还有罗密欧·达莱尔，他记下了卢旺达大屠杀，以及世界对这一事件的冷漠态度。还有安妮·弗兰克，把日记藏在她的秘室里。

有两种读者会读奥芙弗雷德讲述的故事：一种是在本书的末尾，在未来的某场学术会议上，这种读者能自由阅读，但并不总是如我们所愿的富有同情心；还有一种就是任何一个时代里的个体读者。这是“真正的”读者，每个作家为之写作的“亲爱的读者”。许多“亲爱的读者”自己也会成为作者。这正是所有我们这类写作者的开端：从阅读开始。我们听到某本书正在发声，向我们絮絮诉说。

最近的美国大选之后，恐惧与焦虑蔓延。人们普遍认为，基本的公民自由受到侵害，过去数十载、甚至几个世纪以来女性赢得的许多权利也面临危机。在这样一种分裂的大气候下，对许多群体的仇恨开始滋长，形形色色的极端主义者开始表达对民主政权的嘲讽。因此可以肯定，在某个地方，某个人——我想应该有许多人——正在写下他们的亲身经历。或者他们将铭记在心，日后如有可能，将其记录下来。

他们的讯息会被压制和埋藏吗？几百年后，在一座老房子的一面墙后，会有人发现它们吗？

让我们希望一切不至于糟糕到那个地步。我坚信不会。

二〇一七年二月

此书谨献给玛丽·韦伯斯特及帕利·米勒①

① 据阿特伍德称，玛丽·韦伯斯特（Mary Webster）为十七世纪末被男人控告玩弄巫术的女清教徒。她先被赶到波士顿，经审判宣布无罪释放回到家乡后，被吊绑一夜后不死，使众人更确信其为女巫无疑。之后她又活了十四个年头，控告她的男人先她死亡。帕利·米勒（Perry Miller），哈佛大学教授，美国文学研究先驱，他几乎靠孤军奋战将美国文学研究引入大学并使之在学术上得到重视。是他最早揭露了十七世纪清教盛行的美国社会的本质。

引　语

拉结见自己不给雅各生子，就嫉妒她姐姐，对雅各说："你给我孩子，不然我就死了。"

雅各向拉结生气，说："叫你不生育的是神，我岂能代替他作主呢？"

拉结说："有我的使女辟拉在这里，你可以与她同房，使她生子在我膝下，我便因她也得孩子。"

——《圣经·创世记》第30章第1—3节

至于我自己，多年来也曾对人们提出的种种方案殚精竭虑，苦苦思索，却总觉得它们不是徒劳无益，便是不切实际。就在陷入完全绝望之际，我侥幸想到了这一建议。

——乔纳森·斯威夫特《一个小小的建议》

沙漠上不会见到这样的标记：切勿食用石头。

——苏非派①格言

① 苏非派，伊斯兰教的禁欲神秘主义派别，主张通过隐居、沉思与禁欲达到人神合一。此句格言的意思是：对于人类想做的事才有禁止的必要。

目录

1
夜

第一章

我们的寝室原本是学校体育馆。那里从前曾举行过比赛，为此，光亮可鉴的木地板上到处画着直的和圆的线条；篮球架上的篮筐还在，但网早已脱落。馆内四周是一溜供观众坐的看台。我想我仍可以隐隐约约，如某种残留影像一般，闻到一股刺鼻的汗味、混杂着口香糖的甜味和观看比赛的女生用的香水味。先是电影上才能见到的穿呢裙的女生，然后是穿超短裙的，接着是穿裤子的，再后来就是只戴一只耳环、剪刺猬头并染成绿色的。这儿想必也曾举行过舞会。你听，乐声回旋萦绕，各种无人倾听的声音交叠糅杂在一起，一种风格重复着另一种风格。隐约的鼓点，悲苦的低泣，绵纸做的花环，硬纸板做的魔鬼面具，还有一个旋转的反射镜球，在舞者身上洒下片片雪花般柔软的亮光。

这里曾经有过性、寂寞及对某种无以名状之物的企盼。那种企盼我记忆犹新。那是对随时可能发生，但又始终虚无缥缈、遥不可及的事物的企盼。它永远无法像在停车场上，或是电视厅内那搂着我们的腰背或身上其他地方的双手一样近在眼前、可感可触——声音已经关小，惟有画面在血脉偾张、蠢蠢欲动的肉体前闪现。

那时，我们渴求未来。这种贪得无厌的本能究竟从何而来？它弥漫在空气中，即使当我们躺在排列成行的简易行军床上——相互间隔开着使我们无法交谈，只有一心强迫自己入睡的时候，回想起来，它仍在空气中挥之不去。我们用的是绒布床单，就像孩子们用的那种，还有年代久远的军用毯，上面可见“美国”的字样。我们把衣服叠得整整齐齐，放在床脚后面的小凳上。屋内灯光已经调暗，但没有完全关掉。莎拉嬷嬷和伊莉莎白嬷嬷来回巡视着；她们的皮腰带扣上挂着电动赶牛刺棒。

不过她们没有枪，即使是她们也未能得到足够的信任配以枪支。佩枪的只有那些从天使军①里挑选出来的警卫，但他们只有在被叫到时才允许进入大楼。我们是不准迈出大门的，除了一天两次的散步，两个两个地绕着足球场走。球场已停用了，周围用铁栏杆圈起来，顶部是带尖钩的铁丝网。天使军士兵背对我们，守在铁栏杆外。他们既使我们感到害怕，同时也令我们心猿意马，产生其他一些感觉。但愿他们能转过身来看我们一眼。但愿能与他们交谈。要真能如愿，我们想，相互就可以做些交换，达成什么交易买卖的也说不准，毕竟我们还拥有自己的肉体。我们常这么想入非非。

渐渐地，我们学会了几乎不出声地低语。趁嬷嬷们没留意的时候，我们会在昏暗的灯光下，伸出手臂，越过床与床之间的空隔，相互碰碰对方的手。我们还学会了解读唇语，平躺在床上，半侧着头，注视对方的嘴唇。通过这种方式，我们互通姓名，并一床一床地传过去：

阿尔玛。珍妮。德罗拉丝。莫伊拉。琼。

---

① 在此，阿特伍德借用了英国著名诗人约翰·弥尔顿（John Milton，1608—1674）《失乐园》中亚当和夏娃在人类堕落前的伊甸园受天使保护，免遭魔鬼撒旦入侵之典，以讥讽的口气影射小说中基列共和国自比为被魔鬼包围的天堂，守护它的人自然就是“天使”。

2 采购

第二章

一把椅子，一张桌子，一盏灯。抬头望去，雪白的天花板上是一个花环形状的浮雕装饰，中间是空的，由于盖上石膏，看起来像是一张脸被挖去了眼睛。过去那个位置一定是装枝形吊灯的，但现在屋内所有可以系绳子的东西都拿走了。

一扇窗，挂着两幅白色窗帘。窗下的窗座上放着一张垫子。当窗子微微开启——它只能开这么点——徐风飘进，窗帘轻舞，我便会坐在椅子或窗座上，双手交握着，静静地注视着这一切。阳光也从窗户透进来，洒在光亮耀眼的细木条地板上，我能闻出家具上光剂的味道。地板上铺着一张碎布拼成的椭圆形小地毯。这是他们喜欢的格调：既带民间工艺色彩，又古色古香。这都是女人们在闲暇时利用无用的碎布头拼缀成的。传统价值观的回归。勤俭节约，吃穿不缺。我并没有被浪费。可为何我仍觉得缺少什么？

椅子上方的墙上挂着一幅加了框却没装玻璃的装饰画，是一幅蓝色鸢尾花的水彩画。花还是允许有的。但我想，不知是否我们每个人都是同样的画，同样的椅子，同样的白色窗帘？由政府统一分发？

丽迪亚嬷嬷曾说，就当作是在军队里服役好了。

一张床。单人的，中等硬度的床垫上套着白色的植绒床罩。在床上可做的事除了入睡或者失眠，别无其他。我尽力使自己不要想入非非。因为思想如同眼下的其他东西一样，也必须限量配给。其实有许多事根本不堪去想。思想只会使希望破灭，而我打算活下去。我明白为何蓝色鸢尾花的水彩画没装玻璃，为何窗子只能稍稍开启而且还装了防碎玻璃。其实他们害怕的并不是我们会逃走。逃不了多远的。他们害怕的是我们会用其他方式逃避，那些你可以用来划开血管的东西，例如锋利的碎玻璃。

不管怎样，避开这些细节不谈，这里就像是一间为无足轻重的访客准备的大学客房，或是像从前供境况窘迫的女子居住的寄宿宿舍。我们现在正处于这样一种境况。对我们中间还谈得上有什么境况的人而言，其境况确已陷入窘迫。

不过，至少一张椅子，一束阳光和几朵花还是有的。我毕竟还活着，存在着，呼吸着。我伸出手，放到阳光下。照丽迪亚嬷嬷的说法，我不是在坐牢，而是在享受特殊待遇。她向来对非此即彼情有独钟。

计时的铃声响起来了。这里的时间是用铃声来计算的。过去，修道院也曾如此，而且修道院也一样几乎没有镜子。

我从椅子中站起，双脚迈进阳光里。我穿着一双红鞋，平跟的，但不是为了跳舞，而是为保护脊椎。同样是红色的手套放在床上。我拿起手套，一根手指一根手指地仔细戴上。除了包裹着脸的双翼头巾外，我全身上下都是红色，如同鲜血一般的红色①，那是区别我们的标志。裙子长及脚踝，宽宽大大的，在乳房上方抵肩处打着褶皱，袖子也很宽。白色的双翼头巾也是规定必戴不可的东西，它使我们与外界隔离，谁也看不见谁。我穿红色向来难看，这颜色根本不适合我。我拿起采购篮，挎在手臂上准备出门。

房门没上锁——我不说*我的房间*，我不愿这么说。事实上，

---

① 故事中的使女被要求过修女般清心寡欲的生活，担当的任务却是为上层人物繁衍子嗣。她们的服装标记不是普通修女肃穆、素净的黑色或白色，而是象征性与生育的红色，在此极具讽刺意味。

它连关都关不紧。我走进地板光滑的过道，过道中间铺着一条窄长的灰粉色地毯。这条地毯如同林中小路，又像是王室专用地毯，它替我引路，为我开道。

地毯在前楼梯口处折了个弯，沿梯而下，而我也顺着它一手扶着扶栏下楼去了。不知被多少只手摩擦得温暖发亮的扶栏是由一根完整无缺的树干制成的，有一百多年的历史。整座房子是维多利亚时代末期为一个大富豪家族建造的宅屋。走廊里，一台落地式大摆钟正一左一右地摆动着，旁边一扇门通往舒适温馨的前起居室，里面夹杂着肉欲的气息与暗示。我从未在这个起居室里坐过，只在里面站过或跪过。走廊的尽头便是前门，门上方的扇形气窗是彩色玻璃的，上面绘着红色和蓝色的花朵。

走廊的墙上还留有一面镜子。当我下楼时，只要我侧过头顺着裹着脸部的双翼头巾的边缝望去，便可见到这面镜子。这是一面窗间镜，圆圆的凸出来，活像一只鱼眼睛，而我在里面的样子就像一个变形的影子，一个拙劣的仿制品，或是一个披着红色斗篷的童话人物，正缓缓而下，走向漫不经心、同时危机四伏的一刻。一个浸在鲜血里的修女。

楼梯底下有个挂帽子和伞的架子，弯木制的，长而浑圆的木杆在顶部稍稍弯成钩子的形状，宛若蕨类植物向外撑开的枝叶。上面挂着几把伞：黑色的那把是大主教①的，蓝色的是他夫人的，而红色的则属我专用。我没去动它，因为我早已透过窗户看到外面是一片阳光明媚。我不知道大主教夫人是否在起居室里，她并非总是坐着。有时我可以听到她来回走动的声音，一脚轻一脚重，还有她的拐杖轻敲在灰粉色地毯上的嗒嗒声响。

---

①“大主教”原为穆罕默德的继承人、中世纪政教合一的阿拉伯国家和奥斯曼帝国国家元首“哈里发”的称号。在书中用来通称基列神权政治中政教大权在握的上层人物。

我沿着走廊经过起居室和饭厅门口，来到门厅的另一头，开门进了厨房。这里面不再有家具上光剂的味道。丽塔正站在桌旁，桌面是白色搪瓷的，一些地方掉了瓷。她和往常一样穿着马大[1]服，暗绿颜色，好像从前外科大夫的褂子。那衣服在长度、样式和遮密程度上都与我的相差无几，但外面多套了一件围裙，也不像我们需戴白色双翼头巾和面纱。丽塔只在出门时蒙上面纱，其实没有人会多在乎谁看到了马大的脸孔。丽塔把袖子卷到胳膊肘，露出褐色的手臂。她正在做面包，这会儿正把面团甩在桌上，最后揉几下，然后做成需要的形状。

丽塔见到我点了点头，很难说她是在向我致意还是仅仅表示看到我了。接着，她把沾满面粉的手往围裙上擦了擦，便到抽屉里找代价券的本子。她皱着眉，撕下三张给我。而我在想，假如她肯笑一笑，那副面容一定很慈祥。但她皱眉头并不是冲着我这个人来的，她只是不喜欢红衣服及其所代表的含义罢了。在她看来，身着红色的我也许会像传染病或厄运一样殃及他人。

有时我会站在关上的门外偷听，这种事要是放在过去我决不会干。我不敢长时间偷听，生怕被人逮个正着。有一次我听到丽塔对卡拉说，她可不会这样作践自己。

没人强迫你，卡拉说，不管怎么说，如果是你的话，你会怎么做？

我宁愿去隔离营，丽塔说，可以选择的。

同那些坏女人呆在一道，最后饿死？天知道还有什么下场。你才不会那么做呢！卡拉又说。

那会儿，她们正边聊天边剥豆荚，即便是隔着那几乎紧闭的房门，豆粒落入铁碗时清脆的声响依然清晰可闻。接着只听丽塔

---

① 马大（Martha），《圣经》中操持家务的人物，为 Mary 和 Lazarus 之姐，见《圣经·路加福音》第 10 章第 39 节，在此借指女佣。

嘟囔了一声或是叹了口气，不知是同意还是反对。

不管怎么说，她们这么做是为了我们大家，卡拉又接下去说，起码话是这么说的。假如我再年轻十岁，假如我还没结扎，可能我也会那么做，其实并不是太坏嘛，毕竟不是什么苦力活。

反正幸亏是她不是我，丽塔正说着，我推门进去了。霎时间，两人脸上显出一副难堪的表情，那副模样就像是女人们在别人背后飞短流长，却发现被当事人听了去一样，但与此同时，也流露出一丝不以为然的样子，似乎她们有权利这么做。后来那一整天，卡拉对我比平时客气多了，丽塔则更阴沉着脸。

今天，无论丽塔如何拉长着脸，紧绷着嘴，我还是想留在厨房里。再过一会儿，卡拉也许就会从房子里别的什么地方带着柠檬油和除尘器进来，而丽塔会去煮咖啡——在大主教们的家里还是能喝到纯正咖啡的——而我们便会坐在丽塔的桌旁聊天，虽然那桌子并非真正属于丽塔，就像我的桌子也并不属于我一样。我们的话题一般都是关于小病小痛什么的，脚痛啊，背痛啊，还有我们的身体像顽皮孩子一样给我们添的种种小乱子。我们不时和着对方的话语颔首示意，表示赞同，是的，是的，一切我们都心领神会。我们会互相交流治病良方，争先恐后地诉说自己遭受的各种病痛。我们语气温和地相互诉苦，声音轻柔低沉，带着一丝哀怨，就像鸽子在屋檐下的泥巢里呢喃低语。我们有时会说：我明白你的意思，或者用一种偶尔从老人们那里还可以听到的奇怪说法：我听出你是哪儿人了。好像声音本身就是个远道而来的游客。可能真是如此，就是如此。

过去我何其鄙视这样的谈话，如今却对它求之不得。至少它是交谈，是一种交流。

有时，我们也嚼嚼舌根。马大们知道许多事情，她们常聚在一起聊天，将各种小道消息从一家搬到另一家。毫无疑问，她们也像我一样常常隔门偷听，并具有眼观六路的本领，不用看便能把一切尽收眼底。有时我能从她们的窃窃私语里捕捉到只言片语。诸如：知道吗，是个死胎哎。或者：用毛衣针刺的，正对着她的肚子，一定是嫉妒昏了头才干出这种事。要么就是些令人神往的奇闻逸事：她用的是洁厕水，简直神了，你们可能会想他怎么会尝不出来？他一定是烂醉了；不过到头来她还是被发现了。

有时我会帮丽塔做面包，将手插到柔软、温暖并富有弹性的面团中去，体会那种如触摸肌肤般的感觉。我渴望触摸除了布料和木头之外的东西，我对触摸这一动作如饥似渴。

但即使我开口要求，即使我不顾体面，低声下气，丽塔也决不肯让我碰她一下。简直像惊弓之鸟。马大们是不可向我们这类人表示亲善的。

亲善是指情同兄弟。这是卢克告诉我的。他说找不到与情同姐妹相对应的词，只能用拉丁语 sororize（结为姐妹）这个词了。他喜欢对此类细节探本求源，如词语的派生、稀奇的用法等。我常笑他迂腐。

我从丽塔伸过来的手中接过代价券，上面画着用它们可换得的物品：一打鸡蛋、一块乳酪，还有一块褐色的东西，想必是牛排吧。我收起代价券，放在袖口带拉链的袋子里，那里还放着我的通行证。

“告诉他们，蛋要新鲜的，”丽塔说，“别像上次那样。另外，告诉他们，鸡必须是童子鸡，不要母鸡。告诉他们这东西是给谁买的，那样他们就不敢瞎对付一气了。”

“好吧，”我回答道。我板着脸没笑。干吗要去讨好她呢？

第三章

我从后门出去，走进面积很大、干净整洁的花园。园子中央有块草坪和一棵柳树，柳絮正漫天飞舞。草坪边上围种着各式各样的鲜花，黄水仙花期将尽，郁金香正竞相绽放，流芳吐艳。鲜红的郁金香茎部呈暗红色，似乎被砍断后正在愈合的伤口。

这座花园是大主教夫人的领地。我透过屋里的防碎玻璃窗，常看见她在花园里，双膝跪在垫子上，头戴花园里摆弄花草时用的宽大草帽，脸上遮盖着浅蓝色面纱。她身旁搁着一只篮子，里面装着大剪刀和几条系花用的细绳。吃力的挖土任务通常由一位分配给大主教的卫士完成，大主教夫人则在一旁用拐杖朝他指手画脚。许多夫人都有类似的花园，这里是她们发号施令、呵护操心的地方。

我也曾有个自己的园子。那新翻过的泥土的清香，那圆圆的植物球茎捧在手心的饱满感觉，还有那种子漏过指缝干爽宜人的沙沙声响，这一切我都记忆犹新。那样的时光总是过得飞快。有时大主教夫人会让人搬出椅子，在花园里坐坐。远远望去，显得无比静谧、安宁。

她这会儿不在花园里，我开始猜想她会在哪儿，我可不愿冷不防地撞见她。也许她正在起居室里做针线活，患关节炎的左脚搁在脚凳上；也许她正为在前线作战的天使军士兵织围巾，我很怀疑她织的围巾在士兵们那儿能否派上用场，不管怎么说，它们实在是太过精美了。她看不上其他夫人织的十字和星形图案，嫌它们太过简单。她织的围巾两端不是杉树，就是飞鹰，要不就是样子呆板的人形图样，一个男孩，一个女孩，一个男孩，一个女孩。这样的围巾适合给孩子用，对大人根本不合适。

有时我想这些围巾压根儿没送到天使军士兵手里，而是拆了，绕成线团，重新再织。或许这纯粹是为了让夫人们有事可干，让她们有目标感，不至于成天无所事事、百无聊赖。我羡慕大主教夫人的编织活，生活中能有些轻而易举就能实现的小目标是多么令人惬意啊！

她究竟嫉妒我什么？

不到迫不得已，她从不开口对我说话。对她来说，我是个奇耻大辱，却又必不可少。

五星期前，我到这儿上任时，我们初次对视而立。我前任那家的卫士送我到前门。头几天会允许我们走前门，往后就该走后门了。不过事情来得太快，一切尚未确定下来，谁也不能肯定我们的确切身份。过一阵子就会定下来了，要么都走前门，要么都走后门。

丽迪亚嬷嬷说她极力赞成走前门，她说，你们的工作可是功德无量、无上荣光的。

卫士替我摁了门铃，铃声未落，就有人从里面开了门，一定是早已守候在门后了。我本以为开门的是个马大，但眼前分明是穿着粉蓝色长袍的夫人。

这么说你就是新来的，她说。她并未侧开身子让我进去，就这么把我堵在门口，这是要让我明白，未经她的允许不准进门。直至现在，我们为了占据诸如此类的小小上风，还是各不相让，互相较劲。

是的，我回答。

放在门廊上吧，她对帮我提包的卫士说。红色的塑料包不大，另一个包里装着过冬的披风和厚衣裙，过些日子才会送来。

卫士放下包，朝她致了礼，接着脚步声在我身后响起，在走道上渐渐远去了。随着大门喀嗒一声关起，我顿时感到失去了一只保护我的臂膀，在陌生的门槛前备感孤单。

她就这么等着，直到车子发动，开走。我低着头，没看她的脸，但从目光所及之处可以见到她粉蓝长袍下臃肿的腰身，搭在象牙拐杖顶上的左手，以及无名指上一粒粒硕大的钻石。那一度纤细优美的手指仍然保养得很好，关节突出的手指上指甲修成柔和的弧形，在无名指上仿佛一道嘲讽的微笑，一个取笑她的东西。

你可以进来了，她说着，转过身去，一瘸一拐地朝门厅里走。把门关上。

我把红色的行李包提进去，这显然是她的意思，然后关上门。我一声不吭。丽迪亚嬷嬷说过，除非是非答不可的问题，最好保持沉默。尽量设身处地为她们着想。她说话时，两手紧紧地绞在一起，脸上现出紧张不安、卑躬恳求的微笑。她们也不容易。

进来，大主教夫人说。我走进起居室，她已经坐在椅子上，左脚搁在脚凳上，那里铺着一块针绣垫。篮里装着玫瑰。她的编织活摞在椅子旁边的地板上，上面还穿着针。

我双手交叉站在她面前。原来如此，她开了口。边说边夹起一支烟，用嘴衔着，点上火。她的嘴唇薄薄的，抿着时，周围现出许多细小的直纹，过去在唇膏广告上常可见到。打火机是象牙色的，香烟肯定是从黑市弄来的，这个想法带给我希望。即便眼下不再有现钞流通，黑市照有不误。只要黑市长盛不衰，就总有东西可以交换。这么说她并不恪守那些清规戒律。可我又有什么能与人交换呢？

我如饥似渴地盯着那支烟。对我而言，烟同酒和咖啡一样是绝对不能碰的。

那么老，连他的脸长得什么样都看不出来了，夫人说。

是的，夫人。我答道。

她发出一种近似笑声的声音，接着就咳起来。他不走运，她说。这是你的第二家吧？

第三家，夫人。我答道。

对你也不是什么好事，她说着，又带着咳声笑起来。你可以坐下，平常是不准许的，今天就破个戒，下不为例。

我挨着一张硬背椅子边上坐下。我不想东张西望，不想让她觉得我对她有欠恭敬。所以，在我右侧的大理石壁炉，上面挂的镜子，以及屋里的一束束花，都只是在眼角一扫而过，隐隐约约的一团。反正以后要看有的是时间。

现在她的脸和我的在同一位置上了。我觉得她很面熟，至少某个地方似曾相识。一缕头发从她的面纱下露出，色泽依然金黄，当时我以为她也许染过发，染发剂同样可以从黑市弄到。但现在我知道那是天然的金发。她的眉毛修成细细拱起的两道，使她看上去总显得诧异、愤怒或是好奇，一副受惊的孩子脸上的表情。可是眉毛下面的眼睫毛却满是倦容。眼睛则又不同，蓝得像阳光耀眼的仲夏天空，带着不容分说的敌意，蓝得拒人于千里之外。她的鼻子从前可以称得上小巧玲珑，如今在那张脸上则显得太小，不成比例。她脸不胖但挺大，嘴角边有两道皱纹，下巴紧绷着像握紧的拳头。

你离我远点，越远越好，她说。我猜你对我一定也这么想。

我没有回答，答是吧对她不敬，答不是吧又顶撞了她。

我知道你不蠢，她接着又说。她吸了口烟又吐出来。我看了你的档案，对我而言，这不过是一笔生意场上的交易。不过你可听清了，谁要找我麻烦，我就找谁麻烦，明白吗？

明白了，夫人，我答道。

别叫我夫人，她恼怒地喊。你不是马大。

我没问该称她什么，因为明摆着她希望我永远没有机会称她做什么。我很失望，那时我一心想当她做大姐，一位母亲般的长辈，一个能理解我、爱护我的人。我原先服务的那家夫人大多时间都呆在卧室里，马大们说她在里面酗酒。我还指望这位夫人会有所不同。我愿意设想，也许下辈子，换个时间地点，我会喜欢上她。但此刻我已明白我不可能喜欢她，正如她也不喜欢我一样。

她把抽了一半的烟在身旁灯台上一个涡状小烟灰缸里掐灭。她掐烟的动作干脆利落，一摁一碾，不像多数夫人那样喜欢动作优雅地反复轻按。

至于我的丈夫，她说，丈夫就是丈夫。这一点我希望你弄清楚。除非死亡将我们分开，否则无法改变。

是，夫人，我又说走了嘴，忘了不该称夫人。从前人们常给小女孩们玩一种玩具娃娃，扯一下背后的线就会说话。我觉得自己听上去活像那娃娃，声音呆板、单调。她也许恨不得扇我一巴掌。打我们这样的人是允许的，《圣经》上就有先例，不过只能用手，不能用工具。

这是我们为之奋斗的目标之一，大主教夫人说，忽然间她不再看我，而是低头俯视自己指节突出、戴着钻戒的双手。我一下记起了曾经在哪儿见过她。

第一次是在电视上，那时我才八九岁。每逢星期天早上，趁母亲还在熟睡，我就早早起床，跑到母亲书房里，把电视频道一一按遍，找卡通片看。有时没有卡通节目，我就看“成长之灵魂福音时段”节目，那里面给孩子们讲《圣经》故事，唱赞美诗，其中有个领唱的女高音叫赛丽娜·乔伊，淡淡的金发，小小的翘鼻子，长得娇小玲珑，蓝眼睛很大，唱歌时总是往上翻。她可以同时又哭又笑，每当她带着颤音，轻松自如地唱过最高音时，两滴眼泪便会如同得了信号一般，优雅地滑落她的脸颊。然后她才往下唱别的。

坐在我面前的女人正是赛丽娜·乔伊本人，或者说过去曾经是。于是，一切比我预想的更糟糕了。

第四章

我沿着砾石小径往前走，这条路把屋后的草坪像头路一样清楚地一分为二。夜里下过雨，两旁的草地湿漉漉的，空气中充满水汽。地上四处爬着蚯蚓，表明这里的土壤相当肥沃，它们被太阳晒得半死不活，柔韧地伸曲着，粉红的，活像人的唇。

我打开白色尖板条木门，继续向前，穿过房前的草坪，朝前门走去。车道上，分配到这家的一名司机正在擦拭车子，这说明大主教没有出门，此刻正呆在饭厅后面他自己的屋子里，他的大多数时间似乎都消磨在那里。

车子是十分昂贵的“旋风”牌，比“凯旋”牌高级，更胜过庞大、实用的“巨兽”牌。车身是黑色的，不用说，这颜色象征显赫，但也是灵车的颜色。车身很长，线条流畅。司机正拿着块软皮擦拭着车身，一副呵护备至、爱不释手的样子。至少这点没变，男人爱惜名车的方式。

司机一身卫士军服，帽子时髦地斜戴着，袖子高高卷到胳膊肘，露出晒成棕褐色的前臂，手臂上一溜儿黑毛。他嘴角叼着一支烟，看来他也有可以在黑市交换的东西。

我知道这个司机的名字，他叫尼克。因为我曾听到丽塔和卡拉谈起他，还有一次听到大主教对他说：尼克，车子不用了。

他就住在这儿，住在这所房子里，在车库那头。他身份卑微：没有分到女人，一个也没有。他没有头衔：因为某种缺陷，比如缺少关系什么的。但他的举动却表现出对此毫不知情，满不在乎的样子。他随便有余，恭顺不足。也许是愚蠢所致，但我不这么想。有股鱼腥味，过去人们常这么讲，也有人说，我闻到股耗子味①。总之，是不受欢迎的气味。我不由自主地遐想他身上会是什么味道，当然不会是鱼腥味或死耗子的臭味：那古铜色的皮肤，在阳光下润泽发亮，因为轻烟缭绕而显得有几分朦胧。我叹息着深深吸了口气。

他看向我，发觉我在注视他。他长了张法国人的脸，瘦削古怪，棱角分明，笑起来嘴角皱起。他吸了最后一口烟，随手将烟蒂丢到车道上，一脚踩灭，吹了声口哨，又朝我眨眨眼。

我低下头，转身让白色双翼头巾遮住我的脸，继续往前走。他简直是在铤而走险，何苦呢？万一我报告了怎么办？

也许他只是表示友好。也许他看到了我脸上的表情，想到其他地方去了。其实我渴望的只是那根烟而已。

也许这是个考验，看我反应如何。

也许他是个眼目②。

我打开前门，顺手把门关上，双眼低垂，不往后看。人行道上铺着红砖。我目不斜视地盯着脚下这片长方形砖块拼出的景观，只见砖块下经年累月冻土集结的地方微微拱起，砖块颜色有些陈旧，但仍十分鲜明，纹路清晰可辨。人行道比过去干净多了。

我走到街角等着。从前我可没有等人的耐心。恭顺站立等待的人同样也是在侍奉上帝③。丽迪亚嬷嬷说。她要我们将此铭记

① 英文中 smell fishy（有股鱼腥味）及 smell a rat（闻到耗子味）为固定习语，分别指“形迹可疑”和“觉得事情不对头”，在此为双关用法。

② 这里借用了《圣经》中上帝的眼目无所不察之意，实指秘密警察式人物。

③ 此句典出自约翰·弥尔顿所作十四行诗《我的光明已耗尽》的最后一行。弥尔顿四十四岁时因劳累过度双目失明，该诗句大意为侍奉上帝可以有多种方式，包括虔心等待。

在心。她还说，你们并非个个都能善始善终，开花结果。有些人会落到干硬的地上或荆棘丛中①。有些人就是根儿浅。她说话时，下巴上那颗痣一起一落。她说，要把自己当成种子，这时的她声音格外亲昵甜蜜，但又阴阳怪气，暗藏玄机，就像过去教孩子们芭蕾的女教师的声音，好，把手臂抬高伸直，我们来扮小树。

我站在街角，权当自己是棵树。

一个脸上裹着白色双翼头巾的红色身影沿着红砖人行道向我走来。一个和我相仿的身影，一个毫无特征、难以描述的红衣女人，手中提着篮子。到了跟前，我们彼此细细打量，从面孔到裹体的筒形红布。没错，是她。

“祈神保佑生养。”她招呼道，这是我们之间的例行问候语。

“愿主开恩赐予。”我也用例行的话回答。我们转身穿过一座座大宅朝市中心走去。进城同样必须两人结伴同行，否则休想。据说是为了保护我们，可这未免荒谬透顶：难道我们被保护得还不够吗？事实是，她监视我，我监视她。万一哪天采购途中发生意外，让其中一个偷偷溜掉，另一个就得负责。

她做我的女伴已经两星期了。我不知道先前那位女伴出了什么事。总之有一天她人间蒸发了，由这个女人取而代之。这类事情是不适于打听的，因为答案往往不是你想要的。说到底也不会有答案。

这个女伴比我稍胖，褐色的眼睛，名叫奥芙格伦②。我对她的了解仅此而已。她走起路来一副端庄模样，低着头，戴着红色手套的两手在身前交叉着，踏着碎步，看上去活像一只训练有

① 此典出自《圣经·路加福音》第8章第4—7节中撒种的比喻。

② 其原文为Ofglen，意为“格伦的”。小说中所有使女的名字均由英文中表示所属关系的介词Of加上她们为之服务的大主教的姓构成，暗喻她们的附属身份。主人公名字奥芙弗雷德（Offred）也一样。

素、直立行走的母猪。两人结伴同行的采购路上她向来一本正经，从不说半句离经叛道的话，可我也一样不说。她也许是个忠实的信徒，一个名副其实的使女。我不能冒险。

“听说仗打得很顺利。”她说。

“感谢上帝。”我回答。

“主赐予了好天气。”

“真让人心情舒畅。”

“从昨天开始，又打败了一些叛军。”

“感谢上帝。”我说，没问她是怎么知道的。“那些叛军是谁?”

“浸礼会教徒①。他们在青山上有个据点。被天使军用烟熏了出来。”

“感谢上帝。”

有时我真希望她能闭嘴，让我安安静静地走路。但同时我又如饥似渴地盼望得到外界的消息，管它是什么消息；即便是谣传，其中也包含着某种信息。

我们到了第一道哨卡，这些哨卡类似道路施工或挖掘下水道时设下的路障：一个漆着黄黑两色条纹的交叉木架，上面印着一个表示“禁止通行”的红色六边形标志。关口附近悬挂着几盏灯笼，到晚上才亮。在头顶上方，我知道有探照灯，就装在电话线杆上，遇到紧急情况时启用。路两旁建有永备发射点，里面埋伏着整装待命的机关枪手。由于脸上裹着头巾挡住了视线，我看不到探照灯和那些机枪掩体，但我知道它们在那。

哨卡后面窄窄的关口旁，两个男人正在站岗。他们身穿宗教正统卫士的绿色军装，肩章和帽徽是白色三角形上两柄相交的利

---

① 基督教新教一派的教徒，该派主张成年后始可受洗，受洗者应全身浸入水中。该派别与原教旨主义信奉者对立。

剑。这些卫士不是真正的士兵，其职责为执行常规警卫并负责日常粗活，比如给大主教夫人的花园松土。他们中除了隐姓埋名、掩盖真实身份的眼目外，全都是蠢的蠢，老的老，残的残，幼的幼。

这两位年纪都很轻：一个唇髭稀疏，另一个满脸粉刺。他们的年轻令人怦然心动，但我知道自己不可受此迷惑。年轻卫士往往最危险，最狂热，动不动就开枪。他们涉世未深，对生命的意义知之甚少。和他们打交道得小心翼翼。

上个礼拜就在这里，他们开枪打死了一个女人。是个马大。当时她正在长袍里翻找通行证，被他们误以为在摸炸弹，把她当男扮女装的奸细崩了。这类意外时有发生。

丽塔和卡拉认识死者。我听到她俩在厨房里议论此事。

他们不过是行使职责，卡拉说，保证我们的安全。

没什么比死掉更安全的了，丽塔愤怒地喊，她又没惹事，凭什么打死她？

纯属意外，卡拉回答。

胡扯，丽塔说，世上根本没有什么意外，一切都是有意的。我能听见她把水槽里的盆盆罐罐弄得乒乓作响。

算了，不管怎么说，谁也不敢贸然炸掉这所房子，他得三思而行，卡拉说。

这没什么不同，丽塔说，她干活一向卖力，死得太惨了。

还有比这更惨的，卡拉说，至少这是一刹那间的事，不用受罪。

你可以这么说，丽塔说，但我宁愿慢点死，好给我时间申冤。

两名年轻卫士三指并拢，举到帽檐朝我们敬了个礼。这是对我们的致敬手势。由于我们的服务的性质，他们对我们表示敬意是理所应当的。

上了拉链的口袋缝在宽大的袖子里，我们从中取出通行证，让他们检验盖章。一个卫士走进右边的机枪掩体，把我们的号码输入电脑查验器。

把通行证还给我们时，长着桃色髭须的卫士低下头想看我的脸。我稍稍抬起头，好让他看清楚，恰好四目相对，他的脸腾地红了。他长了一张绵羊脸，长长的，带着几分哀怨，但一双眼睛却像狗眼似的又大又圆，像长毛狗，而不是小猎犬。他皮肤苍白，看上去有些病态的娇嫩，就像疥痂下的皮肉。虽然如此，我还是想把手放上去，放到这张没有遮盖的脸上。他先把目光掉开了。

这件事非同小可，它是对清规戒律的一次小小的叛逆，小到不可觉察，但类似这样的时刻是我留给自己的奖赏，就像小时候收藏在抽屉深处的糖果。这些时刻意味着各种潜在的可能，它们好似小小的窥孔，从中让人看到一个个朦胧的希望。

假如我在晚上来，在他单独值勤的时候——虽然他永远不会得到孤身一人独处的机会——让他看到白色双翼头巾之下的脸，会有什么结果？假如借着忽明忽暗的灯笼的光亮，我解下身上红色的裹尸布，把胴体呈现在他面前，他俩面前，又会有什么结果？在他们日复一日、没有穷尽地在哨卡旁站岗的时候，这些念头想必偶尔也会在他们的脑海里盘旋。毕竟这里平时没有旁人来往，只有大主教们坐在他们长长的黑色轿车里，带着沙沙声轻驰而过，或是他们一身粉蓝色的夫人们和戴着白色面纱的女儿们，她们正责无旁贷地赶去参加挽救仪式或祈祷集会，或是一身绿色、样子丑陋的马大们，偶尔还会有产车驶过，再有就是大主教们的红衣使女，她们总是步行。有时候会驶过一辆漆成黑色的有篷车，车身上印着一只白色带翅膀的眼睛。车窗是黑色的，坐在前排的人戴着墨镜：真是暗上加暗。

这种车不用说比其他任何车辆都更寂静无声。它们开过时，我们都把目光掉开。倘若里面发出声响，我们尽量充耳不闻。谁的心脏也经不起惊吓。

黑色篷车每到一个关口，不用停就被挥手放行。卫士们不愿冒险往里瞧或动手搜查，不愿冒险怀疑他们的权威。谁知道他们到底在想些什么。

就算他们心里确实有些想法，从脸上也什么都看不出来。

然而可能性更大的是他们想到的不是扔在草坪上的衣服。一想到吻，他们头脑里立刻就会随之想到探照灯扫过，子弹出膛。他们想的不是尽职尽责，而是如何晋升成为天使军士兵，那样才有可能被允许成婚，之后如果能获得足够的权利，又能活到一定的岁数，还有望分到一个属于他们的使女。

脸上长着髭须的卫士为我们打开人行道的小闸门，自己则往后退，离得远远的，让我们过去。走开后我知道他们还在望着我们，这两个尚未得到准许触摸女人的年轻人。他们只能用眼睛过过瘾。我把屁股扭了扭，感觉到整条红裙摇摆起来。就像在护盾后面对人嗤之以鼻，或者举了根骨头在狗够不着的地方逗它取乐，我对自己的行为感到羞愧，毕竟这一切并非他们的错，他们还太年轻。

随之我愧意全消。我喜欢拥有这种权利，这种挥舞狗骨头的权利，虽然被动，但总是种权利。我希望他们见到我们时会硬起来，不得不偷偷摸摸地在涂了油漆的哨卡上来回磨蹭。到了夜晚，在集体宿舍的军用床上，他们会难受无比。除了悄悄自渎外别无他法。那可是亵渎行为。这里不再有杂志，不再有电影，不再有自慰替代品；只有我和我的影子，从两个站立在路障旁，身子僵硬、目光专注的男人的视线中渐渐远去，直至消失。

第五章

我们一道走在街上。虽已出了大主教们的住宅区，眼前还是有许多大房子。其中一幢前面，卫士正在修整草坪。这些草坪干净整洁，房子外观气派典雅，整修一新；看起来就像以往印在杂志上有关家居装修的精美插图。这里同样人迹罕见，同样是一片沉睡不醒的景象。整条街活像个博物馆，又好比建来向人们展示昔日生活方式的城市模型中的一条街道。这里和那些插图、博物馆或城市模型一样，也不见孩子的踪影。

这里是基列①共和国的心脏，是除了在电视中，战争无法侵入的地方。它的边界延伸至哪里，我们无法确定，因为它随着进攻和反击的情况而不断变化。但它是国家中心，这里的一切都不可动摇。照丽迪亚嬷嬷的说法，基列共和国无边无际，基列就在你心中。

过去这里曾有过医生、律师和大学教授。但现在再也见不到律师，大学也关闭了。

从前，我有时会和卢克一道沿着这些街道散步。我们常常谈起要买一幢这样的房子，古老的大房子，把它好好整修翻新一下。我们要有个花园，花园里有供孩子们玩耍的秋千。我们会有自己的孩子。虽然我们明白很可能压根儿就养不起孩子，但它却是我们津津乐道的话题，星期日必不可少的保留游戏。这种自由如今似乎已无足轻重。

拐了个弯，我们来到一条大街，这里车辆行人多了些。汽车疾驰而过，大多数是黑色的，也有一些是灰褐色的。提着篮子的女人中，有的身着红色，有的身穿单调乏味的绿色马大装，还有的穿着条纹长裙，红、绿、蓝三色相间，一副粗俗寒酸的模样。那是穷人家太太的装束。经济太太，人们这么称呼她们。这些女人干什么没有具体分工，只要力所能及，什么都得干。偶尔也能看到一身黑衣的寡妇，过去很多，现在似乎渐渐少了。

在人行道上是见不到大主教夫人们的，只能在车里见到。

这里的人行道是水泥的，我像孩子一样小心避开裂缝处。我想起过去在这条人行道上行走的双脚，以及脚上穿的鞋子。有时是跑鞋，鞋跟富有弹性，鞋面有透气孔，还有星星形状的荧光纤维点缀，在黑暗中闪闪发光。虽然那时我晚上从不跑步，白天也只在行人较多的路上跑。

那时女人不受保护。

我还记得那些从不用讲，但个个女人都心知肚明的规矩：不要给陌生人开门，哪怕他自称是警察。让他把身份证从门缝下塞进来。不要在路当中停车帮助佯装遇上了麻烦的开车人。别把上锁的车门打开，只管朝前开。要是听到有人朝你吹口哨，随他去，不要理他。夜里不要独自一人上自助洗衣房。

我想着自助洗衣房。想着我走去时穿的衣服：短裤，牛仔裤，运动裤。想着我放进去的东西：自己的衣服，自己的肥皂，自己的钱，我自己赚来的钱。想着自己曾经是驾驭这些东西的主人。

如今我们走在同样的大街上，红色的一对，再没有男人对我们口出秽言，再没有男人上来搭讪，再没有男人对我们动手动

---

① 古代约旦河东岸巴勒斯坦地区，位于今约旦境内西北部。该地区北临雅姆河，西南接古时著名的"摩押平原"，东面无边无际。"基列"之名最早见于《圣经·创世记》第31章第21—22节有关雅各离开拉班逃往基列山王国的记载。基列是《圣经》中以色列英雄基甸（Gideon）与米甸人（Midianites）交战之地，也是公元前九世纪以色列先知以利亚（Elijah）的故乡。

脚。再没有人朝我们吹口哨。

自由有两种，丽迪亚嬷嬷说。一种是随心所欲，另一种是无忧无虑。在无政府的动乱时代，人们随心所欲、任意妄为。如今你们则得以免受危险，再不用担惊受怕。可别小看这种自由。

在我们的右前方是定做裙子的地方。有人把我们的裙子称为habits（修女服），真是个名副其实的好名字，因为该词又指“习惯”，而习惯是牢不可破的。店门口有个巨大的木招牌，形状像朵金黄色的百合花，店名就叫“田野中的百合”。这个店名原来写在百合的下面，后来被油漆盖掉了，因为他们觉得即便是店名，对我们也有太大的诱惑。如今许多地方只有招牌，而无名称。

“百合”过去是家电影院，是学生们常去的地方。每年春天那里都要举行汉弗莱·鲍加①节，前来参加的嘉宾有他的遗孀、著名演员劳伦·巴考尔②或是凯瑟琳·赫本③，她们都是自食其力、自主自强的女人。她们身穿前面有一排纽扣的衬衫，暗示着*解开*这个字眼随时可能发生。她们可以解开，也可以不解开。她们看起来有能力自行选择。当时我们似乎也能选择。丽迪亚嬷嬷说，从前那个社会毁就毁在有太多选择。

我不知道从何时起不再举行这种节日了。我准是长大了。所以不在意了。

我们没有进“百合”，而是过了马路来到一条小街上。我们

---

① 汉弗莱·鲍加（Humphrey Bogart，1899—1957），美国好莱坞著名电影演员，二十世纪四五十年代曾以“硬汉”形象雄霸美国影坛。

② 劳伦·巴考尔（Lauren Bacall，1924—2014），美国好莱坞著名电影演员及百老汇戏剧舞台演员，曾从事模特、舞蹈等。一九四五年成为汉弗莱·鲍加的妻子。

③ 凯瑟琳·赫本（Katharine Hepburn，1907—2003），美国电影及戏剧舞台演员，表演奔放、热烈，曾多次获奥斯卡金像奖。

先在一家挂着另一块木招牌的店铺前停了下来。木招牌上画着三个鸡蛋，一只蜜蜂，一头奶牛。这是“奶与蜜”① 食品店。店里排着队，大家两个两个地等候着。我看到今天有橘子卖。自从宗教信仰自由主义战士占领中美地区以来，橘子就很难买到：有时有，有时没有。战争切断了来自加利福尼亚的橘子运输。遇到置放路障或铁轨被炸事故，就连佛罗里达的橘子也难保证能运进来。看着这些橘子，我真想买一个，但我没带买橘子的代价券。回去我要把这个消息告诉丽塔，她听了准高兴。能见到橘子确实不同寻常，算得上是一个小小的成就了。

那些挨到柜台前的人把代价券交给站在柜台里面身穿卫士军服的两个男人。谁也没有多说话，只有衣服摩擦发出的窸窣声，另外还可见到女人们悄悄转动脑袋，左顾右盼的诡秘模样。在这儿买东西可能会碰上熟人，有的是从前就认识的，也有的是在“红色感化中心”认识的。只要能见到熟人的面孔就是一种莫大的安慰。要是我能见到莫伊拉，只要知道她还活着，便已足矣。在现在这种时候，能拥有一个朋友，真是让人想都不敢想。

可是，奥芙格伦站在我旁边，却不见她东张西望。或许她现在不再认识什么人，或许她们全都消失了，那些她认识的女人。或许也可能她不希望让人看见。她只是低着头，一声不吭地站立着。

就在我们两个两个排队等候的时候，门开了，又进来两个女人。两人都是使女打扮，都穿着红裙，戴着白色双翼头巾。其中一个挺着大肚子；虽然衣裙很宽，肚子仍趾高气扬地高高挺着。店里寂静的气氛顿时被打破，四周响起一片低语声。大家开始交头接耳、窃窃私语起来。我们俩也不管不顾地大胆转过头去看

---

① 典出自《圣经·出埃及记》第 3 章第 17 节：“我也说，要将你们从埃及的困苦中领出来……就是到流奶与蜜之地。”

她；手痒痒的，真想摸她一下。对我们而言，她浑身好像有一股魔力，既让人嫉妒，又让人渴望。她宛若山顶上的一面旗帜，向我们表明只要继续努力，再接再厉，我们同样能够拯救自己。

女人们叽叽喳喳的耳语声由低到高，显然个个都激动不已。

“这是谁啊？”我身后有人问道。

“奥芙维纳。不对，是奥芙沃伦。”

“啧，显摆来了。”有人低声嘘道，此话不假。因为孕妇大可不必出门，不必上街采购。每日散步，让腹部肌肉处于运动状态不再是医嘱的内容。她需要的只是做做自由体操或是一些呼吸运动。她可以呆在家里，挺着大肚子出门不安全。店门口肯定有一个卫士守着等她出来。如今她身上孕育着生命，因此也就更接近死亡，需要特别的保安措施。别人的嫉妒心就可能要了她的命，这种事曾经发生过。如今孩子个个都是宝贝，但并非人人视其为宝贝。

不过，出来走走也许只是她一时兴起，既然肚里的孩子已快足月，至今也从未发生过意外，此类的心血来潮他们也就放任迁就了。或者也许她是那种人吧，我能挺住的烈女。这时，恰好她抬起头来四处张望，我瞥见了她的脸。身后那人说得没错。她是来这儿炫耀自己的。因为她红扑扑的脸上神采飞扬，显然这里的每一刻都让她陶醉不已。

“安静。”柜台里的一个卫士喝道。顿时，我们像一群小女生一样安静下来。

轮到奥芙格伦和我了。一个卫士接过我们给他的代价券，把上面的号码输入专用电脑，扣去用额，另一个则把我们要买的蛋和牛奶递给我们。把东西放进篮子后，我们走了出去，从那个大肚子女人和她的同伴身旁经过。她的同伴看起来跟我们一样瘦弱、憔悴。那位孕妇的大肚子简直就像一只硕大的水果。奇大无比，我儿时爱用这个字眼。她把手放在肚子上，像是为了保护它，又像是要从那儿汲取温暖和力量。

当我走过时，她深深地看了我一眼。我认出了她。她也在感化中心呆过，深得丽迪亚嬷嬷的欢心。可我从未喜欢过她。那时她的名字叫珍妮。

珍妮看着我，接着，嘴角露出一丝得意的微笑。她把目光扫过我红裙下扁平的肚子，双翼头巾遮住了她的脸。我只能看到她露出来的一部分前额和粉红色的鼻尖。

接着我们进了起名“众生”的肉店。招牌是用两根链子吊起来的一块猪排形状的木头。这里人不多，不用排队。肉很贵，就连大主教们也不能天天吃上。但奥芙格伦还是买了牛排，这已是这个星期的第二次了。我要把这件事告诉马大们：她们最爱听这类消息。对别人家怎么过兴致盎然。此类鸡毛蒜皮的谈资让她们有机会得意或是不满。

我买了鸡，这些宰好的鸡用纸包着，外面用线捆扎。现在塑料包装已难得见到。我还记得从前去超市买东西带回来的数不清的白色塑料包装袋；因为舍不得扔掉便全塞在洗涤槽下面的橱柜里。有时多得只要一开橱柜的门，它们便“扑”地一声掉到地上。对此，卢克常大发牢骚，隔一段时间他会把袋子统统扔掉。

女儿会把袋子套到头上去的，卢克总是说。你知道，孩子们总喜欢那么玩。不会的，我总是反驳。她已经长大了（要么就说她聪明过人，或是幸运过人），不会这么干的。但随即我内心会感到一丝恐惧的寒意，会为自己的粗心感到内疚。确实，我对许多事情太想当然了；我过去总相信命运。我会把袋子收在高一点的橱柜里，我说。别留着，他会说，这些东西毫无用处。可以当垃圾袋，我会说。他又会说……

不行，此时此地，众目睽睽，不能这样胡思乱想。我转过身，看到自己映在厚玻璃窗上的影子。我们已经走了出来，来到大街上了。

远处有一群人朝我们走来。看起来像是从日本来的游客，也许是一个贸易代表团，来此地观看名胜古迹或出来见识地方风情。他们个个身材矮小，但着装整齐；男男女女都拿着相机，面带微笑。他们环顾四周，两眼发亮，像知更鸟一样歪着头，那副兴高采烈的样子肆无忌惮。我忍不住盯着他们看。我很久没看到女人穿那么短的裙子了。长度刚过膝盖，只穿着薄薄丝袜的两条小腿公然裸露在外。高跟鞋细细的带子襻在脚上，看上去仿佛是精美的刑具。由于鞋跟又细又高，她们走起路来摇摇晃晃，像在踩高跷；腰陷进去，整个背成了拱形，屁股向外撅着。她们头上无遮无盖，一头秀发暴露在外，油黑亮泽，性感十足。湿润的嘴唇上沿着唇线涂着红色的唇膏，就像从前厕所墙上常见的胡抹乱画。

我停住脚步。在我身旁的奥芙格伦也停了下来。我知道她同样也在目不转睛地望着那些女人。她们看起来既让人着迷，又让人反感。在我们眼里，她们就像没穿衣服一样。对此类事情，我们的观念转变得真够快的。

接着我想，过去我也曾这么穿过。那便是自由。

西化，过去人们这么形容。

那些日本游客谈笑风生地朝我们走来。这时要掉开脸已为时过晚：他们已经看到了我们的脸。

人群中的一个显然是翻译。他身穿一套普通的蓝色西装，红格子领带上面别着翼眼别针。他走上前来，站到我们面前，挡住了去路。别的游客也拥上来，其中一个举起了相机。

“对不起，”他彬彬有礼地对我们说，“他们问是否可以拍你们。”

我低头看脚下的人行道，摇头表示不同意。他们看到的不过是白色双翼头巾，一点点面孔，下巴和部分嘴巴。但绝对看不到眼睛。我知道还是不要直视翻译为妙。许多翻译都是眼目，起码人们都这么说。

我也知道此时绝不能回答同意。谦逊就是把自己隐藏起来，丽迪亚嬷嬷说。永远不要忘记。要是让人看到——要是让人看到——便意味着——她的声音发颤——能够被人看透。而你们，姑娘们，必须使自己成为看不透的人。她把我们称为姑娘们。

我身旁的奥芙格伦也缄口不言。她已把戴着红手套的双手缩进袖子里，藏了起来。

翻译转向人群，断断续续地对他们说着什么。我知道他会说些什么。我知道那套说辞。他会告诉他们这里的女人与别处风俗不同，用相机镜头对准她们，对其来说是一种冒犯。

我低头看着人行道，那些女人们的双脚简直令我着迷。其中一位穿着露出脚指头的凉鞋，脚指甲涂成粉红色。我还记得指甲油的味道，记得第一遍没干透，第二遍就匆匆涂上去后起皱的样子，记得薄薄的连裤袜与皮肤的轻柔相触，记得脚指头在全身重量的压迫下挤向鞋子前端的感觉。涂了脚指甲油的女人两脚交替了一下，我仿佛觉得她的鞋就在我的脚上。指甲油的味道令我如饥似渴。

"对不起。"翻译又转身朝我们说。我点点头，表示听到了。

"这位游客问，你们快乐吗？"翻译说。我能想象得出，他们对我们有多么好奇：她们快乐吗？她们怎么可能快乐？我能感觉到他们亮晶晶的黑眼睛片刻不离我们，身子微微前倾，等着我们回答，女人们尤其如此，男人们也不例外：因为我们神秘莫测，不可接近，我们令他们亢奋。

奥芙格伦一声不吭。顿时出现一片静寂。有时不说话同样危险。

"不错，我们很快乐。"我喃喃道。我总得说些什么。除此之外，我又能说什么呢？

第六章

走过“众生”肉店一个街区了，奥芙格伦停下脚步，似乎犹豫不决该何去何从。我们可以选择。可以直接回去，也可以绕点弯路回去。我们心里都清楚会走哪条路，因为我们总走那条路。

“我想走教堂那条路。”奥芙格伦似乎很虔诚地开口说。

“好吧。”我应道，虽然两人都心照不宣她想走那条路的真正原因。

我们不紧不慢地朝前走着。太阳出来了，天上一团团毛茸茸的白云看起来就像缺了头的绵羊。由于我们裹着白色双翼头巾，眼前被遮挡住，向上看很吃力，很难完完全全看到完整的天空或其他东西。但我们却设法做到了，一次一点地迅速地移动头部，上下左右前后。我们已经学会在急促的喘气间看清这个世界。

继续向前走的话，右边有一条街，沿着这条街可以到小河边。那里有一幢原先存放赛艇的船库，几座桥，一些树木，以及绿茵遍地的河岸。人们可以坐在岸边观看潺潺流水，还有光着膀子赛艇的年轻人，他们在骄阳下挥动船桨，你追我赶，一比胜负。往河边去的路上有过去的学生宿舍，现已改作他用。楼顶上童话般的角塔被刷成白色、金色和蓝色。每当我们想起往事，浮上脑海的总是美好的东西。我们总是希望把往事想得尽善尽美。

足球场也在那儿。如今它被用来举行挽救男人仪式。还有足球赛。这类赛事倒还保留着。

我再没有去过河边，也没有到那些桥上。我也再没有乘过地铁，虽然不远处就有一个车站。我们不得乘坐地铁，地铁站有卫士站岗。我们没有正当理由走下那些石阶，乘上水底地铁到市中心去。我们干吗想从这里到那儿去？那样做不会有好结果，他们终归会知道的。

这是一座规模不大的教堂，是这里最早修建的教堂之一，有几百年历史。如今它已不再用作教堂，而是一座博物馆。人们可以在里面看到许多画像，有一身素裹、长裙曳地、头戴白色帽子的女人；也有身板笔直、穿着深色衣服、表情肃穆的男人。全都是我们的祖先。免费参观。

但我们没有进去，而是站在小径上望着墓地。古老的墓碑仍伫立在那里，任凭风吹雨淋，日渐风化，以其象征死亡的骷髅白骨、脸蛋模糊不清有如面团的天使塑像、时刻不停的沙漏——它们提醒我们人世间的光阴飞逝如梭——以及以后的世纪开始出现的骨灰盒和杨柳树，供人们凭吊死者，寄托哀思。

他们倒没有把墓碑和教堂怎么样。他们憎恨的是过去不久的那段历史。

奥芙格伦低着头，似乎在祈祷。她每次来这里都要这么做。也许，我想，她也失去了什么亲人，一个特别亲的亲人；一个男人，或是一个孩子。但我对此有些半信半疑。在我眼里，她是一个做什么事都是做给人看的女人，只是做戏而已，没有半点真实。我觉得她诸如此类的举动纯粹是为了美化自己。千方百计地充分表现。

但在她眼中，我一定也是这样一个人。怎么可能会有其他情形呢？

此刻我们已背对教堂，一堵围墙呈现在眼前，它才是我们此行真正想看的。

这堵围墙也有几百年的历史了，至少有一百多年了。它由红砖砌成，就像人行道一样。一度肯定也曾在朴实中尽显壮观气派。如今大门入口处已有人站岗，墙顶的铁柱上新近安装了模样丑陋的探照灯，墙底四周布满带刺的铁丝网，墙顶上插着用混凝土粘住的碎玻璃碴。

没有人主动穿过大门走进围墙里。种种防范措施是针对试图出逃的人设计的。从里面出来，必须穿过电子警报系统，在这种情况下，即使是跑到墙边也几乎毫无可能。

又有六具尸体悬挂在靠近大门口的围墙上。他们被吊着脖子，双手绑在身前，白色布袋罩着他们的头，歪歪地耷拉到肩膀。今天早晨，一定又举行过一场挽救男人仪式。我没有听到钟声。可能是已经习惯了这一切，充耳不闻了。

我们像听到信号一般同时停下脚步，站着注视那些尸体。看他们不会招来麻烦，这些尸体本来就是挂在那里示众的。有时，尸体会被挂上好些天，一直到有新的一批来换下他们，这样人人就都有机会看到了。

这些人被挂在吊钩上。为此，墙缝里专门安了好些个吊钩，许多吊钩都还空着。这些钩子看起来就像给断肢患者用的假手。或像一个个歪倒着的钢制问号。

最可怖的是他们头上的白布口袋，即便是他们的脸露出来也不会比那些布袋更令人毛骨悚然。这些口袋使他们看起来像没有画上脸蛋的布娃娃；像稻草人，从某种意义上说也确实如此，因为他们就是用来吓人的。他们的头还像是大口袋，里面塞着某种没有明显特征的东西，比如面粉或面团。显然，他们脑袋的沉重和空无一物，加上地球引力的作用，把它们使劲往下拉，再也没有生命力能让它们重新抬起来了。这些头颅就像一个个零。

当然，只要你不停地盯着，就像我们现在一样，便可以看到布袋下面部的轮廓，隐隐约约。那些头颅就好比雪人的脑袋，用煤炭和胡萝卜做的眼睛和鼻子已经脱落。头部正在融化。

不过，在一只白布袋上可以见到血迹。那地方一定是嘴所在的部位。血从白布里渗了出来，印出另一张嘴，一张红红的小嘴，就像幼儿园孩子用粗笔画出来的样子。那是孩子心目中的微笑模样。人们的注意力最终总是集中到这血迹凝成的微笑上。毕竟，他们不是雪人。

这些男人都穿着白大褂，就像医生或科学家们穿的那种。当然，平时被处死的并不仅限于医生和科学家，还有其他人。但今天早上白大褂恐怕是要告罄了。每人脖子上都挂了个牌子说明被处决的原因：利用吸宫术扼杀人类胚胎。这么说，从前在这种事被视为合法的时候，他们是医生。天使的制造者，人们过去常这么称他们。要么是其他什么称谓？现在，他们可能因医院档案被搜查而暴露出来，或者——更大的可能是被人告发，因为一旦大家看清了事态发展趋势之后，大部分医院便销毁了相关记录——告密者也许是过去的护士，也许不止一个，因为单单一个女人提供的证据不可能被采纳；告密者也可能是另一名医生，为求自保告发他人；告密者还可能是某个受到指控的人，为了自己活命而孤注一掷、信口开河，不惜栽赃诬陷自己的仇人，向其大泼污水，肆意攻击。但是告密者并不都能因此而被赦免。

我们被告知，这些男人就像战犯。就算他们的所作所为在当时是合法的，也不能作为借口：其罪行是有追溯效力的。他们既已犯下了暴行，就必须绳之以法以告诫他人。尽管这在现在看来显然是多此一举、毫无必要。在如今的日子里，任何一个头脑正常的女人只要能幸运地怀上孩子，便决不会不让孩子降生。

我们理应对这些尸体满怀仇恨和蔑视。可我的感觉却并非如此。这些挂在围墙上的尸体是时光旅行者，不合时宜的人。他们从过去来到这里。

我对他们的感觉是一片空白：我所有的是不该有的感觉。我还有一种松了口气的感觉，因为卢克不在他们中间。卢克从前不是医生。现在也不是。

我注视着那个红色的微笑。这个微笑红得与赛丽娜·乔伊家花园里郁金香的颜色如出一辙，那茎部仿佛正在愈合的伤口的颜色。它们颜色相同，两者之间却并无联系。郁金香不是鲜血的郁金香，红色的微笑也不是花朵，两者无法相互比照，相互说明。郁金香不能作为怀疑那些被绞死的人是否存在的理由，反之亦然。每样东西都是千真万确的实际存在。正是在这一片真真切切实际存在的物体中，我每日每天必须以各种方式选择我要走的路。我费尽力气将它们区分开来。我必须这么做。在我内心里，我必须将它们分得一清二楚。

我感觉到身旁的女伴颤抖了一下。她在内心哭泣吗？可在表面上是如何显得如此若无其事的？我无从知晓。我发觉自己的双手紧紧抓住篮子的提手。我什么也不会讲出去的。

所谓正常，丽迪亚嬷嬷说，就是习惯成自然的东西。眼下对你们来说，这一切可能显得有些不太正常，但过上一段时间，你们就会习以为常，多见不怪了。

3
夜

第七章

整个夜晚都是我的，属于我自己的时间，我想干吗就干吗，只要我安安静静，不吵不闹。只要我不走动。只要我一动不动地躺着。躺和放倒是有区别的。放倒总是被动的。连男人们过去也常说，我喜欢被人放倒。虽然有时也会说，我想放倒她。所有这一切纯粹只是猜测而已。我并不真正清楚男人们过去常说些什么，我只是听他们这么说过。

于是，我躺在屋里，盖着整洁的被单，背对着白色的窗帘，面朝着天花板上的石膏眼睛，我步离了自己的时光。步出时光之外。虽然时光犹在，我的人犹在。

可夜晚是可以任由我的神思随处徜徉的时候。上哪儿去呢？

一个好地方。

莫伊拉坐在我的床沿，跷着二郎腿，一只脚踝搭在另一只的膝盖上。她穿着紫色的工装裤，一边耳朵挂着耳环，指甲涂得金澄发亮以示与众不同，手里夹着一支烟。她的手指短短粗粗的，指尖被烟熏得焦黄。走，去喝杯啤酒。

你把烟灰弄到我床上了。我说。

如果你肯去不就没这个问题了，莫伊拉回答。

再过半小时，我说。我有篇论文第二天要交。哪方面的？心理学、英语、经济学。那时我们学的不外乎这类东西。房间的地板上四处扔着摊开的书本，显得奢侈、铺张。

现在就走，莫伊拉说。不用往脸上涂脂抹粉了，就我和你。

你的论文写什么？我刚写了一篇有关约会强奸的论文。

约会强奸，我重复道。你可真时髦，听起来就像一道甜点。枣油菜①。

哈哈，莫伊拉大笑，说，带上你的外套。

她抓起我的外套，扔给我。借我五块钱，行吗？

或者是某地的一个公园，和母亲一道。当时我几岁？天气很冷，口中呵出的气体在眼前形成雾气。树上的叶子都掉光了；天色灰暗，池塘里有两只鸭子，神情哀伤。我的手插在口袋里，揉捏着一团面包屑。对了：母亲说我们去喂鸭子。

可是，有些女人在那儿焚书，这才是她去那儿的真正原因。看她的朋友。她对我撒了谎。周六原是属于我自己的日子。我独自闷闷不乐地向鸭子走去，但大火令我止步不前。

女人当中也有些男人。那些书都是杂志。他们准是朝火里倒了汽油，否则火焰不会喷得那么高。然后，他们开始从箱子里把杂志倒出来，扔进火里，一次扔几本。一些人口中念念有词，围观者越聚越多。

他们脸上的神情是快乐的，几乎是欣喜若狂。火焰可以造就这种效果。就连我母亲一向苍白瘦削的脸此刻也容光焕发，喜气洋洋，活像一张圣诞贺卡。另外一个女人身材高大，戴着橘黄色的针织帽，一边脸颊沾上了烟灰。我记得她。

想扔一本吗，宝贝？她问。当时我几岁？

谢天谢地总算摆脱这些东西了，她笑着说。可以吗？她问我母亲。

只要她愿意，母亲回答；她跟别人谈论我的口气就像我是个什么也听不见的聋子。

---

①“约会强奸”和“枣油菜”在英文里均为 date rape，为同形异义词。

那女人递给我一本杂志。杂志上印着一个全身一丝不挂的漂亮女人，双手被链条捆绑着吊在天花板上。我饶有兴趣地盯着她，一点也不害怕。我觉得她在荡秋千。跟在电视上看到的泰山①吊在藤蔓上荡来荡去一样。

别让她看，母亲忙说。哪，她朝我说，扔进去，快点。

我把杂志扔进火里，一阵烈焰将杂志掀翻开来。一张张书页松散脱落，带着火焰在空中飘舞。支离破碎的女人身体在我眼前被焚烧成黑色灰烬。

可是，后来发生了什么？后来怎么样了？

我知道自己曾让时光白白流走。

一定少不了针筒、药片以及诸如此类的东西。我那么久人事不省，不可能没有人来救我。你昏过去了，他们对我说。

我会在一阵声嘶力竭中神志迷乱地苏醒过来。那种感觉犹如波涛翻滚一般。我记得感觉很平静。记得自己在嘶声尖叫，不过这都只是感觉而已，说不定只是一声喃喃低语。她在哪儿？你们把她怎么样了？

恍惚中我不知是昼是夜，眼前的一切忽隐忽现，混沌一片。过了好一阵子，才重又看到了椅子、床铺，最后看到了窗户。

她被照顾得很好，他们说，同合适的人在一起。你不合适。不过你肯定希望她得到最好的东西，不是吗？

他们让我看一张她的照片，照片上的女儿站在屋外草坪上，鹅蛋脸的皮肤紧绷着。金黄色的头发紧紧束在脑后。一个我从未见过的女人牵着她的手。她只有那女人胳膊肘那么高。

你们杀了她了，我说。她就像一个天使，圣洁、小巧，用空

---

① 泰山（Tarzan），丛林冒险小说《人猿泰山》（*Tarzan of the Apes*）中主人公名。后拍为电影。

气吹成。

她身穿一件我从未见过的裙子，一条白色的曳地长裙。

我宁愿把这当作一个纯粹由我讲述的故事。我需要这么想。我必须这么想。只有能够把这些故事仅仅当作是故事的人才能看到更多的希望。

倘若这是一个由我讲述的故事，我就能随意控制它的结局。那样，就会有个结局，故事的结局。真实生活将尾随其后。我可以在中断的地方重新拾起接续。

可它并非我正在讲述的故事。

也可以说它是我正在讲述的故事，随着我的生活，在我的脑海里进行着。

是讲，而不是写，因为在我身边没有可以书写的工具，即使有也受到严格禁止。但是，只要是故事，就算是在我脑海中，我也是在讲给某个人听。故事不可能只讲给自己听，总会有别的一些听众。

即便眼前没有任何人。

讲故事犹如写信。亲爱的你，我会这样称呼。只提你，不加名不带姓。加上一个名字，就等于把你和现实世界连在一起，便平添了莫大风险和危害：谁知道你活下来的机会能有多少。因此，我只说你，你，犹如一支古老的情歌。你可以是不止一人。

你可以是千万个人。

我眼下尚无危险，我会对你说。

我会当作你听到了我的声音。

可是这无济于事，因为我知道你无法听见。

4 等待室

第八章

连日来一直是好天气。几乎像是进入了六月。过去这种时候，我们会拿出夏天的裙子、凉鞋，出外吃冰淇淋甜筒。围墙上又换了三具尸体。一个是牧师，仍穿着黑色的法衣。法衣是审判时给他穿上去的，虽然早几年在宗教派系之战刚刚开始时，牧师们就不再穿法衣了，因为黑色的法衣使他们过于引人注目。其他两个脖子上挂着紫色的告示牌，牌子上写着：背叛性别①。他们仍身着卫士军服。准是两人苟合时被捉了个正着。但是，在哪儿呢？宿舍里，或是在浴室里？难说。带着血红微笑的雪人已了无踪迹。

“咱们该回去了。”我对奥芙格伦说。这话一般都由我说出口。有时我觉得要是我不开口，她会在那儿永远呆下去。可她究竟是在哀悼还是在幸灾乐祸？我依然不甚明了。

她一言不发地转过身。似乎她需要靠声音来激活，似乎她是一台轮子未上足油的机器，难以开动，又似乎她是八音盒上的小人儿，要上足发条才会随着音乐旋转。我讨厌她的矜持，讨厌她温顺的脑袋，整天低垂着，似乎风太强劲，吹得她抬不起头来。可周围一丝风也没有。

我们离开了围墙，沐浴着温暖的阳光，沿着来时的路往回走。

“好可爱的五月天。”奥芙格伦开口道。我没有看她，但能感觉到她把头转向我等着我回答。

“是很可爱。”我说。想想我又添上一句：“感谢上帝。”五月天（Mayday）在很早以前，曾经是一场大战中使用的求救信号，这是我们在高中时学到的。我总是把那些大战混为一谈，不过只要稍加留意，还是可以通过每场大战使用的战斗机把它们分辨清楚。但有关 Mayday 的一些信息是卢克告诉我的。Mayday，Mayday，这个信号是战斗机被击中时飞行员使用的，它还用于海上航船——航船也使用这个信号吗？或许航船使用的是 SOS。我真希望能去查个清楚。这个词是从贝多芬那里借用的，用来庆祝其中一场大战初战告捷。

你知道 Mayday 来源于哪个词吗？卢克问。

不知道，我说。用这样一个词来当求救信号，有点怪怪的，你不觉得吗？

报纸加咖啡，星期日的早晨，女儿降生之前。那时还有报纸。我们习惯在床上看报。

它来自法语，他说。来源于 M'aidez 这个词。

救救我。

一个由三位女人组成的小小的殡葬队朝我们走来。每人的头巾上都套着一条透明的黑纱巾。一个经济太太和两个哀悼者，也是经济太太，大概是她的朋友吧。她们身上穿的条纹裙子已经破旧不堪，正如她们的脸，一副饱经风霜的模样。随着世道好转，丽迪亚嬷嬷说，就不会再有人去当经济太太了。

走在最前面的是死者的亲人，孩子的母亲。她双手捧着一个黑色的小罐。从罐的大小可以得知孩子从在母体怀胎到流产死亡共活过了多少日子。不过两三个月吧。胎儿太小，还看不出来是不是个正常的孩子。月份大一点的死胎或一出生就夭折的胎儿是

---

① 处死同性恋者：做法系遵照《圣经·利未记》第 20 章第 13 节“人若与男人苟合，与女人一样，他们二人行了可憎的事，总要把他们治死，罪要归到他们身上。”

装在箱子里的。

队伍经过我们面前时，我们停住脚步，以示凭吊。我不知道奥芙格伦是不是对我的举止有所觉察。我只觉得小腹如刀刺般剧痛。我们把双手放在胸脯上，向那些陌生的女人表示我们对其痛失爱子深表同情。出乎意料，走在最前面的那个女人透着面纱横眉怒目地瞪着我们，另一个则把脸撇到一边，往人行道上啐了一口。这些经济太太不喜欢我们。

走过一间间商店，我们又来到关卡前，检查，通过。接着继续穿行在看上去空无一人的大房子和不见一根杂草的草坪间。到了离我提供服务的大主教家不远的拐角处，奥芙格伦停了下来，转向我。

“我主明察。”她说。合适得体的告别语。

“我主明察。”我回道。她微微点了点头，犹豫了一下，似乎想再说些什么，结果什么也没说，转身沿街走去了。我望着她的背影。她就像镜子中我的身影，而我正从镜子前走开。

尼克又在车道上擦拭那辆“旋风”车，已经擦到车身后面的镀铬金属装饰板。我把戴手套的手放到门闩上，打开它，推门进去，门在我身后咔嗒关上。小径两旁狭长花坛里的郁金香开得更加红艳，不再像小酒杯似的含苞欲放，而是如大酒杯一般灿烂盛开，争奇斗艳。可这有何意义？毕竟它们肚里空空。时间一到，花心迸出，接着便慢慢开裂凋零，花瓣如碎片般四处撒落。

尼克抬起头，吹着口哨，嘴里说：“走得还愉快吧？”

我点点头，但没有用声音作答。他不该同我讲话。当然，有些人还是会斗胆一试，丽迪亚嬷嬷说。所有肉体都是软弱的。所有肉体都是一根小草，我在心里暗暗纠正她的说法。他们控制不住自己，她说，上帝将他们造就成那样，可上帝没有把你们造就成那样。上帝使你们和他们不同。因此得靠你们去制定界规，日后你们将被感恩不尽。

房子后面的花园里，大主教夫人正坐在自己带出来的椅子里。赛丽娜·乔伊，多么愚蠢的名字①！这名字听起来就像过去涂在头上，把头发弄直的直发剂的商标名。Serena Joy，瓶子上这么写着，外加一个漂亮的女人头部剪影，印在粉红色的椭圆中间，椭圆四周是扇形的金色饰边。有那么多名字可以选择，为什么她独独选中这个？赛丽娜·乔伊从来就不是她的真名实姓，以往也不是。她的真名叫帕姆，我是在一本新闻杂志上有关她的个人档案里读到的。那已经是距星期天早晨趁妈妈在屋里睡觉，我第一次在电视上见到她唱歌之后很久的事了。当时她已小有名气，个人档案也随之上了报刊杂志，好像是《时代周刊》，要么就是《新闻周刊》，没错的。自那以后，她不再唱歌，摇身一变，开始四处演讲。她十分擅长此道。演讲内容大都有关对家庭的神圣义务，关于女人该如何安于家中，相夫教子。赛丽娜·乔伊自己并没有这么做，她只是一味地发表演说，但她把自己未能身体力行归因于为了大众利益而作出的牺牲。

在那段时间里，曾有人企图暗杀她，不巧失手，误杀了站在她身后的女秘书。还有人曾在她的小车里放置炸弹，结果炸弹提前爆炸了。虽然也有传言说车里的炸弹是她自己放的，为的是博取同情。当红人物和轰动事件向来如此，总是被炒得沸沸扬扬。

卢克和我经常在夜间新闻里见到她。我们常常穿着浴袍，戴着睡帽，看她披散着头发，一副歇斯底里相，泪水肆意横流。她仍然有这个本领，可以让眼泪随心所欲，召之即来。睫毛油染黑了她的双颊。那时她妆化得更浓。我们都觉得她很滑稽。起码卢克觉得她滑稽。而我只是表面上这么想。实际上，她有点吓人。

---

① 赛丽娜·乔伊，原文为Serena Joy。Serena发音近似serene（娴静的），Joy意为“快乐”。此名极具讽刺意味，因为现实中的赛丽娜·乔伊既不娴静，也不快乐。

狂热得吓人。

如今她不再演说。变得少言寡语。她开始呆在家里，闭门不出。但似乎这种生活方式与她格格不入。既然她信奉自己说的话句句是真，心中一定为此郁积着不知多少恼怒。

她两眼望着郁金香，拐杖放在身边的草地上。她侧对着我，这是我从她身边经过时从眼角飞快的一瞥中见到的。正眼打量绝对不行。这不再是一张毫无瑕疵、剪纸般轮廓清晰的侧面，脸颊早已凹陷下去。它使我想起建在地下河上的城镇、房屋和街道，一夜之间突然陷入泥沼，消失得无影无踪；或者是突然坍塌，陷进地下矿井的煤城。她在看清未来一切的真实面目后，身上一定也发生过类似变故。

她连头都不转。她根本不肯以任何方式承认我的存在，尽管明知我就在身旁。我肯定她知道，这种时候她就像一种气味，一种发酸的气味，如同馊掉的牛奶。

你们要当心的不是丈夫，丽迪亚嬷嬷说，而是那些夫人。你们必须时时准备去揣度她们的感受。她们会对你们恨之入骨，这是再自然不过的。试着设身处地为她们着想。丽迪亚嬷嬷觉得她就善于替别人着想。试着怜悯她们，谅解她们，因为她们并非有意如此。说着，她脸上又出现那种乞丐一般低三下四、战战兢兢的媚笑，呆滞木讷的眼睛眨巴着，目光朝上，透过圆形钢边镜框，投向教室后面，似乎那儿漆成绿色的石膏天花板正缓缓开启，上帝正站在珍珠牌香粉堆成的云端，穿过重重铁丝网和喷水器械向我们走来。你们应该想到，她们都是受挫的女人，无法……

说到这里，她的声音戛然而止，陷入停顿。这当儿，我听到一声叹息，是我身边周遭的人共同发出的叹息。在这种停顿的时候，弄出任何细小声响或挪动身体都是不合时宜的。虽说丽迪亚嬷嬷看上去入了神，但任何动静都逃不过她的眼睛。因此，只有叹息。

未来在你们掌握之中，她重新开口道。她向我们伸出双手，这种姿势自古以来就是拥抱或接纳对方的表示。在你们掌握之中，她边说边瞅着自己的双手，似乎是那双手给了她这种启示。但她那双手里什么也没有。它们空空如也。相反，倒是我们这双手被认为是满载未来，我们可以将其把握，却不能亲眼领略。

我绕到后门，推门进去，将篮子放在厨房的桌子上。桌子已擦干净，不见一点面粉。刚出炉的面包在烤架上凉着。厨房里弥漫着发酵粉的味道，勾起我缕缕怀旧之情，让我想起别的厨房，别的属于我的厨房。那厨房闻起来有母亲的味道，虽然我的母亲不做面包。它还发出我的味道，过去的我，那时我也是母亲。

这是一种充满危险的味道，我必须将其拒之门外。

丽塔坐在饭桌边，正给胡萝卜削皮切片。都是些很老的胡萝卜，一根根很粗，在冬季储存过久，长出了长长的须根。新鲜的胡萝卜粉白脆嫩，还要过几个星期才能上市。她用的那把刀锋利锃亮。我真想拥有一把这样的刀子。

丽塔放下手中的活，站起来，急不可待地将篮子里的东西一包包拿出来。她期待着看我会买回什么好东西。可一经打开那些东西，她总是大失所望，我买的东西没有一件是让她完全满意的。她总觉得换成她去采购，买的东西准会好得多。她宁愿去采购，买她想要的东西。她嫉妒我能出去走动。在这座房子里，大家相互嫉妒。

“‘奶与蜜’店里卖橘子，”我说，“还剩下一些。”我惠赠礼物似的把这个消息告诉她，希望借此取悦于她。昨天我就看到橘子，但没告诉丽塔；昨天她脾气太大了。“你把买橘子的代价券给我，明天我买一些回来。”我说着，把鸡递给她。她今天想要牛排，可今天偏偏没有牛排。

丽塔嘴里嘟囔着，既没有表示高兴，也没有表示接受。但她的嘟囔声似乎在说，在她心情愉快的时候，她会考虑的。她解开捆鸡的绳子和釉纸包，戳戳鸡身，折折鸡翅膀，再把一根手指伸进鸡腹腔，掏出内脏。那只鸡只管躺在那儿，缺头少爪，发抖似的起着一身疙瘩。

“今天是洗澡日。”丽塔说，正眼也不瞧我一眼。

卡拉从后面放着拖把和扫帚的餐具室走进厨房。“有鸡呵。”她不无开心地喊道。

“太瘦了，皮包骨头，”丽塔说，“不过也只好将就了。”

“没有多少可挑的。”我说，丽塔不理我的茬。

“我觉得够大的。”卡拉说。她在为我说话吗？我看着她，想看看是否应该报以微笑。不，她关心的只是食物而已。她比丽塔年轻；阳光从西边窗户斜斜地照射进来，照在她从中间分开往后梳的头发上。她一定在不久前还曾经漂亮过。她的两只耳朵各有一个小小的疤痕，酒窝一般，那是先前挂耳环穿的耳洞，如今已经长平。

“身架子是够大的，”丽塔说，“但没肉。你应该跟他们说说，”她第一次正面冲着我说，“别让他们把你当普通人看待。”她指的是大主教的地位。但从另一层意思来说，在她的意识中，我就是普通人。她已经六十多岁了，思维早已定型。

她走到水池边，在水龙头下随便冲了冲手，用擦碗布擦干。擦碗布是白色的，相间着蓝色条纹。这件东西倒是和过去一般无二。有时，诸如此类常态无异的东西会像伏兵似的突然在我脑海里闪现。普通平常的东西，时不时猛地踢上一脚似的提醒你。我毫无来由地望着擦碗布，屏住呼吸。对某些人而言，在某些方面，世事并未变得面目全非。

“谁来帮她弄洗澡水？”丽塔没理我，朝着卡拉问。“我得对付这只鸡。”

“我来，”卡拉说，“等我打扫完后就去。”

“反正你记住就是了。”丽塔说。

她们谈论着我，仿佛我什么也听不见。对她们而言，我只是众多家务事中的一件。

我可以走了。我拿起篮子，出了厨房门，顺着走廊朝大摆钟走。起居室的门关着。太阳透过彩色气窗，在地板上洒下色彩斑斓的光影：红的，蓝的，紫的。我迈入光影中，伸出双手；手中立时充满五彩缤纷的光的花朵。我走上楼梯，远远地，我的脸呈现在大镜子里，苍白、变形，向外凸出，像一只被挤压的眼珠。我沿着灰粉红色的窄长地毯，上楼走过长长的过道，往房间走去。

有个人站在过道上靠近我房门的地方。过道光线幽暗，是个男人，背朝着我，正朝背光的屋里张望。我看清楚了，是大主教，他不该在这里的。听到我的声音，他转过身，犹豫不决地走上前来。向我走来。他犯规了，我该如何是好？

我停下脚步，他也止步不前，我看不到他的脸孔，但知道他盯着我。他想要什么？但紧接着他又继续向前走，低着头从边上绕过我身旁，走远了。

有个东西在我眼前显现，可那是什么？它如同在起伏的山头上瞬间捕捉到的一面不明国度的旗帜，它或许意味着攻击，或许意味着和谈，或许意味着接近某个边缘地带，某片领土。如同动物间相互发出的信号：垂下蓝色眼帘，耳朵向后翻，颈背毛竖起。暴露在外的牙齿一闪而过，他究竟以为他在干什么？希望没有旁人瞧见他。他入侵了吗？他进我房间了吗？

我把它称作我的房间了。

第九章

我的房间。看来总会有一些我得称为自己的空间，即便在这种时候。

我等候着，在我自己的房间里，此刻它是一个等待室。上床后它才是卧室。窗帘依然在微风中晃动，室外阳光依然高照，不过已经开始西斜，不再直射进窗子。我力图如实讲述，不加任何编造成分，起码这个绝对不是故事。

有人过去曾住过这间屋子。在我来之前。某个像我一样的人，或者说我宁愿这么想。

这是我住进来三天后发现的。

为了打发百无聊赖的时光，我决定对这间屋子进行一番勘察。就像勘察酒店客房一样，不慌不忙地，不带任何会碰上什么稀奇之事的指望，只是把书桌抽屉和小柜子门打开又关上，拆开单独包装的小肥皂，捅捅枕头。我还会再有机会呆在酒店客房里吗？我是如何挥霍了那些客房，那种逃脱睽睽众目的自由啊。

租来的放纵。

在许多个下午，当时卢克还在躲着他的妻子，我呢，也还只是他头脑中的幻象。那是在我们结婚之前，在我成为他实实在在的妻子之前。我总是先到那里，开好房间。实际上并没有那么多次，可现在回想起来，那段时间就像有十年那么长，一个世纪那么长。我还记得当时穿的衣服，每一件衬衣、每一条披巾都记忆犹新。在等待他的过程中，我总是坐卧不宁，在房间里走来走去，把电视机开了关，关了开，在耳朵后面洒上香水，鸦片牌的。它装在一个橙红和金黄色的中国风的瓶子里。

我有些紧张。我怎么知道他是否爱我？也许这只是一桩短暂的恋情。为什么我们总喜欢说*只是*？尽管那时男女可以互相试婚，随便得很，就像衣服，不合适的尽可一扔了之。

门上终于响起敲门声，我应声打开，如释重负的同时满怀渴望。他是那样的短暂，被压缩成那么一点点时间。但同时又似乎无限长久，没有尽头。事后，我们会躺在那些午后的床上，手放在对方身上，细细商量解决办法。什么可能办到，什么不可能办到。该怎么办？我们认为自己面临这些问题。我们怎么知道会不会幸福？

可事到如今，就连那些客房也同样令我魂牵梦绕。就连墙上挂着的蹩脚的油画也让我难以忘怀。有阔叶树林中落叶缤纷或冰雪消融的风景画；有身穿古代服装，长着瓷娃娃脸蛋，裙子后面用撑架撑起，打着阳伞的仕女画；有眼神悲哀的小丑画；还有一盘盘水果的静物画，看上去生硬呆板，像粉笔画。清爽干净的毛巾时刻准备着被人弄脏，废纸篓张着大口发出邀请，引诱着被人漫不经心扔掉的垃圾。漫不经心。我在那些房间里确实显得漫不经心。我会抓起电话，紧接着预订的食物便出现在盘子里。当然，全是些吃了对我毫无好处的东西，我还喝酒。梳妆台的抽屉里有本《圣经》，是慈善机构放进去的，虽然可能根本不会有人多看上几眼。另外还有明信片，上面印着酒店的图案。人们可以写上地址，想寄给谁就寄给谁。这在现在简直完全没有可能，就像是天方夜谭一般。

我就这么查看着这个房间，不慌不忙地，像在酒店客房里一样，有意略过一些东西。我不想一次性完成，有意拖上一些时间。我在头脑里把房间分成几块，让自己一天察看一块。而这一块我会看得仔仔细细，不放过任何细枝末节：包括墙纸底下凹凸不平的石膏；护壁板和窗台油漆下的刮痕；还有床垫上的点点污渍，我连毯子和床单都翻起来了，一点点卷着查看，这样万一有人来时，很快就能恢复原样。

床垫上的污渍，仿佛风干的花瓣。不是新近弄上去的。过去的爱；如今这屋里再没有其他种类的爱了。

我望着污渍，它由两个如今也许已岁登耄耋或早已不在人世的人遗留下来，见证着他们之间发生的一切，爱情或类似爱情的东西，至少是欲望，起码有相互触摸。我把床整理好，躺了下来。望着天花板上有眼无珠的石膏眼睛，我渴望着卢克躺在身边的感觉。旧日的回忆不断侵袭着我，像使人眩晕的海浪冲击我的脑海。有时简直不堪忍受。我思忖着：该怎么办？该怎么办？无计可施，无法可想。恭顺站立等待的人同样也在侍奉上帝①。或是躺着等待的人。我终于明白窗玻璃为什么是防碎的，吊灯又为什么被拿掉。我渴望卢克躺在我身边，可这里根本没有他的容身之处。

我把小橱柜一直留到第三天。我先是里里外外、仔仔细细地察看橱门，接着是有铜钩的橱壁——他们怎么竟忽略了这些钩子？为何没有拆掉它们？离柜底太近吗？可有了这些钩子，只需一只袜子便足以解决问题。还有挂着塑料衣架的木杆，衣架上满是我的裙子，还有天冷时用的红色羊毛披风和围巾。我跪下身子仔细查看橱柜底部，有了，在昏暗的角落里，有一行小字，似乎刚写上去不久，用针或指甲刻划出来。这行小字的全文是：Nolite te bastardes carborundorum②。

我不明白那是什么意思，甚至不知道它是哪种语言。我猜想

① 参见第 19 页注③。

② 答案见第 29 章。

是拉丁文，但我对拉丁文一窍不通。不管怎么说，它传达着某种信息，而且是文字信息，这本身就大逆不道，更何况目前尚未被人发现。除了我，这行字就是写给我看的。写给后来者看的。

思索这行文字令我快乐。想到我正与她，与那个不知名的女人默默交流同样令我快乐。因为我不知道她是谁，即使知道，也从未有人向我提起。她这条忌讳之语费尽周折，终于能够传达给至少另一个人，那煞费苦心地显现在我橱壁上的信息，终于被我开启阅读，想到这一点，更是令我心生快乐。有时我会自言自语地复述那些字眼。它们给我一种小小的愉悦。我想象着写字女人的模样，想她应该与我差不多的年纪，或许更年轻些。我把她幻化成莫伊拉的模样，大学时代的莫伊拉。当时她住在我隔壁：古灵精怪，无忧无虑，健壮敏捷。常骑一辆自行车，背一个远足用的背包。我心想，她一定还长着雀斑，冒失无礼，足智多谋。

我真想知道她是谁，不管是死是活，后来又怎么样了。

我曾向丽塔试探过，就在我发现那行小字的当天。

原先呆在那个房间里的女人是谁？在我之前的那个？假如我换一种问法，假如我问，在我之前那个房间住了什么女人吗？我可能毫无所获。

哪一个？她反问道；听起来不情不愿、疑心重重。不过话又说回来，她同我说话哪一次不是这种口气？

这么说，还不止一个。她们没有呆满服务期限，两年的期限。她们被打发走了，因为这样或那样的原因。或者根本不是被打发走，而是消失了？

很活泼的那个。我胡乱猜测道。长着雀斑的那个。

你认识她？丽塔问，口气越发怀疑。

过去认识，我扯了个谎。我听说她在这儿。

丽塔相信了这个说法。她知道一定有什么传播小道消息的渠道，某种地下团体之类的组织。

她没能熬出来，她说。

怎么说？我问，尽量使语气不带任何感情色彩。

可丽塔再也不肯张嘴了。我在这儿就像是个孩子，有些事得瞒着我。不知者不受其害，她肯说的只有这句话。

第十章

有时我会在心里自哼自唱一些长老教会的唱诗，它们曲调哀婉忧郁、凄楚伤感：

法力神奇的祷告，那声音何其美妙，
将我等可怜人拯救，
曾经迷途的灵魂，如今重被找到，
备受束缚的人儿，如今重获自由。

我不知道歌词是否准确。我记不清了。这种歌在公开场合已无人哼唱，特别是含有自由这种字眼的曲子。这种歌被认为太危险。它们属于异教派别。

亲爱的，我好寂寞，
亲爱的，我好寂寞，
我寂寞难耐生不如死。

这也是禁歌。我是从母亲的一盘旧卡式盒带上听来的。当然，她还有一台可以放这类东西的机子，声音刺耳，时好时坏。朋友来时，她常常放带子给她们听，边听歌边喝酒。

我不常这样哼歌。它弄得我嗓子生疼。

这座房子里不常听到音乐，只有在电视上能听到一些。有时丽塔揉面或给蔬菜削皮时会哼些无字歌，音调平平，深不可测。

有时从前起居室会隐约传来赛丽娜的歌声，是从很早以前制作的激光唱盘上放出来的。音量调得很低，这样不易被人发觉。她一边听，一边坐着织毛线活，回忆着从前曾经有过，如今却残缺不全的昔日辉煌：哈利路亚，感谢上帝。

在这种季节，今天算是很暖和了。这类房子由于缺少足够的隔热材料，在烈日下很快就变得闷热难当。虽然透过窗帘，不乏少许气流和微风进出，但我周围的空气却是停滞的。我真希望能把窗户完全打开。很快就会准许我们换夏装了。

我们的夏装没有折起来，而是挂在衣橱里。两件，纯棉的，比起质次价廉的化纤织物要舒服得多。尽管如此，在七八月份闷热的天气里，穿上它们身上还是会大汗淋漓。这样也好，丽迪亚嬷嬷说，不用担心皮肤晒黑。过去那些女人简直让自己丢尽了丑。把自己晒得像铁叉上的烤肉一样嗞嗞冒油，在众目睽睽的大街上袒肩露背，脚上连袜子都不穿，难怪会经常发生那种事。那种事，每当说到令人生厌、淫秽下流、可怕又难于启齿的事情时，她就会使用这个字眼。对她而言，成功的人生要避免那种事，杜绝那种事。那种事不会发生在良家妇女身上，它对面容没有好处，没有任何好处，会使你皱得像一粒干瘪的苹果。可是我们不该关心自己的面容，这点她倒给忘了。

在公园里，丽迪亚嬷嬷说，有时会见到男人和女人光天化日之下卷着毯子，睡在一起。说到这里，她就这么当着我们的面，在众目睽睽之下痛哭流涕起来。

我正全力以赴，她说，尽量使你们得到最好的机会。她眨了眨眼睛，光线对她而言太强烈了，嘴唇在门牙前颤抖着，那些牙齿有点向外暴突，又长又黄，令我想起过去常在家门前发现的死耗子。当时我们一家三口住在一起，加上猫是四口，那些耗子的祭品就是它的杰作。

丽迪亚嬷嬷把手压在她那张死耗子似的嘴唇上。过了一会儿，她拿开手。她的举动勾起我的回忆，使我不由得也想放声大哭。但愿它别这样把身子先吃了一半，我对卢克说。

别以为这件事对我就轻而易举，丽迪亚嬷嬷说。

莫伊拉一阵风似的跑进我房间，把斜纹粗棉上衣扔到地上。有烟吗，她问。

在手包里，我应道。但没火柴。

莫伊拉在我的手包里乱翻一气。你该把这些垃圾扔掉些，她说。我准备搞一个妓女服装聚会。

一个什么？我问。想继续干正事，没门。莫伊拉不会放过你的。她就像一只猫，在你想看书的时候，就爬到你的书上去。

你知道，就像特百惠家用塑料制品①聚会。不过我只推销内衣。全是妓女们穿的货色。比如带花边的内裤啊，揿扣式吊袜带啊，还有把奶子托起来的胸罩。她终于找到我的打火机，点燃从我手包里找出的香烟。要一根吗？她慷慨大方地把我的烟整包扔给我。

多谢了，我酸溜溜地说。你疯了，怎么想出来的念头？

勤工俭学啊，莫伊拉应道。我有各种关系，妈妈的朋友。这在城郊住宅区很流行的。那些女人一旦有了老年斑，便开始费尽心思打扮自己，欲与光阴试比高。可以把它称作色情交易会，或随便什么名称。

我大笑起来。她总是让我开心。

可是，在这儿吗？我问。谁会来呢？谁又会需要它呢？

小姑娘，我要让你开开眼界，她说。我敢保证一定精彩得不得了。我们会笑得尿裤子的。

---

① 特百惠家用塑料制品（Tupperware），如食品容器、水罐、肥皂盒等，经销人只在家庭主妇举办的聚会上进行推销。源自商标名。

我们那时就是这样生活的吗？可是，我们一贯都是这么过的。人人如此，大多数时间都是这么过的。一切都一如既往地进行着，即便现在也一样。

我们生活着，一如既往，视而不见。视而不见不同于无知，你得劳神费力才能做到视而不见。

一切都不是瞬间改变的：就像躺在逐渐加热的浴缸里，你就是被煮死了自己也不会察觉。当然，报纸上不乏各种报道，水沟里或树林中的尸体，被大头棒连击致死、碎尸，或像从前常说的遭到强奸。但那些报道说的是别的女人，干这种事的男人也是别的男人。那些男人没有一个是我们认识的。报纸上的消息对于我们来说就像一场场梦，别人做的噩梦。多可怕呀，我们会说。它们确实可怕，但可怕的同时又觉得难以置信。它们过于耸人听闻，它们带有一种与我们的生活迥然不同的特性。

我们不是新闻人物，我们生活在印刷字体边上无字的空白里。这个空间给予我们更多的自由。

我们生活在各种报道之间的空白里。

从楼下车道上传来小汽车发动的声音。这一带十分安静，车流稀少，稍有一点大动静便清晰可闻：比如汽车马达声、割草机声、修剪树篱声和重重的关门声。倘若有人喊叫或开枪，可以听得一清二楚，假如真有这种声音的话。有时还可以听到远处传来的警报声。

我走到窗前，坐在窗座上。地方太窄，很不舒服。上面有块硬硬的小坐垫，斜针绣的套子上绣着“信仰”一词，是方形字体，旁边簇拥着百合花环。字是蓝色的，已经褪色，百合花叶呈暗绿色。这块坐垫在别处使用过，已经旧了，但又没到一弃了之的地步。只是快要被人遗忘了。

我可以几分钟，几十分钟地把“信仰”这个词看了又看。这是他们给我阅读的唯一文字。这个举动假如被人看到，会有什么后果吗？垫子可不是我自个放在这儿的。

车子拐了个弯，我探向前去，把白色窗帘拉到眼前，像面纱一样。窗帘是半透明的，可以透过去看。我要是把前额顶在玻璃上往下看的话，可以看到“旋风”车的后半部。什么人影也没有，可再看下去，便见到尼克走到后车门，把门打开，然后笔直地站在一旁。他的帽子现在是正戴着了，袖子也放了下来，扣得整整齐齐。因为我是从上往下看，所以看不清他的脸。

这时，大主教走了出来。我只瞄到他一眼，缩短的身影，正朝车子走去。他没戴帽子，可见他要去参加的不是正式场合的活动。他的头发灰白。若想表示善意的话，称之为银白也未尝不可。可我不想表示善意。在他之前的那个大主教是个秃子，所以我认为他已经算有所改观了。

假如我可以往窗外吐口水或扔东西，比如坐垫什么的，我完全可能准确无误地击中他。

莫伊拉和我拿着装满水的纸袋。也就是所谓的水炸弹。倚在宿舍的窗户旁，将它们投到楼下的男生头上。这是莫伊拉的主意。你知道刚才他们想干什么？想顺着梯子爬上来，拿东西。拿我们的内衣。

那栋宿舍楼从前是男女混住的。我们那层楼有个洗手间里还保留着男用便池。但我到那所大学的时候，他们又把男女生分开了。

大主教弯腰进了车子，看不见了，尼克关上车门。过了一会儿，汽车向后倒了几步，沿着车道，驶上大街，消失在树篱的后头。

我本应对这个人产生厌恶之情。我知道我应该有这种感觉，但我真正感觉到的并非厌恶。我的感觉比这个复杂得多。我不知道用什么来称呼这种感觉。但决不是爱。

第十一章

昨天上午我去看医生。由一名卫士领着去，这是一名戴着红臂章的专职卫士。我们坐在一辆红色轿车里，他在前，我在后。没有女伴陪同；在这种场合，我总是孤身一人。

每个月我都要被带到医生那里做一次检查：尿液、内分泌、肿瘤涂片、血液测试。这些都和从前一样，只是现在已成为一项强制性义务。

医生办公室设在一幢现代化的办公大楼里。我们乘电梯上去，卫士面朝着我，一言不发。从电梯墙上黑色的镜子里，我可以望见他的后脑勺。到了办公室，我走进去，他则在外面的大厅里，与其他卫士一道坐在专为他们准备的椅子上等候。

在候诊室里还有别的妇女，三个，都穿着红裙子。这位医生是个专家。我们悄悄打量彼此，用目光丈量对方的肚子：可有哪位是幸运儿？护士往电脑里输入我们的姓名和通行证编号，以确认我们的身份。这位男护士有六英尺高，四十岁左右，一道斜疤横穿脸颊。他坐着打字输入，一双手在键盘上大得出奇。肩背式手枪皮套里插着枪。

叫到我了，我穿过门进了里面的房间。这个房间和外面的一样，白色，毫无特征。惟一的不同是多了一个可以折叠的屏风，也就是一块绷在架子上的红布，上面印着一只金色眼睛，其正下方是一把双蛇剑，看上去像个把手。蛇与剑是昔日遗留下来的破碎象征物。

在小小的洗手间里把已经准备好的小小的检尿杯灌满后，我在屏风后面脱去了衣服，叠好放在椅子上。随后一丝不挂地在检查台上躺了下来，下面垫着一张冷冰冰、噼啪作响的一次性用纸。我还用一张东西，一张床单，盖上身体。另外还有一张床单从天花板上垂挂下来，挡在我脖子前，使医生看不到我的脸。他摆弄的只是一具躯干。

一切准备停当之后，我伸出手，摸到桌子右边的一个小杆，往外一拉。别处什么地方的铃声会随之响起，当然，我是听不见的。过了一会儿，门开了，传来脚步声和呼吸声。除非绝对必要，医生是不应跟我说话的。可是，这位医生却话多得很。

“近来如何？”他问。很像从前常听到的日常问话。床单从我身上拿开，一阵风吹来，我起了一身鸡皮疙瘩。一根戴着橡胶套、涂了胶状物的冷冰冰的手指头滑进我的身体，在里面戳戳捅捅的。然后手指缩了回去，又伸进来，又缩回去。

“没什么毛病。”医生说，自言自语似的。“疼吗，宝贝儿？”他称我宝贝儿。

“不疼。”我回答。

我的两只乳房被依次揉捏着，看是否丰盈起来还是瘪了下去。呼吸声更近了，我闻到昔日熟悉的烟味，剃须后搽的润肤香水味，还有头发上的烟草粉末味。随后一个十分柔和的声音在我头部附近响起：是他，头顶着我脖子前的床单。

“我可以帮你。”他小声耳语道。

“什么？”我问。

“嘘，”他说，“我可以帮你。我曾经帮过其他人。”

“帮我？”我的声音和他一样低，“怎么帮？”他知道些什么？他见过卢克吗？他发现了什么？他能使昔日再现吗？

“你以为呢？”他问。嗓音仍是低低的。是他的手滑上了我的腿吗？他已经脱掉了手套。只听他说：“门是关着的。没有人会进来。他们永远不会知道孩子不是他的。”

他提起床单。这张脸的下半部照例戴着白纱布口罩。两只褐色眼睛，一只鼻子，一个长着褐色头发的脑袋。他的手放在我两腿之间。“那些老头子大多要么根本做不了这事，”他说，“要么根本不育。”

我差点喘不过气来：他使用了一个忌讳的字眼。不育。如今在公开场合，根本不再有患不育症的男人之说。只有丰产多育的女人和贫瘠不育的女人之分。这是法律。

“很多女人都这么干，”他继续道，“你想要个孩子，不是吗？”

“是的。”我说。那是事实，我不想问为什么，因为我知道答案。你给我孩子，不然我就去死。这句话的含义远远不止一种。

“你正处在易受孕期，”他说，“正是时机。今天或明天都可以。干吗让机会白白浪费掉呢？只要一下子就好了，宝贝儿。”他过去曾这么称呼他妻子，也许现在还是这么称呼。但是，事实上那只是个通称而已。我们全是宝贝儿。

我犹豫不决。他居然自甘冒险，主动把自己给我，为我服务。

“我讨厌看到他们让你受苦。”他喃喃地说。这是出自真心，出自真心的同情。但与此同时，显然他也乐于此道。同情加上其他。他的双眼因为怜悯而湿润，双手紧张而又急不可待地在我身上移动着。

“太危险了，”我说，“不行，我不能做。”如果被当场捉住，惩罚将是死刑，但必须有两个目击证人。这种可能性有多大？病房里装了窃听器了吗？有人在门外等着瓮中捉鳖吗？

他的手停了下来。“好好考虑一下，”他说，“我看过你的体温记录表。你没剩多少时间了，可它事关你的性命。”

“谢谢。”我说。我必须给他留下一个印象：我没有生气，他的建议我乐意听从。他几乎是懒懒地、依依不舍地把手拿开。就他而言，那不会是他最后一句话。他可以在检查结果报告单上弄虚作假，说我得了癌症、不育症，让我和其他坏女人一道被送往隔离营。虽然他还什么都没说，但当他拍拍我的大腿，重又消失在垂挂着的床单后面时，我便知道他有这种权力。这个想法弥漫在空气中。

“下个月再来。”他说。

我在屏风后面重又穿上衣服，双手直打抖。我何故怕成这样？我并没有越界越轨，没有轻信于人，也没有冒什么风险，一切太平。令我恐惧的是面临抉择。一条出路，一个得到拯救的途径。

第十二章

浴室在卧室隔壁。贴着小小的蓝色勿忘我花墙纸，与窗帘相配。里面还有一块蓝色的防滑垫，一块仿皮便盆座套。与从前相比，这间浴室缺少一只布娃娃，没有小小的裙子用来遮盖备用卫生纸卷。除此之外，水槽上方的镜子已被拆掉拿走，换上一块长方形的镀锡铁板；再有就是门没有上锁，当然更没有剃须刀。开始时，浴室里曾发生过几次意外事故，比如割腕、自溺什么的。那是在他们把所有可能引起麻烦的东西彻底清除之前。卡拉坐在外面大厅里的一把椅子上守着，以防有人擅自闯入。浴室里，浴缸里，都是你们容易受伤的地方，丽迪亚嬷嬷说。她没有说被什么所伤。

洗澡是规定的要求，但同时也是奢侈的享受。单单是取下沉重的白色双翼头巾和面纱，单单是能够用手触摸一下自己的头发，就是一种难得的奢侈。我的头发现在已经很长了，一直没有修剪。头发必须要长，但必须遮盖住。丽迪亚嬷嬷说：圣保罗说过，要么留长，要么剃光①。她笑起来，又是她那种硬憋住的嘶笑声，似乎她刚才说的不过是个笑话。

卡拉放好了洗澡水。此刻正像一碗汤似的冒着热气。我接着脱衣服：外衣、白色内衣和衬裙、红袜子和宽松内长裤。莫伊拉常说，穿连裤袜会烂裆。丽迪亚嬷嬷是决不会使用*烂裆*这类词的。她会用*不卫生*这个词。她希望所有的一切都卫生清洁。

我已经开始对自己的裸身感到陌生。我的身体似乎已陈旧过时。我真的曾穿着泳衣在沙滩上呆过吗？千真万确，毫无顾忌，就在男人们中间，一点也不在意我的两腿、双臂、大腿和后背袒露无遗，完全暴露在众目之下。不知羞耻，厚颜下作。我避免往下看自己的身体，并非因为觉得它不知羞耻或厚颜下作，而是因为我不想看。我不想看如此完全彻底地影响决定我自身的东西。

我跨入水中，躺了下来，任由水托着我。水像手一样柔和。我闭上眼睛，猛然间，没有任何先兆地，女儿一下出现在我面前。一定是香皂味道的作用。我把脸贴在她脖子后面细软的头发上，呼吸着她的气息。她身上散发着婴儿爽身粉、婴儿洗浴后的肌肤以及香波的味道，夹杂着淡淡的、若有若无的尿味。我在洗澡时眼前出现的她就是这么大。她每次回到我身边，年龄都不相同，因此我知道她确实不是鬼魂。假如她真是鬼魂，一定是停留在一个岁数上的。

有一天，当时她才十一个月大，刚要开始学走路的时候，一个女人把她从超市的手推车上偷偷抱走。那天是星期六，由于卢克和我都是上班族，两人照例趁周末在超市采购一星期的食品。她正坐在当时超市手推车的婴儿座上，车上有放脚的孔眼。她开心得很，我转身去挑食品，我想当时是在猫食专柜吧；而卢克则在另一头的肉食专柜前，那会儿已看不见他了。他喜欢挑选一周要吃的肉类。他说男人比女人需要更多的肉食，并说这不是迷信，也不是因为他这人古怪，这是经过专门研究的。男女有别，他说。他老喜欢这么说，好像我要证明男女无异似的。通常他爱当我母亲的面说这种话。他喜欢逗她开心。

我听到女儿哭起来。我忙转过身去，见她正消失在走道那

---

①《圣经·哥林多前书》第 11 章第 6 节有这样一段话：如果女人不加遮盖，就让她剃光头发，倘若女人觉得光头羞耻，就必须加以遮盖。

头，一个我从未见过的女人抱着她，我立刻尖叫起来。那个女人被抓住了。她约有三十五岁，哭着嚷着说这是她的孩子，上帝赐予她的，上帝已经向她显了灵。我为她感到惋惜。超市经理向我们道了歉，并扣住她，等警察来处理。

“她疯了。”卢克说。

那时我想，这只是个孤立事件。

她消失了，我无法将她留住，无法将她留在我身边。她走了。也许我确实把她当做一个鬼魂，一个五岁时就已死去的小姑娘的鬼魂。我记得我们曾有过的合影，我抱着她，典型的母女照，照片被拴紧在镜框里，妥善保存。在我闭上的眼睛后面，我可以看到自己，就是现在这个模样，坐在打开的抽屉旁，或者是地下室里的一口皮箱旁，里面有折好藏起的婴儿衣物和一绺放在信封里的头发，是她两岁时剪的，浅褐色。后来发色渐渐变深了。

我再也没有那些东西了，那些衣服和头发。我不知道我们的所有东西都到哪里去了。被抢劫了，扔掉了，还是被拿走了。或是被没收了。

我已经学会离开许多东西照常生活。假如你们拥有众多财物，丽迪亚嬷嬷说，就会过分依赖物质世界，而忘记精神价值。你们必须培养虚心。温顺的人有福了①。她没有继续喋喋不休接下去说继承大地之类的话。

我躺着，任水拍打着我，身旁是个并不存在的开启的抽屉，心中思念着那个并未在五岁时死去的小女孩，我希望她确实还活在世上，即使不是为我而存在。我是为她而存在的吗？我是否她

①《圣经·马太福音》，耶稣登山训众论福，其中有“虚心的人有福了”和“温顺的人有福了”等言。

内心深处黑暗之中的一张照片？

他们肯定已告诉她我死了。他们必然会想到这么做。他们会说这么做能使她更容易适应过来。

八岁，她现在该有这么大了。我已经填补上流走的那段时间，我知道究竟流走了多少时间。他们是对的，权当她已经死了是要容易得多。我不必苦苦盼望，不必做无谓的努力。何必用头撞墙呢？丽迪亚嬷嬷说。有时她会用图解的方式来解释事物。

“我可没有整整一天的时间来陪你。”门外传来卡拉的声音。她说的没错，的确如此，她从未得到过任何完整的东西。我不该剥夺她的时间。我抹上肥皂，用刷子和浮石磨掉死皮。这一类清教徒常用的清洁用具还是有供应的。我希望全身能够彻底洁净，一尘不染，没有一丝细菌，就像月球的表面一样。但今晚不能洗澡，再晚一点也不行，整整一天都不能洗。据说那样会干扰受孕，何苦冒险呢？

此刻，我无法视而不见脚踝上小小的刺花纹。那是四个数字和一只眼睛，通行证上是倒过来的，一只眼睛和四个数字。据说这能保证我永葆青春，永远不会枯萎凋零，化作大地上另一道风景。我太重要太稀罕了，不能让我枯萎凋零。我是国有资源。

我拔掉塞子，擦干身子，穿上红色的毛巾布浴袍。刚才换下的衣服就放在原地，让卡拉去洗。回到房间，我重新穿衣。白色头巾晚上不必戴，因为我不用再出门。这座房子里的每个人都知道我长得什么样，但我还是放下红色面纱，盖住湿淋淋的没有修剪过的头发。我是在哪儿看到那部电影的？那些妇女跪在城里的广场上，双手捧着头，头发杂乱地一绺绺披散着。她们究竟做了什么？那一定是发生在很久以前的事了。因为我什么也记不起来了。

卡拉为我送来盖着放在盘子里的晚餐。进门前，她敲了敲门。我喜欢她这么做。这个举动表明在她心目中，我还保留了一些过去人们称之为隐私的东西。

“谢谢。”我从她手中接过盘子。而她也确实对我笑了笑，但随即便一言不发地转身走了。每逢我俩单独相处时，她总是有点怕我。

我把盘子放在一张白漆小桌上，把椅子拉过来。掀开盖子，里面是一块煮过了头的鸡腿，但总比带血的好，那是丽塔的另一种做鸡方法。她总有办法让人感受到她的不满。除此之外，还有一些烤土豆，一些青豆和沙拉。甜点是罐头梨子。都是营养极好的食物，虽然没什么味道。健康食品。你们得补充维他命和矿物质，丽迪亚嬷嬷忸怩作态地说。你们得成为一个有用的容器。不喝咖啡和茶。滴酒不沾。这是经过专门研究配制的。盘子上还有一块类似自助餐馆提供的纸巾。

我想到其他人，那些吃不上这些东西的人。这里是心脏地带，我在此过着富足的生活，愿上帝让我们心怀真诚的感激之情，丽迪亚嬷嬷说，或者她说的是感谢之情？我开始吃盘子里的东西。今晚我不饿。胃里不舒服。但是没有其他地方可以放这些食物，屋里没有盆栽植物，又不敢倒到厕所里。我就是太紧张了。我可以把它留在碟子里，让卡拉不要报告吗？我咀嚼着，吞下去，又咀嚼着，再吞下去，吃得汗都出来了。在我的胃里，食物聚在一块儿，就像一团被捏得紧巴巴、湿乎乎的硬纸片。

在楼下的餐厅里，那张红木大餐桌上会点起蜡烛，上面有白色的桌布、银器和盛满酒的酒杯。那里会响起刀子和瓷器相碰发出的清脆声响，以及她放下叉子时的丁当声，伴着难以察觉的一声叹息。她面前的碟子里剩下一半没碰过的食物。也许她会说没有胃口。也许她什么也不说。假如她说话了，他会说什么吗？假如她什么也没说，他会注意到吗？我不知道她如何使自己引起注意。我想那一定很难办到。

碟子旁边有块黄油。我撕下纸巾的一角，将黄油包起来，拿到小柜子边，像曾经做过的那样，塞进另外一双鞋的右脚尖里。我把剩下的纸巾揉皱，想必没有人会吃饱了撑的把它铺平展开，检查是不是少了什么。我将等到夜深人静时使用这块黄油。今晚是绝不能带黄油味的。

我等待着。尽量理清思绪，让自己安静下来。我自身就是此刻我必须整理清楚的东西，恰如整理一篇演讲稿。我必须呈上的是人为的我，而不是本来的我。

5 午休

第十三章

时有闲暇。这可是我先前毫无准备、措手不及的一件事——无所事事的大把时间，毫无内容的大段空白。如同白噪音[1]似的时间。真希望我能刺绣，编东西，织毛线活，总之，用手干点什么。我渴望有烟抽。我回想起从前步入美术馆、穿行在十九世纪的情景：当时的艺术家对伊斯兰国家后宫嫔妃简直痴迷到了走火入魔的地步。后宫粉黛的画像足有几十幅：慵散地靠在沙发上的丰腴女人，头上戴着缠头巾式女帽或天鹅绒帽，下女替她摇着孔雀羽毛扇。背景中总少不了一名守在一旁的太监。对这些久坐不动的躯体的各种研究，由从未涉足那块土地的男人们诉诸画笔。这些画像一直被当做色情画，我那时也这么认为；但我现在明白它们的真正内涵了。这些画表现的是假死状态；是等待，是闲置不用的物体。这些画表现的是百无聊赖。

但也许对男人而言，女人们的百无聊赖同样撩人。

我等待着，刷洗干净，吃饱喝足，活像一只特级肉猪。在二十世纪八十年代的某个时候，人们为圈养猪发明了专门供它们玩耍的游戏球。那是一些彩色的大皮球，让猪用蹄子踢来踢去。据猪肉经销商反映，这一活动改善了猪的肌肉张力；猪也有好奇心，它们也喜欢动点脑筋。

这段文字是我在《心理学入门》这本书上读到的，另外还有关于笼中鼠的章节，它们为了找点事干，竟不惜电击自己。还有一章谈到鸽子，人们训练它们学会啄击按键，让玉米粒跳出来。

这些鸽子分为三组：第一组每啄一下得到一粒玉米，第二组每啄两下得到一粒玉米，第三组无定规。当驯鸽人中断玉米供应时，第一组很快便放弃了，第二组过了一小会儿也放弃了。惟有第三组坚持不懈，始终不肯放弃。它们宁愿啄到死也不肯放弃。有谁知道是什么原因吗？

我希望我也有只给猪玩耍的彩球。

我躺在织毯上。你们要坚持练习，丽迪亚嬷嬷说。一天几次，融合到日常生活中去。双臂放在两侧，弯膝，抬高骨盆，脊柱弯起。成折叠姿势。再来。吸气，保持不动，数到五秒，呼气。我们在过去上家政课的教室里做这个运动，那里原有的缝纫机和洗衣干燥两用机如今早已踪影全无。我们一起躺在小小的日式垫子上，磁带里放着根据肖邦乐曲改编的芭蕾舞曲《仙女》②。此刻我脑海里听到的就是这个曲子，边听边随之抬高、倾侧、呼吸。在我紧闭的双目后面，身材苗条的白衣舞者在树林中翩翩起舞，她们轻快拍动着双腿，恰似被捉的鸟儿扑打双翅。

下午我们在体育馆里各自的床上躺一小时，三点到四点。嬷嬷们说这段时间是休息和默念的时间。当时在我看来，是因为她们自己也想从对我们的训导中暂时解脱一下。我知道那些下了班的嬷嬷们会到教师休息室喝咖啡，或随便什么冠以咖啡之名的东西。但现在我明白了，休息也是一种训练。她们是在给我们一个机会习惯无事可干的空闲时间。

打个盹，丽迪亚嬷嬷这么叫它，用她惯有的忸怩口气。

奇怪的是我们竟都需要这么休息一下。多数人睡着了。在感

---

① 音响术语，指用以盖没某些噪音的静态音。

② 芭蕾舞剧《仙女》，由英国著名作曲家道格拉斯（1907—2015）根据肖邦的音乐配器改编而成。

化中心我们常觉得累。我想我们是服了什么药，放在食物里，让我们情绪稳定。但也有可能不是这样。也许是因为那地方本身。在最初的惊愕过后，在你不得已屈服之后，昏睡倦怠是上上之策。你尽可以对自己说这是在养精蓄锐。

莫伊拉进来时，我在那里想必已经三星期了。她被两个嬷嬷带进来，用惯常的方式，当时我们正在午休。她仍穿着自己的衣服，牛仔裤，蓝衬衫——头发短短的，一如既往地公然标新立异，抗拒潮流——因此我一眼就认出她。她也看到了我，但随即把目光掉开，她已学会怎么做才比较安全。她左边脸颊上有一块青肿，正在变紫。嬷嬷们将她带到一张空床边，上面已放着红裙。在一片沉默中，她脱去衣服，再穿上红裙。嬷嬷们站在床尾，我们大家则从闭着的眼缝中偷望。她弯腰时，我看见她脊柱上的骨节。

一连几天我们都没能搭上话，只是相互间短促地对望上几眼，浅尝辄止。我们都明白，友情会招人疑心，因此在餐厅排队吃饭或下课在走廊上时，两人尽量回避对方。一直到第四天，她终于在大家沿着足球场散步时，走在我的旁边。白色双翼头巾要到毕业时才发，当时的我们只戴着面纱，因此交谈不成问题，只要把声音压低，不看对方就行。嬷嬷们走在队首和队尾，惟一的危险来自其他同伴。其中不乏真正的信徒，很难说她们不会打小报告。

简直是个疯人院，莫伊拉说。

真高兴见到你，我说。

哪里方便说话？莫伊拉问。

洗手间，我说。看好时间。最后一间。两点半。

我们的对话就这么几句。

莫伊拉的到来令我倍感安全。我们只要举手示意便可上洗手间，虽然一天里去的次数有限制，每去一次都有记录。我望着挂在教室前面绿色黑板上方的圆形电子钟。两点半时我们正在上忏悔课。由于这门课意义重大，海伦娜嬷嬷和丽迪亚嬷嬷两人都在场。海伦娜嬷嬷很胖，曾经担任过衣阿华节食减肥者互诫协会①特许分会会长。她擅长忏悔。

正在说话的是珍妮，她忏悔了十四岁时遭人轮奸及流产一次的经历。上星期她说的也是同样内容。当时讲述时她几乎有些沾沾自喜。很可能根本是子虚乌有。上忏悔课时，与其说没什么可忏悔，倒不如编造些东西出来。但因为是珍妮，想必多少还有几分真实。

大家来说说，这是谁的错？海伦娜嬷嬷问，举起一根胖胖的手指。

她的错，她的错，她的错。我们异口同声地反复高喊。

是谁引诱他们的？海伦娜嬷嬷满意地微笑着。

是她，是她，是她。

上帝为什么会允许这种事发生？

为了教训她，为了教训她，为了教训她。

上星期，珍妮给整得痛哭流涕。海伦娜嬷嬷让她跪在教室前面，双手背在身后，一览无余地暴露在我们面前：红红的脸，鼻子流着鼻涕。金黄色的头发毫无光泽，眼睫毛淡得几乎看不见，就像某个经历过火灾的人一样，眼睫毛全燎光了。烧伤的眼睛。她那副样子令人生厌：委琐软弱，局促不安，皮肤上到处是粉红色的斑痕，活像一只刚降生的耗子。我们谁也不愿长得像她那样，死都不愿。有那么一阵子，即便我们都知道她正在受罪，还

① 一个类似北美嗜酒者互诫协会的大规模跨国经营性组织，总部设在美国，在加拿大、英国、德国等均有其特许分会，旨在帮助嗜食者节食减肥。难以抵抗食物诱惑的肥胖嗜食者定期聚会，相互勉励，相互监督，违反节食计划者须向他人“忏悔”，保证不再重犯。

是忍不住对她嗤之以鼻。

爱哭包。爱哭包。爱哭包。

我们是有意为之，这就更其恶劣。

我过去一直认为自己是个好人。可那会儿我不是。

那是上星期的事。这个星期珍妮没有坐等让我们讥笑。是我的错，她先开了口。是我自己的错。是我引诱他们的。我罪有应得。

很好，珍妮，丽迪亚嬷嬷说。你为大家作出了榜样。

我必须等到这一切结束后再举手示意。有时，在不恰当的时间举手会遭到拒绝。假如当时你真的很急可就麻烦了。昨天德罗拉丝尿湿了地板，两个嬷嬷一人夹着一边胳肢窝将她拖了出去。下午散步时不见她的身影，到夜里才回到自己床上。通宵我们都听到她时断时续的呻吟声。

她们到底把她怎么了？我们低声询问，从一张床到另一张床。

不知道。

一无所知使事情变得更糟。

我举起手，丽迪亚嬷嬷点点头。我起身朝走廊外走去，尽量不使自己引人注意。洗手间外，伊莉莎白嬷嬷把守着。她点点头，示意我可以进去。

这个洗手间过去是给男生用的。这里的镜子也全都拆掉了，换上毫无生气的长方形灰色金属板。但男便池还保留着，沿墙一溜排开。白色搪瓷便池中布满斑斑黄色污渍。这些便池的形状很奇怪，就像一个个婴儿棺材。我再次对男人的生命能够如此毫无遮挡惊讶不已：他们可以在户外冲澡，裸露着身体任人审视、比较；可以公开在众人面前袒露自己的私处。可这是为了什么？想证明些什么呢？对某种象征物的炫耀，请看，一切正常，我属于这里。为什么女人不需要相互证实她们是女人？比如以某种解开衣扣的方式，某种张开双腿的习惯动作，也像他们一样不以为然。像狗嗅东西一样嗤之以鼻。

这所中学年代很久了，隔间是木头的，是一种刨花板材料。我进了倒数第二间，带上门。不用说，这里也不再上锁。木隔板朝里靠墙处，齐腰高的地方有个小洞，显然是早先某个破坏狂留下的纪念品或某个年事已高的窥淫癖留给后人的遗产。感化中心的每个人都知道这个木板上的小洞，除了嬷嬷们谁都知道。

我恐怕自己被珍妮的忏悔拖了一下来晚了；也许莫伊拉已经来过了，也许她不得不回去了。她们不会让哪个人久呆的。我小心翼翼往下看，斜透过隔板下面，我看到一双红鞋。可我如何知道那是谁？

我把嘴对着木板上的小洞。莫伊拉？我轻声喊。

是你吗？她回答。

是我。我说。如释重负之感涌遍全身。

上帝，我太需要抽根烟了，莫伊拉说。

我也一样，我说。

我感到一种滑稽古怪的快意。

我沉入自己的身体，就像沉入泥沼，沉入沼泽地一样，只有我知道哪里是立足点。靠不住的地面，那是属于我的领地。我成了大地，可以让自己的耳朵紧贴其上，凭借它倾听有关未来的各种传言。每一阵剧痛，每一声微疼的低吟，波状的脱落物，卫生纸由大到小，肉体的兴奋，所有这些都是迹象，是我需要了解的东西。每个月我都要心怀恐惧地观察是否见血。因为一旦来红，便意味着失败。我又一次没能让别人如愿，如今它也已成了我自己的心愿。

过去我一直把自己的身体视作一件寻求快乐的工具，或是一种交通手段，一件实现愿望的用具。我可以用它来跑步，按各种键钮，干各种事情。虽说谈不上万能，我的身体毕竟还是敏捷、唯一、坚强并忠实于我的。

如今我的肉体为它自己做了不同的安排。我成了一朵云，凝聚在一个中心物体的周围。这个物体外表像一根长矛，尖利、真实，比我本人更多几分真实。它在半透明的包装里闪着红光。在它中间是巨大的空间，像无垠的夜空，其黑暗深邃、蜿蜒伸展也一如夜空，虽然它呈黑红色而不是单纯的黑色。缕缕光线在其间增强、闪亮、迸发、黯淡，数不胜数，多如群星。每个月都有一轮满月，硕大、浑圆、沉重，一个征兆。它飞越、停顿，盈亏圆缺，时现时隐，循环往复，我看到绝望如同饥饿一般向我逼近。空虚之感一而再、再而三地涌上心怀。我倾听着自己的心声，波涛翻滚，带着咸味的红色波涛，不断持续着，记录着时光的流逝。

我在我们最先住过的公寓的卧室里，站在有木头折叠门的小柜前。我知道周围空无一物，所有的家具都不见了，地板上空空如也，连地毯也不见踪影。尽管如此，小柜里却装满了衣服。我以为是自己的衣服，可又不像，我过去从未见过它们。也许是卢克前妻的衣服，我从未与她见过面，只见过她的照片，并在深夜打来的电话中听过她的声音。她在电话里又哭又骂，那是在她与卢克离婚之前。不，就算它们是我的衣服好了。我需要裙子，需要有衣穿。我拿出裙子，黑的，蓝的，紫的；夹克，短裙。竟没有一件能穿，没有一件合身，不是太大就是太小。

卢克也在那里，在我身后。我转身看他。他却不理我，只是看着地板，猫在自己腿上磨蹭着，可怜兮兮地“喵喵”哀鸣。它想吃东西，可这空空荡荡的房间里哪有什么可吃？

卢克，我喊了声。他没有回答。也许他没听见。我猛然想起他也许早已不在人世了。

我奔跑着，和她一道，牵着她的手，生拉硬拽地领着她穿过蕨丛。她半睡半醒的，因为我事先给她服了药，以防她哭闹或说话，暴露了我们的行踪。她不知道自己身在何处。地上高低不平，到处是石子、枯树枝，散发着烂泥味和败叶味，她跑不快，假如我是独自一人，可以跑得快得多，因为我特别能跑。她哭了起来，显然是吓的，我想背她，可又背不动。我脚上穿着爬山鞋，心想到河边便只有将它们扔了，河水会太冷吗？她能游那么远吗？水流急吗？这些我们事先都没有想到。别出声，我生气地呵斥她。我想着她被水淹没的情形，脚步不禁慢了下来。身后传来枪声，不是很响，不像鞭炮，但刺耳清脆，像燃烧的干柴噼啪作响。不对头，这声音完全不像常人能够想象出来的任何响声，这时我听到一个声音，趴下，是确有其声，还是我头脑里的想象，抑或是我自己的声音，高声大喊地就这么迸出来了？

我一下将她摁倒在地，整个人趴在她身上，严严实实地将她捂住。别出声，我再次警告，我的脸湿漉漉的，不知是汗水还是泪水，我一下安静下来，有一种飘飘欲飞的感觉，似乎自己已和身体分离；在我眼睛旁边，有一片早红的枫叶，每一丝纹理都清晰可见。我一下轻松下来，为了让她透透气，我翻身蜷缩在她身旁，手仍掩在她的嘴上。我听得见自己的呼吸声和心跳声，怦怦怦，就像夜深人静时在一所房子外重重敲门，满心以为那是个安全之地。没事了，妈妈在这儿，我喃喃低语，求求你别出声。可她怎么可能不出声？她毕竟还年幼，一切都太迟了，我们被分开，我的双臂被捉住，所有的希望都化为泡影，什么也没留下，除了一个小小的窗口，一扇奇小无比的窗子，就像望远镜反着的一头，又像圣诞卡上的老式小窗，窗外冰天雪地，茫茫黑夜；窗内烛光闪闪，圣诞树五彩缤纷，一家人其乐融融，我甚至能听到收音机里传出的丁当铃响，雪橇铃的响声，昔日的音乐。可是透过眼前这扇窄小却清晰无比的窗子，我却眼睁睁看着她，看着她向我伸着双手，穿过叶子已经开始变红、变黄的枫树林，离我远去，被人带走了。

我被铃声惊醒，接着是卡拉的敲门声。我在垫子上坐起来，用袖子擦干满脸泪水。在所有梦境当中，这个梦是最最不堪回首的。

6 一家人

第十四章

铃声响过后，我下了楼梯，楼下墙上挂镜里映照出一个一闪而过的海上漂流物似的影子。大摆钟的钟摆滴答作响，一上一下、不紧不慢地走着；我双脚穿着一尘不染的红鞋拾级而下。

起居室的门敞开着。我走进去：屋里空空的不见其他人影。我没有坐下，而是立刻就位，在带脚凳的椅子近旁跪下，很快赛丽娜·乔伊便将荣登此座，并在落座的同时将拐杖靠在脚凳旁。也许她会把一只手撑在我肩上，让自己坐稳些，仿佛我是一件家具。她曾经这么做过。

如今被称作 sitting room（落座室）的起居室或客厅以往曾有过其他名称，最早或许是 drawing room（画画室），后来是 living room（居住室）。要么就是 parlour（接待室）①，就是那种蜘蛛和苍蝇出没的地方。但现在起居室的正式名称为 sitting room，落座室，坐的地方，因为这间屋确实是让人坐的，当然，这是对某些人而言。对另一些人来说，那只是个站的地方。此时此地站立姿势至关重要：肉体上小小的不适能起到启迪心智的作用。

这个起居室里的一切都是那么柔和、对称；金钱常常变化成这些形态。多少年来，金钱在这间屋里缓缓流淌，就像经过一个地下山洞，渐渐变脆、变硬，像钟乳石一般衍变成现在这些模样。外表各异的物品无声地展现自己：拉上的窗帘是土玫瑰色的天鹅绒，产于十八世纪的一对椅子光亮可鉴，地板上一小块绣着桃红色牡丹花的中国植绒地毯寂静无声，好似沉默的奶牛，大主教的真皮椅子柔软光滑，椅子旁边一个黄铜箱子闪闪发亮。

地毯是货真价实的。这间屋里有些东西货真价实，有些则不然。就拿壁炉两边各挂一张的女人画像来说吧。两个女人都身穿黑裙，就像古代教堂里的女人，当然是近古时代的教堂。这两幅画有可能是真迹。我想当初赛丽娜·乔伊搞到这些画时，是打算拿它们当做祖先供奉的，那时她已经完全明白要想真正让人信服，自己只有改弦易辙，把精力转到持家上来。但也很难说，也许大主教买这幢房子时这些画就已经在里面了。总之，实情究竟如何无从知晓。不管怎样，她们在那里高高挂着，肩背僵直，嘴巴紧闭，乳房紧束，脸孔瘦削、凹陷。她们戴着上浆的帽子，皮肤灰白，眯缝着眼睛守卫着这间屋子。

在两幅画像之间，壁炉台上方，有一面鹅蛋形镜子，两侧各放置着一对银制蜡烛架，一个手臂兜在羊脖子上的白瓷爱神丘比特摆在它们中间。赛丽娜·乔伊的品位呈现出一种奇怪的组合：一方面是对高品质表现出不容分说的强烈追求，同时又对伤感柔情的东西充满渴望。在壁炉台的两端各摆着一束干花，沙发旁光亮可鉴的镶嵌细工茶几上放着一盆水仙。

整个起居室散发着柠檬油味，厚重的布料味，凋零的水仙味，从厨房和饭厅飘过来的残余的油烟味和饭菜味，以及赛丽娜·乔伊使用的香水味，是一种名叫“山谷里的百合”的香水。香水是难得弄到的奢侈品，她一定有什么不可告人的来路。我吸了一口，心想这味道应该是我喜欢的。那是一种未到青春期的小姑娘的味道，是母亲节时孩子送给妈妈的礼物的味道，是白色棉袜和白色棉布衬裙的味道，是爽身粉的味道，是未长汗毛、尚未来潮的纯洁无邪的少女肉体的味道。但这味道令我有些不舒服，就像闷热的夏天坐在门窗紧闭的车厢里，身旁是一位涂了厚厚一

---

① 此四个英语单词都指“客厅，起居室”，但字面意义不同。阿特伍德在此巧妙应用了 sitting room 的字面意义。

层脂粉的老女人。这间起居室给人的感觉就是如此，不管它有多么精致典雅。

我真想从这个房间里偷走一些东西，一些小玩意儿什么的，比如涡形烟灰缸，壁炉台上银制的小药盒，或者是一朵干花：将其藏在裙子的褶子里，或是上了拉链的袖子里，待到晚上一切结束后悄悄带回屋，放到床底下、鞋子里或那块硬邦邦的有“信仰”字样的斜针绣垫的豁口里。每隔一段时间拿出来端详、把玩。那样我会有一种权力拥有感。

但这种感觉充其量只是想入非非罢了，而且过于冒险。我的双手还一动不动停留在原来的地方，交叉着放在膝盖上方。大腿并拢，脚后跟折起垫在屁股底下，顶着身体，低着头，嘴里是牙膏味：假薄荷和熟石膏的混合味。

我等待着，等待着一家人聚集。一家人：我们是一家。大主教是一家之主。这个家由他主事维持。拥有，维持，直到死亡将我们分开。

就像掌管一艘船，一艘空无一物的船。

卡拉先走进来，接着是丽塔，边走边在围裙上擦着双手。她们也是被铃声召来的。她们讨厌这铃声，因为手上活儿正忙，比如洗碗什么的。可她们必须在场，所有人都必须到场，这是授精仪式的需要。所有人都必须耐着性子挨到一切结束，虽然方式各不相同。

丽塔气冲冲地瞪了我一眼，站到我身后。是我的错，又浪费了她的时间。不，不是我的错，是我身体的错，假如这有什么区别的话。就连大主教也只能屈从于它的乖戾无常，束手无策，奈何不得。

尼克走了进来，向我们三个点点头，同时扫了屋子一眼。他也在我身后就位站好。他离得那么近，靴子尖碰到了我的脚。是有意的吗？不管是不是，总之我们正在相触，两块不同式样的皮革的相触。我感觉鞋子在变软，仿佛有鲜血注入，渐渐变得温暖，成了有生命的肌肤。我稍稍动了一下，把脚移开。

“希望他能快点。”卡拉说。

“快点来等。”尼克笑着说，同时脚动了动，再次碰到我的脚。由于宽大的裙子下摆褶层遮盖着，谁也看不见。我动了一下，这里太热了，污浊的香水味令我感觉有点不适。我把脚拿开了。

我们听到赛丽娜由远而近、拐杖敲在地毯上沉闷的声音，还有那只好脚重重的点地声，先是下楼，然后穿过走廊。她一瘸一拐地进了门，扫了众人一眼，这么做是为了清点人数，而不是瞧我们。她朝尼克点点头，但没说什么。她穿着她最好的裙子，天蓝色的，面纱边上绣着精美的白色浮凸细花。即便到了这把年纪，她仍然充满让花环装饰自己的冲动。没有用的，我脸上不露声色，心里却冲着她想，你再也用不上这些花了，你已经是残花败柳。花是植物的生殖器官。我曾在什么地方读到过。

她走到椅子和脚凳前，转身笨重地坐下。把左脚抬起放在脚凳上后，便开始在袖子上的口袋里摸索。我听见一阵窸窣声响，然后是打火机打火的声音，接着便闻到点燃的烟味。我吸了一口。

“老是迟到。”她开了口。没人回应。她开始在放台灯的桌上摸索，弄出一片声响。接着，只听咔嗒一声，电视机打开了。

男声合唱，演员们的肤色全是绿黄色的，看来色彩得调一调了。他们唱的是“到林中教堂来”。低音部正唱道：来吧，来吧，来吧，来吧。赛丽娜换了一个频道。只有跳动的波纹，彩色的之字形线条及混乱不清的杂音：这是被封锁的加拿大蒙特利尔电视台卫星频道。另一个频道中，一位牧师正睁着闪亮的黑眼睛，神情热切地倚着桌子，身体前倾面对我们。在如今这些日子里，牧师看上去几乎与商人无异。赛丽娜在他身上停留了几秒钟，继续往前按。

连着几个空白频道后，终于出现了新闻。正是她要找的。只见她往后一靠，长嘘了口气。我呢，则向前探着身子，如同一个得到准许可以和大人一起晚睡的孩子。有机会观看新闻，这是这些举行授精仪式的夜晚惟一吸引人的地方。在这个家里，我们总是守时，他总是迟到，赛丽娜总是让我们看电视新闻，这似乎已成了一条不言而喻的规矩。

尽管如此，谁知道这些新闻有几分真实？它完全可能是旧闻的剪辑，也可能纯属捏造。但我还是认真观看，希望能看到新闻背后的东西。眼下不论什么消息，有总胜于无。

头条消息，来自前方的报道。事实上，根本无所谓什么前方：战事似乎在几个地方同时进行。

从飞机上俯视下去，一座座山林树木蜡黄。我希望她能把色彩调调。这时传来播音员的画外音：阿巴拉契亚高地的启示天使军第四师，在光明天使军二十一营空中力量的协同配合下，用烟雾弹熏出了一小批浸礼派游击队。电视画面上出现两架黑色的直升机，两侧是漆成白色的机翼。飞机下面，一片树丛正爆炸起火。

接着是一名俘虏的特写镜头，胡子拉碴的脸上肮脏不堪。两名身穿笔挺黑色军服的天使军士兵一左一右地押着他。俘虏接过一根天使军士兵递给他的香烟，用被缚的双手笨拙地将其放到嘴上，龇牙咧嘴地微微一笑。播音员还在继续说着什么，可我不再倾听，而是盯着这人的眼睛，竭力猜测他心里在想什么。他知道自己正面对摄像机：这个笑究竟是表示蔑视，还是屈服？他为落入敌手感到难堪吗？

电视里播的全是打胜仗的消息，从来没有打败仗的报道。谁愿意看到坏消息呢？

他是个演员也不无可能。

这时播音员出现了。举止亲切，神态如老父般慈祥。他从屏幕上向外平视着我们，健康的肤色，花白的头发，坦诚的双眼，眼睛周围布满智慧的皱纹。这一切使他看上去就像一个大众心目中的理想祖父。他那平和的微笑在传达着这样的信息：他所说的一切都是为大家好。一切都很快会好起来的。我向你们保证。和平的日子即将来临。你们要信任我。你们要像好孩子，只管安心睡觉。

他告诉我们的正是我们梦寐以求的。他的话很能打动人。

我与他搏斗着。我对自己说，这人就像一个戴着假牙，整过容的上年纪的电影明星。但与此同时，我又不由自主地被他说服，好似被催眠了一般。但愿他说的是真的。但愿我深信不疑。

接着他又讲到一个地下间谍集团在卧底线人的协助下，被一个眼目小队一举破获。这个间谍集团一直在偷偷把珍贵的国有资源①越境转移到加拿大。

“五名贵格派异教分子已经被捕，”他面带微笑，温和地宣布，“其他罪犯不日也将缉拿归案。”

两名贵格派教徒出现在屏幕上，一男一女。他们脸上的表情惊恐万状，但还是极力在摄像机面前保持尊严。男人的前额被涂上了一块大大的黑色印记；女人的面纱被扯掉，头发一绺绺地披散在脸上。两人年纪都在五十岁上下。

接着出现一个城市，还是从空中鸟瞰的景象。过去这里曾经是底特律。在播音员声音底下，传来大炮轰鸣声。城市上空升腾起无数的烟柱。

“安置含②子孙的工作继续按计划进行，”那张粉红色的脸孔重又回到屏幕上。“三千人本周已抵达第一国有家园。另外两千

---

① 指使女，见第十二章“我是国有资源”一语。

② 《圣经》人物，挪亚的次子。

正在迁移中。”一下子靠什么来运送这么多人？火车还是汽车？看不到此类画面。第一国有家园坐落在北达科他州。天知道他们到那里后是要去干什么。务农不过是推测而已。

赛丽娜·乔伊新闻看够了。她不耐烦地摁键换了个台，屏幕上出现了一位上年纪的男低中音。双颊活像被掏空的动物乳房。他正在唱“低声呼唤希望”。赛丽娜索性把电视机关了。

我们继续等待，走廊上的钟滴答摆动，赛丽娜点燃一根烟，我则在神游中上了车。那是九月里的一个星期六早上，我们当时还有车，别的一些人出于不得已早已卖了车。我也不叫奥芙弗雷德，而是有别的名字，可如今因为被禁止再没有人使用。我对自己说这没什么大不了，名字如同电话号码，只对别人有用；但我的想法错了，名字对一个人来说至关重要。于是，我把那个名字珍藏起来，像宝贝一般，只待有朝一日有机会将其挖出，使之重见天日。我只当它被深埋起来。这个名字被一股香气缭绕，它像一道护身符，某种从遥不可及的远古时代遗传至今的符咒，将这个名字牢牢护卫。夜里我躺在单人床上，闭起眼睛，那名字便会在眼睛后面的某个地方浮现，在难以企及的黑暗中闪闪发光。

那是九月里的一个星期六早上，当时我用的是一个闪闪发光的名字。如今已经死去的小女孩当时坐在后座上，手里拿着她最心爱的两个玩具娃娃和一只毛绒小兔。由于长期的爱抚把玩，兔子身上的绒毛已经一块块地脱落，像长了疥疮一般。所有的细微之处我都清清楚楚。这些细节令人伤心，可我又忍不住要去想它们。但我不敢太多地去想那只小兔，我不能在此时此地，在这块中国地毯上哭出声来。我吸入从赛丽娜口中吐出的烟雾。不能在这里哭，不能在这会儿哭，要哭可以在晚些时候。

她以为我们要去野餐，事实上，坐在车后座的她身旁确实放着一个野餐篓，里面也确实放着食物。有煮熟的鸡蛋、水壶及其他东西。我们不想让她知道我们真正的去向，不想让她在中途停车时不小心走漏了风声。我们不想让她背负真相的重任。

我穿着爬山鞋，她穿着运动鞋。运动鞋鞋带上满是红紫粉黄的心形图案。这种季节天气本不该这么热，一些树叶已经开始变红。卢克开车，我坐在他旁边，太阳高照，天空湛蓝。路边经过的房子外表舒适、平常，一座座一闪而过，不复再现，转眼间消失得无影无踪，就像从来不曾存在过，因为我永远不会再见到它们，至少当时我是这么想的。

我们几乎什么也没带，为的是不让人看出来我们要远行或永别此地。我们带着伪造的护照，据说是物有所值，万无一失。当然，我们无法用现金支付，也不能把它打到电子账户上。我们只能用其他东西代替：外婆留下来的一些珠宝，加上卢克从叔叔那里继承的一本邮册。这些东西在其他国家可以用来换钱。到边境时，我们要装出只在对面玩一天的样子，假签证上的逗留期限也只有一天。出发之前，我会先让她服一颗安眠药，让她在过境时熟睡。那样她就不会暴露我们。别指望孩子说谎能做到天衣无缝。

另外我也不想让她感到害怕，不想让她心怀恐惧，这恐惧此刻正令我全身肌肉紧绷，牵拉着我的脊椎，使我处于高度紧张状态，这时只需轻轻一碰，我整个人定会在瞬间崩溃。每一个红灯都是一次折磨。我们将在汽车旅馆里过夜，或者索性把车停在旁边的侧路上，就睡在车里，免得被人问三问四。等到了早上我们再过境，从从容容地开车过桥，就像开车去超市一样。

我们上了高速公路往北开，路上车流不多。自从开战以来，汽油便紧俏短缺，价格昂贵。出到城外，我们经过第一个公路检查站。他们所做的只是看看驾驶执照而已，卢克表现得从容不迫。驾照和护照一切相符：这一点事先我们已经想到了。

重新上路后，他捏着我的手，看着我。说，你脸色苍白得像张纸。

这正是我的感觉：苍白，精神颓废，单薄无力。我觉得自己仿佛成了透明人。一眼就能被他们看穿。更糟糕的是，我如此无精打采，如此苍白无力，怎么才能抓住卢克，抓住女儿？我觉得自己似乎已变得虚空，他们将从我的怀抱里滑开。我仿佛成了一股轻烟，一座海市蜃楼，正从他们眼前消失。别那么想，莫伊拉会说，老那么想事情就真的会发生。

打起精神来，卢克说。这会儿他的车速有些太快了点。脸上神情激动。他开始唱起歌来。哦，多么美妙的清晨，他唱道。

就连他的歌声也令我不安。我们得到过告诫，不要过于喜形于色。

第十五章

大主教在敲门。敲门是规矩：起居室被认为是赛丽娜·乔伊的领地，进来之前必须先得到她的同意。她喜欢让他等着。虽说这只是一件区区小事，但在这个家里，小事的意义往往非同寻常。不过，今晚她连这也未能如愿，因为没等赛丽娜·乔伊开口，他已经走进房间。也许他一时忘了规矩，但也可能存心如此。谁知道她在那张用银子包嵌的精美餐桌上跟他说了什么，或许什么也没说。

大主教身穿黑色制服，看上去像一个博物馆的警卫——一个半退休的、随便打发光阴的老人，亲切和蔼的同时不失谨慎小心。但这只是第一眼印象。再仔细看上一眼，你会发现他更像一个中西部地区的银行行长。一头银发梳理得妥妥帖帖、纹丝不乱，模样严肃庄重，肩膀微微下垂。接下来是他的银灰色胡须，再往下看便是他的下巴，那可是决不会被人忽略的地方。等你看到下巴部位，他的模样又全变了，活生生就是过去用有光纸印刷的通俗杂志上的伏特加酒广告。

他举止温和，双手宽大，一根根指头很粗，大拇指充满贪婪和渴求。蓝眼睛缄默沉静，给人一种不会伤人的错觉。他环顾我们的眼光仿佛在清点货物。一个跪着的红衣女人，一个坐着的蓝衣女人，两个站着的绿衣女人，背景中还有一个孤零零的瘦脸男人。他竭力作出困惑不解的样子，好像想不起为何我们全都聚集在此。似乎我们是他从上一辈继承的什么东西，比如维多利亚时代的手摇风琴，一时不知该如何处置我们。不知究竟我们价值何在。

他朝赛丽娜·乔伊的方向点了点头，赛丽娜没有吭声。他穿过房间，走到专为他准备的大皮椅子前，从口袋里拿出钥匙，手脚笨拙地开启放在椅子旁边桌上装帧华丽的包铜皮箱。钥匙终于插进锁孔，他打开箱子，拿出《圣经》，这是一本普通《圣经》，黑色封面，烫金书页。《圣经》平常是锁起来的，过去人们收藏茶叶也这么做过，为的是防止用人偷窃。《圣经》是可燃物，谁知道一旦落到我们手中，会派上何种用场？因此，只能由他来读给我们听，我们自己阅读是不可以的。

众人的脑袋齐齐转向他，期待着睡前故事的开始。

大主教在众人目光的注视中坐下，双腿交叉。书签纹丝不动地呆在原处。他打开书。有些窘迫地清了清喉咙。

“能给我一杯水吗？”他对着空中说，“劳驾了。”他又添上一句。

我身后两个人中的一个，卡拉或是丽塔，应声走出自己在这幅图景中的位子，到厨房去了。大主教坐着，目光朝下，叹了口气，随后从内衣袋里拿出一副金边老花镜戴上。此刻他俨然是一位古代童话故事里的补鞋匠。难道他这些仁慈善良的伪装就如此没完没了吗？

我们注视着他：每一处地方，每一个细微动作都不放过。

作为一个男人，被一群女人注视，那感觉一定怪异无比。让她们长时间目不转睛地注视。让她们在心中猜想，他接下来有何举动？让她们随着他移动的脚步畏缩胆怯，即便他的移动毫无恶意，很可能只是为了取烟灰缸。让她们对他品头论足。让她们在心里想，他干不了，他不想干，他不得不干，就好像他是一件式样过时或做工蹩脚的衣服，因为没有其他衣服，不得已只好将就拿来穿一样。

让她们穿上他，试用一下，看看是否合身，而他自己呢，也把她们穿上身，如同将袜子套上脚，套上他粗短的男根，他多出一截的敏感的拇指，他的触角，他娇嫩的肉茎状鼻涕虫的眼睛伸出，膨胀，退缩，倘若碰的不是地方，会缩回去，接着再次变粗，顶端微微凸出，顺着叶片一般，一路挺进，滑入她们的身体，企盼在那里见到人间美景。为了达到幻境，竟采取这种方式，竟得在由女人们，由一个女人造就的黑暗中旅行，当他在盲目中奋力前行时，她则在黑暗中把一切看得分分明明。

她从身体内注视着他。我们此刻全都注视着他。这是我们能实实在在做到的一件事，而且并非毫无意义：倘若他不行了，失败了，或者毙命了，我们会怎么样？难怪在我们看来，他就像一只靴子，外皮坚硬无比，里面包裹的却是一只娇嫩的肉脚。但那只是一厢情愿而已。我已经注视他有一些时间了，他并没有表现出任何柔软的迹象。

但你得当心，大主教，我在心里对他说。我在盯着你。稍有闪失我就完了。

不管怎么说，做一个这样的男人，一定是活受罪。

一定也还不错。

一定是活受罪。

一定无法诉诸言表。

水来了，大主教喝了下去。“谢谢。”他说。卡拉回到自己的位子。

大主教停了一下，目光低垂，扫视着书页。他不慌不忙，似乎没有意识到我们的存在。就像隔窗坐在餐馆里面的男人，不断玩弄盘中的牛排，装作没有看到就在几步之遥的暗处，几双饥饿的眼睛正牢牢盯着他。我们把身子微微朝他前倾，仿佛铁屑朝他这块磁铁聚合。他拥有我们没有的东西，他拥有文字。我们曾经何等肆意挥霍了文字。

大主教有些不情愿地开始了朗读。他读得不怎么样。也许是觉得乏味透顶吧。

还是一如既往的故事，千篇一律的故事。上帝和亚当，上帝和诺亚。多多生养，大量繁殖，遍布整个世界①。接着便是旧得发霉、老掉牙的拉结和利亚的故事②。这段故事早在红色感化中心时便向我们反复灌输。你给我孩子，不然我就去死。叫你不生育的是上帝，我岂能代替他作主呢？有我的使女辟拉在这里，你可以与她同房，使她生子在我膝下，我便靠她也得孩子。等等等等。每天早餐时间，我们坐在学校食堂里吃放了奶油和红糖的米粥时，充斥耳边的总是这段故事。知道吗，谁也不像你们过得这么安逸，丽迪亚嬷嬷说。正在打仗，一切都要定量配给。你们都是被宠坏的姑娘，她眨着眼睛，似乎在叱责一只小猫。淘气的猫咪。

午餐时给我们念的内容是八福词③。这个有福，那个有福。是从碟片里放出来的，一个男人的声音。虚心的人有福了，因为天国是他们的。怜恤的人有福了。温顺的人有福了。沉静的人有福了。后面这句是他们编出来的，我知道《圣经》里没有这句话，另外他们也把有些东西故意略去不念，但无从核对。哀恸的人有福了，因为他们必得安慰。

没有说何时能得到安慰。

吃甜点时，我看了看钟。甜点是梨子肉桂罐头，午餐的普通食物。接着便朝隔着两张桌子的莫伊拉的位子望去。她已经不在

---

①《圣经·创世记》，第 1 章第 28 节。

②《圣经》中人物，利亚（Leah）为雅各（Jacob）的第一个妻子，其妹拉结（Rachel）为雅各的第二个妻子。

③《圣经·马太福音》，耶稣登山训众论福，其开端是“虚心的人有福了”。

了。我举起手，得到准许。我们并不经常这么干，并且总是变换时间。

在洗手间里，我照例走到倒数第二间。

是你吗？我轻声问。

如假包换，只是丑多了，莫伊拉轻声回答。

有什么消息吗？我问她。

没有。我一定得离开这里。得立马就走。

我害怕极了。别，别，莫伊拉，我说，千万别冒这个险。别自作主张。

我可以装病。让他们派救护车来，我见过的。

能跑多远？最多只能到医院而已。

至少能换换环境。我再不要成天听那些个破东西了。

你会被识破的。

别担心，这个我在行。记得上高中时，我把维生素 C 停了，立马便得了坏血病。初期阶段他们什么也查不出来。然后只需重新开始服用就没事了。我得把维生素片藏起来。

莫伊拉，别离开。

想到她要离开这里，离开我，丢下我，简直让我无法忍受。

他们会派两个家伙押送救护车。想想看。他们肯定饥渴难熬，呸，他们甚至连手都不允许放到裤子口袋里。办法有好几种——

哎，里面那个。时间到了，门口传来伊莉莎白嬷嬷的声音。我站起身，冲了水。莫伊拉的两个手指头从墙缝里伸过来。那个洞只够放两个指头。我飞快地把我的指头贴上去，停了停。松开。

“利亚说，上帝给了我后代，因为我把使女给了我丈夫。①”

---

①《圣经·创世记》，第 30 章第 18 节。

大主教念到这里，书从他手中落下，合上。它发出一声疲倦的响声，像远处一扇包了护垫的门自动关上，像一阵风吹过。那种声音令人想到那薄薄的散发着洋葱味的纸张有多么柔软，让人想到它们在手指下所产生的感觉。柔软干爽，好比过去的香粉纸，桃红色，带粉的。你可以在那些出售贝壳、蘑菇等形状的香皂和蜡烛的小店里买到这种小册子样的粉纸，用来擦鼻子上的油汗。像卷烟纸。又像花瓣。

大主教闭目静坐了一会儿，很累的样子。他总是长时间工作。他肩负众多职责。

赛丽娜·乔伊又开始哭了起来。就在我背后，我听得真真切切。这不是第一次。每回举行授精仪式的夜晚，她总要哭上一场。她尽力压低声音。尽力在我们面前维护自尊。尽管房间里的帷帘和地毯多少掩盖了她的哭声，我们还是听得一清二楚。她一方面身不由己，另一方面又极力压制，那种紧绷的状态令人难受。就像教堂里的一声响屁。我总是忍不住想笑，但并非因为我认为它可笑。她的哭声散发的味道弥漫在我们周围，而我们却装作无动于衷。

大主教睁开眼睛，注意到眼前的情形，皱皱眉头，又掉开眼睛，说:“现在大家默祷一刻钟。求神赐福，愿我们百业兴旺。”

我低下头，闭上眼。我倾听着身后压抑的呼吸声，几乎难以捕捉的喘气声和控制不住的抽泣声。心想，她一定对我恨之入骨。

我默默祈祷：*Nolite te bastardes carborundorum*。我不知道这行字什么意思，但它念起来顺口入耳，用它就好了，因为我实在不知道还可以向主说些其他什么。特别是在此时此刻。像人们过去常说的，在此关头。刻在橱壁上的小字在我眼前浮现，它由一个不知名的女人留下，这个女人长着莫伊拉的脸孔。我看到她出来，在担架上，由两个天使军士兵抬往救护车。

怎么啦？我轻声问身旁的女伴。除了狂热信徒，对任何正常人而言，这都是一个安全稳妥的问题。

发高烧，她嚅动着嘴巴回答我。据说是阑尾炎。

那天晚上，我正在吃晚餐，汉堡球加土豆饼。我的饭桌靠窗，望出去可以看到前大门。我看到救护车开回来，这次没有响警报。一个天使军士兵跳下来，与哨兵说了些什么，哨兵走进大楼，救护车停在原处。天使军士兵照规定背朝我们而立。两个嬷嬷同哨兵一道从大楼里出来。她们来到车后面，把莫伊拉拖出来，一左一右夹着她的胳肢窝，拽着她走进大门，上了阶梯。她走路很困难的样子。我不吃了，我吃不下。这时饭桌上所有坐在我这个方向的人都盯着窗外。窗子是绿色的，隔着一扇过去人们常用来装在玻璃里面的轻质镀锌六角形铁丝网。丽迪亚嬷嬷喝道，吃你们的饭。说着走过来放下了百叶窗。

她们把她带到过去曾经是理化实验室的屋子里。那是一个谁也不会自动前往的地方。整整一个星期她无法走路，脚肿得穿不进鞋。对初犯者她们先对付脚。使用的是两头磨尖的钢条。再犯就轮到手。她们才不在乎把手脚怎么样，即使上面留下终身伤残也无所谓。记住，丽迪亚嬷嬷说。对实现我们的目标而言，你们的手脚无关紧要。

莫伊拉躺在床上，一个活生生的实例。她不该铤而走险的，不该找天使军以身试法。说话的是隔着一张床的阿尔玛。每天我们抬她去教室，就餐时为她藏几袋吃剩的白糖，晚上偷偷带回来给她，从一张张床递过去。她也许不需要白糖，但那是我们惟一能弄到的东西。惟一可以给予的东西。

我仍在祈祷，但眼前出现的是莫伊拉的双脚，她们把她带回来时的双脚。看上去完全不像脚的模样。而像溺水者的双足，肿胀、无骨，只是颜色略为不同。它们看上去像肺叶。

噢，上帝，我默默祈祷。*Nolite te bastardes carborundorum*。

这也是你头脑里正在想的吗？

大主教清了清喉咙。他习惯用这个动作通知我们，以他之见，祈祷该结束了。“耶和华的眼目遍察全地，要显大能帮助向他心存诚实的人。”①

这是结束语。他站起身。我们解散。

①《圣经·历代志下》，第16章第9节。

第十六章

授精仪式像往常一样进行。

我仰面躺着，除了有益健康的白色棉布内裤，其他衣服全都穿得整整齐齐。假如我睁开眼睛，便可看到赛丽娜·乔伊那张殖民时期式样的四柱特大号床的白色大帐顶，宛如一团下坠的云朵悬在我头顶，一团点缀着银色小雨滴的云朵，倘若凑近了看，那些小雨滴会变成四瓣的花朵。我看不到白色的地毯，看不到有枝形花纹的窗帘，看不到裙式梳妆台，上面放着背面镶银的发刷和大大小小的镜子。眼前所见惟有帐顶，轻柔的纱幔加上沉重下坠的曲线，令人感到既虚无缥缈又实实在在。

它又像船帆。胀满的船帆，过去诗歌里常这么形容。鼓起风帆。让鼓涨的船帆推动向前。

“山谷里的百合”的香味弥漫在我们周围，凉飕飕的，几乎有些冰冷。这间房屋温度很低。

在我上方靠床头处，赛丽娜·乔伊已经躺好就绪。她两腿张开，我躺在中间，头放在她肚子上，她的耻骨正好顶在我头颅底部，大腿分别放置在我身子左右两边。她也穿得整整齐齐。

我双臂高举，她的两只手拽着我的两手。这本是用来表示我们俩合二为一，浑然一体。但实际上这动作意味着她是驾驭者，不管是整个过程还是产物。我是说倘若有产物的话。她左手戴的几枚戒指戳进我的指头。说不清这是不是报复。

我的红裙子卷在腰部，只到腰部。下面大主教正动作着。他干的是我的下半身。我不说做爱，因为那不是他正在做的。说性交也不合适，因为这个词意味着两人参与，而现在却只是一个人的事。就连强奸也无法涵而盖之：这里进行的所有一切无不是我自愿签约同意从事的。没有多少选择，但也不是全无选择，这便是我的选择。

于是，我静静躺着，闭着眼睛想着悬在我头上的帐顶。我想起电视系列剧《宝石与皇冠》中维多利亚女王教导女儿的话。闭上眼睛，心中想着英国。但这里不是英国。我希望他能快点。

也许我疯了，而这是一种新的治疗良方。

我希望它能奏效。那样我就能好起来，这一切也随之消失。

赛丽娜·乔伊拽紧我的手，似乎大主教干的是她而不是我，似乎她能感到愉悦或疼痛。大主教继续动作着，以整齐划一的行军步调一二、一二地一下一下，像滴水的龙头持续不断。他全神贯注，完全无视周遭的一切，就像一个人在洗澡时情不自禁哼起歌来，自己却浑然不知；又好似心有旁属，似乎他正在别的什么地方，等待自己的到来，在等待过程中不断用手指叩击桌面。此刻他的节奏中多了不耐烦的成分。可难道两个女人一起上不是每个男人梦遗的对象吗？过去常听他们那么说。真刺激，他们常说。

然而，在这间屋里，在赛丽娜·乔伊银白色的帐顶下所进行的一切，却没有丝毫刺激之处。它与热恋、情爱、浪漫以及所有那些过去常令我们感官兴奋不已的概念毫无关联。情欲是根本谈不上的，对我尚且如此，对赛丽娜·乔伊就更不用说了。挑动性欲与性快感的序曲不再是必不可少的步骤；它们不过是些轻浮之举，就像花哨的吊袜带或美人痣：纯属轻浮之人多此一举的消遣而已。陈旧过时。女人们居然曾经花了那么多的时间和精力读这类东西，动了那么多脑筋，为之劳心费神，还为之大书特书。现在看来，真有点令人不可思议。分明只是消遣而已。

而这里所进行的一切却绝非消遣，即便对大主教也不例外。这是非同儿戏的正经事。大主教也是在行使职责。

我只要把眼睛睁开一条缝，就能看到他，看到他那张不算令人讨厌的脸在我下身晃动，或许会有几绺银发散在前额上。他正专心致志地行进在我的体内，匆忙赶往某地，而那个地方却离他越来越远，就像他在梦中以同样速度靠近某物时的情景一样。我还可以看见他睁开的双眼。

假如他长得英俊些，我会对这件事多一点兴趣吗？

至少他比起前一个好多了。前一个大主教身上有股味道，像下雨天教堂衣帽间的味道，又像牙医为你剔洗牙齿时你的嘴巴发出的味道，还像鼻孔的味道。而这位大主教身上散发的则是卫生球的味道，或许这种呛人的味道是某种带有惩罚意味的剃须后用的润肤香水？他干吗非穿着那件愚蠢的制服？不过话又说回来，我会喜欢他那苍白、多毛的裸体更多一些吗？

在我们之间，接吻是不允许的。这使整件事变得可以容忍。

只要将自己与自己分离。只管叙说。

伴随着一声如释重负般窒息的呻吟，他终于达到高潮。一直屏住气息的赛丽娜·乔伊这才出了一口长气。专心致志努力支撑的大主教没有让自己倒在我们身上，而是稍稍离开我们合二为一的身体。他歇了歇，拔出，缩回，拉上拉链，然后点点头，转身离开房间，未免有点过分小心翼翼地关上门，仿佛我们两人都是他受难的母亲。这个情景有些滑稽，但我不敢笑出声。

赛丽娜·乔伊松开我的手。"你可以起来了，"她说，"起来出去。"她原本该让我休息一阵子，把脚跷到枕头上躺十分钟，以提高受孕率。这本该是她静静默念的时间，但她今天心情不佳。声调里充满厌恶，似乎与我皮肤相触弄脏了她，令她恶心。我从她身上挣脱开来，站起身；大主教的精液顺着我双腿流下来。转身走开之前，我见她把蓝裙子拉平整，收紧双腿，在床上继续躺着，两眼瞪着帐顶，身体僵直生硬，活像一具塑像。

这个仪式对谁更不堪忍受？她，还是我？

第十七章

回到房间后，我做了以下这些事情：

脱掉衣服，换上睡袍。

然后在右脚鞋尖里找到那块晚饭后藏起来的黄油。橱柜里温度太高，黄油有些化了。大部分已渗透到用来包它的餐巾纸上。这样我鞋子里也该有黄油了。我不是第一次这么干，每回有黄油甚至人造黄油，我都要用这种方法藏起一些。明天我可以用毛巾或卫生纸把鞋底的大部分黄油擦下来。

我把黄油涂到脸上，擦到手上，直到被皮肤完全吸收。护手液和面霜这类东西已对我们断绝供应。它们被认为是多余无用之物。我们是容器，惟有身体内部才至关重要。至于外表则无关紧要，粗硬起皱对他们而言都无所谓，就像坚果的外壳。禁止我们使用护手液，这是大主教夫人们的决定。她们不想让我们在外貌上再有任何迷人之处。对其而言，事情本身就够她们受的了。

用黄油润肤这一手是我在拉结—利亚①感化中心学会的。"红色感化中心"，我们这么称它，因为那里遍布红色。这间屋里我的前任、那位长着雀斑，笑声爽朗的朋友，一定也这么干过，用黄油涂脸。我们都这么干过。

只要我们坚持这么做，用黄油涂擦自己的皮肤使它保持柔软，我们便相信有朝一日自己会离开这里，重新得到他人的触摸，充满爱欲的触摸。我们便会有属于自己的仪式，没有外人参与其间的仪式。

黄油腻乎乎的，变质后我闻起来会像块酸臭的奶酪。但至少它是有机体，人们过去常这么说。

我们竟然沦落到使用这种东西。

涂上黄油后，我躺在单人床上，床平平的，像烤面包片。无法入睡。在半明半暗的光线中，我盯着天花板中间那只有眼无珠的石膏眼，它也朝着我看，虽然它什么也看不见。没有一丝风，白色的窗帘好似纱布绷带，松垮垮地垂吊着，在彻夜把房子照得通明的探照灯的光影中闪着微光，抑或是月光?

我掀起床单，小心地下了床，光着脚，穿着睡衣，无声无息地走到窗前，如同孩子一般，想看个究竟。月光洒在初雪的怀抱里。天空清朗，但因为有探照灯，看不太分明。不错，在朦朦胧胧的天际中，确实游动着一轮月亮，一轮新月，一轮令人寄予无限希望的月亮，远古时代的一片岩石，一位女神，一个有色小圆片。月球不过是块石头，整个天际更是充满致命的硬物。尽管如此，噢，上帝，它是多么美丽!

我如此渴望卢克能在我身边，渴望被他抱在怀里，听他呼唤我自己的名字。我渴望被人珍惜，但不是以现在这种方式，而是以别的方式；我渴望成为无价之宝。我一遍遍叨念着自己原来的名字，让自己不要忘了从前曾经可以随心所欲去做的种种事情，以及自己在别人眼中的模样。

我渴望偷偷拿点什么。

走廊上亮着夜灯，长长的楼道发出粉红柔和的光亮。我沿着长条地毯，蹑手蹑脚、小心翼翼地走着，如同踩在森林植被上，不发出任何声响，偷偷摸摸、心跳加速地穿行在夜色中的房子里。我跨越了禁区。这是绝对违规的。

---

① 见 101 页注②。

经过楼下走道墙上鱼眼一般凸出的镜子，我看见自己白色的身影，帐篷形状的身体，厚密的长发像马鬃似的披散在背后，双眼发出亮光。我喜欢这样。我正在凭自己的心愿独自做一件事。主动时态。有时态的。我心里想的是去厨房里偷把刀来，但并未做好准备。

我到了起居室外，门半开着，我溜进去，把门又稍稍开大了些。门嘎吱响了声，可近旁有谁会听得到呢？我站在屋子中间，任瞳孔张大，就像猫或是猫头鹰的眼睛。熟悉的香水味和厚重帘幔的粉尘充满我的鼻孔。透过紧闭的窗帘的缝隙，外面的探照灯射进朦胧的微光，那里一定有两名哨兵在巡逻。我见过他们，从我的窗户往下看到的，黑色的剪影。此刻我眼前可以见到房间里一些摆设的轮廓和反射的光亮，比如镜子、灯座、花瓶等。沙发影影绰绰，像夜幕降临时天边的一团乌云。

我该拿什么？最好是一件谁也不会留意的东西。夜半时分的林间，一朵神奇之花。拿一朵凋零的水仙，不要干花。这盆水仙已经有味道了，很快就会被扔掉。那股难闻的味道和赛丽娜污浊的烟味以及羊毛织物的膻味混杂在一起。

我摸到了一张茶几，用手摸索着上面的东西。我一定是碰倒了什么，只听到丁当一声脆响。我找到了水仙，干枯的部位叶尖已经发脆，根部软塌塌的。我用手指将它掐下来。我会把它压在某个地方。压在床垫下面。把它留在那里，留给下一个女人，我之后的女人，让她去寻找发现。

可是且慢，屋里有人，就在我身后。

我听到脚步声，和我的一样轻，同一块木地板发出的嘎吱声。门轻轻咔哒一声在我身后关上，屋里更是漆黑一片。我整个人僵住了：我犯下了大错，不该穿白色的。即便在黑暗中，我也像月光下的白雪般清晰可见。

接着便听到一声低语：“别喊。没事。”

好像我真要喊似的，好像真没事似的，我转过身：眼前所见惟有一个影子，颧骨发出暗光，看不清肤色。

他走到我跟前。是尼克。

“你到这里来干吗？”

我没有回答。他到这里来，一样也犯了规，又是和我一起，不会出卖我的。我自然也不会出卖他。这时的我们，相互就好比对方的镜子。他把手放在我手臂上，将我拉入怀里，嘴压住我的嘴。在经历了这样一种自我克制和压抑后，这种举动再自然不过，除此之外，还会是其他什么？两人颤栗着，一言不发。我多么渴望。在赛丽娜干花装饰的客厅里，在中国地毯上，他那精瘦的男性躯体。一个完全不了解的男人。就像猛的大声喊叫，就像朝某个人开枪射击。设想一下，假如我的手游弋下去，解开扣子，接下去会怎么样。但这么做太危险了，他心里清楚，我们各自把对方推开，但仍离得很近。太轻信，太冒险，太出格了。

“我是专门来找你的。”他贴近我耳朵说，一边仍在喘气。我真想把头伸上去，品尝一下他肌肤的味道，他令我饥渴难熬。他的手指移动着，抚摩着我睡衣袖子里的手臂，仿佛已经身不由己。被人触摸，被人如此饥渴地抚摩，如此热切地渴望，这种感觉真好。卢克，你会了解的，你会明白的。这个人就是你，只不过寄身在另一个身体里。

一派胡言。

“找我干吗？”我问。难道他饥渴难耐到了这种地步，竟不惜孤注一掷，铤而走险深夜闯入我房间吗？我想到挂在围墙上被绞死的尸体。我几乎站都站不稳了。趁我尚未完全瘫软之前，我得赶紧离开，回到楼上。这时尼克已把手放到我肩膀上，紧紧抓着，挤压着我，好似滚烫的铅块。我将因此遭受灭顶之灾吗？我是个胆小鬼，我惧怕痛苦。

“他让我来的，”尼克继续道，“他想见你。在他的办公室里。”

“你说什么?”我反问道。是大主教，一定是的。见我，这个见是什么意思？他还觉得不够吗？

“明天。”他说，声音低得刚能听见。在黑暗的客厅里，我们缓慢地分开，似乎我们被某种力量，某种电流拉近，又被同样强大的两只手拉开。

我摸到门，拧动把手，手指感觉到冰冷的陶瓷，打开。这是我唯一能做的一件事。

7
夜

第十八章

我躺在床上，仍瑟瑟地抖个不停。你只要把玻璃杯边弄湿，用手指拂过，它便会发出一种声响。这正是我此刻的感觉：玻璃的声音。我仿佛顷刻之间就要粉碎，对，就是这个字眼。真希望身边有人陪我。

我躺在床上，与卢克一起，他的手放在我隆起的肚子上。我们三人共在一张床上，女儿在我肚子里又踢又蹬，上下闹腾。窗外的雷声把她也惊醒了，胎儿也一样能听到外界的动静，睡着时也一样会被惊醒，虽然有心脏在一旁有规律地“咚咚”跳动，如同海浪拍岸哄其入眠。一阵闪电划过，离得很近，卢克的眼睛有一瞬看不见了。

我一点也不害怕。我们已完全清醒过来。大雨滂沱。我们的动作会轻缓小心。

倘若当时就想到这一切将一去不返，我一定活不下去。

可我错了。谁也不会因为缺少性而活不下去。缺少爱才会置人于死地。这里没有我可以爱的人，所有我可以爱的人不是死了，就是身在异地。谁知道如今他们身在何方，又用的什么名字？他们也许根本就消失了，正如我对他们一样。我也是一个下落不明的失踪者。

不时地，我可以看见亲人们的脸孔在黑暗中凸现，像往日外国大教堂里张挂的圣像在被风吹得摇曳不定的烛光中闪动，人们在那些蜡烛前跪着祈祷，前额顶在木栅栏上，默默期待着主的答复。我尽可以把这些人变出来，可他们就像海市蜃楼般的幻景，稍现即逝，不能持久。我渴望拥抱真实的肉体，难道有什么错吗？没有它我便也成了一具没有灵魂的躯壳。我听见自己的心脏在床垫弹簧上的跳动声。沉沉黑夜中，在干爽洁白的床单下，我尽可自慰，但我也一如床单一样干燥、苍白、坚硬、粗糙，就像用手拂过一盘晒干的大米的感觉；就像冰雪。那中间有种死气沉沉的东西，一种荒芜凄凉的东西。我犹如一间屋子，那里面曾经热闹过，如今却静如死水。惟有窗外野草上的花粉随风而入，飘洒在地。

以下是我深信不疑的一些事。

我认定卢克是头朝下躺在灌木丛中，四周蕨丛枝枝蔓蔓，纠结缠绕，刚刚舒展开的绿色新叶下是隔年的陈叶，颜色褐黄。地上也许还有毒芹，当然，红浆果是看不到的，季节未到。留在我脑海里的只剩下他的头发、骨骼、黑绿相间的编织毛衣、皮带、长筒靴。他穿什么我记得清清楚楚。在我脑海里，他穿的衣服历历在目，色彩亮丽，就像平版印刷品或者是旧杂志上五颜六色的广告。但他的脸却不太清晰。他的脸孔开始变得模糊，也许是因为每次出现都不一样的缘故：面部表情各不相同，服装却始终不变。

我祈求上帝，那些枪眼能相对集中，很难说没有两三个，因为枪声不止一声，我祈求至少一个枪眼干净利落地一下解决了问题，穿过头骨，穿过储存所有记忆影像的大脑，这样的话，无论是黑暗或是痛苦，都只是瞬间的事，如同砰的一声，响过之后，一切便归于寂静。

对此我深信不疑。

我还确信卢克端坐在一个长方形的灰色水泥板上，窗台上或床铺或椅子的边上。只有上帝才知道他穿着什么衣服。只有上帝才知道他们把他关在什么地方。不过通晓世事的并非只有上帝。因此，想些法子或许还是能够打听得到。他已经整整一年没有刮胡子，当然他们高兴时，会把他头发剪短，说是为了防止长虱子。我觉得这话有必要改改：假如他们剪头发是为了防止长虱子，那么也该把胡子剃了才对。你不妨想想是不是这个道理。

不管怎么说，他们理发的手艺实在糟糕。他头发蓬乱，脖子后面尽是剃刀刮痕。更糟的是，他看上去老了十几二十岁，像老翁般弓着背，眼袋松垂，紫色的毛细血管在脸颊上纵横交错，左边脸上还有一道伤疤，不，是一道尚未愈合的伤口，郁金香根茎部的颜色。那里的皮肉显然是新近撕裂开的。肉体总是如此轻易受到伤害，如此轻易地任人宰割。它不过是水和化学物质的混合体，并不比一只在沙滩上晒干风干的水母好多少。

他发现自己的手动不了，哪里也动不了，一动就痛。他不知道自己犯了什么罪。这便是问题所在。一定有什么事，一定有什么罪名。否则的话，他们干吗把他关着，干吗还不把他处死？他一定知道什么他们想知道的东西。我想象不出来。我想象不出来他还会有什么东西没有招供。换作我的话，我会统统招供的。

他被一团气味包围着，他自己的气味，被禁锢在肮脏笼子里困兽的气味。我想象他是在睡觉，因为我不堪想象其他时候的他，正如我无法想象他身上领子以下、袖子以上的任何部位。我不愿去想他们对他的身体做了什么。他有鞋穿吗？没有，地板冰冷潮湿。他知道我在这儿，活着，并且正在思念他吗？对此，我惟有相信。在这种不堪的境地里，什么离奇古怪的事都不由得你不信。如今我对诸如思想传递、太空心灵感应之类的荒唐之说笃信不疑。过去我是从不相信此类歪理邪说的。

我还确信他们并没有抓住他，根本就没有追上他。他成功逃脱了他们，到了岸边，游过河，越过边境，拖着疲惫的身子上了离岸边很远的一个海岛，牙齿打着冷战，瑟瑟发抖地来到附近一个农家前。那家人让他进了门，起初疑心重重，待了解他的身份后，立刻变得亲切友好。他们是好人，不是那种心怀鬼胎、骗人上当的人。或许是贵格派教徒吧。他们答应通过挨家转移的方式，将他偷偷弄到内地。女主人为他烧了热咖啡，送了他一套自己丈夫穿的衣服。我在头脑里想象着衣服的样子。让他穿得暖暖和和，我会觉得好受些。

他开始与其他人联络。一定有抵抗势力、流亡政府之类。一定有人领导。我对这一点毫不怀疑，就像坚信有影必有光；或者说有光必有影。抵抗势力一定存在，否则电视里哪来那些犯人？

从今往后的任何一天，我都有可能收到来自卢克的字条。以一种意料之外的方式，由一个最最想不到的人带来。放在餐盘里的碟子底下，或是在那家起名“众生”的肉店里趁我把代价券隔着柜台递过去时偷偷塞进我手心。

字条上会说，我要有耐心，迟早他会把我弄出去，到时不管女儿被送到哪里，我们都会把她找到。她不会忘记我们，我们一家三口将重新欢聚在一起。而眼下还需要我默默忍受，保全性命，以待来日。字条上还会说，他不在乎我身上已经发生和正在发生的一切。他会一如既往地爱我，因为他清楚一切并非我的过错。正是这张字条，这张也许永远不会到来的字条，给了我继续活下去的力量。我相信这张字条有朝一日终会到来。

我深信不疑的这些事不一定都确有其事，虽然其中必有一件是真的。但我对所有这些事都深信不疑，对所有关于卢克在同一时间里的三种不同说法都信以为真。这种自相矛盾的思维方式对此刻的我来说，似乎是相信周遭事物的惟一方法。不论真相如何，我都已做好准备。

这也是我自己的信念。它也可能完全不真实。

最古老的那间教堂附近有块墓地，里面一块墓石上刻着一只锚和一个沙漏，还有四个字：“心怀希望”。

“心怀希望”。他们为什么要把这几个字写在死人头顶上？是尸体怀着希望，还是那些活着的人？

卢克也怀着希望吗？

8

产日

第十九章

我在做梦，梦见自己醒着。

我梦见自己下了床，走过房间，不是这个房间，出了门，也不是这扇门。我在家里，在我自己的一个住所里。女儿跑上前来，穿着小小的绿色睡衣，前胸上印着向日葵，赤着脚。我一把抱起她，感觉到她的手脚贴在我身上。我哭起来，因为我明白自己不是醒着。我回到这张床上，试着想醒过来，我醒来坐在床沿，妈妈拿着盘子进来，问我是否好些。孩提时代，每回我生病，妈妈总是请假在家陪我。可我知道自己仍在睡梦中。

做了一连串这样的梦后，我真的醒了，我知道自己确确实实醒来了，因为天花板上的花环分明就在眼前，还有窗帘垂吊着像溺水的白发。我有种被下了药的感觉。我想了想：也许他们在我的食物中下了药。也许我以为自己正在过的这种生活不过是妄想中产生的幻觉。

没有一线希望。我知道自己身在何处，知道自己是谁，知道今天是什么日子。这些都是测试的内容。我精神正常。健全的精神是宝贵的财富；我将它储存起来，就像过去人们储存钱财。我要好好储存，待时机到来之时，便可富足充分地派上用场。

一抹灰白透过窗帘，雾蒙蒙的，看来今天没有多少阳光。我下了床，来到窗前，跪在窗座上那块硬硬的小垫子“信仰”上。我向外望去，但什么也望不到。

我不知道另外两张垫子哪里去了。原先一定是一套三张的，既然有“信仰”，自然还要有“希望”和“博爱”。它们被藏到哪里去了？赛丽娜·乔伊有爱整洁的习惯。东西不到破是不会随便扔掉的。或许一个给了丽塔，一个给了卡拉？

起床铃响了，我在铃声未响之前便提早起了床。我穿上衣服，两眼不往下看。

我坐在椅子里，想着chair（椅子）这个词。它也可以指会议主席。还可以指一种行刑方式：电椅。它又是charity（博爱）的第一个音节。这个词在法语里则意为肉体。所有这些之间毫无关联。

我常常使用诸如此类的冗长排列来镇定自己，使自己保持平静。

一个盘子放在我面前，盘子上是一杯苹果汁，一粒维生素药片，一把汤匙，一只放了三片烤黑面包的碟子，一小盘蜂蜜，另一只碟子里放着一个蛋杯①，看上去像是裹在裙子里的女人躯干。裙子里面，是保着温的另一只蛋。蛋杯是有蓝色条纹的白瓷。

第一只蛋是白色的。我把蛋杯移了移，让它置身于从窗户透进来的稀薄的阳光里。阳光洒落在盘子上，亮起来，暗下去，又亮起来。蛋壳很光滑，但同时也布满颗粒，只有在阳光中才能看清的细小钙粒，像月球表面上的环形山。它是一片荒芜的地带，却又完美无瑕；它是圣灵们涉足的沙漠，这样他们的心灵便不会因富庶丰饶而浮躁困惑。我想上帝一定也是这种样子：像一只蛋。月球的生命不在表面，而在内里。

这只蛋此刻闪着光芒，似乎自身便能发出一种能量。看着这只蛋，令我感到无限喜悦。

阳光消逝了，蛋也立刻黯然失色。

① 盛放带壳煮熟鸡蛋的蛋形杯子。

我把蛋从杯子里取出，在手指上把玩。蛋是温热的。过去女人常把这种蛋置于双乳间孵化。那种感觉一定不错。

简而又简者的生活。一只蛋便是乐趣。实实在在的幸福，就在手指尖上。可是，也许我这种反应正是别人所希望的。有蛋足矣，我还奢求其他什么?

在不堪的境况下，生的欲望往往寄托在奇怪的物体上。我希望有只宠物：比如一只小鸟，或是一只猫。一个伴侣。随便什么熟悉的东西。哪怕是一只被夹住的耗子也成，但连这都没有可能。这座房子太干净了。

我用调羹切开蛋的顶部，开始吃起来。

我正吃到蛋中央时，耳边传来警报器的声响，先是在很远的地方，接着便穿过一幢幢大屋宅院和修剪齐整的草坪，一路蜿蜒而来，由远而近，先是细细的虫子般的嗡嗡声，待到跟前，那声音便骤然放开，如同声响之花绽开怒放，变成一个喇叭。这种警报器是在宣布一件大事的降临。我放下调羹，心跳加速，忍不住又走到窗前：会不会是蓝色的，不是来接我的?但我看到一辆车拐了个弯，沿街驶来，停在房子前面，刺耳的警报器仍不停响着，车是红色的。普天之乐，近来已难得一遇了。我放下吃了一半的鸡蛋，赶紧到衣柜里拿外套，这时楼梯上也响起脚步声，以及互相喊叫的声音。

“快点，”卡拉催我说，“没那么多时间等你。”她帮我穿上外套，满脸由衷的笑容。

我飞跑着下了楼，几乎是滑下楼梯的。前门敞开着，今天我可以从那里出去。站岗的卫士向我致敬。天下起雨来了，毛毛细雨，膨胀的泥土和青草味充斥在空气当中。

红色的产车停在车道上。后门开着，我费劲地爬进去。车厢地面上铺着红色的地毯，车窗上拉着红色的窗帘。车厢内左右两边各有一条顶着两头的长凳，上面已经坐着三个女人。卫士把双重门关上、锁好，爬到前面，坐在驾驶员旁边。透过罩着玻璃的金属丝护栏，我们可以看到他们的后脑勺。车子颠了一下开动了，头顶上警报器呼啸着：让开道，让开道！

“是哪个？”我冲着身旁女伴的耳朵，或者说白色头巾下耳朵的大致位置问。因为声音太吵，我几乎是扯着嗓子喊。

“奥芙沃伦。”她也大声喊着应我，并情绪冲动地抓着我的手，紧紧捏着。这时车拐弯倒向一边，她的脸转向我，只见她泪流满面。为何流泪？嫉妒，失望？不，都不是，她在笑，扑到我身上，双臂紧抱住我，而过去我从未见过她。红色的修女服下，她的双乳硕大。接着她又用袖子擦去脸上的泪水。在这个日子里，我们可以尽情做任何事情。

但我要有所更正：在有限的范围内。

另一张凳子上，一个女人正在祈祷，两眼紧闭，双手合十放在嘴前。也许她并非在祈祷。也许是在咬大拇指指甲。也可能在努力保持镇定。第三个女人倒是一副神闲气定的模样。她面带微笑，抱着双臂端坐着。警报器不停地响着。这声音过去往往与死亡相连，不是救护车就是救火车。不过今天这声音还是有可能与死亡相连。很快就会知道结果的。奥芙沃伦会生下个什么东西？一个正常的婴儿，如我们所希望的？或是其他什么，非正常婴儿，小小的头，或是长了一个狗一样丑陋的大鼻子，或是有两个身子，或是前胸上有个大洞，或是缺胳膊少腿，或是手脚长蹼？到底怎么样谁也说不上来。过去人们曾经可以通过机器检测预先知道，但如今被禁止了。可话又说回来，即使知道了又能如何？反正不能将它们拿出来。不管是什么，都得怀到足月生下来。

非正常婴儿的概率是四比一，这是我们在感化中心了解到的。过去一段时期里，空气中曾经布满化学物质、辐射线和放射物体，河水里充斥着有毒成分，所有这些都不是一两年就能清除干净的。那时，这些有毒物质悄悄侵入女人们的身体，在她们的脂肪细胞层里安营扎寨。天知道，恐怕从里到外都被污染了，肮脏得就像进了油的河滩，不管是滨鸟还是未出生的婴孩，都必死无疑。说不定连兀鹰吃了她们的尸体都会因此毙命。要么就是她们会在夜里放出光来，就像老式的夜光表。报死窃蠹①。这是一种昆虫，喜欢掩埋腐肉。

有时，我一想到自己，一想到自己的身体，眼前便自然会出现骨骼架：从电子微粒的角度来看我一定就是这个模样。一个生命的摇篮，由大大小小的骨头组成；里面充满有害物、变异的蛋白质、像玻璃一样粗糙的劣质晶体。女人们服用各种各样的药片、药丸，男人们给树木喷杀虫剂，牛再去吃草，所有那些经过添色加彩的粪便统统流入江河。更不用提在接连不断的地震期间，沿圣安德列亚斯断层②一带的核电厂爆炸事件。并非哪个人的过错③。此外还有梅毒的突变类型，任何一种菌体都对它无可奈何。一些人自己动手来对付它，不是用肠线把下面索性缝合起来，就是用化学药品予以重创。她们怎么可以，丽迪亚嬷嬷痛心疾首，噢，她们怎么可以如此作孽？恶毒的女人！真是暴殄天物！她一边说一边绞着自己的双手。

不错，你们是要冒一定的风险，丽迪亚嬷嬷说，但你们是深入险地的突击队，是先遣军。风险越大越光荣。她拍着双手，为我们根本不存在的勇气兴奋得容光焕发。我们只是低垂双眼，看着桌面。要过那样一种生活，生一个支离破碎的怪物，这可不是让人愉快的念头。我们不清楚那些不合格的婴儿，它们被称为非正常婴儿，最终是什么下场。可我们知道它们被扔到一旁，迅速

---

①“报死窃蠹”英文为 deathwatch，其字面意为“死亡钟表”。

② 由美国加利福尼亚州向西南部延伸的地壳活动断层，长约九百六十六公里。

③“圣安德列亚斯断层”在英文里为 San Andreas fault，而 fault 一词又有“错误”之意，故此语听起来像说“圣安德列亚斯的错”。

地处理掉了。

这不是惟一的原因，丽迪亚嬷嬷说。她穿着卡其布裙子，站在教室前面，手里拿着教鞭。黑板前面原来挂地图的地方，此刻挂的是一张图表，上面显示着许多年来每千人的出生率：数字一路下滑，早已降到零增长率以下，且还在继续下降。

当然，一些女人相信末日说，对未来悲观失望，认为世界就要爆炸毁灭。那不过是她们的借口而已，丽迪亚嬷嬷说。在她们看来，养育孩子毫无意义。丽迪亚嬷嬷缩紧鼻孔：真是恶毒。这些都是懒惰的女人，她说，下贱的女人。

在我的桌面上，刻着一些嵌进木头里的姓名缩写和日期。有些姓名缩写排列在两头，中间用爱字相连。比如 J. H. 爱 B. P. 1954。O. R. 爱 L. T.。在我看来，这些字眼就像过去我读到的刻在洞穴石墙上的文字，或是用煤烟和动物脂肪混合画出来的文字。对我来说它们显得无比古老遥远。桌面是浅黄色的木头，斜面，右边有个扶手，是在纸上用笔写东西时用来放胳膊的。桌子里可以放书本、笔记等东西。往昔的这些习惯如今在我眼里显得奢侈铺张，简直是堕落；是伤风败俗，就像蛮野之国的纵酒狂欢。M 爱 G，1972。这行字是用铅笔一次次硬戳进不再有光泽的桌面写成的，带着一种所有消失的文明特有的哀婉动人的力量。它仿佛石头上的手印。不管是谁的手印，他都曾经在世上存活过。

没有八十年代中期以后的日期。那么，这所学校一定是那时关闭的学校之一，因为缺少生源。

她们走了弯路，丽迪亚嬷嬷说。我们决不可步其后尘，重蹈覆辙。她的嗓音里充满虔诚，又带有几分居高临下，正是那些成天美其名曰为我们好而不断向我们灌输令人生厌的大道理者惯用的嗓音。我真想一把掐死她。但这个念头一冒出来，就立刻被我驱走了。

一件东西，她说，只有当它成为难以得到的稀罕之物时，才会备受珍惜。姑娘们，希望你们能受人珍惜。她老喜欢停顿，在自己嘴里品尝玩味那些停顿的时刻。你们要把自己当做珍珠。我们坐在座位上，目光低垂，我们的确令她垂涎欲滴。她可以任意为我们定义，对她那些形容词我们只有默默忍受。

我想着珍珠。珍珠是凝固的牡蛎唾液。将来，如果可能，我一定要把这一点告诉莫伊拉。

我们这些人将负责把你们训练成材，丽迪亚嬷嬷说着，一副心满意足、情绪很好的样子。

车停下来，后门打开，卫士让我们出来。前门外站着另一个卫士，肩上斜挎着粗短的冲锋枪。我们顶着小雨鱼贯而入，卫士向我们致敬。那辆配备了各种仪器和巡回医生的大急救车正停在环形车道的另一头。我看到一个医生正透过窗户向外张望。我纳闷他们等在那儿时都干些什么。打扑克，这最有可能，或者看书；做一些男人们爱好的事。大多数时候他们根本派不上用场，只有在情况万分危急时才会允许他们进去。

过去不是这样的，过去这一切由医生负责。真是丢脸啊，丽迪亚嬷嬷感叹道。不知羞耻。接着她会给我们看一部影片，在一个过去的医院里拍的：一位孕妇，被各种金属丝捆绑在一台机器上，无数的电极管从她身上的各个部位伸出来，使她看上去像一个断裂的机器人，静脉滴注正缓缓进入她的手臂。一些男人举着手电在她两腿间查看，阴毛已经剃去，此刻只是一个光洁无毛的少女。满满一盘锃亮闪光、经过消毒的手术刀，个个医生都戴着消毒口罩。一个需要协同合作的病人。过去的习惯做法是上麻药，引产，剖腹，缝合。如今这一切全都取消了。甚至连麻药都不用。伊莉莎白嬷嬷说这对胎儿有好处，但同时也是上帝的旨意：我必多多加增你怀胎的苦楚，你生产儿女必多受苦楚①。午餐常常是这些语录加上黑面包和生菜三明治。

我走上石阶，这些石阶很宽，两旁各有一个石瓮，显然奥芙沃伦的大主教地位比我们这家的高。这时，我听到另外一个警报器的声音。是蓝色的产车，给夫人们乘坐的。看来一定是赛丽娜·乔伊大驾光临了。她们坐的可不是硬板凳，而是真正的软垫座椅。面朝正前方，车窗也没有遮盖。她们知道自己前往何处。

赛丽娜·乔伊可能曾经来过这里，来过这座房子，喝茶什么的。奥芙沃伦，从前那个成天苦着脸的臭脾气女人珍妮，也可能曾被展示在她面前，在她和其他夫人面前，这样她们可以观赏她的肚子，或许还用手抚摩，向那家的夫人贺喜。强壮的姑娘，富有弹性的肌肉。家族中没有橙剂②中毒者，我们已经查过有关资料，这种事怎么小心都不为过。也许会有一个好心的夫人问她：亲爱的，想吃块饼干吗？

哦，千万别，你会惯坏她的，太多糖分对母婴都不好。

一块不碍事的，就吃一块，米尔德里德。

于是，马屁精珍妮回答：哦，好的，夫人，请问我可以吃吗？

啊哟，这么有教养，一点不像别的某些人，只管应付任务，其他什么都不要紧。她真像是你的女儿，你一定也这么认为。家里的一个成员。夫人们发出一阵令人愉快的嘎嘎笑声。好了，亲爱的，你可以回房去了。

可等她离开之后，口气立刻变了：全是些小荡妇，但你也不能过于挑剔。毕竟她们生的孩子是交给你的，对不对，姑娘们？说话的是那家的大主教夫人。

---

① 出自《圣经·创世记》第3章第16节。亚当和夏娃偷吃禁果被上帝发现，上帝大怒，对夏娃遂出此言。

② 一种用作化学生物武器的除草剂，因其容器的标志条纹为橙色，故名。

哦，可并非人人都像你那么走运。她们有些人，不知怎么回事，连卫生都不讲。脸上从不见个笑容，成天闷闷不乐地呆在屋里，头发也不洗，有股子味道。我只好让马大们去对付，把她生拉硬拽到浴缸里。要她洗个澡，简直得威胁利诱一起上。

我对我那个只好采取严厉的措施。最近她不好好吃饭，其他东西也一口不吃，而我们一直都是极有规律的。你这个就不同了，她可为你挣了不少面子。看那样子，随时都可能生，噢，你一定开心死了，瞧她，肚子大得像座房子，你肯定已经迫不及待了。

还要加点茶吗？赶紧谦逊地掉转话题。

我知道那种场面会是什么情形。

还有珍妮，她在楼上的房间里会做些什么？嘴里带着甜味坐着，不断舔着嘴唇。两眼瞪着窗外。呼吸。抚摩肿胀的乳房。头脑中一片茫然。

第二十章

这家的楼梯比我们那家宽，两边各有一只弯曲的扶手。楼上传来先到的女人们有节奏的吟诵声。我们一个跟随一个上了楼，小心翼翼地不踩到前面一位的裙后摆。靠左边，餐厅的双重门都开着，往里望去，可以看见一条长桌，盖着白色的桌布，上面摆着各种餐点：有火腿、奶酪、橘子——她们居然有橘子吃！——还有刚出炉的各色面包和蛋糕。至于我们，待会儿吃的是盛在盘子里的牛奶和三明治。可她们不光有以上那些美味，还有一壶咖啡，好几瓶酒，在这样一个胜利的日子里，她们是完全有理由让自己开怀畅饮一番的。首先，她们会等待结果，然后便开始大快朵颐。这会儿她们正聚集在楼梯另一边的起居室里，为这家大主教夫人，也就是沃伦夫人鼓气加油。这位夫人身材瘦小，此刻她躺在地板上，穿着白色的棉睡衣，渐渐花白的头发像霉丝一样散在地毯上。众人揉着她小小的肚子，仿佛真的是她本人要生产似的。

至于大主教本人，不用说，这会儿是见不到人影的。他像其他男人一样，在这种时候便躲开了。也许他正在哪里盘算，假如一切顺利，有关他提升的消息会在什么时候公布。反正这次他是笃定又可以向上爬一级了。

奥芙沃伦在主卧室里，主人的卧室，真是个好名称。那里是这位大主教和他夫人夜里同床共寝的地方。此刻她坐在他们的大床上，背垫着枕头：被剥夺了本名的珍妮，骄傲而又衰弱。她身穿一件白色宽松棉布直筒睡裙，下摆被卷到大腿上；为避免头发碍事，扫帚色的长发被梳到后面扎起来。她双眼紧闭，这副样子倒让我有些喜欢起她来。毕竟她是我们中的一员，她所希求的不就是尽可能把生活过得舒服些吗？除此之外，我们还希求什么呢？正是潜在的可能性令人心动。在这样的境况下，她干得并不坏。

两个我不认识的女人分别站在她身子两旁，拽着她的手，或者说让她拽着手。另一位掀起她的睡衣，把婴儿油抹在她挺起的肚子上，自上往下搓。她的脚旁边站着身穿有军用胸袋的卡其布裙的伊莉莎白嬷嬷。她负责教我们女性生殖器官课。虽然只能看到她头的侧面，身子的侧面，但我知道是她。那长长的鼻子和挺拔严厉的下巴是我再熟悉不过的。她身旁是双座位的产凳，后一个座位像御座一般高高在上。要等时辰到才会让珍妮入座。一切都已准备停当：毛毯、给婴儿净身的小澡盆，还有一碗让珍妮含在嘴里的冰块。

其他女人盘腿坐在地板上，人很多，这个住宅区的每个人都得来。有二三十人的样子。并非每个大主教都有使女，其中一些大主教的夫人自己就能生养。正如口号中所宣传的，各尽所能，按需分配。每顿饭甜点之后，我们都要将其背诵三次。这句话出自《圣经》，她们这么说的。又是圣·保罗的话，在《使徒行传》这个部分。

你们是过渡的一代，丽迪亚嬷嬷说。因此最难接受。我们知道你们要付出什么样的牺牲。遭男人辱骂确实不好受。但到你们下一代就容易多了。她们会心甘情愿接受自己的职责。

她没有说：因为没有记忆，没有任何其他生活方式的记忆。

她说的是：因为她们不想要自己得不到的东西。

每隔一个星期我们看一次电影，时间是午餐之后，午休之前。我们在过去上家政课的教室里席地而坐，身子下各垫着一只小小的灰色垫子。海伦娜嬷嬷和丽迪亚嬷嬷手忙脚乱地摆弄放映机，我们则耐心等待。运气不好的话，影片会被她们装反。这使我想起不知多少年前在我自己那所中学上的地理课。老师给我们放介绍世界各国风情的纪录影片。女人们穿着长裙或质量低劣的印花布裙，背着木柴或篓子，或提着一桶桶用塑料水桶装的水，从河边或其他什么地方归来。吃奶的孩子用披巾裹在背上，或是吊在胸前。这些女人怯生生地从眼角瞟着银幕外的我们，知道有个带玻璃眼睛的机器正对她们干着什么，但究竟干什么却一无所知。那些影片让人感觉既舒服又有些乏味。让我昏昏欲睡，就连光着膀子的男人出现在银幕上也无济于事。那些男人手拿原始锄头和铁锹，正下大力翻挖硬结的泥土，拖运石块。我喜欢看欢快的影片，里面有歌有舞，有在不同典礼场合戴的面具，有能奏出音乐来的人工雕刻制品：比如羽毛、黄铜纽扣、海螺壳等，还有各式各样的鼓。我喜欢看到人们欢快幸福的模样，不愿看他们悲苦凄惨的样子，不愿看他们遭受饥饿、瘦弱憔悴，不愿看他们累死在一种简单劳动上，例如人工挖井、浇灌土地，等等。这些问题是文明发达的国家早在多少年前就已经解决的。我心想真该有人为他们提供技术，让他们聊以度日。

丽迪亚嬷嬷不给我们看这类影片。

有时，她会给我们看一部七八十年代拍的老色情片。有的女人跪着，口淫阴茎或枪筒；有的女人被五花大绑，或是用链条拴住，或是脖子上戴着狗项圈；有的女人被吊在树上，或倒吊着，全身一丝不挂，两腿分开；还有的女人被先奸后杀，死前还惨遭毒打。还有一次我们被逼着看一部影片，里面一个女人被人凌迟处死，大卸八块，十根手指和两个乳房让人用修剪草坪的大剪子剪断，肚子被剖开，肠子被拖出来。

不妨考虑一下，两种生活，你们愿意选择哪一种，丽迪亚嬷嬷说。看到过去是什么情形了吗？这就是当时的女人在男人心目中的形象。她的声音气愤得发抖。

莫伊拉后来说那影片不是真人实事，是模特儿扮演的。但这很难说。

当然，有时会给我们看一些有关丽迪亚嬷嬷称之为坏女人的纪录片。想想看，丽迪亚嬷嬷说，她们不干正事，成天只知道像这样蹉跎光阴。在过去那个时代，这些坏女人一直在浪费光阴。却还因此得到鼓励。政府还花钱养她们。请注意，她们的一些想法听起来冠冕堂皇，她继续说着，音调里带着享有绝对权威的人不容分说的沾沾自喜。直到今天，我们也还不得不容忍她们的一些想法。不过请注意，只是一些罢了，她忸怩作态地举起食指，对着我们来回摆动。但这些女人不信神，这就是本质的不同，你们说对吗？

我坐在垫子上，十指交叉，丽迪亚嬷嬷终于走到一旁，从银幕前消失，我真想知道，在黑暗的遮掩下，我是否可以歪到右边，与一旁的女伴悄声说话而又不被人发觉。说些什么呢？我会问，你见到莫伊拉了吗？这是因为谁也没有见到她，早饭时她就不在了。可屋里虽然很暗，却又没有暗到能够遮人眼目的地步，我只好把心思转移到银幕上一个个醒目的停格镜头上。这种影片没有配音，不像色情片，里面什么声音都有。她们希望我们听到人们在悲极喜极或悲喜交集时发出的尖叫声、咕哝声、高喊声，却惟恐我们听到那些坏女人的说话声。

先是片名和一些人名，用炭笔涂黑盖去，以防我们读到，接着我眼前便出现我的母亲。年轻时代的母亲，比我记忆中的年轻，这一定是她在生我之前的模样。她的一身打扮恰恰是丽迪亚嬷嬷所形容的从前典型的坏女人打扮，牛仔工装裤，上面是淡紫色的格子衬衫，脚上蹬着运动鞋。正是莫伊拉曾有的装束，也是记忆中我自己在很久以前的装束。她的头发用淡紫色的手绢扎在脑后。脸上青春洋溢，肃穆庄重，显得楚楚动人。我记不起母亲什么时候有过如此庄重美丽的神情。她与其他女人一道，大家穿着同样的服装。她手里举着一根棍子，不对，是旗子的一部分，旗杆。摄像机往上摇，一行字出现在我们眼前，用颜料写在一块显然是床单的白布上：**还我夜晚行动自由**。虽然禁止我们读任何文字，这行字却没有被盖掉。周围响起女伴们激动的喘息声，屋子里有如风吹过草丛，引起一阵骚动。是疏忽吗？被我们窥见了什么了吗？或者根本就是有意让我们看的，为的是提醒我们过去的日子是怎样毫无安全可言。

在这条标语后面，还有其他标语，摄像机逐个快速摇过：**选择自由。想要才生。夺回我们的身体。你相信女人的位置是在厨房案桌上吗？**在最后一条标语的下面，画着一个女人身体的素描，躺在一张台子上，鲜血从她身子里汩汩流出。

我母亲走上前来，脸上的微笑变成欢笑，大家全都拥上前来，高举拳头。摄像机摇到空中，成百个气球正腾空而起，带着绳子，高飞远去：红色的气球，球身上印着一个圈，圈上有根柄，就像苹果上的柄，这根柄是个十字架。镜头又回到地上，母亲此刻已融入人群，我再也找不着她了。

我三十七岁时才有了你，母亲告诉我。要冒很大的风险，因为你可能畸形或有别的什么毛病。不错，你是我想要的孩子，可别人的狗屁话我也听了实在不少！我最好的老朋友特丽莎·弗蒙指责我成了拥护提高人口出生率的人，这个泼妇。我想她说这话是因为妒忌。其他一些人态度还算将就。可是，在我怀胎六个月时，许多人开始给我寄各种文章，大都是有关三十五岁以后出生的婴儿先天缺陷率直线上升的消息。尽是些我最不需要的东西。另外一些文章则大谈特谈做单身母亲的诸般难处。去你妈的，全是狗屁！我回信这样骂她们。这件事我既然开了头，就一定要把它完成，决不半途而废。医院里，护士在体温记录表上写下“高龄初产妇”这几个字时，被我看到了。这就是她们对你的称呼，只要你是在三十岁以后生第一个孩子，老天，三十岁以后！胡说八道，我对她们说，从生理机能上来说，我只有二十二岁，不信咱们跑跑，随便哪一天我都能超过你们。我可以一气生下三胞胎，然后自己从这里走出去，而你们却在那儿死拽硬撑，连床都起不了。

她说这番话时，会得意地伸出下巴。我记忆中的母亲就是这个模样，下巴向外翘着，坐在厨房里的桌子旁，面前摆着一杯酒；不像在影片中那样年轻，那样庄重，那样美丽，而是刚硬勇猛、斗气十足，活脱脱一个决不会在超市让人插到她前头的老女人形象。她喜欢到我们的住处来喝杯酒，我和卢克则在一旁准备晚饭。她喜欢讲她自己生活里走的弯路，讲着讲着最后总是变成我们所走的弯路。当然，那时她的头发已经灰白。她不肯染发。总是说，干吗要自欺欺人，假扮年轻。不管怎么说，我要它干什么，我又不需要男人陪在身边，除了十秒钟制造婴儿半成品的那一点点价值外，男人什么用也没有。男人不过是女人用来制造别的女人所使用的法子罢了。并不是说你父亲不是好人或其他什么，只是他做父亲不够格。我也不指望他能当什么好父亲。完事后你就走开吧，我对他说。我自己有很好的收入，可以供得起孩子的日托。于是他就去了沿海地区，每逢圣诞节寄张卡片回来。不可否认，他有一双漂亮的蓝眼睛。但他们这些人身上总是缺少了点什么，即便是一些好心人也一样。他们总是给人一副永远心不在焉的感觉，似乎连他们自己是谁都不太清楚。他们总是两眼朝天，不看脚下，除了在修车和踢球方面略胜一筹外，远不如女人能干，看来人类只要在这方面改进一下也就行了，对吧？

她说话就是这副口气，即使卢克在跟前也不例外。他倒不往心里去，只是呆在一旁故意摆出大男人气逗她开心。他会告诉她女人抽象思维不行，母亲听了会瞪他一眼，再倒上一杯酒。

沙文猪，她会说。

你看她是不是有点怪，卢克会转身对我说，母亲则带着狡黠的，几乎有点贼头贼脑的神情望着我们。

我是有权这么说的，她回嘴道，我已经一大把年纪，该尽的义务也都尽了，是我倚老卖老、发发怪论的时候了。你不过是个乳臭未干的小子。小沙文猪。刚才我应该这么叫你。

至于你，她又转向我，不过是这场冲突之下产生的反应罢了。镜头里的一闪。历史会饶恕我的。

但她通常要到喝完第三杯酒时才会说诸如此类的话。

你们这些年轻人不懂得珍惜生活，她会说。不知道我们吃了多少苦，才换来你们今天的一切。你看他削萝卜的样子。知道吗，就为了争取到男人下厨房削萝卜，有多少女人的生命，多少女人的身体，被坦克碾成了肉泥？

下厨是我的爱好，卢克总是这样回答。我喜欢听他这么说。

爱好，傻蛋才有这种爱好，我母亲嗤之以鼻。别在我面前找借口。过去人们可不允许你有这种爱好。他们会把你称作怪人。

好啦，妈，我打断她。别为这种毫无意义的事情斗嘴皮子了好不好？

毫无意义，她的口气辛酸苦涩。你把它称做毫无意义的事。你不明白，你什么也不懂。你根本不明白我说的是什么。

有时她会放声大哭。我好寂寞，她会边哭边诉。我有多寂寞你们是想不到的。我是有朋友，还算走运，但我就是感到孤单寂寞。

在某些方面我敬佩母亲。虽然我们之间的关系从来不是一帆风顺。我觉得她对我期望过高。她希望用我来证明她的生活和选择都无比正确。我不愿让自己的生活以她的标准为准，不愿成为体现她生活观念的模范后代。我俩常为此争吵。你的生存方式不需要用我来证明吧，有一次我曾这么反唇相讥。

我想把她拉回来。我想把一切都拉回来，过去的一切。但这种愿望只是毫无意义的一厢情愿罢了。

第二十一章

这里很热，也太吵。耳边一阵阵响起女人们的声音。在经历了日复一日的无声静寂后，即便是柔和的吟诵声对我来说也显得如雷震耳。屋角有一床血迹斑斑的被单，堆成一团，随便扔在那里。是羊水破的时候用的。过去我倒不曾注意到。

屋里闷得很，有股难闻的气味，她们应该开扇窗的。这股气味发自我们的身体，是一种有机物的气味，汗味中夹杂着被单上血迹的血腥味，此外还有一种气味，动物的气味，不用说是从珍妮身上发出来的：这是一种类似猪圈的气味，野人居住的洞穴的气味，又像母猫在上面下崽的格子床毯的气味，当然是在过去，在母猫被摘除卵巢之前。母体的气味。

“吸气，吸气。”我们照以前所教的齐声吟诵。“屏气，屏气。呼气，呼气。”各喊五遍。五遍吸气，五遍屏气，五遍呼气。珍妮双目紧闭，努力放慢呼吸。伊莉莎白嬷嬷用手感觉着宫缩情况。

这时珍妮开始显得躁动不安，她想走走。那两个女人帮她下了床，扶着她来回走动。又是一阵宫缩，她疼得弯下身子。其中一个女人跪下为她揉背。这一手我们全都非常在行，专门上课学过的。女人当中，我认出了奥芙格伦，我的采购同伴，坐在离我隔着两个人的地方。柔和的吟诵声像一张膜似的将我们包裹。

一个马大走进来，端着盘子：里面盛着一大罐饮料，用果晶调制的，看上去像是葡萄汁，还有一摞纸杯。她把盘子放在吟诵的女人们面前的地毯上。奥芙格伦急不可待地立刻倒了一杯，纸杯很快依次传下。

我拿了一个纸杯，侧着身子将杯子传给身旁的女人，她借机在我耳旁低声问："你在找什么人吗?"

"莫伊拉，"我也低声回答，"黑头发，脸上有雀斑的那个。"

"没见到。"女人回答。我不认识这个女人，她不是和我同一批呆在感化中心的学员，但采购时见过面。"不过我会为你留心的。"

"你是?"我问。

"阿尔玛，"她说，"你的真名是什么?"

我想告诉她我在感化中心时，有个同伴也叫阿尔玛。我想告诉她我的名字。可伊莉莎白嬷嬷已经抬起头，环顾四周，她一定注意到吟诵声中断了。没有时间再问了。有时你可以在产日发现一些线索。不过卢克的下落是问不到的。他不会在任何这些女人有可能看到他的地方。

吟诵继续着，我开始感受到它的作用。这份活可不轻松，你们得聚精会神。将对方当作自己的身体，努力去感同身受，这是伊莉莎白嬷嬷说的。我已经能感觉到腹部有了轻微的疼痛，双乳鼓胀。珍妮开始叫唤，因为声音虚弱，听起来又像是呻吟。

"快到时候了。"伊莉莎白嬷嬷说。

一位助产妇用湿布擦拭珍妮的前额。她开始冒汗，一缕缕头发从扎头发的橡皮圈里挣脱出来，散在前额和脖子上。她皮肤潮湿，浸在水里一般，闪着光亮。

"呼吸！呼吸！呼吸！"我们齐声吟诵。

"我想出去，"珍妮说，"我想出去走走。我感觉很好。我想上厕所。"

我们都知道她就要生了，可她却不知道自己在干什么。这两句话哪句对？也许是后面一句。伊莉莎白嬷嬷挥了挥手，两个女人立在手提便盆旁，珍妮缓缓坐下去。屋里的其他气味中又多了一种气味。珍妮又开始叫唤，头痛得往下垂，这时我们只能看到她的头发。她蹲伏的样子就像一个遭人抢夺，又被人扔在角落里，耷拉着身子的旧玩具娃娃。

珍妮复又站起身来回走动。“我想坐下。”她说。我们到这儿多长时间了？可能只有几十分钟，也可能长达几个小时。我浑身大汗淋漓，胳肢窝底下衣服已经湿透。我尝到上嘴唇有股咸味。虚假的痛感袭上我的身体。其他人显然也感受到了疼痛，这从她们扭动的样子可以看出。珍妮开始含吸冰块。随后，她开始叫唤：“噢不要，噢不要噢不要。”声音似近又远。这是她的第二胎。过去她曾生过另一个孩子。我是在感化中心时知道的。那时她常常在夜里为此泪流满面，大家都一样，只是她哭声更响罢了。照理她应该记得生孩子的过程，记得接下来会怎样。可疼痛一旦过去，谁又能记在心里？剩下的只是皮肉上的一道暗影，心里是丝毫痕迹不留的。疼痛会在身上留下印迹，但其痛之深，却使之难以被人看清。正所谓眼不见，心不烦。

有人往葡萄汁里掺了酒。酒是从楼下偷来的。类似场合这种事不是第一次发生。但她们对此基本采取视而不见的态度。我们也需要狂欢庆贺一番。

“把灯关小，”伊莉莎白嬷嬷说，“通知夫人时辰到了。”

有人站起身走到墙边，屋里灯光变得昏暗，众人的声音也随之压低，变成一片吱嘎声，一片嘶哑的低语声，就像夜深人静时田间蚱蜢的鼓噪。有两个人走出房间，另外两个人把珍妮带到产凳上，让她坐在下面那个座位上。她现在平静了一些，肺里开始有了一些空气。我们身子紧张地前倾着，背上和腹部的肌肉紧绷得发痛。来了，来了，仿佛一声军号，一声战斗的号角，一堵墙轰然坍塌。我们可以感觉到它像一块巨石在我们的体内迅速往下滚动，身体仿佛立刻就要爆裂。我们互相抓着对方的手，我们不再是孤军奋战。

大主教夫人匆匆进了门，身上还是那件滑稽可笑的白色棉布睡裙，底下露出细轴杆似的双腿。另外两位身穿蓝色长裙、头戴蓝色面纱的夫人煞有介事地搀着她。这位夫人脸上带着不自然的僵硬微笑，活像一个不情不愿的宴会女主人。她一定清楚我们对她的看法。她爬上产凳，居高临下地坐在珍妮后面的座位上，如此一来，珍妮便完全被她包围起来：她两条皮包骨头的细腿往下伸在两旁，像是两根样子怪异的椅子扶手。奇怪得很，她脚上竟然还穿着白色的棉袜，趿着卧室的拖鞋，毛绒的那种，就像马桶的坐垫套。不过此时谁也没去注意夫人，甚至瞧都不怎么瞧她，所有目光都集中在珍妮身上。在昏暗的灯光下，身穿白色睡裙的她，宛若乌云中的明月一般光彩夺目。

她一边用力，一边痛苦地哼哼。“用力，用力，用力。”我们低声吟诵。“放松。呼吸。用力，用力，用力。”我们与她同心协力，我们与她灵肉相通，我们已酣然如醉。伊莉莎白嬷嬷跪在地上，地上铺着一块摊开的浴巾，是用来接婴儿的。出来了，代表荣誉与辉煌的头颅，酱紫色的，沾满酸奶般的黏液。再一使劲，婴儿身体便夹带着血水，在众人等待的目光中顺溜地滑出产道。噢，感谢上帝。

伊莉莎白嬷嬷查看婴儿时，我们大家全都屏住了呼吸：是个女孩，可怜的东西，但就目前而言，还算不坏，起码看上去一切都好，手，脚，眼睛，我们在心里暗暗数着，一切都妥在其位。伊莉莎白嬷嬷怀抱婴儿，抬头向我们报以微笑。我们也笑了，相同的笑容，泪水流下脸颊，喜极而泣。

我们的高兴一半来自回忆。我想起了卢克，他在医院里陪我，立在床头，身上穿着医院给的绿色外套，戴着白色口罩。噢，他喊，噢，上帝，语气中充满惊叹。那天夜里他整夜无法入眠，太兴奋了。

伊莉莎白嬷嬷动作轻柔地为婴儿洗净血水，她不怎么哭，一会儿就不哭了。我们尽量安静地围到珍妮身边，以免惊吓孩子，大家拥抱她，抚拍她。她也在哭。身穿蓝裙的两个夫人搀着另一位夫人，也就是这家的夫人下了产凳，来到床边，扶她躺下，盖好。已经洗净的婴儿此刻已不哭不闹，她被礼节性地放进她的怀里。在楼下等候的夫人们这时蜂拥而入，把我们推来搡去，拨拉到一边。她们谈笑风生，有的手上还端着盘子，拿着咖啡杯或酒杯，有的嘴里还嚼着食物。她们绕床而立，对着母女俩百般抚慰、恭喜庆贺。她们脸上闪现着嫉妒的神情，我可以闻出这股气味，微微的醋意混合着香水味。大主教夫人低头俯视婴儿，似乎她是一束花，一件战利品，一个供品。

夫人们是来这里为起名作证的。这里婴儿的名字由夫人们起。

“就叫安吉拉①吧。”大主教夫人说。

“安吉拉，安吉拉。”夫人们一遍遍念叨着，叽叽喳喳个不停。“多么可爱的名字！噢，多么完美无瑕的婴儿！噢，她真是太棒了！”

我们站在珍妮和大床之间，因此她看不到这番情景。有人递给她一杯葡萄汁。我希望里面有酒，她还在痛。产后她一直在哀哀哭泣，伤心的泪水已干涸流尽。但尽管如此，我们还是欢欣鼓舞，因为这对大家来说都是一场胜利。我们终于大功告成。

头几个月会允许她亲自给婴儿哺乳，因为她们相信母乳。然后她会被转送到另一家去，看能否与那家大主教再生一个。但有了这个孩子她便永远不会被送到隔离营，永远不会被宣布为坏女人。那便是她所得到的奖赏。

产车在门外等着，准备送我们回各自的家中。医生们还呆在他们的车里，车窗里露出他们的脸孔，白色的一团，就像久病在

---

①“安吉拉”（Angela）与“安琪儿”（Angel 天使）谐音。

家的孩子苍白的脸。其中一个医生打开车门向我们走来。

“一切都顺利吗?”他焦急地询问。

“一切顺利。”我回答。这时我才觉得累极了，简直精疲力竭。双乳生疼，还分泌出了一些液体。假乳，在一些人身上会发生这种情况。回家的路上，我们坐在凳子上，面面相对，已了无情绪，几乎连知觉也没有，就像一捆捆红布。我们好痛。各人都在膝上抱着一个幻象，一个婴儿的幽灵。兴奋过后，此刻面对众人的是各自的失败。妈妈，我在心里想，不论你在何方，你能听见我说话吗?你盼望建立一个女性文化，那么，现在是有了。虽然它与你所说的相去甚远，但确实存在。感谢神赐给我们的小小恩惠。

第二十二章

产车停在房前时，已是傍晚时分。太阳透过云层，发出微弱的光亮，空气中散发着暖烘烘的潮湿的青草味。我去了整整一天，在那种场合，人完全失去了对时间的知觉。今天的采购任务想必已由卡拉完成，我得以免除所有职责。我走上阶梯，手扶着栏杆，脚步沉重。仿佛几天不曾合眼，不停地在东奔西跑，累得心脏刺痛，浑身肌肉缺糖似的痉挛。惟有这一次我对独处求之不得。

我躺在床上。希望能好好休息一下，睡上一觉，可因为过分疲劳，又加上高度兴奋，怎么都无法合眼。我仰望天花板，寻找花环的枝叶。今天它让我想到一顶帽子，一顶过去某个时期流行的宽边女帽：像一个巨大的圆环，装饰着水果、鲜花以及珍禽异鸟的羽毛。这种帽子就像某种关于天堂的理念，悬浮在头上，一个凝固的思想。

片刻之后，花环便会开始变得色彩斑斓，眼前会冒出各种幻象。这种疲劳的程度就如同因为某种原因，此刻我不愿去想是为了什么原因，而通宵驱车赶路，从黑夜开到天亮的人一样，一路上相互靠讲故事和轮流开车来排除倦意，太阳冉冉升起时，眼角会掠过车窗外的事物：路边草丛里变成紫色的动物，模糊不清的人影，当你使劲盯住他们时，便立刻消失。

我太累了，无法继续讲这个故事。我太累了，无力去想自己究竟身在何处。现在我来讲另外一个故事，一个好听一点的故事。这个故事发生在莫伊拉身上。

这其间一部分是我自己想象的，一部分是我从阿尔玛那听说的，她是从德罗拉丝那听来的，而德罗拉丝又是从珍妮那得知的。珍妮是听丽迪亚嬷嬷说的。就连在那种境况下，在那种地方也会有同盟关系。这一点你尽可确信无疑：同盟在任何时候都存在，虽然方式各不相同。

丽迪亚嬷嬷把珍妮叫进办公室。

祈神保佑生养，珍妮。丽迪亚嬷嬷定是这么开口，她正在桌上写着什么，说话时没有抬头。任何规矩都有例外：这一点也尽可确信无疑。嬷嬷们看书写字是得到允许的。

愿主开恩赐予，珍妮会这样回答。她语调平平，嗓音清澈剔透，就像生蛋清。

我觉得你可以信赖，珍妮。丽迪亚嬷嬷会说，她终于从纸上抬起眼睛，用眼镜后面一贯的目光直逼珍妮，这是一种同时具有威慑力又满含哀求的目光。帮帮我，她的目光在说，我们是一条战线的盟友。你是一个可以信赖的女孩，她继续道，不像其他一些人。

珍妮所有的痛哭流涕和悔罪表现在丽迪亚嬷嬷看来包含着某种特别意味，她以为珍妮已经彻底驯服，以为珍妮已完全皈依，成为忠实信徒。实际上那时候的珍妮不过是个成天被太多人任意踢来踢去的小狗。只要对她说几句好听话，她可以倒向任何一个人，对任何人都可以推心置腹。

因此珍妮准会回答：我希望如此，丽迪亚嬷嬷。我希望不辜负您的重望。或诸如此类的话。

珍妮，丽迪亚嬷嬷说，出了一件可怕的事。

珍妮目光低垂，望着地板。不管发生了什么，她知道都不会受到责备，她无可责备。可这在过去对她何曾有丝毫用处？无可责备？因此她还是感到心虚，似乎马上就要受到惩罚。

你知道是怎么回事吗，珍妮？丽迪亚嬷嬷问，声音轻柔。

不知道，丽迪亚嬷嬷，珍妮回答。她知道这时有必要抬起头来，正视丽迪亚嬷嬷。片刻之后，她终于努力抬起头来。

假如你对这件事知情不报，我会对你非常失望的，丽迪亚嬷嬷说。

主可以为我作证，珍妮带着热切的神情回答。

丽迪亚嬷嬷让自己停顿了一下，手里摆弄着钢笔。莫伊拉离开我们了，她终于开了口。

噢，珍妮应道。她对这个消息没有什么特别的感觉。莫伊拉不是她的朋友。她死了吗？一会儿后她问。

接着丽迪亚嬷嬷便对她讲了事情经过。莫伊拉在上运动课时举手上洗手间。被准许后离开教室。那天值班的是伊莉莎白嬷嬷，她同以往一样把守在洗手间门外。莫伊拉走了进去，一会儿后，只听莫伊拉对伊莉莎白嬷嬷喊：马桶溢出来了，嬷嬷能否过来通一通？不假，有时马桶确实会溢出来。不知是谁会把一团团的卫生纸塞进下水道故意让马桶溢出来。嬷嬷们曾绞尽脑汁试图设计出某种安全装置杜绝此类事件，但终因经费缺乏，眼下只好将就对付；另外她们尚未找到一个把卫生纸锁上的办法。或许她们应该把卫生纸拿到卫生间外面，放在桌子上，进去的人领一张或几张。但那是以后的事了。任何新生事物要想完善都需要时间。

伊莉莎白嬷嬷毫无防备地进了洗手间。丽迪亚嬷嬷不得不承认她这事办得有点蠢。不过话又说回来，她过去也曾通过几次马桶，从未出过意外。

莫伊拉没有说谎，地上到处是水，夹杂着一些散开的粪便残渣。秽臭熏人，伊莉莎白嬷嬷见了真是火冒三丈。莫伊拉彬彬有礼地立在一旁，伊莉莎白嬷嬷飞快走进莫伊拉指给她看的那间，弯腰俯向抽水马桶的后部。她是想拿开陶瓷的水箱盖，摆弄里面的浮球和塞子。她正用两只手去举水箱盖时，只觉某个尖利的金属质感的东西顶在后背。别动，莫伊拉说，否则我就捅进去，我知道往哪里捅，我会刺你个穿心透。

后来她们发现她拆了一个抽水马桶里的装置，拿走了那根细长尖利的铁杆，就是水箱里一头连着冲水手柄，一头系着链带的那部分。只要知道怎么做，做起来并不难，更何况莫伊拉有机械方面的天赋，过去经常自己修车，小问题也都自己处理。这个事件以后，水箱盖开始用链条加固，每次马桶溢水都要花好长时间把盖子打开。闹得我们在那里时有好几次污水泛滥。

伊莉莎白嬷嬷看不到刺在她背上的是什么，丽迪亚嬷嬷说。她是一位勇敢的女人……

是啊，是啊，珍妮响应道。

……但并非有勇无谋，丽迪亚嬷嬷说，眉头微微皱了皱。珍妮老是热情过了头，有时听起来就像在断然否认。她照莫伊拉的话去做了，丽迪亚嬷嬷接着说。莫伊拉命令她从皮带上解下赶牛刺棒和哨子给她。然后让伊莉莎白嬷嬷下楼到地下室去。当时她们在二楼，不在三楼，要对付的不过是两层楼梯而已。加上正在上课，过道上什么人也没有。这中间她们曾见到另一个嬷嬷，不过她站在走廊的另一头，而且背对着她们。这时伊莉莎白嬷嬷本来是可以喊叫的，但她清楚莫伊拉是个说到做到的人。莫伊拉一贯臭名昭著。

是啊，是啊，珍妮又说。

莫伊拉带着伊莉莎白嬷嬷一路走过满是空衣物柜的走廊，经过体育馆的门口，进了暖气炉房。她命令伊莉莎白嬷嬷脱掉所有衣服……

噢，珍妮有气无力地喊了一声，似乎在抗议这一大不敬的行为。

……莫伊拉脱掉自己的衣服，换上伊莉莎白嬷嬷的，虽然谈不上十分合身，但还算合适。她对伊莉莎白嬷嬷总算不是太狠，让她穿上了她的红裙。然后把面纱撕成条，用来把伊莉莎白嬷嬷绑在暖气炉的后面。又把一些布条塞进她的嘴里，再用一根布条把嘴绑上封住。她还用一根布条从身后一头绑在伊莉莎白嬷嬷的脖子上，另一头绑在她的脚上。真是一个诡计多端的阴险女人，丽迪亚嬷嬷忿忿道。

只听珍妮说：我可以坐下来吗？似乎她承受不了这一切。她终于有了可以交换的东西，至少可以交换到一件象征性的东西。

坐吧，珍妮，丽迪亚嬷嬷说，她有些吃惊，但明白此刻不能拒绝。她需要珍妮聚精会神，需要她的合作。她指指角落里的椅子，珍妮将它拉过来坐下。

等把伊莉莎白嬷嬷在暖气炉后谁也看不到的地方绑好之后，莫伊拉说，你知道，我可以杀掉你的，我可以把你戳得面目全非，让你见到自己的身体就窝心难受。我可以用这个一下戳死你，或者用它刺瞎你的眼睛。将来一旦真有那种事发生，请你记住我并没有这么干。

这些话丽迪亚嬷嬷对珍妮只字未提，但我希望莫伊拉说了类似的话。不管怎么说，她既没有杀了伊莉莎白嬷嬷，也没有伤及她的任何部位。几天后，当她从被绑在暖气炉后长达七小时的经历中，或许还加上嬷嬷们或其他什么人的盘问中——因为不排除同谋合伙的可能——恢复过来，她又回到感化中心工作。

莫伊拉挺着身子站起来，目光炯炯，直视前方。双肩收紧，脊椎挺直，嘴唇紧闭。这不是我们惯常的姿势。通常我们是佝着头走路，眼睛看着自己的双手或地上。莫伊拉即便戴着棕色的头巾，看上去也不太像伊莉莎白嬷嬷，但她身板挺直的样子却显然足以让她在站岗的卫士面前瞒天过海。这些卫士从来没有仔细看过我们，甚至包括嬷嬷们，或许正因为是嬷嬷，他们更没有正眼瞧过。总之，莫伊拉大摇大摆地出了大门，从容不迫，一副熟门熟路、目标明确的样子。在门口，卫士向她致敬，她则拿出伊莉莎白嬷嬷的通行证，卫士连看都懒得看一眼，谁愿意好端端地在这种事上去冒犯嬷嬷呢？然后莫伊拉便消失了。

噢，珍妮口中蹦出这个字眼。有谁知道她心里的真正感受？也许她想欢呼。倘若真是如此的话，她隐藏得很是巧妙。

因此，珍妮，丽迪亚嬷嬷说。我想拜托你做一些事。

珍妮睁大眼睛，尽量作出一副天真无邪、洗耳恭听的样子。

我要你留意周围人的动静。也许牵涉此事的还有别人。

好的，丽迪亚嬷嬷，珍妮回答。

要是听到什么就来告诉我，可以吗，亲爱的？

我会的，丽迪亚嬷嬷，珍妮说。她知道自己从此不用在教室前面当众下跪了，也不会再听到我们对她齐声讨伐。接下去该轮到别人了。她算是暂时解脱出来了。

她把这次在丽迪亚嬷嬷办公室里的会面经过告诉德罗拉丝并不代表什么。它并不意味着她不会做不利于我们的证词，无论哪一个，只要有机会。这一点我们都清楚。现在这个时候我们对她的态度就好像过去对待那些缺胳膊断腿、在街头卖铅笔为生的可怜人。我们对她是能躲就躲，只要能做到，总是尽量对她宽容迁就。她是我们身边的危险人物，大家都清楚这一点。

德罗拉丝也许会拍拍她的背，夸她是个讲朋友义气的人，肯把这一切说给我们听。这番对话会在哪里进行？在体育馆，或在大家准备上床睡觉的时候。德罗拉丝的床就在珍妮的旁边。

事情经过当天夜里就在众人中间传开了，在昏暗的灯光下，压低嗓子，从一张床到另一张床。

莫伊拉逃到外面的某个地方去了。她可能正逍遥法外，也可能已死于非命。她会干些什么呢？对她会干什么的想法在大家脑海中迅速膨胀扩大，最后充斥了整个房间。随时都可能引发一场粉碎性的爆炸，窗玻璃会震碎在屋里，一扇扇门会被震得不推自开……莫伊拉如今大权在握。她被放出去了，她把自己放出去了。如今她已成为一个不受束缚的女人。

我想大家对这点感到胆战心惊。

莫伊拉就像一台四周没有封闭的电梯。她使我们头晕目眩。我们早已经忘记了自由的滋味，早已经感觉到这深院高墙的安全牢靠。在大气层以上的高处，人体会支离破碎，变成气体蒸发，因为那里缺少把人体各部位牢牢连在一块儿的气压。

但尽管如此，莫伊拉仍存在于我们的幻想中。我们与她拥抱，暗地里她总是和我们在一起，发出咯咯的笑声。她是日常生活外壳下的熔岩。由于有了莫伊拉，嬷嬷们也变得不那么可怕了，相反，变得更为愚蠢可笑。她们至高无上的权力出现了破绽。居然会在洗手间遭人绑架。莫伊拉那种胆大无畏令我们欣赏不已。

我们想有一天她会被拖回来，就像过去发生过的一样。我们想不出这回她们会怎么处置她。不管怎么处置，这次一定毫不留情。

但什么也没发生。莫伊拉未再出现。至今未再出现。

第二十三章

这是一种重述。整个故事都是在重述再现过去发生的事件。此刻，当我平躺在单人床上，默默复述着本该说或本不该说，本该做或本不该做，以及本该怎么做的事情时，便是在头脑里重新描述过去发生的一切。假如有朝一日我能逃离此地——

好，就说说这点。我是一心要从这里逃出去的。这种境况不可能永远持续下去。在往日的岁月里，别人在困境中也这么想过，最终都能如愿以偿。虽然方式各不相同，他们的确逃离了苦难，可怕的日子的确终有尽时。虽然对他们来说，那段日子可能漫长得耗尽了整整一生。

等我逃离这里，假如我有条件把这些事记下来，不管用什么方式，哪怕是用向他人讲述的方式，这也是一种重述，又隔了一层的重述。想准确无误地再现事件的原貌是不可能的，因为经由口中说出来的事永远不可能与事件原样丝毫不差，总难免有所遗漏。太多的盘根错节，方方面面，纵横交错，差别细微难辨；太多的手势动作，含义可此可彼，暧昧不清。此外还有太多根本无法充分诉诸语言的形状样式，太多充斥在空气中或依附在舌头上的种种气味，以及太多其色难辨的混合色彩。倘若将来有朝一日，你成了男人，并有幸出人头地，切记千万别受诱惑，产生作为女人理当宽恕男人的想法。说实在的，这是一个难以抵抗的诱惑。不过请记住，宽恕本身也是一种权利。祈求宽恕是一种权利，给予或是不予宽恕更是一种权利，或许是最大的权利。

也许这一切全都与驾驭无关。也许这并不真是有关谁可以拥有谁、谁可以对谁做什么而不必受追究，甚至置其于死地也同样可以逍遥法外的问题。也许这也不是有关谁可以坐着，而谁又必须跪着或站着或躺着张开双腿的问题。也许这一切只是谁可以对谁做什么并得到宽恕的问题。两者性质决不相同。

我希望你吻我一下，大主教说。

当然，不用说，这句话发生前有个过程。这种要求决不会毫无来由地凭空而至。

我终于睡着了，并梦见自己戴着耳环，一个是断的。除此之外就别无其他了，惟有大脑穿行在旧日的档案中。卡拉端着餐盘把我叫醒，时间重新回到正常轨道。

“是个健康的孩子吧？”卡拉把餐盘放到桌上时问。她一定已经知道了，这些马大们的口头电报跑得真快，一家传一家，任何消息顷刻间便尽人皆知。但她还是很高兴听人提起它，似乎我的话能增加这件事的真实性。

“不错，”我说，“是个持家的女孩。”

卡拉笑容可掬地望着我，千言万语尽在其中。一定只有在这种时刻，她才会觉得她所付出的辛劳物有所值。

“太好了。”她说。我觉得她的声音里几乎流露出一种渴求：这很自然。她肯定希望当时也能在场。这就像一个她无法参加的聚会。

“也许我们这里也很快会有这样一个小孩。”她神情害羞地说。她说的是我们，实际上指的是我。能否报答围着我团团转的这一群人，证明我并没有白吃白喝，一切就都看我的了，就像一只会下蛋的蚁后。丽塔也许不喜欢我，但卡拉却相反。她依赖我。她满怀希望，而我正是她实现希望的手段。

她的希望再简单不过。她希望这个家也有一个产日，宾客盈门，屋里四处摆满美酒佳肴和道喜的贺礼；希望有一个小孩在厨房里嬉闹撒娇，希望能为他熨衣服并趁没人注意时，偷偷塞几块饼干给他。我的任务就是为她提供这些快乐。我宁愿她讨厌我，那才是我理应得到的。

晚饭是炖牛排。我没能吃完，因为吃到一半的时候，我猛然想起一件事。整整一个白天我把这件事忘得干干净净。看来人们真是说对了，不管是分娩的还是在一旁助产的人，都会进入一种恍惚状态，专心致志，把其他的一切都忘诸脑后。但此刻它又回到我记忆中，一时间我手忙脚乱。

楼下门厅里的钟敲了九下。我双手紧贴在大腿两旁，屏住气，顺着走廊，轻手轻脚地下了楼梯。赛丽娜·乔伊应该还呆在刚添了新生儿的那个大主教家。真是走运，对此他原先不可能未卜先知。如今，不管哪家生了孩子，夫人们总要在那里逗留很长时间，一边帮忙拆礼物，一边说东道西、飞短流长，然后尽情喝酒，一醉方休。她们总得做些什么来排解心中的妒意。我沿着楼下的走廊绕过去，经过厨房门口，再往前走，下一个房门便是他的房间。我站在门外，感觉就像被叫到校长办公室的小学生。我究竟做错了什么？

我到这里来是违规的。我们被禁止与大主教们单独相处。我们的用途就是生育，除此之外，别无他用。我们不是嫔妃，不是艺妓，也不是高级妓女。相反，为了使我们与这类人泾渭分明，真可谓无所不用其极。我们身上不能有丝毫娱乐成分，决不容许任何隐秘的欲望之花有盛开之机；不管是他们还是我们，都别想靠花言巧语来骗得网开一面，这里根本没有爱情的立足之地。充其量我们只是长着两条腿的子宫：圣洁的容器，能行走的圣餐杯。

因此，他为何要见我，孤男寡女，在夜深人静之时？

如果我被捉到，我将被交到赛丽娜·乔伊的手中听任她随意发落。大主教照理是不该插手这类家法家规的，这纯属女人家的事。那之后，我将被划入另册，成为一个所谓的坏女人。

可是如果拒绝见他后果可能更糟。真正掌握大权的人是谁这是毫无疑问的。

但必定有什么是他有求于我的。有需要便有了弱点。正是这个弱点，不管它是什么，吸引我不顾一切，奋然前往。这就好比之前一直固若金汤的铜墙铁壁上出现了一道细小的裂缝。如果我把眼睛贴近这道裂缝，细看它的这个弱点，也许我便能够看清面前的道路。

我想弄清楚他究竟需要什么。

我抬起手，敲门，门里面是禁区，非但我从未涉足，但凡是女人都从不踏入一步。就连赛丽娜·乔伊也不来这里，屋里的清洁卫生由卫士们负责。屋内到底藏有什么秘密，藏有什么不可示人的男性图腾？

屋里人让我进去。我打开门，走进去。

这是另一个天地，正常生活的天地。我应该这样说：这另一个天地里的一切看上去像正常生活。屋里有一张书桌，这是不用说的，书桌上有台电脑通话器，桌子后面是一张黑色的皮椅。另外，桌上还有一盆植物，一个笔架及一些纸。地上铺着一块带有东方情调的地毯，还有一个没有生火的壁炉。此外屋里还摆着一张套着棕色长绒布套的小沙发、一台电视机、一张茶几和几把椅子。

可是环绕四壁的全都是书架。书架上摆满了书。各种各样的书，铺天盖地，显眼夺目，既没有上锁，也没有藏在箱子里。难怪我们不能进入此地。它是这块禁地里的绿洲。我尽力不让自己死盯着那些书。

大主教站在没有火的壁炉前，背朝着它，一只胳膊肘靠在壁炉架上的雕木装饰那儿，另一只手插在口袋里。这种精心作出的姿态是那么的装腔作势，就像旧时乡绅的习惯做派，或是哪一本用有光纸印刷的通俗男性杂志上老掉牙的挑逗动作。也许他事先便决定好了等我进来时要摆出这种姿势。也许在我敲门的当儿他赶忙冲到壁炉旁，立定在那里。他还应该拿块黑布遮住一边眼睛，再戴一条上面印有马掌的围巾才是。

我尽可以任这些念头断断续续地在我脑海中一闪而过。暗地里的嘲弄。不，是恐慌。事实上我感到惊恐万状。

我一声不吭。

“把身后的门带上。”他说，声调愉快。我关上门，重又转过身。

“你好。”他说。

这是过去人们打招呼时的用语，我已经很久没有听到了，有好些年了。此时此地这话听起来有点格格不入，甚至有点可笑，就像一个时间上的后空翻，一个特技动作。我一时想不出用什么合适的话来应答。

我想我就要哭出来了。

他一定是注意到了，因为他望着我，脸上的表情困惑不解，微微皱着眉头，我愿意把它理解成关心，虽然它可能只是表示生气。“来，”他说，“你可以坐下。”他为我拉出一把椅子，放在书桌前面。自己则绕到桌子后面坐下，动作缓慢，令我觉得又是经过精心策划的。这个动作告诉我，他把我叫到这里来，不会以任何方式违背我的意愿哪怕碰我一下。他微笑着。不是奸笑也不是淫笑。只是微笑，普通的微笑，友好但又保持一定距离，仿佛我是橱窗里的一只小猫。一只他只是看看却不打算买的小猫。

我端坐在椅子上，双手放在腿上。我似乎感到穿在红色平跟鞋里的脚没有触到地面。可实际上当然不是如此。

“你一定觉得奇怪吧。”他说。

我只是望着他。本年度最精彩的轻描淡写，这是我母亲使用的词汇。过去使用的。

我觉得自己像棉花糖：用白糖和空气制成。用力捏紧，我就会变成滴着粉红色糖水的软塌塌、湿乎乎的一团。

“我想这是有些奇怪。”他又说，仿佛我已经回答了他。

我想我得找顶帽子戴上，在下巴上扎一个花结。

“我想……”他有些犹豫。

我硬撑着不让自己探向前去。什么？他说的是什么？他想怎样？他想要什么？但我竭力不让自己把急切的心情流露出来。买卖就要成交，目前正处在讨价还价的阶段。谁沉不住气谁就必亏无疑。除了出售，我决不透露任何东西。

“我是想……”他继续道，“听起来会很可笑。”他确实看上去很不自在，更准确的字眼应该是*局促不安*，过去男人们都是这副模样。他的年纪足以让他想起如何表现那副模样，想起女人们曾经多么喜欢男人的那副模样。如今年轻一代的男人已不会使用这些花样。因为他们从没有使用它们的必要。

“我想让你陪我玩一盘拼字游戏。”他说。

我拼命让自己保持僵直的坐姿。脸上毫不动容。原来这就是那间讳莫如深、禁止女人出入的屋里的秘密！拼字游戏！我想笑，想尖声大笑，笑得从椅子上翻下去。这曾经是老头老太们在夏日里或老人院里没有好电视节目看、闲极无聊时玩的游戏。或者是十多岁的小孩玩的游戏，当然，那是很久很久以前的事了。我母亲曾有一副游戏盘，收藏在走道上的橱柜里面，同收在纸箱里的圣诞树装饰品放在一起。母亲曾经想让我对它产生兴趣，那是在我十三岁的时候，那个年龄的我成天没精打采，游手好闲。

如今当然不一样了。如今这种游戏禁止我们女人玩耍。如今它被视为危险的游戏。如今它被视为不正经的游戏。如今他不能同妻子玩这个游戏。如今这个游戏令他渴求神往，竟不惜连累自己。这简直像为我提供毒品。

“好吧。”我说，装出不以为然的样子。实际上我紧张得几乎说不出话来。

他没有说为什么想同我玩拼字游戏。我不敢问。他只是从书桌的抽屉里拿出一个盒子，打开。我记得标有数值的字母块是塑化木的，记得游戏盘分成一个个方格，还有用来把字母放进格子里的小夹子。他把字母块倒在书桌上，把它们一个个翻过来。一会儿后，我也跟着翻起来。

“知道怎么玩吗?”他问。

我点点头。

我们玩了两盘。我拼了 Larynx（喉）。Valance（短帷幔）。Quince（榅桲树）。Zygote（受精卵）。我拿着光亮可鉴、棱角平滑的字母块，抚摩着上面的字母。真是一种舒服的感官享受。这就是自由，虽然只持续一眨眼的工夫。Limp（乏力），我继续拼。Gorge（厌恶）。多么奢侈的享受。写有数值的字母块就像薄荷糖，凉凉的，清新宜人。薄荷硬糖，这是过去的名称。我真想将它们放进嘴里。它们吃起来也会有点像酸橙。字母 C。脆脆的，在舌头上有点酸酸的，好吃极了。

我赢了第一盘，第二盘我有意输给他：因为我尚不清楚条件究竟是什么，不知道我能开口要什么作为回报。

最后他告诉我不早了，该回家了。那确实是他使用的字眼：回家。他意思是回我房间。他问我一个人敢不敢走，好像楼梯是一条漆黑的街道。我说没问题。我们打开他的书房门，只开一条缝，倾听过道上的动静。

就像在幽会。就像下课后两人偷偷溜回宿舍生怕被人看到。

就像是串通合谋。

“谢谢你陪我玩。”他说。接着又说：“希望你吻我一下。”

我在想怎么才能趁哪天晚上在我自己的浴室里洗澡时把马桶

后面的水箱拆开，飞快地，不弄出任何声响，这样守候在外面的卡拉就不会听见。我要将那根尖利的铁杆取出来，藏在袖子里，等下次大主教再让我去他房里时带进去。因为这种要求有了第一次，往往会有第二次，不管你愿意还是不愿意。我想着怎么接近大主教，在这儿，两人独处时，我可以先吻他，然后脱掉他的外衣，佯装依从他或招引他做进一步动作的模样，似乎出自真情地抱住他，然后抖出铁杆，猛地用尖利的那头刺进他的胸膛。我想象着饱含性欲的鲜血像热菜汤一般从他身上奔涌而出，沾满我的双手。

事实上我当时根本没想这些东西。它们是我后来加进去的。也许我当时应该想到那些，但事实上我没有。正如我先前所说，这只是一种重述。

“好吧。”我说。我迎上去，把紧闭的双唇送到他的嘴巴前。我闻到修面香液的味道，普通的品牌，是我再熟悉不过的类似樟脑丸的味道。而他却似我初次见面的陌路人。

他后退一步，俯视着我。脸上重新泛起先前的笑容，局促不安的笑容。如此的真挚诚恳。“不是这样，”他说，“要像真的一样。”

他伤心透顶。

这也是一种重述。

9
夜

第二十四章

我往回走，穿过幽暗的过道，悄然无声地爬上楼梯，蹑手蹑脚地潜回自己的房间。灯光已经熄灭，我穿着红裙，衣着齐整地坐在椅子里。只有穿着衣服才能头脑清楚地思考问题。

我需要的是透视感。一种纵深幻觉，通过在平面上将不同形状按一定位置排列分布而获得。透视感是必不可少的。否则世上便只有平面的东西。否则你活在世上，脸便会挤扁在墙上，一切的一切都会像一张巨大的图片前景在你面前展开：包括无数的细节、特写镜头、毛发、床单的织纹、脸孔的分子。你的皮肤会像一张地图，一张毫无意义的图表，上面细小的道路密密麻麻，纵横交错，却不知伸向何方。没有透视感你只能活在现时现刻。而眼下的时刻恰是我不愿驻足的。

但这正是我的所在，无从逃逸。时光如同陷阱，我深陷其中。我必须忘记藏在心底的那个名字以及过去所有的一切。我如今的名字叫奥芙弗雷德，这是我生活的地方。

活在现在，充分利用现在，它是你的所有。

盘点存货的时间。

我三十三岁。棕色头发。脱鞋身高五英尺七英寸。我记不太清楚过去自己长什么样。我的卵子能成活生长。我还有一次机会。

可是，从现在开始，从今晚开始，事情有了改变。情况发生了某种变化。

我可以有所要求。也许不能很多，但至少可以有些要求。

男人是性机器，丽迪亚嬷嬷说，除此之外，别无他求。他们只要一样东西。为了自己，你们必须学会操纵他们。打个比方，叫做牵着他们的鼻子走。这是天理。是神的安排。是世道常情。

丽迪亚嬷嬷并没有明说这些，但她所说的一切无不包含此意。它盘旋在她的头顶，如同愚昧黑暗的年代里圣灵们显示的金玉良言。同那些圣灵一样，她也是瘦骨嶙峋，不长一点肉的。

可是这套理论能用在大主教身上吗？他生活在书房里，陪伴他的是拼字游戏和他的渴望。渴望什么？不过是有人陪他玩，有人温柔地吻他，就像真的一样。

我明白自己得把这件事放在心上，认真对待他的这个渴望。这件事可能意义非凡，它既可能成为我的保护伞，也可能让我堕入深渊、万劫不复。我需要认真关注此事，需要好好想一想。但不论我采取什么行动，此刻独坐在这黑暗中，看着长方形的窗户被外面的探照灯照得通明，亮光透过薄薄的好似婚纱、又宛若灵的外质①的窗帘射进屋里，我双手合握，身子轻轻前后摇晃，不论我采取什么行动，其中都不乏令人兴奋的东西。

他要我陪他玩拼字游戏，并且煞有介事地亲吻他。

这是迄今为止我所碰到的最最荒唐古怪的事情。

环境决定一切。

我想起一个过去看过的电视节目。一个重播片，很多年前拍的。我当时想必只有七八岁，太小了，看不明白。母亲喜欢看这类影片：历史片和教育片。过后她会不惜口舌地向我解释，告诉我里面所演的确有其事。可是对我而言，它只是个故事而已。我执意认定那是人们编造出来的。我想所有孩子对发生在过去的历史都与我所见略同。只要是虚构的故事，便不会显得那么骇人。

---

① 灵媒在降神的恍惚状态中发出的一种黏性外质。

那个电视片是一部有关某次大战的纪录片。影片采访了众多人物，展示了许多当时拍摄的黑白电影片段，另外还有大量照片。整个内容我不记得多少了，但对那些照片的质地却依然记忆犹新。那上面的一切似乎都蒙着一层混合着尘埃的阳光，人们眉头下面和脸颊旁边暗影很深。

人物采访的对象是那些尚在人世者，这部分影片是彩色的。我印象最深的是采访一名军官的情妇。这个军官曾负责管理一个关押屠杀犹太人的集中营。那些犹太人被处死在火化室①里，母亲告诉我说。但影片中没有出现火化室的镜头。因此我意识中一直模模糊糊，弄不清楚那些人是否被处死在厨房里。这个念头中有一点对孩子来说异常恐怖。那就是，烤箱意味着烧煮食物，食物烧煮之后跟着便是被人吃掉。我以为这些人都被吃掉了。不过我想从某种意义上来说也确实如此。

根据那些人的回忆，这个军官心狠手辣，冷酷无情。那个情妇——母亲对我解释了什么是情妇，她不喜欢遮遮掩掩，把事情神秘化。四岁时我已经有了一本配有跳起立体图片的性器官读物——那个情妇曾经是个风姿绰约的美人。影片中有一个她和另外一个女人的黑白镜头，她们坐在游泳池旁的折叠帆布躺椅里，身着当时流行的两段式泳衣，脚穿木屐式坡形高跟鞋，头戴阔边花式女帽，脸上挂着猫眼式墨镜。游泳池就坐落在他们家房子边上，就在有火化室的集中营附近。那个女人说她未注意到有何反常之处。她否认对火化室知情。

采访这个女人时已经是离那场战争四五十年以后了。那时的她患有严重的肺气肿，虚弱不堪。她不停地咳，样子瘦削憔悴，但她对自己的外表仍然十分在意（你瞧瞧她，还是那么注重自己

① 二战期间纳粹德国用以焚烧犹太人尸体的火化室在英文里与烤箱同为oven一词。

的外表，母亲恨恨地但又不无钦佩地说）。那张脸是精心打扮、浓妆艳抹过的：睫毛下是浓重的眼影，腮帮上涂了胭脂，上半部脸的皮肤拉得紧绷绷的，如同撑开的橡皮手套。身上珠光宝气。

他不是魔鬼，她说。人人都说他是魔鬼，可他不是。

她头脑中想的会是些什么？我想不会有什么，起码当时当地不会想太多。她想的是如何不去想。世事反常。她在意的是自己的外表。她不相信他是个魔鬼。对她而言不是个魔鬼。也许他不乏可爱之处：比如冲澡时会哼着不成调的口哨，喜欢吃巧克力糖，用德语里亲昵的称呼唤自己的爱犬，用小块的生牛排逗它坐立。塑造一个充满人性的人不管对谁都是轻而易举的事。这种诱惑谁都乐于接受。他就像一个大孩子，她会这样对自己说。心会为之融化。她会一面替他把前额上的头发拂到后边，一面吻他的耳垂，无欲无求。仅是出于抚慰他人的本能，克尽己责的本能。好啦，好啦，她会像母亲一样安慰从噩梦中惊醒的他。要你操心的事太多了。她一定对这一切笃信不疑，否则她怎么还活得下去？在那副美丽的外表下，她只是个普普通通的女人。她为人宽厚，好心对待家里的犹太籍女佣，或者不如说好得够可以，好得过了头。

这段采访拍完没几天，她自杀身亡。也是电视上报道的。

没有人问过她是否爱他。

我现在能回忆起来的差不多只剩下她化的妆了。

我在黑暗中站起身，开始解扣子。接着我听到体内有什么东西被我打破，裂开，一定是的。只觉一股声响自下而上，欲从我的嘴里奔涌而出。其势汹汹，突如其来，我对此毫无准备，措手不及。假如我听任这个声音夺口而出，那必定是化为一场大笑，其声之大，持续之久，一定会惊动他人，随之脚步声会匆匆响起，发号施令声此起彼伏，谁知道呢？再接下来就是判决：不合时宜的感情流露。游走子宫①，人们过去这样解释这种现象。歇斯底里。接着便是打针，吃药。那些东西可能会置你于死地。

我仿佛要呕吐似的紧紧捂住嘴巴，跪下身子，笑声在我的喉咙口如沸腾的熔岩咕咕作响。我爬进柜子，耸起双膝，感觉就要被呛住了。我的肋骨由于憋得太久开始阵阵发痛。全身抖动着，上下起伏，像地震来临，又像火山爆发。我就要爆炸了。炸得满橱柜通红一片，欢乐与新生协调同步，哦，笑别人世。

我用橱柜里挂着的披风捂住嘴，强压住笑声，闭紧双眼，挤出忍不住的笑泪。拼着命让自己平静下来。

一会儿后它过去了，就像间歇性的癫痫发作。此刻我人在橱柜里。*Nolite te bastardes carborundorum*。黑暗中我看不清这行字，但用指尖可以感触到细细的刻出来的笔迹，就像布莱叶盲文上的字码。此刻它在我的头脑里不再像一句祷文，更像是一声命令，可具体指令是什么？不管是什么，这个命令对我毫无意义。它只是一行古老的象形文字，解读它的途径早已失传。那个女人究竟为何要不厌其烦地写下它？

我躺在地板上，先是快速急促地呼吸，而后慢下来，渐渐恢复平静，就像在做练习分娩的活动。此刻我能听到的惟有自己的心跳声，一张一合，一张一合，张开。

---

① 仿“游走肾”之说。

10 安魂经卷

第二十五章

第二天清晨我听到的第一个声响是一声尖叫和东西的粉碎声。卡拉打翻了早餐盘。这个声响把我从睡梦中惊醒。我的半个身子还在柜子里，头枕在揉成一团的披风上。一定是我把它从衣架上拽下来，枕在头底下睡着了。有那么一瞬间我记不起自己身在何处。卡拉跪在我身旁，我感觉她在用手摸我的背。我动了一下，又引起她一声尖叫。

怎么啦？我问。同时翻转过身，努力爬起来。

哦，她说。我以为……

她以为什么？

就像……她说。

鸡蛋摔破在地上，到处是橘子汁和粉碎的玻璃碴。

我再去拿一盘来。真浪费。你趴在地上干什么？她边说边用手拽我，帮我站起身来。

我不想告诉她我根本就没上床。讲不清的。我告诉她我一定是晕过去了。这个借口同讲真话一样糟糕，立刻被她抓住不放。

初期症状是这样的，她说，口气欢喜无比。晕厥，还有呕吐。她应该知道眼下谈这些根本为时过早，可她抱的希望太大了。

不，不是你想的，我连忙更正。起先我是坐在椅子里。肯定不是你说的那种情况。我只是头有些发晕。刚在这里站下便两眼发黑什么都不知道了。

一定是昨天太紧张了，她说。放松点。

她指的是昨天的分娩，我忙说就是。这时我已经坐进椅子，她跪在地板上，收拾碎玻璃、碎蛋，把它们放进盘子里。然后用餐巾纸吸去地上的橘子汁。

我得去拿块布来，她说。别人一定会问为什么多要一份蛋。除非你可以不要。她斜着眼看我，带着点狡黠的神情，于是我马上明白倘若我们两人一齐瞒天过海，假装我已吃过早饭，对大家都会好得多。要是她跟人说见到我躺在地上，一定会引来数不清的问题。当然，摔碎杯子是无论如何要有个说法的，可要让丽塔再准备一份早饭肯定要惹恼她。

我不吃早饭了，我说。我不太饿。这个借口不坏，与头晕相吻合。但我可以把烤面包吃掉，我说。我不想什么也不吃。

它丢到地上了，她说。

没事，我说。我坐着吃烤黑面包块，卡拉则到浴室把手上的一捧无法挽救的碎蛋扔到马桶里冲掉。而后走回来。

我会说出去时失手把盘子打了，她说。

我很高兴她肯为我撒谎，即便是为这么一件小事，即便是为她自己的利益考虑。它是联系我们两人之间的纽带。

我朝她微笑。希望刚才没人听到，我说。

刚才我真被吓了一跳，她拿着盘子站在门边时说。起先我以为地上只是你的衣服，看上去很像。接着我就想，衣服怎么会扔在地上？我以为你也许……

逃走了，我接口道。

这个嘛，可是，她期期艾艾。可再一看，是你。

是啊，我说。是我。

就这样，她端着盘子出去，又拿了一块抹布回来擦地上剩余的橘子汁，那天下午便听到丽塔发牢骚，说有些人真是笨手笨脚，心事太重，脚下走到哪里都不看看。而我们则随她说去，只当什么事也没发生。

那是五月里的事了。如今春天已经逝去。郁金香花期已过，花瓣如同牙齿一般一片片脱落。一天我见到赛丽娜·乔伊，她正跪在花园中间的垫子上，拐杖放在一旁的草地上，专心致志地用剪子剪去花的心皮。我提着装满橘子和羊排的篮子经过时用眼角注视她。只见她把剪刀对准要剪的部位，摆好，然后双手握紧剪子抽搐般地猛地剪下去。是关节炎又往上发展了吗？还是对花朵饱满的生殖器发起某种闪电战，某种神风突击队式的突然袭击？子实体。剪去心皮据说是为了让球茎积蓄能量。

跪着苦修的圣赛丽娜。

我常常以她为对象，用诸如此类刻薄的黑色小幽默自娱自乐，但从来不敢过久地沉溺其中。长时间从背后窥伺赛丽娜·乔伊是绝对不行的。

令我垂涎的是那把剪子。

唔。郁金香之后便是蝴蝶花。高高挂在长长的根茎上，亭亭玉立，姿态万千，既好似吹制玻璃，又如同色彩柔和的水粉颜料，泼洒之际便当即凝结成形，淡蓝，淡紫，还有颜色深一些的，在阳光下有的呈现天鹅绒般浓浓的紫色，有的好似黑色的猫耳朵，还有的像深蓝色的眼影，更有的像滴血的心房，它们的外形看起来是那样的娇媚动人，居然没有早早被人连根拔掉实在让人惊奇。赛丽娜·乔伊的这个花园带有某种颠覆性的意味，就像深埋在地下的东西无言地破土而出，重见天日，似乎在比划，在说：任何被压制的声音都不会甘于沉默，它们会以某种无声胜有声的方式大声疾呼自己的存在。一座典型的丁尼生①风格的花园，飘溢着浓重的花香，倦怠无力，令我禁不住又回想起那个词：昏

① 丁尼生（Tennyson，1809—1892），英国诗人。重视诗的形式完美，音韵和谐，词藻华丽。

厥。阳光照亮了整个花园，同时花朵自身的热度也在升高，你可以感觉到它：如同把手举在高过手臂，高过肩膀一英寸的地方。它会发热，会呼吸，自我吸纳。那些日子里每回穿过花园，穿过牡丹、石竹和康乃馨，我的头都会发晕。

柳树枝叶茂盛，却无济于事，那阵阵低语只会让人心生疑虑。约会地点，它仿佛在说，露天阶梯看台。丝丝凉气爬上我的脊柱，我像发高热似地颤栗发抖。夏天的薄裙摩擦着我大腿的肌肤，青草在我脚下长势正欢。从我两边眼角望去，枝头上充满了动感：色彩斑斓的羽毛，扑翅轻飞的动作，装饰音，树木化为小鸟。随心所欲，任意变化。此时烂漫的女神也有了存在的可能，空气中充满欲望。就连房子的砖块都变得绵软轻柔，可感可触。假如我靠在上面，它们会变得柔和温暖。自我克制和压抑究竟会引发什么样的举动让人始料不及。昨天在检查站，当我丢下通行证，让哨兵为我捡起来时，他看到我的脚踝时是否会感到一阵眩晕，有些神志不清？没有手绢，没有扇子，我只是把身边现有的东西信手拈来。

冬季不会让我感到如此危机四伏。我需要的是坚硬、冰冷、僵直，而不是这种沉甸甸的、熟透的、饱含汁液的丰满，仿佛我是藤上的一只甜瓜。

我和大主教之间达成了一个协议。这个协议当然不是我们之间的第一个，可其形式却和以往全然不同。

一星期里我要去拜访大主教两到三次，都是在晚饭以后，不过得依信号行事。这个信号就是尼克。假如我出门采购或回来时他在擦车，假如他歪戴着帽子或根本没戴，我便可放心前往。假如他不在擦车或帽子戴得一本正经，我就像平常那样呆在屋里。当然，逢到举行授精仪式的夜晚，所有这些便不再适用。

麻烦的始终是夫人。晚饭后她会呆在他俩的卧室里，只要她在那里，不管我多么小心翼翼，蹑手蹑脚，偷偷穿过走道时还是有可能被她听见。有时她会呆在起居室，没完没了地编织给天使军士兵用的围巾打发时间，那些针法复杂精细，但毫无用处的毛线人物图案越织越多：这一定是她繁殖后代的形式。她在里面时，起居室的门通常是半开的，我根本不敢从门口走过。每回我接到信号，却下不了楼也无法途经起居室穿过走道时，大主教都能理解。我的处境至今未见丝毫改观，这一点他清楚。他了解所有的清规戒律。

不过，有时候赛丽娜·乔伊会出门拜访另外一家大主教患病的夫人，那是她在夜晚独自出门惟一有可能去的地方。她会带上食物：一块蛋糕、一块煎饼或一条面包，这些都是丽塔烘制的，或者是一罐果冻，用长在花园里的薄荷叶制成。大主教的夫人们常爱生病。小病小恙能为她们的生活增添情趣。至于我们这些使女们甚至包括马大们对疾病则是避之不及。马大们害怕会因病被强迫退休，谁知道接着会被弄到哪里去？如今周围上年纪的老妇已见不到几个。至于我们，倘若真是得了什么大病，久治不愈，憔悴消瘦，食欲不振，掉头发，腺体功能衰竭，那可就完了。我想起卡拉。初春时她患了流感，可还是坚持干活，脚步蹒跚地来回奔走，并在她以为没人注意时，用手紧紧抓住门框，尽力忍住不咳出声来。赛丽娜问起时，她只是轻描淡写地回答：小感冒而已。

赛丽娜自己有时也会给自己放几天假，卧床养病。于是探望者接踵而至，宾客盈门。夫人们一边快步上楼，一边兴高采烈地咯咯说笑。她则收下蛋糕、煎饼、果冻以及从她们的花园里采来的一束束鲜花。

夫人们轮流生病。在她们之间，有一张无形的、未经说明的排序名单。各人都小心谦让，惟恐多占了便宜，攫取了超过自己应得的那份关怀。

赛丽娜要出门的那些晚上，我是肯定要被大主教召去的。

第一次去的时候我完全给弄糊涂了。他的需要对我来说是那么的云遮雾罩，看不明白，而我所能理解到的又似乎荒诞不经，就像迷恋绑带鞋一样滑稽可笑。

另外，就是有那么点沮丧。第一次去时，对在那扇紧闭的门内有可能发生的一切，我曾有过何种猜想？某种说不清道不明的东西，或许，会让我四肢着地趴在地上，玩性变态花样，用鞭子抽，或者断肢毁容？至少也是某种轻微的性摧残，某种往日的小过失，如今被法律制止，违反者将受到惩处。然而，结果却是要我玩拼字游戏，似乎我们是一对亲昵的老夫妻，或是两个天真无邪的孩童，这未免也太怪异了，有悖常理。作为一种要求，它着实令人费解。

因此，我一直到离开房间，都没弄明白他究竟想要什么、出于什么目的或者我是否已使他如愿。如果这是一笔交易，那么首先必须提出交易条件。显然他对此事毫无经验。我曾以为他或许是在耍我，玩猫和老鼠的游戏，可现在我认为，他做这件事的动机和要求连他自己都不清楚。它们尚未上升到可以用言语表达的层面。

第二次晚上去他那里的情形开始时和第一次相仿。我走到紧闭的门前，敲门，被让进屋。接着用米黄色的光滑字母块同样玩了两盘游戏。*prolix*（令人生厌的），*quartz*（石英），*quandary*（困惑），*sylph*（空气中的精灵），*rhythm*（节奏），我搜肠刮肚，凭着记忆或想象玩这些辅音字母的老把戏。我费劲地拼读着，舌头有些不太灵光，吐字不清。如同使用一门曾经掌握，但久已荒疏，几近淡忘的语言，一门与某些习俗相关的语言，而这些习俗早已被世人摒弃，不留痕迹：比如在户外餐桌上摆放法式牛奶咖啡，外加奶油鸡蛋卷和高脚杯里的苦艾酒，以及大量报纸连篇累牍报道的小矮人的消息。这些都是我曾经读过，但从未亲眼所见之事。好比跛子企图不用拐杖走路，像那些老电视电影里虚伪做作的镜头。你可以做到的。我知道你行。那正是我当时的写照。整个头脑摇摇晃晃、磕磕碰碰，穿行在清辅音 r 和 t 之间，像踩在鹅卵石上一般滑过卵形的元音。

在我迟疑不定，或是请他提供正确的拼写时，大主教表现出十足的耐心。我们可以查字典，他说。他说的是我们。第一次，我意识到，这是他第一次让我赢。

那天晚上我以为一切将一如既往，包括分手时的吻别。可当第二盘游戏结束后，他没有起身，而是往椅背上一靠。双肘放在扶手上，十指指尖顶着，望着我。

我为你准备了一件小礼物，他说。

他微微笑了一下。接着打开书桌最上面的抽屉，拿出一样东西。他用大拇指和食指举着它，很随意地停了一会儿，似乎在决定要不要把它给我。虽然从我坐着的角度看去，那东西是倒着的，我还是一眼认出了它是什么。这个东西放在过去是再稀松平常不过的。是一本杂志，从封面上看是一本女性杂志。有光纸上是一名女模特儿，烫着头发，脖子上围着围巾，嘴上涂着口红，身穿秋令时装。我以为这类杂志已经完全销毁，没想到还幸存下一本，藏在大主教的私人书房里，人们最不可能想到会有这种东西的地方。他低头望着模特儿，在他面前画面是正的。他仍在微笑，他特有的充满哀愁的微笑。在动物园里面对一只濒临灭绝的动物时，人们常常会有这种表情。

他把杂志像鱼饵一般在我面前晃悠着，我目不转睛地盯着它，心中如饥似渴。这种渴望所产生的力量如此巨大，令我十个手指尖都痛起来。与此同时，我也看出自己这种渴望的浅薄与荒唐，因为我曾经对这类杂志是那么的满不在乎。只有在牙科候诊室或飞机上我才读这类书，有时也买几本带到酒店客房，用来消磨等待卢克的无聊时光。通常我一页页翻完后，便顺手一扔，这种东西实在太多，弃之毫不可惜。一两天过后，我就根本想不起来里面都讲些什么了。

然而此时此刻我全想起来了。那些杂志充斥着希望与承诺。它们介绍各种使人容貌焕然一新的手法，替人设计不计其数的各种可能，这些可能伸展开来，就像面对面摆在一起的两面镜子里的映像，不断延伸扩展，一个又一个地呈现对方的影子，直至消失。它们向人提供一个又一个的冒险经历，一个又一个的衣橱，一种又一种的美容术，一个又一个的男人。它们让人看到青春可以再来，美貌可以永驻，痛苦可以征服、超越，爱情可以绵绵无尽。那些杂志给人的真正承诺是永恒与不朽。

那便是此刻他下意识地举在手上的东西。他飞快翻动着书页。我情不自禁地探过身去。

这是一本旧杂志，他说，一件老古董。我想是七十年代出的。流行杂志。就像一位佳酿品尝家随口说出一种名酒。我想你会有兴趣看看。

我踌躇不定。也许他在试探我，考验我的信仰究竟到了多深的地步。这是不允许的，我说。

这里允许，他轻轻地说。我立刻明白了他的意思。既然最大的禁忌都打破了，我何必还畏首畏尾，犹豫不定，在意其他什么小规矩？何况要讲清规戒律，除了这个，还有那个，根本是没完没了，不一而足，我怕得过来吗？在这扇不同寻常的房门后面，所有的忌讳禁令都失去效力。

我从他手里接过杂志，摆正。童年时代司空见惯的形象重新回到眼前：无畏、从容、自信。她们挥动手臂的样子，仿佛要拥有宇宙。她们双脚叉开，稳当当地立足于大地。她们的姿势中有某种属于文艺复兴时代的东西，但我脑海中浮现的是英俊王子，而不是头戴女士帽，留着鬈发的少女。不错，那些坦率诚恳的眼睛被化妆品涂得是有些暗淡模糊，却好比猫眼一般，紧盯不放，伺机而扑。她们没有恐惧，也不依附某人，既没有穿斗牛士的红披风和粗花呢服装，也没有高及膝盖的长筒靴。这些女人只是如同海盗一般，提着女性味十足的公文包，豪夺掠抢，满足她们难看、贪婪的利齿。

我一边翻着杂志，一边感觉到大主教在注视我。我清楚自己在做一件不该做的事，而他却很高兴看我做这件事。我应该有罪恶感，根据丽迪亚嬷嬷的看法，我是在自甘堕落。但我没有丝毫罪恶感。相反，我觉得自己就像一张陈旧的英王爱德华时代的海滨风光明信片：*放荡不羁*。接下来他还会给我什么？腰带吗？

你怎么会有这种东西？我问他。

我们中有些人，他说，还保留着对旧事物的喜爱。

可照理说它们全都被烧光了，我说。当时是一家不漏地搜，然后点起火堆……

在大众手里充满危险的东西，他说话的口气像是嘲弄又不像是嘲弄，在另外有些人手里却可以完全放心，因为他们的动机……

无可指责，我接过他的话。

他严肃地点点头。我看不出他是否当真。

可你为什么要给我看？话一出口，我便意识到这是个愚蠢的问题。你叫他怎么回答？难道要他回答是以我的痛苦为代价，为他自己找乐子吗？因为他一定清楚，回忆过去的时光对我来说是一件多么痛苦的事。

然而，他的回答令我始料不及。除了你，我还能给谁看呢？他说话时，脸上又出现那种悲哀的表情。

我可以往前再迈一步吗？我心想。我不想强迫他，逼他走得太远，太快。我知道自己人微言轻，根本是可有可无。不过，我还是开口了，语气尽可能温柔：那夫人呢？

这个问题似乎令他颇为费神。行不通的，他说。她不会明白。不管怎么说，这些年来她已经不大跟我说话。我们之间似乎已越来越谈不拢了。

于是一切真相大白：原来夫人与他同床异梦。

这么说这就是我被召去的原因了。老一套。平庸得让人感觉虚假。

第三天晚上，我向他要一些润手液。我不愿露出乞求的口气，但我渴望得到可能得到的东西。

一些什么？他问，口气谦恭有礼，一如既往。他与我隔着一张书桌，除了那个纯属义务的吻之外，他不怎么碰我。既没有亲昵的触摸，也没有粗重的呼吸，类似举动一概没有。不知怎的，这种举动对他也像对我一样不合时宜。

润手液，我说。或者是润脸液。我们的皮肤太干燥了。出于某种原因我用的是*我们*而非*我*。我还想向他要一些洗浴油，它们装在五颜六色的小球丸里，过去很容易就能买到。这些小球丸堆在母亲浴室的一个玻璃碗里，一粒粒在我眼中充满了魔力。可是我想他不会知道那些东西。再说，它们也许根本就不再生产了。

干燥？大主教反问道，似乎他从来没想过这件事。那你们怎么办？

用黄油代替，我说，只要能弄到。或者用人造黄油。大多数时候用人造黄油。

黄油，他重复着，很好笑的样子。真聪明。黄油，他笑出声来。

我真想扇他一耳光。

我想可以替你弄一些来，他说，好像在满足一个小孩想吃泡泡糖的愿望。可是她会从你身上闻出来的。

我不知道他这种担心是否来自从前的经历。很久以前的经历：领子上的口红印，袖口上的香水味，深夜里在某个厨房或卧室里的一幕场景。没有这种经历的男人是不会想到那方面去的。除非他比外表更为老奸巨猾。

我会小心的，我说。再说，她从不靠近我。

有时候很近的，他说。

我垂下目光。我竟把那件事忘了。我感觉到自己脸红起来。那些晚上我不用就是了，我说。

第四个晚上，他给了我一瓶润手液，装在一个没有标签的塑料瓶子里。质量不是很好，闻起来有点像植物油的味道。在我看来根本比不上“山谷里的百合”。也许是医用品，用来涂褥疮的。但我还是谢了他。

问题是，我说，没有地方可以放它。

放在你的房里啊，他说，好像这是再明白不过的事。

会被人发现的，我说。迟早会被人发现。

为什么？他问，似乎他真的一点不知道。也许他真的不知道。这不是他第一次表现出对我们的真实境况完全一无所知。

她们会搜查，我说。会搜查我们的房间。

寻找什么？他问。

我想当时我有些失去控制。刀片。我说。书本，信件，以及黑市上的东西。所有这些东西我们都不能拥有。天哪，你应该知道的。我的声音愤怒得有些失控。可他不动声色，连眉头都没皱一下。

那就放在这里好了，他说。

于是我便照他说的放在他那里了。

他注视着我，望着我把润手液涂到手上，再涂到脸上，还是带着那副观望笼中兽的表情。我真想背过身去——这简直就像和他一道呆在浴室里——但我没有胆量这么做。

我必须记住，对他而言，我不过是他一时心血来潮的产物罢了。

第二十六章

两三个星期后，又到了举行授精仪式的夜晚。这一次我发现一切都改变了。出现了一种过去不曾有过的尴尬。过去，我只是纯粹将它当做一项工作，一项只求尽快完成、尽快摆脱的不愉快的工作。好好锻炼自己，过去每逢碰到我讨厌的考试或冬天下冷水游泳，母亲都要对我说这句话。当时我从未认真想过这句话什么意思，只知道它与金属有关，与盔甲有关，那便是我决心要做到的，锻炼自己，使自己刚强起来。我会当做自己并不在场，躺在那里的并非我的肉身。

现在我明白，大主教过去也一样，心不在焉，游离于身体之外。或许每次他和我在一起，和我俩在一起时——因为那些夜晚赛丽娜·乔伊无一例外也都在场——自始至终都心有旁骛。或是在想白天做的事，或是在想玩高尔夫球的情形，或是在想晚饭吃的东西。漫不经心、草草完事的性行为，对他来说，一定在很大程度上也是下意识的举动，就像挠痒痒。

可那天晚上，也就是我们两人之间这种新关系——我不知如何称呼它为好——开始以来的第一次，我对他有些反感起来。比如，我感觉到这一次他是在认真望着我，而我不喜欢他这样。所有的灯光都一如既往地亮着，因为赛丽娜·乔伊向来谨小慎微，小心排除任何有可能制造浪漫气氛或激发情欲的东西，哪怕是微不足道的细节。高高悬在头顶的灯光尽管有帐顶遮挡着，还是十分刺眼。让人感觉如同躺在灯光直接照射下的手术台上，或是在舞台上。我为自己的腿毛难为情，它们太多而且散乱无序，那些剃过又长回来的汗毛通常都是这个样子。我还为自己的腋窝难为情，虽说他根本看不见。我觉得自己笨手笨脚。这种交配行为，或者说授精行为，在我看来本来不过是蜜蜂之于花朵的行为，可现在却变成有伤大雅的无礼之举，令人尴尬有加。这种感觉在过去是不曾有过的。

对我而言，他不再是个没有生命的东西。这便是问题所在。我在那天晚上开始意识到这一点，之后便耿耿于心，难以释怀。它使一切变得错综复杂。

赛丽娜·乔伊对我来说也不同于以往。过去我只是仇视她，因她所扮演的角色和所做的一切，因她同样仇视我、鄙视我的存在，也因一旦我有了孩子，将由她来抚养。可是现在一切都改变了。虽然我依然讨厌她，特别是当她紧紧抓住我的手，戒指嵌进我皮肤里，死命把我的手往后拉，存心让我也同她一样不舒服的时候更是如此，但如今这种厌恶感不再纯粹单一。这里面开始掺进了对她的嫉妒。可我怎么会去嫉妒一个如此明显干瘪不幸的女人呢？人们只会在别人拥有某个东西，而你觉得自己也该拥有时才会产生嫉妒之心。可我就是觉得嫉妒。

但与此同时我也不无内疚。我觉得自己是一个闯入者，私自闯入原应属于她的领地。现在我与大主教这样暗中见面，即便只是玩玩游戏、说说话，我们各自的职责已经不再像理论上所说的那样相互独立，互不关联。我正在偷走属于她的某个东西，虽然她对此一无所知。我正干着小偷小摸的勾当。且不说这个东西是否她根本不要或不用，甚至完全排斥的东西，那到底是属于她的东西。倘若我把它拿走，我尚无法清楚定义这个神秘莫测的“它”究竟是什么——因为大主教并不爱我，我绝不相信他对我的感情会强到那种地步——那么她还剩下什么？

管它呢，我对自己说。对我来说她算不了什么。她讨厌我，只要能找到借口，比如说，发现了我和大主教之间的事，随时都可以将我扫地出门，或者来更狠的。而大主教根本无法插手干预，根本救不了我。但凡家里的女人触犯了法规，不管是马大还是使女，照理都由夫人单独处置。她是个报复心很重的恶毒女人，我知道的。可我还是排遣不掉对她怀有的小小的自责。

除此之外，另一个变化是：我现在对她拥有了某种权利，虽然她尚不知晓。对此我颇为自得。何必故作矜持？应该说我很是得意。

可是大主教轻易就会在不经意中泄露这个秘密。只要一个眼神，一个手势，稍不留意，就会被有心人看出端倪，看出我们两人如今的关系不同寻常。那天举行授精仪式的夜晚他就差点露出破绽。他把手伸上来似乎要摸我的脸。我赶紧把头掉开，以此来警告他赶快住手，同时在心中祈求赛丽娜·乔伊不曾留意。于是他收回手，重新缩回自己体内，回到专心致志的旅程中。

下次千万别那样了，再次会面时我警告他说。

哪样？他问。

我们，唔……她在的时候，你想用手来碰我。

有吗？他问。

你会害我被送到隔离营去的，我说。你知道会那样。或者落个更糟的下场。我心想在众人面前他应该继续把我当做一个大花瓶或一扇窗：只是背景的一部分，没有生命，清晰透明。

对不起，他说。我不是有意的。我只是觉得……

什么？我见他住口不说时忍不住追问。

太冷冰冰没有人情味了，他说。

你用了多长时间才发现这点的？我问。从我对他说话的口气，你也可以看出我们的关系确实已非同从前。

再过上几代，丽迪亚嬷嬷说，情况就会大大改观。在同一个屋檐下生活的女人们，将亲如一家，和睦相处。到时候你们就好比夫人们的女儿。等人口数量重新上升到令人满意的水平，会生育的女人绰绰有余时，我们就没有必要将你们一家家地转来转去。在那种条件下，就可能建立起真正的亲情关系，她一边说，一边对我们讨好地眨着眼睛。女人们为了共同的目标团结一心！在生活的道路上携手并进，在日常琐事中各行其责，相互帮助。有什么理由要求一个女人孤身一人大包大揽，履行治理家庭所必须的种种职责？这既有悖情理，也太不人道。到你们女儿那一代，她们将享有更大的自由。我们要为你们各位人人都有一个属于自己的小花园而奋斗——说着说着，她又开始双手紧握，呼吸加重——而那只是一个例子。她举起手指头，朝我们摇晃。可在这一切尚未实现之前，我们不能像猪一样贪得无厌，你们说是吗？

事实是我成了他的情妇。上流社会的男人向来拥有情妇，现在没理由要求必须有所不同。只是如今做法不大一样，情妇是授予的。过去常常是金屋藏娇，情妇在外有属于自己的一座小房子或公寓，而如今则同居一所。但万变不离其宗，追根究底终归是一回事。差不了多少。外面的女人，这是过去某些国家人们对情妇的称呼。我就是外面的女人。我的职责是提供在原配那里得不到的东西。甚至包括陪他玩拼字游戏。这个职位既荒唐又耻辱。

有时候我会觉得她早已了然于心。有时候我会觉得他们夫妻俩合谋串通在耍我。还有些时候我会觉得是她有意唆使他这么干，并在一旁取笑我，就像我时不时地嘲弄取笑我自己一样。让她去承受那堆肉的重压吧，她会这样安慰自己。也许她已经从他身边离开，差不多完全离开；也许这就是她所说的自由。

但即便如此，即便我知道这样很傻，我还是比过去快活了许多。起码有事可干了。起码在晚上有了消遣的去处，再不用孤零零在屋里干坐了。头脑里又多了个想头。我对大主教既没有爱也没有任何类似的感情，但我对他产生了兴趣，他确确实实占据着空间，而不只是一个虚无的影子。

我对他也一样。在他眼里，我不再仅仅是一个有用的身体。不再是一艘未装货物的空船，一只没有盛酒的高脚杯，一个没有面包的烤箱——恕我直言①。对他来说我不再空洞无物。

① oven 也可解释为子宫，此处暗指没有怀孕。

第二十七章

时逢夏季，我和奥芙格伦走在大街上。天气火热、潮湿。过去这种天里人们穿背心裙和凉鞋。我们各自的篮子里提着草莓——正是草莓上市的季节，我们天天吃，一直吃到发腻——和一些盒装鱼。鱼是在“面包鱼”店里买的。店铺的木招牌上画着一条长着眼睫毛、笑容可掬的鱼。可是这家店并不卖面包。大多数人家自己烘烤面包，倘若一时需要，可以去“日日有面包”店买那些发干、皱瘪的面包卷和炸面圈。“面包鱼”店很少开门。没有东西卖开门有什么意义？海洋渔业早在几年前便已不复存在；如今难得吃到的一些鱼是从养鱼场里捕捞的，吃起来尽是土腥味。据报道，整个沿海地区尚处在“休渔”时期。鳎鱼、黑线鳕、箭鱼、扇贝、金枪鱼，还有塞进作料烘制的龙虾以及粉红肥美的烤大马哈鱼块，这一切我全都记忆犹新。难道它们也会像鲸鱼一样灭绝吗？这个传言是在店门外排队等店铺开门时一个传一个传到我耳朵里的，说话者声音压得低而又低，嘴唇几乎不见嚅动。排队者全是被张贴在橱窗里鲜美多汁的白色纯鱼肉的图片吸引来的。店里有什么卖他们就摆放什么图片，没得卖时便拿走。给聋哑人使用的哑语。

今天我和奥芙格伦步履缓慢；穿着长裙实在太热，胳膊底下已经湿透，全身乏力。还好在这种大热天可以不戴手套。在这段街区的某处从前有家冰淇淋店。名字叫什么我记不得了。转瞬之间，世事变迁，沧海桑田。高楼可以夷为平地，或改头换面，移作他用，要想在心里完全记住它们的原貌是很难的。在那家冰淇淋店，你可以要两勺一份的，假如需要，他们还会在冰淇淋上撒一层巧克力糖屑。他们给这种吃法起了个男性的名字。乔尼，还是杰克？我记不清了。

女儿很小的时候，我们常带她到那儿去。我会把她举得高高的，让她看柜台玻璃橱窗里陈列的一桶桶色彩柔和、精美的各色冰淇淋：浅橘，淡绿，粉红，我会把一个个品种念给她听，让她挑选。但名称对她没用，她只挑选颜色。她的裙子和背带裤也是那些颜色。冰淇淋粉淡彩。

这种冰淇淋的名称是：吉米①。

如今我和奥芙格伦已相互习惯对方，相处日渐融洽。好似一对连体双胞胎。见面打招呼时，我们不再拘泥形式，说那些千篇一律的套话，而只是相视一笑，便一前一后上路，沿着每天一次的路径悠然前行。不时地我们会变换一下路线，只要没有越出哨卡，这一点无可非议。迷宫里的老鼠只要呆在迷宫里，是可以由它四处乱跑的。

我们已经采购结束，经过教堂，此刻又站在围墙前。今天围墙上什么也没挂。夏天不像冬天，尸体挂太久会招苍蝇并腐烂发臭。过去这块地方但凡有不好的气味，总是用松香型和花香型的空气清新剂喷洒。至今人们仍保留着这种爱好，特别是大主教们，他们总是再三训诫人们保持所有事物的纯净。

“购物单上的东西都买好了吗？”奥芙格伦朝我问，真是明知故问，她明明知道我买好了。我们的购物单从来就不长。最近一段日子，她活跃了点，神情不再那么忧郁。常常是她先向我开口。

---

①“吉米”（Jimmies）是波士顿/新英格兰地区对撒在冰淇淋上的巧克力糖屑的称呼。一说是暗指黑人的肤色类似巧克力的深色，含有种族歧视的意味；也有说法认为这是发明这种吃法的冰淇淋公司员工的名字。

“买好了。”我应道。

“那我们随便走走吧。”她建议道。她指的是往下走，朝河边那个方向。我们有些时间没走那条路了。

“好吧。”我回答。我嘴巴应着，一时却没有动，而是站在原地，再一次向围墙投去目光。那上面有红砖，有探照灯，有铁丝网，还有钩子。不知怎的，此刻空无一人的围墙比以往更显得阴森骇人，充满凶兆。有人挂在上面时，你起码知道那便是最坏的结果。可那里空着，便意味着存在各种潜在的可能，如同风雨欲来之前。只要我能看到尸体，实实在在的人体，我就可以从身高和体形上判断卢克不在其中，便可以由此相信他尚在人世。

我不知道为什么老是认为他会出现在这堵围墙上。他们尽可以在上百个别的地方处死他。可我就是甩不掉这个念头，总觉得此刻他就在那里，就在那些光秃秃的红砖墙后面。

我极力想象他会在哪座楼里。我记得围墙里面一栋栋大楼的位置。过去我们可以在里面自由漫步，那时它是一所大学。现在我们隔上一段时间还会走进墙内，参加挽救女人仪式。大部分楼房也是红砖砌成的；其中一些为十九世纪罗马风格的拱门结构。我们被禁止进入那些大楼；可谁又愿意进去？那些大楼是眼目们的领地。

也许他在图书馆里。在地下室的某个地方。在书架中间。

图书馆像一座庙宇。沿着长长的白色石阶走上去，是一扇扇门。进了门之后，往上又是白色的阶梯。阶梯两旁墙上画着天使。另外还画有拼杀中的男人，以及准备拼杀的男人，他们一个个看上去整洁高贵，一点不像真正在战场上那种蓬头垢面、满脸血污、浑身散发臭气的模样。继续往上走，厅内过道的两边是一组壁画，一边题为“胜利女神”，另一边题为“死神”。这组壁画是用来纪念某次大战的。死神旁边的男人还活着。他们正准备升入天堂。死神是一个美丽的女人，带着翅膀，一只乳房几乎裸露在外；或者她是胜利女神？我记不得了。

这种东西他们是不会毁掉的。

我们转身背对围墙，朝左边走去。那里是几家空空如也的店面，玻璃橱窗上是用肥皂胡乱画的涂鸦。我极力回想它们过去都卖些什么。化妆品？还是珠宝？大多数卖男性用品的商店如今还开着；关门的只是那些经营所谓时髦小玩艺儿的店面。

拐角处是一家名叫“安魂经卷”的专门出售祷文的小店。这是一家特许商店，遍及所有城市郊区，起码人们是这么说的。一定财源滚滚。

“安魂经卷”祷文专卖店的橱窗用的是防碎玻璃。里面是一排排的打印机；这些打印机被称为“圣洁滚轮”，但仅限在我们中间，毕竟这是一个有失恭敬的戏称。打印机打印的是祷文，一卷卷的，滚滚而出，绵绵无尽。它们是通过电脑电话订购的，我曾偶然听到大主教夫人这么做。从“安魂经卷”祷文专卖店订购祷文被视为对这个政权忠实、虔诚的表现。因此难怪大主教的夫人们要常常这么做了。它有助于她们的丈夫在事业上飞黄腾达。

祷文内容有五种：有祈祷健康的，有祈祷财富的，有哀悼亡灵的，有庆祝新生的，还有悔罪的。人们只要选好自己要的内容，打进相关号码，再打进自己的户头账号以便入账，最后打进所需的祷文重复次数。

打印机一边打印祷文，一边会读出声来。只要愿意，尽可以走进店里听。那平板单调的金属般的嗓音一遍遍没完没了地重复着同样的内容。等祷文印出来也说完之后，纸张会从另一个槽里卷进去，再生成未用过的新纸。店里没有工作人员，机器全是自动的。从外面也听不到说话声，只能听到连续不断、声调低沉的嗡嗡声，就像里面有一大堆人虔诚地跪着祈祷。每台打印机边上都印有一只金色的眼睛，两翼是一对小小的金色翅膀。

我极力回想这个地方在变成“安魂经卷”特许店前是家什么店，卖什么的。我想是卖女用内衣的。粉红银白的盒子，五颜六色的连裤袜，带花边的胸罩，或者还有丝巾？全都是不复再有的东西。

我和奥芙格伦站在店门外，透过防碎玻璃，望着一卷卷祷文从打印机里连绵不断地打印出来，然后进了回收槽，再生成无字的白纸。接着我移开目光。此刻我注视的不再是打印机，而是映在玻璃橱窗上的奥芙格伦，她正紧盯着我。

从橱窗里我们得以互相看到对方的眼睛。这是我第一次能够不慌不忙地正视奥芙格伦的眼睛，而不是斜斜地瞥上一眼。她的脸呈鹅蛋形，白里透红，丰满却不臃肿，两只眼睛圆溜溜的。

奥芙格伦迎着我在橱窗里凝视的目光，眼神坚定沉着。一时里我无法掉开目光。这种对视中含有一种不无惊愕的成分，就像初次见到别人的裸体。我和她之间的空气骤然变得危机四伏，这在以前是不曾有过的。就连这样四目相接也充满危险。虽然附近并不见其他人。

终于奥芙格伦开口了。“你认为上帝会倾听这些机器祈祷吗?”她声音很低：这是在感化中心养成的习惯。

要是在过去，这句话根本就算不了什么，充其量只是一句类似学术思考的话罢了。可此时此刻这句话简直就是大逆不道。

我可以尖声大叫。可以拔腿跑开。可以一言不发地背转过身，向她表示我绝不容忍有人在我跟前这样一派胡言。反叛、煽动、亵渎、异端，所有这些词汇聚集到一起。

我坚定了一下自己。“不会。”我回答。

她不无宽慰地嘘了口长气。我们终于跨过那道看不见的界线走到了一起。“我也不这么认为。”她说。

“不过我想这也是一种信仰，”我说，“就像西藏的转经筒。”

“那是什么东西?”她问。

“我只是读到过，”我说，“它们靠风力来旋转。这些东西现在都没有了。”

“和其他所有东西一样。”她说。一直到这会儿我们才把目光从对方脸上转移开。

“这里安全吗？”我低声问。

“我想再没有什么地方比这里更安全了，”她说，“我们看起来就像一对祷告者，仅此而已。”

“可那些玩意儿呢？”

“那些玩意儿？”她反问道，声音还是压得低低的。“在外面总是最安全的，不用担心传声器监视。至于在这里就更不可能安这种东西了。在他们看来，谁也不敢在这里胆大妄为。不过我们也逗留得太久了。没必要太晚回去。”于是我们一起往回走。“走路时低下头，”她说，“稍微侧向我这边。那样我能听得清楚些。一有人来就不要说话。”

我们像往常一样低头往前走。我心里太激动，几乎喘不过气来，但还是竭力保持步子镇定。此刻我比以往任何时候都倍加小心，惟恐引起旁人的注意。

“我原以为你是个忠实信徒。”奥芙格伦说。

“我也以为你是。”

“你老是那么一副虔诚无比的样子。”

“你不也一样。”我回道。我好想大笑，大喊，紧紧拥抱她。

“你可以加入到我们中间来。”她说。

“我们？”我问。既然有我们，就必然有一帮人。我知道的。

“你不会以为就我一人单枪匹马吧？”她说。

我当然不会那么认为。忽然一个念头泛上我的脑海，她也许是个密探，一个卧底，专门安排来诱我上钩的。这就是我们生活的环境。可我不愿相信这点。希望在我内心升腾，好似树液一般。伤口上的鲜血。我们打开了一道口子。

我想问她是否见过莫伊拉，想问她有谁知道卢克的下落，知道我孩子和母亲的下落。但没有多少时间了，很快我们就要走到大街的拐角处，再往前便是第一道哨卡。那里人很多。

“这件事一个字也不要对人提起，”奥芙格伦警告我，虽然她这么说完全是多此一举，“不能泄露任何风声。”

“放心，我不会的。”我说。我可以向谁去说呢？

我们一言不发地走在大街上，经过了“百合”服装店和“众生”肉店。这天下午，人行道上的人比往日多：一定是被暖和的天气吸引出家门的。女人中有身着绿色的，也有身着蓝色、红色和条纹的。男人也一样，一些人穿制服，另一些人穿便服。自由自在的太阳仍然高挂在天上，让世人共享。虽然如今再也见不到有谁在大庭广众之下晒日光浴了。

这里车子也比较多。配有专职司机的“旋风”车运送着坐在软垫上的车主，身份普通的人则开着不那么名贵的车子。

前面出事了：只见那里一阵骚动，密密的车流乱作一团。一些车子在往路边靠，似乎要为谁让出路来。我飞快地抬头望了一眼：是一辆黑色的有篷车，车身上带着白色翼眼标志。它没有拉警报，但其他车辆还是避之不及。它沿着街道缓慢巡行，似乎在寻找什么目标，就像潜行觅食、伺机而扑的鲨鱼。

我猛地停住脚步，冷气袭遍全身，从头至脚，一片冰冷。这么说，那里一定安有传声器，我们说的话到底还是被他们窃听去了。

奥芙格伦靠袖子遮挡着，抓住我的手肘。“继续往前走，”她低声说，“假装没看见。”

可我还是忍不住要看。就在我们前面，黑色车子停了下来。车后双重门打开，两个身穿灰色西装的眼目从车上跳下来。他们猛地抓住一个正在行走的男人，此人长相普通，手里提着公文包。他们将他从背后往黑色的车身上摔。有一阵子工夫，他就这么被人抓着双臂，整个人朝金属上锤打一般使劲砸。接着其中一个眼目逼近他，凶猛无情地在他身上来了几下，那人随即弓着身子，布袋一般瘫倒在地。他们将他拎起来，像扔邮包一样用力把他抛到车厢后部。然后他们重又坐进车，关上门，开走。

这一切在短短几秒钟内便告结束，路上的交通重新恢复，仿佛什么事也不曾发生。

我松了口气。总算不是冲着我来的。

第二十八章

这天下午我整个人仍处在兴奋之中，一点不想午睡。我坐在窗座上，透过半透明的窗帘朝外看。白色的睡裙。窗子和往常一样微微开启，徐风吹进，带着阳光的热气，白色的窗纱吹拂着我的脸颊。我的脸这样包裹着，只能看到凸起的鼻子、蒙着的嘴巴和眼睛的轮廓，从外面看过来，一定像只蚕茧，一个幽灵。但我喜欢这种感觉，这种轻纱拂过皮肤的感觉。这种感觉宛若置身云端。

他们给我安了一个小小的电扇，多少驱走了一些闷热。它在地板上的一个角落里转动着，叶片包在格子盖里。假如我是莫伊拉，我就会知道怎么拆开，使它成为锋利的刀口。我没有螺丝刀，不过假如我是莫伊拉，没有螺丝刀我也一样能办到。可我不是莫伊拉。

如果是她在这儿，她会怎么对我谈论大主教？很可能她会不喜欢他。过去她也不喜欢卢克。不是讨厌卢克本人，而是讨厌他有家室这个事实。她说我是在侵占另一个女人的地盘。我说卢克不是一条鱼也不是一根草，他是一个人，有权自己决定干什么。她说我是在强词夺理，自我辩解，我说我是在恋爱。她说那算不上什么借口。莫伊拉向来比我有逻辑头脑。

我说她当然不会有这类问题，因为她更喜欢女人，而且就我所见，只要她喜欢，把她们偷过来或借过来她是从来没有任何顾忌的。她说这可不同，女人之间的权利对比是相等的，因此性是一种机会均等的交易。我说“机会均等”是一个性别歧视词汇，假如她要坚持这个观点，那么整个论点根本就是陈旧过时的。她说我把问题庸俗化了，如果我认为这个观点陈旧过时，那我就是把头埋进沙子，逃避现实的人。

这场谈话是在我住所的厨房里进行的。我们坐在桌子旁，一边喝着咖啡，一边激烈地低声争论，这个习惯是从大学里带来的，当时我们二十刚出头，争论起什么来总是这样，声音不大，但锋芒毕露。厨房在一间破旧的公寓里，这是一座有护墙板的房子，靠近河边，三层结构，房子背后朝外有一座摇摇欲坠的楼梯。我租用的是第二层，也就是说，我得忍受楼上楼下吵闹声的上下夹攻，两台讨厌的音响天天闹到深夜。他们是学生，我知道。我当时还在干第一份工作，在一家保险公司操作电脑，收入不多。因此和卢克在酒店里的幽会，对我来说并不仅仅意味着爱或只是性。它们还意味着能够暂时逃离蟑螂，逃离一天到晚滴个不停的水槽，逃离一块块不断掀起的防油地毯，甚至逃离我为了把房间打扮得漂亮些、而钉到墙上的海报和挂在窗户上的刻花玻璃饰物。我也种一些室内植物，可它们不是爬满红蜘蛛就是因为没有浇水而干枯死掉。我总是忙不迭地赶去和卢克幽会，将它们统统抛到脑后。

我说把头埋进沙子、逃避现实的生活态度远不止一种，如果莫伊拉以为她可以靠把自己封闭在一个只有女人的小团体里而建造一个乌托邦，那就大错特错了。不能只是简单让男人走开，我说。不能只是对他们置之不理。

这简直好比说就因为有梅毒存在，人们便理所当然要染上它，莫伊拉说。

你是说卢克是一个社会痼疾吗？我反问道。

莫伊拉笑起来。听听，我们都在说些什么，她说。简直是一派胡言。听起来就像你妈妈的口气。

于是两人一起笑起来，她告别时，我们像往常一样相互拥抱。曾经有一段时间我们停止了这一举动，那是在她告诉我她是同性恋之后。可随后她又说我不会使她兴奋，让我放心，于是我们重拾旧习。我们可能会打架、会较劲、会拌嘴，但它不会改变任何深层的东西。她仍然是我最要好的老朋友。

至今依旧。

那之后，我又换了一间好一点的公寓，我在那里住了两年，这两年里，卢克千辛万苦，好不容易总算从那桩婚姻中解放出来。我新找到了一份工作，用赚的钱自己付租金。新工作是在图书馆，不是那家有“死神”和“胜利女神”壁画的大图书馆，是一家比它小的。

我负责把书里的内容转换到电脑磁盘上，据说这是为了减少库存空间和图书更新费用。磁盘工，我们这么称自己。我们把这家图书馆叫迪斯科舞厅①，当然这是同事之间的玩笑。转换工作完成后，那些书照理得进碎纸机。但有时我会把它们带回家。我喜欢书的感觉，喜欢书的外观。卢克说我有古文物收藏癖。对此他十分欣赏，他自己也喜欢旧物。

真奇怪，现在怎么还会想到拥有一份工作。工作，大便。真是一个可笑的词语②。这是男人干的工作。大便便，大人训练小孩坐马桶时常用这个词。或者用来说家里养的狗：它把大便拉在地毯上了。你应该用卷起的报纸揍它一顿，母亲说。我还记得有报纸是在什么时候，不过我只养过猫，从未养过狗。

《约伯记》③。

所有那些妇女都曾有过工作：这在如今简直令人难以想象。

---

① 迪斯科舞厅（discotheque）一词源自于法语，其意为 record library（录制品图书馆），外加磁盘（disc）正好是该词的头四个字母，故有此说。

② job（工作）一词在英文里也有“大便”意。

③《圣经·旧约》中的一卷。约伯为该故事中人物，备历危难，仍坚信上帝。他的名字（Job）与“工作”（job）同形。

但确确实实，成千上万甚至亿万个妇女曾经有过工作。这在从前再正常不过。可如今就像人们曾经用过的纸币一样成了遥远的回忆。我母亲收藏了一些，和早年的相片一起贴在剪贴簿里。那时候纸币已经不再流通，用它们什么也买不到。那一张张厚厚的很有质感的纸头，摸上去滑溜溜的，绿颜色，两面各有一张图案，一面是一位戴着假发的老人肖像，另一面是一座顶端有只眼睛的金字塔。上书我们信奉上帝的字样。母亲说人们过去常常在现金出纳机旁边开玩笑地写上这样的话：我们只信上帝，其他人请付现金。放到现在，这可是亵渎的言词。

买东西时你得带上这些纸头，不错，在我九岁或是十岁的时候，大多数人已经在用信用卡。但杂货店没那么快，用信用卡是后来的事。现在看来纸币是那么的原始，甚至带有图腾崇拜的性质，就像古时候在亚非一带充当钱币的宝贝贝壳一样。在一切通过电子银行交易之前，那种纸币我自己一定也用过一些。

我想他们之所以顺利得手，这是很大的因素，它使得他们能够在人们毫无知觉的情况下，一夜之间更改乾坤。假如还是使用可以携带的钱币，难度就要大得多。

一切发生在那场大劫难之后，他们枪杀了总统，用机枪扫平了整个国会，军队宣布进入紧急状态。当时他们把这场劫难归咎于伊斯兰教狂热信徒。

保持镇定，他们在电视上说。一切都在控制中。

我整个人都惊呆了。所有人也都和我一样，我知道的。难以置信。整个政府居然就这么消失了。他们是怎么进入的，这一切又是怎么发生的？

宪法被冻结时这一切便发生了。他们说这是暂时的。街头上甚至见不到丝毫暴乱迹象。人们晚上呆在家里，收看电视，关注事态走向。甚至不知道该去对付谁。

小心，莫伊拉在电话上对我说。就要来了。

什么要来了？我问。

你等着好了，她说。这一切早有预谋。宝贝，你我都要大难临头了。她引用了我母亲的一句话，可一点没有开玩笑的意思。

接下去几个星期，一切继续处于暂停状态，虽然这期间也还是发生了一些事。报纸受到审查，其中一些停业关闭，据说，是为了保密的理由。接着道路开始设卡，并使用个人通行证。所有人都对此表示赞同，因为明摆着再怎么谨慎小心也不为过。照他们的说法，将举行新的大选，但准备工作需要一些时间。他们说，大家只管照常生活就好了。

然而，还是有所不同。色情商场关了门，那些绕着市中心广场四周转圈的性服务流动车再也不见了踪影。可我一点也不感到难过。我们都知道那些流动妓院是多么令人恶心生厌。

该是有人出来采取措施的时候了，柜台后面的女店员说，我常来这家店买烟。它坐落在街的拐角处，是一家卖报亭连锁店，只出售报纸、糖果和香烟。这个女人的年纪已经不轻，头发灰白，属于我母亲那一代。

他们只是关闭那些色情商场，还是别的什么？我问。

她耸耸肩。谁知道，又有谁会在乎呢？她说。或许他们只是把那些商场搬到其他地方去也难说。知道吗？想完全清除这些场所就好比企图消灭耗子一样谈何容易。她把我的卡号打进电脑钱箱，几乎瞧都不瞧一下屏幕。那时我已经是那里的老顾客。人们都在议论纷纷，她说。

第二天清晨，我去图书馆上班，途中又在那家店门外停下，因为烟抽完了，打算再买一包。最近我烟抽得比以前多了。周围的一切虽然表面上似乎风平浪静，但其中暗含的紧张气氛谁都能感觉到，就像地底下的嗡嗡声令人心神不宁。咖啡我也喝得比以前多了，并开始失眠。大家皆有如惊弓之鸟。与以往相比，收音机里音乐多了许多，话语则少了许多。

那是在我们结婚似乎有好些年以后。女儿大约三四岁，正上日托。

我们和往常一样全家起床，我记得，早餐吃的是格兰诺拉麦片①，卢克开车送她上学。那天她穿着几星期前我刚给她买的小衣服，格子的工装裤和蓝色的T恤衫。那是在几月份？一定是九月。学校是有一辆校车专门接送孩子，但不知怎的我希望让卢克送，就连校车我也开始放心不下。没有哪个小孩走去上学，失踪事件实在太多太多。

我走进那家街头小店，平日那位妇女不在。换上的是一个男人，一个年轻人，恐怕连二十岁都不到。

她病了吗？我把卡递给他时问。

谁？他反问道，听起来口气咄咄逼人。

平日在这里的那个女的，我说。

我怎么知道，他说。接着他把我的卡号打进去，仔细查看每个数字，再用一根指头一个一个地打进去，显然他是个新手。我用手指在柜台上敲打着，恨不得立刻就抽上烟。同时我禁不住纳闷，不知是否有人告诉过他脖子上的小脓包是可以治愈的。他的长相我记得清清楚楚：高高的个子，微微有些驼，黑发剪得短短的，棕色的眼睛似乎盯在我鼻梁后面二英尺远的地方；再有就是那些青春痘。我想他之所以在我记忆中如此清晰是因为他接下去说的话。

对不起，他说。这个卡号无效。

这太荒唐了，我说。绝不可能，我户头上还有几千块钱。两天前刚通知我的。再试试看。

确实是个无效卡，他固执地坚持道。看见红灯了吗？这说明

---

① 源出商标名，以红糖、葡萄干、椰子或干果等为配料的燕麦片。

你的卡号已经无效了。

你一定是弄错了，我说。再试试看。

他耸耸肩，脸上的笑容极不耐烦，但还是重新敲了一遍。这回我仔细看了他手指敲击的数字，再核对屏幕上出现的数字。没错，是我的卡号，但红灯还是亮了。

看到了吗？他重复道，还是那副笑容，仿佛他心知肚明什么可笑之处，却不打算告诉我。

我会到办公室与他们联系，我说。银行的电话系统常常出现紊乱，但耐心打几个后通常都能接通。尽管如此，我还是无比愤怒，就好像被人无端指控了一个连我自己都不知道的罪名。好像这个错是我自己造成的。

去联系吧，他口气冷淡地说。因为没付钱，我只好把烟留在柜台上，心想上班时可以向同事借几根抽。

在办公室我真的打了电话，但连着几次，听到的都是录音。它不断重复着：线路忙。请稍后再打。

整个上午线路都忙得不可开交，起码在我看来是这样的。我又打了几次，都没能接通。但即便如此也还不算太反常。

午饭后，两点左右，主任走进磁盘室。

我有事要通知你们，他说。他看上去一副落魄模样；头发乱七八糟，双眼发红，目光游移不定，像喝醉了酒一般。

我们全都抬起头，关掉电脑。屋里大约有八到十个人。

对不起，但这是法律规定。真是十分抱歉。

怎么啦？有人问。

我不能留你们在这儿了，他说。这是法律，我不得不照办。我得让你们离开。他说话的声音近乎温柔，就好像我们是一群野生动物，被他捉到关在坛子里的一群青蛙，似乎他想显得人道些。

这么说我们全都被辞掉了？我说着，站起身。什么原因？

不是辞掉，他说。是让你们走。你们不能再在这里工作了，这是法律。他用手一遍遍来回梳理着头发，我心想，他一定是疯了。工作太紧张，紧绷的弦终于断了。

你不能这么说说就算了，坐在我边上的女同事说。你这话听起来太荒谬可笑，一点真实感也没有，就像电视人物说的话。

这不是我的话，他说。你们不明白。请你们走吧，马上离开。他提高了嗓音。我不想惹麻烦。如果有了麻烦，书会损失，设备会瘫痪……他扭头越过肩膀朝外看了一眼。他们在外面，他说，就在我的办公室里。假如你们现在不走，只好等他们亲自进来赶你们走。他们只给了我十分钟的时间。此时他听起来越发癫狂了。

他是疯了，有人大声开口道；大家心里一定都这么想。

可我这里看得到走廊外面，那里站着两个男人，身穿军装，扛着机枪。这简直太戏剧化了，令人难以置信。可他们确确实实站在那儿：就像火星人，自天而降，忽然显形。他们身上有一种似梦似幻的气质；过于抢眼，与周围环境格格不入。

别管电脑了，见大家忙着收拾、整理东西，主任又说。好像我们想把它们拿走似的。

我们聚集在馆外的石阶上，相互间无言以对。没什么好说的，因为谁也不明白究竟发生了什么。我们相互看着别人的脸，每个人脸上除了不安就是有些羞惭，仿佛我们做了什么不该做的事被人逮着了一样。

这简直令人不可容忍，一个女同事说，但语气并不那么肯定。这件事中到底有什么令我们觉得该当如此？

我回到家时家里没人。卢克还在上班，女儿在学校里。我感觉很累，腰酸背痛。可刚坐下，又忍不住站起来，似乎没有办法安安静静坐着。我在房子里走来走去，从一间屋到另一间屋。我记得自己不断触摸家里的东西，这个举动也是无意识的，只是把手指头放在那些东西上面而已。烤面包炉，餐桌上双柄有盖的糖缸，还有客厅里的烟灰缸。过了一会儿，我抱起猫，搂着它继续走。我盼望卢克快点回家。我想我应该做点什么，采取一些行动，可又不知道该采取什么行动。

我试着继续给银行打电话，但还是同样的录音。我给自己倒了一杯牛奶——对自己说神经已经过分紧张，不能再喝咖啡——然后来到客厅，在沙发上坐下，把一口未喝的牛奶小心翼翼地放在茶几上。我把猫贴到胸前，感觉它在我喉咙边呼噜作响。

又过了一会儿，我往母亲的住所打电话，但无人应答。那时她已经基本安顿下来，不像过去那样频频搬家，隔几年就搬一次，如今住在河对岸的波士顿。我等了一会儿，又给莫伊拉打。她也不在。半小时后再试，终于通了。在不断打电话的空当里，我就在沙发上坐着。头脑里想的是女儿在学校里的午餐。心想也许花生酱三明治让她吃得太多了。

我被解雇了，在电话里一听到莫伊拉的声音我便忙不迭地告诉她。她说她呆会儿过来。那时她在一家妇女团体的出版部门工作。专门出版有关控制生育、预防强奸及诸如此类的读物，虽然那时对这类东西的需求量不再像早先那么大了。

我待会儿过来，她说。她一定是从我的声音中听出来我对此求之不得。

一会儿后她到了。好了，她说，一边脱下夹克，懒散地一屁股坐到那张特大号椅子里。把经过说给我听听。等等，还是先来杯喝的。

她站起身，到厨房去倒了两杯苏格兰威士忌酒，回来坐下。我则试着把事情经过告诉她。听我说完，她问，今天用电子信用卡买东西了吗？

是的，我说。我把卡失效的事也跟她说了。

他们把那些卡冻结了，她说。我的也一样。团体里的也是。所有卡上性别标明是 F（女）而不是 M（男）的户头都被冻结了。他们只需按几个按键就成了。我们现在已是一文不名。

可我银行户头上还有两千多块钱呢，我说，仿佛唯有我个人的户头最重要。

女人不能再拥有财产，她说。这是一项新颁布的法律。今天看电视了吗？

没有，我说。

是电视上播的，她说。到处都在播放这条消息。她不像我，脸上没有丝毫惊恐之色。而且不可思议地还挺高兴的样子，似乎她早就猜到会发生这一切，现在事实终于印证了她的预测。她甚至显得更加精力充沛，沉着坚定。卢克可以用你那笔钱，她说。你的电子账户会转给他用，起码他们是这么说的。由丈夫或最近的男性亲属接管。

可你怎么办？我问。她什么男性亲属也没有。

我只好来暗的了，她说。一些同性恋伙伴会接管我们的户头，替我们买所需的东西。

可这是为什么？我问。为什么他们要这么做？

我们没有理由问为什么，莫伊拉说。他们只能那么干。取消电子账户和开除工作同时进行，双管齐下。不然你可以设想一下机场会发生什么情形？他们不想让我们投奔别处。这一点可以肯定。

我去学校接女儿，一路上车开得格外小心。卢克到家时，我已经坐在厨房的桌子旁。女儿正在冰箱旁边角落里的小桌子上画画，用的是毡制粗头笔。她的作品全都用胶带张贴在那。

卢克在我身旁跪下，拥抱我。回家途中我从车里的收音机上听到了。别担心。这肯定只是暂时的。

他们说了为什么吗？我问。

他没有回答。我们会渡过这一关的，他说着，用力抱紧我。

你无法了解这件事对我的打击有多大，我说。我感觉就好比被人砍掉了双脚。我没有哭。同时也抬不起双臂去拥抱他。

不过是一份工作罢了，他说，试图用此话来安慰我。

我想你会继承我的所有财产，我说。而我分明还活着。我想开个玩笑，但话说出口，听起来却是那么的不祥，令人毛骨悚然。

别这么说，他阻止我。他仍跪在地板上。你知道我永远不会丢下你的。

看看，我心想，这么快他就摆出一副屈尊俯就的派头了。紧接着我又自责：你开始患多疑症了。

我知道，我说。我爱你。

后来，把女儿安顿睡下，我俩坐下吃晚饭时，我觉得好过了些。我把下午发生的事原原本本说给他听。包括主任怎么进来突如其来地宣布了这个消息。要不是这个消息太可怕，整个过程本来是很滑稽可笑的，我说。我以为他喝醉了。或许真是这样。我还告诉他那里出现了军人，还有其他的一切。

随后我想起当时看到却没有在意的一件事。他们不是普通军人。他们是与以往不同的另一类军人。

当然，是有人上街游行，参加者大部分是妇女，也有一些男人。但人数比预想的少。我想大家都被吓坏了。而且，当人们得知只要见到游行队伍，警察或军队或随便什么人就会开枪扫射，格杀勿论，游行活动便自生自灭了。接着发生了一系列的爆炸事件，邮局、地铁纷纷被炸。但究竟谁干的谁也不能肯定。也许就是军队自己干的，这样他们便有充足理由调查个人电脑档案资料和进行其他官方调查，比如挨门逐户进行搜查。

我没有参加那些游行。卢克说那种事徒劳无益。说我要替他们着想，替家人着想，替他和女儿着想。这一点我确实做到了。我开始忙于家务，经常自己动手烘烤食品。我强忍泪水，不让自己在饭桌上哭出声来。可是此刻，我坐在卧室窗旁朝外看时，突然之间便涕泗横流。周围邻居我认识的不多，外出见面时，除了一般的寒暄，什么也不敢多说。谁也不想以不忠的罪名被人举报。

想到这里，我又想起母亲，好多年前的母亲。我当时想必只有十四五岁，这个年纪的女儿们最受不了她们的母亲。我记得有一天她回到家来——我们时常搬迁，这是其中的一个住处，她带了一帮女伴，她们是她频频变换的朋友圈中的一部分。那天她们刚参加完游行，当时正逢色情骚乱时期，抑或是堕胎骚乱？反正这两者如影随形。时有爆炸事件发生：堕胎诊所被炸，音像店被炸。令人应接不暇。

母亲脸上有一块伤痕，还流了些血。要想把手穿过玻璃窗，就别想不被割伤，对此母亲这样评论。去他妈的蠢猪。

去他妈的吸血鬼，她的一个女伴说。她们把反对者称为吸血鬼，因为那些人高举的标语上写着：让她们流血吧。那么一定是堕胎骚乱时期了。

为了躲开她们，我走进自己的卧室。她们说话声太大了，而且哇啦哇啦没完没了。她们没理我，我也打心眼里讨厌她们。讨厌母亲以及她放荡不羁、无赖粗野的朋友。我实在不明白她为什么要打扮成那样，穿工装裤，好像自己还是小姑娘。而且满口粗言秽语。

你真是个乖乖女，她常这么对我说，语气总的来说还算和悦。她对自己能够比女儿更离经叛道，更无法无天颇为自得。小姑娘都是这么乖的。

我很明白，我之所以讨厌她，一方面是因为她对我敷衍塞责、例行公事的态度。但同时我又希望她能给我一份规规矩矩的、永久安定的生活，不要像现在这样居无定所，成天处于动荡之中。

你是我想要才生的，天晓得，在另一些时候她会这么说，一边说一边慢慢翻动着装着我照片的相册。这些相册里婴孩时期的照片特别多，可是随着我年龄的增长，照片渐渐少了，似乎是某种瘟疫使我的复制品总数锐减。她说话的口气带有一些悔意，似乎我没有完全如她所愿成长，有些辜负了她的期望。天下没有一个母亲完全符合孩子心目中的母亲形象，我想反过来也一样。但尽管如此，我们俩待对方都还不坏，我们像大多数母女一样和睦相处。

我希望母亲能在这儿，那样我就能告诉她我终于明白了这一点。

有人出了门。我听到远处传来关门声，在侧门那个方向，还有脚步声。是尼克，现在我可以看见他了。他从小路上走下来，踏上草坪，呼吸着潮湿的空气，那中间弥漫着各种气味：鲜花，肉质植物，以及一团团随风飘舞的花粉，如同牡蛎卵倾入海中。哦，这些动植物的繁殖是如此丰茂多产。他在阳光中舒展身体，我能感觉到他全身一块块肌肉层叠凸现，就像猫的脊背拱起。他没穿外衣，只穿衬衫，袖子卷起，手臂大胆地裸露出来。那阳光晒出的棕褐色会延伸到哪里？自从那晚在洒满月光的起居室里经历了那一幕幻景之后，我还没有和他说过话。他只是我的信号旗，我的旗语。肢体语言。

这会儿他斜戴着帽子。这么说又要召我去了。

扮演这样一个小听差的角色，他可以得到什么？用这种暧昧不清的方式为大主教拉皮条，他究竟有何感受？这件事是令他深恶痛绝，还是令他对我愈加想入非非，愈加渴望得到我？因为他对在那些书堆中真正发生的一切毫无所知。他所能想到的，不外乎就是性变态的种种勾当。比如大主教和我互相在对方身上涂满墨汁，再用嘴将其舔掉；或者在叠得高高的禁止使用的新闻纸上做爱。至多如此，他不可能想得再远了。

不过放心好了，他做这件事决不会白干。人人都会以不同方式从中获益。多得几条烟？或是比常人多几分自由？不管怎么说，他能证明什么？光有口头指证是没有用的，大主教轻易就能将其否认推翻，除非他准备率领一帮得力干将尾随而去。一脚踢进门来，我先前是怎么说的？当场抓获，罪大恶极，居然在玩拼字游戏。快，把这些单词吞下去。

也许他仅以知晓某个秘密为快。把柄在我手里，人们过去常这么说。这是一种只能使用一次的权利。

我愿意把他往好处想。

我失去工作之后的那天晚上，卢克想跟我做爱。为何我兴致索然？单单是绝望就应该让我有此冲动。可我整个人仍然感觉麻木。就连他的手放在我身上我也几乎没有知觉。

怎么啦？他问。

不知道，我说。

毕竟我们还有……他说着又住了口，没有提我们还有什么。我忽然想到他不该说*我们*，因为就我所知，他并未被人剥夺走什么东西。

毕竟我们还彼此拥有，我说。这是实话。可为什么我的语气听起来，连我自己都感觉到，如此淡然冷漠？

于是他开始吻我，好像我这么一说，一切便回到正常轨道。可是某些东西还是改变了，某种平衡。我觉得整个人在缩小，当他搂住我，拥我入怀时，我缩成了玩具娃娃那么大。我觉得爱正抛弃我独自前行。

对此他并不在乎，我心想。他根本就不在乎。甚至或许他还更喜欢这样。我们不再彼此相属。相反，如今我属于他。

卑鄙可耻，毫无道理，虚假不实。但那却是实实在在发生的事实。

因此，卢克，此刻我想问你，并急需知道的是，过去我究竟是对是错？我们从未涉及这个问题。在我有机会问的时候，我不敢启口。我舍不得因此失去你。

第二十九章

我在大主教的办公室里与他隔桌而坐，顾客的位置，就像我是一个来申请大宗贷款的银行客户。可除了我在屋里的位置，我们两人之间已经不再拘泥什么礼节。我不再规规矩矩地坐着，直着脖子，挺着背，两脚并拢放在地上，双目以敬礼姿势朝向对方。如今我的身体以一种放松、甚至舒服的姿势坐着。我脱掉了红鞋，脚垫在身子底下坐在椅子里，不错，宽大的红裙边把它们遮得密不透风，但我确实是这么坐着，就像很久很久以前，人们经常去野餐的时候，坐在篝火旁就是这个姿势。假如壁炉里有火，火光会在光滑锃亮的壁炉表面闪烁，温暖地在身体上微微闪现。火光是我加进去的。

至于大主教，今晚简直随便得有些出格。没穿外衣，胳膊肘抵在桌子上。这副样子只要在嘴角再放一根牙签，就是活生生一幅乡村民主广告，像在蚀刻画里见到的。留有蝇屎斑的，烧掉的旧书里。

我面前游戏盘里的方格子正在填满：此刻正在进行今晚的倒数第二轮游戏。Zilch（一无所有），我拼着，毫不费力地用数值很大的Z拼了一个单元音词。

“有这个词吗？”大主教问。

“不信可以查字典，”我说，“是个古体词。”

“好吧，算你得分。”他说。脸上泛出笑容。大主教喜欢看我抢风头，摆出一副老成样，就像一只忠于职守的小狗，时刻竖着耳朵，急于找机会表现自己。他的赞许如一阵暖流拍打着我。在他身上，我感觉不到丝毫敌意，而这是过去我在男人那里，有时甚至包括卢克那里，时常感受到的。烂货这个词，他连放在心里想想都不会。事实上，他完全像老父一般慈祥。他的做法令我快乐，他喜欢这么想。而我确实感到快乐，很快乐。

他速度飞快地在袖珍电脑上加好了我们的最后得分。“你大获全胜。”他说。我怀疑他做了手脚，为的是讨好我，让我高兴。可为了什么？这仍是个问题。他这样迁就我到底能得到什么？一定有什么的。

他往椅背一靠，两手指尖顶着，这个姿势如今我已再熟悉不过。我们之间早已对所有此类亲昵随便的小动作习以为常。他望着我，目光中不无慈蔼，但同时也充满好奇，似乎我是一个待解之谜。

“今晚想看什么书？”他问我。这也已成了必不可少的例行环节。到目前为止，我已经读了一本《小姐》杂志，一本很旧的二十世纪八十年代的《老爷》[1] 杂志，一本《女士》杂志，这本杂志我恍惚记得小时候曾在我母亲的某个住所见过，还有一本《读者文摘》。他连小说都有。我已经读完了一本雷蒙·钱德勒[2]的侦探小说，目前正在读英国作家查尔斯·狄更斯的《艰难时事》，已经读了一半。每逢这些时候，我总是狼吞虎咽、读得飞快，几乎是一目十行，竭力在下一个漫长的饥饿期开始之前，把尽可能多的内容吸收进我的脑海。假如这是在吃东西，我的行为就像饿鬼扑食，暴吃暴饮；假如这是性行为，那便好比在某个地方的小巷子里偷偷摸摸站着匆匆做爱。

我在看书时，大主教总是坐在一旁，看我阅读，虽然一言不发，但眼睛一刻也没有离开我。这种注视是一种好奇的性行为，

---

① 美国一份专供男性阅读的月刊，创办于一九三三年。

② 雷蒙·钱德勒（Raymond Chandler，1888—1959），美硬汉派侦探小说家，笔下主人公为清贫正直的私家侦探 Philip Marlowe。

他这么做，令我有一种脱光了衣服的感觉。我希望他背过身去，在屋子里随便走走，自己也找点东西看看。那样的话我会更轻松些，从容些。事实上，我这种违禁的阅读行为在他面前也像是一种表现。

“我想我还是愿意聊聊天。”我说。听到自己说出这句话，我很是吃惊。

他又笑了。他看上去毫不吃惊。也许他期待的就是这个，或是类似的反应。“哦？”他说，“你喜欢聊些什么呢？”

我犹豫不定。“随便，什么都可以。嗯，比如，说说你自己。”

“我？”他继续微笑着。“哎，我可没有什么好说的。我不过是个平平常常的家伙罢了。”

这句话里所包含的虚假，甚至连用词都那么缺乏真实——“家伙”——令我戛然住口。平平常常的家伙可不会成为大主教。“你一定擅长某个方面。”我说。我知道自己在怂恿他，投其所好，引他回答，我不喜欢自己这样，事实上，我对此感到厌恶。可我们俩都在自我防卫。不是他说就是我说。对此我一清二楚，我可以感觉到话语积压在我心里，蠢蠢欲动。毕竟我已经太久没有和人好好说过话了。今天与奥芙格伦同行时压低嗓子交换的只言片语根本算不上什么，但却有撩拨的作用，像开场白。既然那么点简短的交流都让我如此轻松欣慰，我当然渴望与人更多地交流。

可是如果由我开口，我一定会说错话，泄露心底的秘密。我可以感觉到这股冲动，出卖自己的冲动。但我不想让他知道得太多。

“哦，我过去先是搞市场研究，”他底气不足地回答，“之后稍稍扩大了研究范围。”

我突然想起，虽然我早就知道他是个大主教，却懵然不知他是哪方面的大主教。他主管的是什么范畴？或者像人们过去常说的，他的专职是什么？他们没有具体的头衔。

“哦。”我应道，竭力让他觉得我对他的话了然于心。

“你可以称我为所谓的科学家，”他说，“当然，只是在有限的范围内。”

接着有一会儿他缄默不语，我也一言不发。两人都在等对方开口。

我先打破了沉默。“这样吧，也许你能为我解答一件令我疑惑不解的事情。”

他表现出兴致盎然的样子。“那会是什么呢？”

我是在自投罗网，可一时却控制不住自己。“是从某个地方记下来的一句话。”最好不要说是哪里。“我想它是用拉丁文写的，我想也许……”我知道他有一本拉丁语词典。他有各式各样的词典，在壁炉左边的顶层书架上。

“说来听听。”他说。口气疏远了些，但明显警觉起来，或者这只是我的想象。

“*Nolite te bastardes carborundorum.*”我念出来。

“什么？”他问。

显然我的音没有发对。我不知该怎么念。“我可以把它拼出来，”我说，“写下来。”

这个新鲜大胆的主意令他迟疑了片刻。可能他根本不记得我会写字。在这间屋子里，我从未握过任何一种笔，连得分也从未加过。女人不会加法，他曾经开玩笑地说。当我问他是什么意思时，他说，对女人来说，一加一加一再加一不等于四。

那等于几？我问，以为他会说等于五或者三。

还是一加一加一再加一，他回答。

可这会儿他却回答：“好吧。”接着便隔着桌子把他的圆珠笔扔过来，几乎有些不顾一切地，仿佛在接受某种挑战。我环顾四周，找能写字的地方，于是他把计分簿递给我，就是那种案头使用的记事簿，每页顶端印有一张小小的圆形笑脸。这种东西仍在继续生产。

我用印刷体仔仔细细地写下那句话，凭着头脑里的记忆，按照橱柜里这句话的原样，一笔一画抄写下来。*Nolite te bastardes carborundorum.* 此时此刻，此情此景之下，它既不是祷文也不是号令，仅是一句可悲的涂鸦，被人胡乱涂写下来，之后又弃之不理。笔握在指间的感觉真是舒服，简直像具有鲜活的生命。我能感觉到它的威力，它那包容万语千言的威力。笔是嫉妒的对象，丽迪亚嬷嬷常说，她引用的这句话是感化中心的又一格言，为的是警告我们远离此类物品。千真万确，它让人产生嫉妒。就这么握着都让人嫉妒。我对大主教的笔嫉妒不已。这是又一件我渴望偷偷拿走的东西。

大主教从我手里接过有圆形笑脸的纸页，看了一眼。随即便哈哈大笑起来。他脸红了吗？“这不是真的拉丁文，”他说，“不过是个笑话而已。”

“笑话？”我说，完全给弄糊涂了。难道我如此铤而走险，为弄懂它费尽心机，就为了个笑话？“什么样的笑话？”

“你了解学校男生们的德性。”他说。笑声里饱含怀旧情绪，此刻我看出来了，这是一种对其旧我迁就纵容的笑声。他站起身，穿过房间走到书架前，从他收藏的珍品中取出一本，但那不是字典。而是一本旧书，看上去像一本教科书，折了角，上面满是墨汁。他先是带着沉思、怀旧的神情拿在手上翻看了一阵，然后才递给我。“你看。”他说着，把书摊开放在我面前的桌子上。

首先映入眼帘的是一幅图片：《米勒的维纳斯》，黑白的，身上被人笨拙地涂上了胡须、黑色的胸罩和腋毛。与之相对的一页上是《罗马竞技场》，用英语标明，英文上面是一行拉丁文的动词词形变化：sum es est，sumus estis sunt[①]。“喏，就在这里。”他说着指给我看。于是，我在空白处见到了那行字，用的是和维纳斯身上的腋毛相同的墨水：Nolite te bastardes carborundorum。

“不懂拉丁文的人要领略这句话的可笑之处还真有些难，”他说，“过去我们经常写这类东西，五花八门，什么都有。我搞不清那些句子都是哪里来的，可能是从学长那里一届届传下来的。”此时他已完全忘了我的存在，进入一种忘我状态，只是一味地翻着书。“看这里。”他说。这幅图叫《萨宾女》[②]。空白处是一行潦草的笔迹：pim pis pit，pimus pistis pants[③]。“这里还有一行，”他读道，“Cim，cis，cit …”[④] 他戛然而止，意识重又回到现实，显出很不自在的样子。他又一次笑了起来，这一次的笑可以称得上是咧开嘴笑。我想象着他脸上长满雀斑、额前翘着一绺头发的模样。这一刻我几乎喜欢上他。

“可那句话究竟是什么意思呢？”我问。

“哪句话？”他问，“哦。那句话意思是‘别让那些杂种骑在你头上’。我想当时我们全都自命不凡，自以为很了不起吧。”

我勉强挤出一丝笑容。一切都真相大白了。我终于恍然大悟她为什么要把这行字写在橱柜壁上，同时还知道她一定是在这里，在这间屋里知道了这句话。除了这里，还能有别的什么地方？她又不是男生。一定是在过去某个追忆少年时光、倾吐内心秘密的时刻听来的。这么说我并非第一个。并非第一个闯入他沉默的领地、同他玩儿童拼字游戏的人。

---

① 此为拉丁文“是”动词的词形变化，意为“我是，你是，他是，我们是，你们是，他们是”等。

② 古代意大利中部一民族，公元前三世纪时被罗马征服。

③ 均非真的拉丁文，而是仿照注上页拉丁文杜撰的校园下流戏语，意为“我尿尿，你尿尿，他尿尿，我们尿尿，你们尿尿，他们尿尿，他尿湿了裤子”。

④ 此行略去了 cunt 一词，该字眼为对女性阴部的下流称呼。

“她后来怎么样了？”我问。

他几乎一点不变声色。“你和她熟吗？”

“有点熟。”

“她上吊死了。”他说，语气中没有悲哀，只有几分沉思。“出事以后我们便把灯具拆了。就在你房间里。”他顿了顿。“她来我这里让赛丽娜发现了。”他说，仿佛这便解释了一切。事实上也确实如此。

一条狗死了，再弄一条。

“用什么来吊？”我问。

可他无意告诉我。“这很重要吗？”他问。我猜一定是用撕碎的床单。我自己就曾往这方面想过。

“我想是卡拉最先看到的。”我说。所以那天她会发出尖叫。

“是的，”他说，“可怜的姑娘。”他指的是卡拉。

“也许我不该再来这里了。”我说。

“我以为你来这里很开心。”他轻轻地说，但双眼却盯着我，目不转睛，闪闪发亮。要不是我头脑清醒，我会以为那是担忧。“我希望你开心。”

“你希望我可以忍受目前的生活。”我说。它不是以一个问句说出口，而只是一个语调平平的陈述句，平铺直叙，没有丝毫抑扬顿挫。假如我的生活尚可忍受，也许他们所做的一切便都合情合理，无可厚非了。

“你说得对，”他承认，“我确实希望如此。我愿意那样。”

“那么……”我欲言又止。一切都不同了。现在我终于掌握了他的秘密。这个秘密就是我可能因此丧命。这个秘密就是他受到良心谴责。终于明白了。

“你想要什么？”他说，还是那种轻松的语调，好像这不过是一笔金钱交易，而且是很小的一笔交易：区区烟糖钱的交易。

“你是指除了润手液。”我说。

“对。除了润手液。”他说。

“我想……”我说，“我想知道……”这话说得迟迟疑疑，犹豫不决，甚至有些发傻，是我不假思索说出口的。

“知道什么?”他追问道。

“所有的一切,”我说，可这太没有针对性了，“正在发生的一切。”

11
夜

第三十章

夜幕开始降临。或者说已经降临。为什么夜晚不像黎明要用降落而不是升起？可是，假如你在日落时分眺望东方，你会发现夜晚是在升起而非降落。夜色从地平线升起，向天空延伸，像乌云笼罩下的一轮乌黑的太阳。仿佛从一场看不见的大火中冒出的黑烟，正好在地平线下的一排起火线，灌木丛火或者是哪个燃烧的城市。也许说夜幕降落是因为夜色浓重，好似一幅厚重的帷幕从眼前拉上。羊毛地毯一般。我真希望自己在黑暗中也能看得分明，看得比现在分明。

这么说，夜幕已经降临。我能感觉到它像一块石头挤压着我。没有风。我坐在半开的窗户前，撩起窗帘，这时外面已经见不到人影，不用再保持端庄稳重。我穿着睡袍，即使在大热天也一样长袖遮臂，为的是使我们远离自身肉体的诱惑，使我们无法用裸露的手臂搂抱自己。宛若月光的探照灯光下，一切都静止不动。花园里的香味仿佛人体的热气在四周弥漫，一定有什么花在夜间开放，香味如此浓烈。仿佛就在眼前，红艳艳地蓬勃怒放，朝上摇曳着，像正午时分的柏油碎石路面闪闪发光。

在草地那儿，有人从柳树下的黑暗中出现，走进亮光，后跟拖着长长的影子，清晰可见。是尼克，还是别人，某个无足轻重的人？只见他停下脚步，抬头朝我的窗户张望，一张被光映得雪白的长方形脸庞出现在我眼前。是尼克。我们相互对视着。我没有玫瑰花可抛，他也没有诗琴可以弹拨。但那种饥渴的本质却是相同的。

我不能沉溺其中。我把靠左边手的窗帘在眼前拉上，隔开两人的视线，片刻之后，脚步声重新响起，拐过弯不见了。

大主教说得对。一加一加一再加一不等于四。每一个都是独一无二的，无法将它们相加。不能相互交换，不能以此换彼。无法相互代替。尼克不能代替卢克，卢克也不能代替尼克。应该这个字在这里派不上用场。

人们无法控制情感，莫伊拉曾经说，但有办法控制行为。

再好没有了。

环境决定一切，还是成熟决定一切？非此即彼。

在我们最后一次离开家的那个晚上，我在屋子里来回走动。没有装箱打包，因为我们不准备带多少东西，即便临走前我们还是不能露出一点点要离开的迹象。我只好四处走动，环顾家里的一件件物品，看着我们为一家人的生活作出的各种安排。我头脑里有种想法，将来我不会忘了这些东西的样子。

卢克在客厅里。他拥我入怀。两人都感到辛酸、悲哀。可是，即便在那种时候，我们也十分清楚自己是幸福的。何以见得？因为我们至少还能相拥相抱。

那只猫，他突然说。

猫？我靠在他毛衣上问。

我们不能把她留在这里。

我还没有想到那只母猫。两人谁都没想到。决定来得很突然，接下去便开始计划具体事项。我一定是想带她一块走。可是不行，要进行整整一天的越境旅行，带着猫可不行。

放在外面不行吗？我说。扔下她，走我们的就是了。

她会呆在屋外不走，对着门叫。这样就会有人注意到我们离开家了。

我们可以将她送人，我说。送给某个邻居。话音未落，我便意识到这个主意多么愚蠢。

我会处置它的，卢克说。他用的是它，而不是她，于是我知道他的意思是杀了它。那是杀戮之前必不可少的环节，我心想。你得先造出一个物化的它，而那原先是不存在的。你得先在头脑里想象出来，然后把它真实化。他们杀人前一定是那么干的，我心想。过去我似乎对此完全一无所知。

卢克找到藏在床铺底下的猫。这些小动物向来无所不知。他带着她往车库走去。我不知道他对她做了什么，也从未问过。我只是坐在客厅里，两手交叠着放在腿上。我应该和他一起去的，承担起属于我的小小的责任。我至少应该在过后问问它的下落，而不要让他独自承受心理负担，毕竟那个小小的牺牲，那个出于爱的谋杀，也是为了我的缘故。

这是他们的滔天大罪之一。逼着人们去扼杀，心灵的扼杀。

可是，一切都终归徒劳。我不知道是谁去告的密。可能是哪个邻居，看到我们的车在大清早驶出车道，凭直觉判定我们要出逃，于是跑去告密，以便在哪个人物的名单里记下一笔，获得一颗尽忠报国的金星。甚至还有可能就是卖护照给我们的人，能够两头渔利，何乐不为？甚至那些伪造护照的人就是他们自己安插的也不无可能，他们这种人，什么事都干得出。布下天罗地网，专等轻信的人上当。上帝的眼目遍布大地。

因为他们有备而来，专门等着我们。被出卖的那一刻是最可怕的。当你确信自己遭人背叛，确信你的同类对你满怀恶意的那一刻。这就好比乘在一台顶端钢缆被人砍断的电梯里。下坠，下坠，不知何时会撞击地面。

我试着在脑海中回忆，把家人朋友的魂灵从他们各自的栖身之处唤起。我需要回想他们的样子。力图抓住他们，使他们的脸像相簿里的照片，一动不动地定格在我的眼睛后面。可他们不肯为我安静呆着，而是飘忽不定，莞尔一笑便悄然消遁，他们的身体翻卷弯曲，就像焚烧的报纸被黑烟吞食。短暂的一现，在空中闪着白色的微光。一抹光辉，一道曙光，电子的舞蹈。接着又是一张脸，许多脸。可他们转眼便消逝了，不管我怎样朝他们伸出手臂，他们还是从我身边溜走了，黎明时分的幽灵。回到各自栖身的地方去了。陪陪我，我想说。可他们置之不理。

是我的错。我丧失了太多太多记忆。

今晚我要祈祷。

伊莉莎白嬷嬷和丽迪亚嬷嬷没有跪在床脚，没有跪在体育馆的硬木地板上。她们俩一个双臂叉在胸前，腰带扣上挂着电动赶牛刺棒站在双重门边；另一个大步穿行在一排排身穿睡袍、跪在地上的女人中间，只要哪个人稍有懈怠，精神不够饱满，便用木棍轻轻敲打她的背、脚、屁股或手臂。丽迪亚嬷嬷希望我们的头垂得不高不低，脚指头并拢朝前，双肘弯成合适的角度。她对这件事的兴趣部分是出自审美的考虑：她喜欢漂亮的外表。她希望我们全都看起来像刻在墓壁上的、属于盎格鲁-撒克逊时代的人物；或者像圣诞卡里的天使，整齐划一地穿着象征纯洁的衣袍。可她同样清楚强其筋骨、劳其肌肤的精神价值：一点点小痛苦能帮助你们涤荡心灵，她说。

我们祈祷的是将我们掏空，这样我们才能以无瑕之身被重新填满：被恩惠，爱，苦行，精子和婴儿填满。

哦，上帝，宇宙的主宰，感谢你没有赐我男人之身。

哦，上帝，将旧我消灭干净。赐予我果实。克制我肉体，使我得以繁衍。

有些人念着念着，会陶醉其中，不能自拔，忘情于对自己的羞辱之中。一些人居然会呻吟哭泣起来。

珍妮，别出洋相了，丽迪亚嬷嬷喝道。

我坐在窗台上，透过窗帘望着空旷的花园，就这么祈祷。我甚至连眼睛都没合上。我的内心和外界是一样的漆黑。或者说一样的光明。

我的上帝。你在天国，这天国就在我的内心。

企盼你告诉我你的姓名，我是指真实的姓名。可你是那样深不可知，遥不可及。

我希望知道你究竟有何大能。可是不管你能耐大小，求求你，帮助我度过这一切。虽然这一切也许并非你的所为。我从不相信周围发生的一切出自你的本意。

我有足够的食物果腹，因此我不会浪费时间，向你祈求食物。它不是主要问题。问题是如何才能吞下肚去而不被噎着。

现在谈到宽恕。请别忙着现在来宽恕我。还有更重要的事情等你去办。比如：倘若其他人尚未陷入险境，就让他们继续安然无恙。不要让他们受太多痛苦。假如他们必死无疑，就让死神来得干净利落。你甚至还可以为他们提供一个天堂。正因为如此我们才需要你。地狱不用靠你，我们自己就能创造。

我想我应该说我宽恕这一切的始作俑者，宽恕他们现在正在做的一切。我会尽力这么做，但这太难了。

接下来是关于诱惑。在感化中心，诱惑的含义远远不止吃睡。知即诱惑。不知者免受诱惑，丽迪亚嬷嬷老这么说。

或许我无意真想知道正在发生什么。或许我宁愿不知道。或许我知道了会无法忍受。人类的堕落便是从无知到知。

那盏枝形吊灯虽然早已拆除，可它老是萦绕在我心里，挥之不去。柜子里的钩子也一样能派上用场。我设想了各种可能。套上去后，只要使劲向前扯，不要挣扎就成。

让我们从罪恶中解脱。

再接下来是天国，权力，荣耀。此时此刻，要我相信这些实在太难了。可我还是要试试看。“心怀希望”，如同墓碑上所刻的。

你一定觉得被狠狠敲了竹杠。我猜想这也不是第一次了。

假如我是你，我一定会觉得听够了。我一定会烦死了。我想那就是我和你的区别。

这样与你说话，我有一种极不真实的感觉。好像在同墙壁说话。我希望你能回答。我觉得形单影只，寂寞难当。

孤独地坐在电话机前。只是现在我不能使用电话。即使允许，我又能打给谁呢?

哦，上帝。这不是玩笑。哦上帝，哦上帝。我如何才能继续活下去?

12 荡妇俱乐部

第三十一章

每天晚上上床时我都会想，清晨醒来我又会回到自己的家里，一切将恢复原样。

可是今早醒来，一切依然如故。

我穿上衣服，夏天的衣服，还是夏天，似乎时光在这个季节停滞不前。七月，一个个令人透不过气的白天，一个个洗蒸汽浴般大汗淋漓的夜晚，难以入眠。我努力使自己跟上时间的脚步。我在墙上作出记号，一个记号代表一个星期里的一天，每过七天，就在中间画过一道横线。可是有何用处？这又不是有期徒刑，有出狱的日子。这里不需要时间来做什么和完成什么。但不管怎么说，我所做的一切至少让我在想知道时，能知道是什么日子。昨天是七月四日，是过去的独立日，现在被废除了。九月一日是劳动节，这个节日还保留着。虽然过去这个节日和母亲没有任何关联①。

不过我是靠月亮计算时间的。阴历，而不是阳历。

我弯腰穿上红鞋。现在的鞋子轻多了，在里面拘谨地开了些小小的洞眼，当然，和大胆挑逗的凉鞋根本不可同日而语。虽然平常时有锻炼，弯下腰还是费了些劲，我能感觉到自己的身体内部渐渐流通不畅，手脚不灵，有些不能随心所欲。女人到了这个分上，依我过去的想法，就是很老了。我觉得自己连走路都已老态龙钟：蜷曲着身子，脊梁骨弯成一个问号，缺乏钙质的骨头疏松得像风化的石灰岩。这是我在年轻时候、充满想象的年纪里常有的想法。也许人们在光阴所剩无多时，便会更加珍惜一切。我忘了考虑精力的消耗。有些时候我确实会格外欣赏一些事物，比如鸡蛋、鲜花等，可我马上会想这不过是一时风花雪月的感伤情绪罢了，头脑中闪过柔和的彩色印片法，就像过去在加利福尼亚大量印制的有落日图案的美丽贺卡。高光泽度红心纸牌。

那一瞬间，危险在视野里暂时模糊。

我希望穿衣时卢克能在跟前，在这间屋里，这样我就可以和他拌拌嘴。很荒唐吧，可那确实是我所渴望的。不为什么大事，只为鸡毛蒜皮、无足轻重的日常小事争吵一通，诸如谁来把碗碟放进洗碗机，该轮到谁来给要洗的衣服分类和清洗卫生间，等等。我们甚至可以单单为什么不重要，什么重要而争论不休。那该是多么难得的享受啊。即使在过去我们也并非经常为之。这段日子来我把所有那些争吵过程都在头脑里编排了一遍，当然也包括后来的和解。

我坐在椅子里，天花板上的花环在我头顶上飘浮着，像一个凝结的光环，一个零。宇宙空间星体爆炸形成的一个空洞，石子投向水面激起的一圈涟漪。一切都是白色的圆形。我等待着新的一天，等待着整个地球随着那架亘古不变的时钟圆面，逐渐展开、旋转。犹如几何图形的日子就这么循环往复，周而复始，平稳润滑地逝去。上嘴唇已经布满汗珠。我等待着，千篇一律的鸡蛋早点很快就会送来，像这屋子一样温热，蛋白外面包着一层绿膜，吃起来带着点硫磺味。

---

① 劳动（Labour）一词在英文里也有“分娩”之意，在此语意双关。

接下来，就是同奥芙格伦一道去采购。

我们同往常一样，来到教堂，看看墓碑。然后移步到围墙前。今天只挂着两具尸体：一个是天主教徒，但不是牧师，布告上画着一个倒十字架，还有一个我不知道是什么教派。尸体上只有一个红色J的标记。它不代表Jewish（犹太人），否则应该用黄色星。不管怎么说，犹太人现在已所剩无几。他们因为被视为雅各的后代而得到另眼相待。有两条路任他们选择。要么皈依，要么移民到以色列。如果新闻还有几分可信的话，大多数人都选择了移民。我曾在电视上见到一艘满载犹太人的船只，他们靠在船的栏杆旁，身穿黑衣，头戴黑帽，蓄着长胡须，尽力装扮出犹太人的模样，那些过去的服装不知是从哪里弄来的。妇女们头戴披巾，面带微笑，挥舞着双手，当然，动作有些僵硬，仿佛在镜头前摆弄姿势。另一个镜头拍的是一些有钱人，正排着队上飞机。奥芙格伦说，一些非犹太人装扮成犹太人也混出去了。但这条路并不好走，因为想要移民的人得经过各种测验，而且这条路如今也已卡紧了。

当然人们不会仅仅因为是犹太人而被处以绞刑。被吊死的只有那些不肯保持安静、拒绝作出选择的犹太人。或者皈依不是出于真心。这些也是在电视上看到的。深夜突击查抄，从床铺底下搜出私下藏匿的犹太教物品。包括犹太律法，有穗饰长方形披巾①，还有大卫之盾②。同时出现的还有这些东西的主人，他们满脸怒容，毫无悔改之意，被眼目们往他们自家卧室的墙上推搡着。播音员用悲天悯人的话外音控诉他们背信弃义、以怨报德的行为。

所以那个字母J并不代表犹太人。会是什么呢？Jehovah's

---

① 犹太教男子晨祷时披在肩上之用。

② 犹太人的标记，由两个等边三角形反向叠成的六角星。

Witness（耶和华见证人）[1]？还是Jesuit（耶稣会会士）[2]？不管它代表什么，总之他是已经死了。

在经过这个例行的注目礼后，我们继续上路。朝一些没人的地方走，这样两人可以聊聊天。假如这可以称之为聊天的话。掐头去尾的轻声低语，从白色双翼头巾的缝隙中传出。它更像是一封电报，一个有声信号。被删除的发言。

在任何地方都不宜站立太久。我们可不想因闲逛罪而遭逮捕。

今天我们走的是与“安魂经卷”祷文店相反的方向，那里有一个类似开放公园的地方，有一座很大的老式建筑，装饰华丽，镶嵌着彩色玻璃，是典型的晚期维多利亚风格。过去这个地方被称为纪念馆，但我从不知道它纪念的是什么。某一类死者吧。

莫伊拉曾告诉我，在这所大学建校初期，那里是大学生们的食堂。她说，当时要是有女生进去，男生们就会用小圆面包扔她。

为什么？我问。这些年来，莫伊拉越来越精于此道，满肚子类似的趣闻轶事。我不太喜欢这样，这种对过去心存积怨、耿耿于怀的态度。

为了把她赶出去。

也许这更像往大象身上扔花生，我说。

莫伊拉大笑，她总是这样。外星怪物，莫伊拉说。

我们站立着端详这座大楼，从外表上看多少有点像是教堂，天主教堂。奥芙格伦说：“我听说眼目们就在里面摆酒设宴。”

---

① 耶和华见证人，十九世纪后期Charles T. Russell在美国创立的一个基督教教派，认为“世界末日在即”，主张个人与上帝感应交流。

② 耶稣会会士，一五三四年Ignatius Loyola所创天主教一修会的成员。

“听谁说的？”我问。附近没有别人，我们尽可以自由交谈，只是出于习惯，两人声音还是压得低低的。

“小道消息。”她回答。她停顿了一下，眼睛斜视着我。随着她双翼头巾的移动，我可以感觉到眼前隐约可见一团白色。“用一句暗号。”她说。

“暗号？”我问，“什么作用？”

“靠这个暗号，”她说，“你可以分辨出谁是自己人，谁又不是。”

虽然我看不出知道这对我有何用处，还是忍不住问：“什么暗号？”

“五月天，”她说，“我曾经用它试探过你。”

“五月天。”我重复道。我想起那天的情景。救救我。

“不到万不得已的时候不要用它，”奥芙格伦说，“对整个关系网其他人的情况知道得太多对我们不利。万一被捕就糟了。”

这些低语传达的内容，这些内幕的透露，令我觉得有些难以置信，但在当时我却一直笃信不疑。尽管后来它们似乎显得不太可能，甚至有些幼稚，像一场儿戏，像女子俱乐部活动，又像流行在校园里的秘密。它还像过去每逢周末，完成作业以后，我总喜欢读的间谍小说，或是夜间电视节目。暗号，不可与人言说的秘密，身份诡秘的人物，暗中接头：所有这一切似乎都不应该是这个世界的本来面目。可话又说回来，这只是我自己的想象，是我从以往的岁月中得出的对现实世界某种看法的后遗症。

还有各种关系网。建立关系网，这是母亲常挂嘴边的老口头禅之一，早已过时的陈词滥调。即使到了六十多岁，母亲仍在从事她称之为“建立关系网”的活动。但就我所看到的情形而言，这个词所指的不外乎就是同其他几个女人共进午餐。

在拐角处我与奥芙格伦告别。“再见。”她说完，脚步轻快地沿着人行道走开，我则踏上通往大主教家的小路。尼克在那。歪戴着帽子，今天连看都不看我一眼。但他显然是在那里等我的，等着向我传递无言的信息，因为一经断定我已看到他，他便用软羊皮往“旋风”车上重重擦抹了一下，快步往车库方向走去了。

我沿着砾石路穿行在厚厚的浓绿草坪之间。赛丽娜·乔伊坐在柳树下，在她自己的椅子里，拐杖搁在胳膊肘旁边。她的裙子是挺括、凉爽的棉布。她的色调是蓝色，水彩色，不像我是红色，在吸热的同时，又放出热气。她侧身朝着我，正在编织。这么热的天气摆弄毛线她怎么受得了？不过也许她的皮肤已经麻木，也许她根本感觉不到，就像一个过去曾被灼伤过的人一样。

我垂下眼睛看着小路，轻轻走过她身旁，希望她不要看到我，反正我也知道即使看到，她也是视而不见。可这回不同。

“奥芙弗雷德。”她喊道。

我停顿了一下，不敢确定。

“叫你呢。”

我把被头巾挡住的目光转向她。

“过来，我找你有事。”

我穿过草坪，站在她跟前，目光低垂。

“你可以坐下。”她说，“来，坐在这个垫子上。你来帮我举毛线。”她手里夹着根香烟，身旁的草地上尽是烟灰，还有一杯饮料，不知是茶还是咖啡。“这里太闷热了。你需要点空气。”她说。我坐下来，放下手中的篮子，里面是千篇一律的草莓和鸡。那个含有诅咒意味的词出现在我脑海里：新鲜事。她把一束毛线在我伸出的两只手上放好，开始把它绕成团。看上去我就像被捆绑住一般，仿佛被戴上手铐。或许换个说法更确切些：被蛛网罩住。毛线是灰色的，从空气中吸入了潮气，就像被尿湿的婴儿床毯，散发着隐隐的绵羊味。起码我的双手会沾满羊毛脂。

赛丽娜缠着毛线，嘴角叼着闷燃着的香烟，袅袅升起的烟雾令人向往。由于她双手渐渐瘫痪，动作相当吃力、缓慢，但却十分果断。也许对她而言，编织是为了锻炼意志，它甚至可能引起疼痛。也许这是一种疗法：一天十行平针，十行反针。但她所做的一定远远超过了那个数。我对她那些常青树木和几何图形的男女孩童有了不同的看法：那恰恰表现了她的固执，而这种固执并非都是那么可鄙。

我母亲从不织毛线活，也不碰任何女红。可是每次她从干洗店取回衣服，比如上好的衬衣、冬天的大衣等，她总要把安全别针收集起来，挂成一条链。然后找个地方把别针链别起来——床上，枕边，椅背，或是厨房烤箱手套上——为了不至于丢失。可往往一转眼便忘得干干净净。我常常会在家里，在不计其数的家里的某个地方，不经意地见到它们。它们是她存在的踪迹，是某个不再为人所知的初衷的残余，仿佛道路上的路标，却不知指向何处。向家庭生活的回归。

“这么说，”她停下动作，任由动物毛发缠绕着我的双手，接着从嘴角取下烟蒂扔出去。“还没动静吗?”

我知道她指的是什么。我们之间交谈的话题不多，除了这件神秘莫测的事情，实在没有什么共同语言。

“没有，”我说，“什么动静也没有。”

“真糟糕。”她说。难以想象她怎么带小孩。不过别操心，大部分时候会由马大们照看。她希望我能怀上孩子，这样一切便告结束，我便可以从她眼前永远消失，再不用屈辱地忍受汗涔涔的缠绕纠结，再不用在她那点缀着星星点点银白色花朵的帐顶下用肉体摆成两个三角形。一切从此太平宁静。我无法想象她会为了其他原因而希望我有此幸运。

“你的时间不多了。”她说。不是发问，而是事实。

“不错。”我不带感情地回答。

她想点另一根烟，正摸索着打火机。显而易见，她的两只手越来越不管用了。不过万万不能主动提出帮忙，那样会冒犯她。这个错就错在注意到了她的弱点。

“也许是他不行。”她说。

我不清楚她什么意思。她是说大主教呢，还是上帝？假如是说上帝，她应该说不愿，不管她指的是谁，都属于异端邪说。只有女人才不行，是她顽固地幽闭着不肯接纳，或者是不完整的，或者是天生就有缺陷。

“是啊，”我回答，“也许是他不行。”

我抬头望她，她则低头看我。自从初次见面以来，这是第一次我们这样长久地四目对视。那一刻在我俩之间拉长，索然寡味，贫乏单调。她竭力想看清我究竟是否真实。

“也许吧，”她说，手里举着没有点燃的香烟，“也许你该换个方法试试。”

难道她是在建议匍匐着进行？“什么其他方式？”我问。我必须保持严肃。

“借用别的男人。”她说。

“你知道我办不到。”我说，小心翼翼不让自己怒形于色。“这是违法行为。你知道会受到什么惩罚。”

“这个我知道。”她说。显然她是有备而来，经过了深思熟虑。“我知道公开场合当然不行。但人们都这么干。女人们经常为之，一贯如此。”

“你是说和医生？”我问，头脑里回忆起那双充满同情的褐色眼睛，那只脱掉了医用手套的手。上次去换了一个医生。也许有人告了他的密，要么就是哪个女人举报了他。当然，并不是说他们没有证据就会相信她的话。

“确实有人这么做。”她说，此刻她的音调虽然仍有距离，却几乎可以称得上友善；就像在考虑选用什么指甲油。“奥芙沃伦就是这么干的。当然，大主教夫人是知情人。”她停了停，让我去仔细领会这句话。“我会帮你的。我保证你平安无事。”

我思忖着。“不要医生。”我说。

“好的。”她表示赞同，至少在这一时刻，我俩亲如密友。就如同这是一张厨房里的桌子，两人在一起讨论怎么去赴一个约会，设想一些属于女孩子的促狭把戏，以及如何在男友面前卖弄风骚。

“有时他们会借机敲诈。大可不必一定找医生。可以找一个我们信赖的人。”

“谁？”我问。

“我考虑找尼克。”她说，声音几乎是柔和的。“他跟我们很久了。忠心耿耿。由我来同他讲。”

这么说是尼克为她在黑市上跑腿了。这是否就是他一贯得到的回报？

“大主教那里怎么办？”我说。

“至于这个，”她的语气坚定，不，不止是坚定，简直是咬紧牙关，就像钱包猛地揿上，“我们不告诉他就是了，你说呢？”

这个想法萦绕在我们之间，几乎近在眼前，几乎可感可触：沉重，无形，黑暗；有如合谋串通，出卖背叛。看来她确实想要这个孩子。

“这件事太冒险，”我说，“还不止冒险。”确实，这样一来我的性命便处在危险之中，但不论我答应与否，迟早总有一天都是要走到这一步的，不是这样就是那样。我们两人都清楚这点。

“你还是答应为好。”她说。我心里也这么想。

“好吧，”我说，“我答应。”

她把身子往前探了探。“或许我可以为你弄点东西。”她说。因为我顺从听话。“你想要的东西。”她又加上一句，声音简直像抹了蜜。

“什么东西?”我说。我想不出有什么我真正想要的东西她会愿意或有办法弄来给我。

“照片。”她说，似乎在哄小孩，一块冰淇淋，上动物园玩。我疑惑不解，再次抬头看她。

“她的照片，”她说，“你的小女儿。不过对于能否弄到我也没有十分的把握。”

这么说她知道他们把她安置在了哪里，在哪里抚养她。她一直都清楚。我的喉咙被什么哽住了。这个狠毒的坏女人，居然不告诉我，不让我知道任何消息。甚至不肯承认。她是木头人，是铁石心肠，根本不会体会别人的心情。可我不能把这些话说出口，我不能不看看即便是那么小的一张纸片。我不能放弃这个希望。我不能说。

她是真的在微笑了，几乎带着几分卖俏的神情，令人想起她从前作为电视模特的魅力，那种魅力如同瞬息间的静电在她的脸上闪现。“这鬼天气太热了，别干了，你说呢?”她说着，把我一直用双手举着的毛线取下来。然后，拿起那根不停在手中拨弄的香烟，有些不太自然地放进我的手心，合上我的手指。“自己去找根火柴吧，”她说，“厨房里有，你可以向丽塔要。就说是我吩咐的。不过，只能抽这么一根，”接着她不无戏谑地又加上一句，“我们可不想毁了你的健康哦!”

第三十二章

丽塔正坐在厨房的桌子旁。她的面前摆着一个玻璃碗，里面浮着一些冰块。削成玫瑰或郁金香等花朵模样的萝卜在里面上下滚动。在她面前还有一块案板，她正在上面用水果刀不停地削，一双大手灵巧却无动于衷地运动着。她身体的其他部位纹丝不动，脸部也一样。似乎她是在梦中耍弄刀技。白色的搪瓷桌面上有一堆洗好未切的小萝卜。如同一颗颗小小的黄棕色心脏。

我进门时她连瞧都不瞧我一眼。只是在我把东西拿出来给她看时说了句，“唷，都买到了。”

“给我根火柴好吗?”我问她。同时不无吃惊地发现仅仅因为她的阴沉刻板和不苟言笑，竟令我感觉自己像一个乞讨东西的孩子，胡搅蛮缠，一刻也不肯安静。

“火柴?”她说，“你要火柴干吗?”

“她说我可以要一根。”我回答，不想承认是为了抽烟。

“谁说的?”她一边说，一边继续切萝卜，整个节奏一点没有被打断。“你没有理由要火柴。你会把房子烧了的。”

“不信你尽管去问，”我说，“她就在外面草坪上。”

丽塔把眼睛朝天花板上翻了翻，似乎在默默询问那里的某个神明。然后叹了口气，笨重地站起身来，故意把两只手在围裙上擦了擦，以示我这人有多麻烦。她慢吞吞地走到水池上面的橱柜前，从口袋里找到钥匙串，打开锁。然后仿佛自言自语地说：“夏天就锁在这里，这么热的天没必要生火。”我想起从四月份开始，逢到比较凉的天气，总是由卡拉负责把起居室和餐室的火生起来。

木头火柴装在滑动式纸盒里，小时候我曾经朝思暮想能得到这种盒子，好给玩具娃娃当抽屉。她抽出盒子，仔细往里面瞧了瞧，似乎在决定拿哪根给我。“一定是她自己的决定，”她嘴里咕哝着，“你是别想说服她的。”她猛地低下硕大的脑袋，挑了一根火柴，递给我。“别乱点火，”她说，“别点着了你房里的窗帘。那样就太热了。”

“我不会的，”我说，“我拿火柴不是为了这个。”

她不屑于问我到底拿火柴干什么。“我才不管你是要把它吞了还是怎么的，”她说，“既然她说可以给你一根，我就照办，仅此而已。”

她离开我，重又回到桌旁坐下。然后从碗里拿了一颗冰块，扔进嘴里。这不像她一贯的作风。我从未见过她干活时吃零嘴。“你也可以来一块，”她说，“真是的，这么热的天，还让你在头上顶着这些枕套一样的玩意儿。”

我很惊讶：她从来没有主动给过我什么东西。也许她觉得既然我的地位升高到可以拥有火柴，她也不妨来点小小的表示。难道我突然之间成了一个必须安抚的对象了吗？

“谢谢。”我说。先是小心翼翼地把火柴放进藏着香烟的拉链袖子里，以防受潮，然后取了颗冰块。“这些萝卜削得真漂亮。”我称赞道，作为她主动给我礼物的回报。

“我喜欢照规矩办事，仅此而已。”她说着，脸上又变了颜色。“否则没门儿。”

我脚步匆匆地穿过走廊，上了楼梯。快速穿过过道上的弧形镜子，眼角只见一个红色的影子，一股红烟闪过。烟气开始在我头脑里升腾弥漫，嘴里已经能闻到烟味，直逼心肺，使我全身充满悠长浓重的暗黄褐色烟气，接着便是尼古丁进入血液后产生的快感。

这么长时间不抽烟，乍一抽可能会觉得恶心。对此我不会感到意外。但即便是这样想想也令人愉快。

我顺着走廊走着，该到哪儿去抽呢？是在卫生间里，把水开着冲淡气味呢，还是在卧室里，把一串串烟吐到敞开的窗外去？会被谁抓个正着？谁会知道呢？

即便像这样在嘴里玩味着对未来的期待，陶醉在即将到来的快乐中的时候，我脑海里还是泛起一些别的念头。

我可以不抽这支烟的。

我可以撕碎扔到马桶里冲掉。或者可以嚼食里面的烟草，一样能获得快感。一次嚼一点，剩下的藏起来。

这样便能保存下那根火柴。我可以在床垫上弄个小洞，小心地塞进去。那么细的一根东西，决不会被人发现。夜里它就在我身下，我则安睡其上。

我可以把整座房子烧成灰烬。这个想法妙不可言，令我激动得打颤。

这不失为一个逃离此地的办法，能够速战速决，但希望渺茫。

下午，我躺在床上假寐。

昨晚，大主教两手十指顶着指尖，看我把滑腻的润手液涂到手上。怪怪的，我竟有了向他要根烟抽的念头，但想想还是忍住了。我知道不能操之过急，不能一下索要太多东西。我不愿让他产生我在利用他的想法。而且我也无意打扰他。

昨晚他喝了点酒，苏格兰威士忌加水。他开始常常在我面前喝酒，据他说，是为了一天工作之后松弛一下。我想他一定压力不轻。不过他从未请我来上一杯，我也从不张口索要。两人心里都清楚我的身体要派什么用场。每次我煞有其事地和他分手吻别时，他的呼吸都散发着酒精的味道，我会像闻到烟味一样把它深深吸入肺里。我承认自己对这种无伤大雅的小小放纵乐此不疲。

有时喝过几杯酒后他会变得不讲道理，玩拼字游戏时胡来一气。而且还怂恿我也如法炮制。于是两人都违规多拿了字母块，拼出一些子虚乌有的单词，并朝它们傻笑个不停。有时他会打开他的短波收音机，拨到"自由美洲广播电台"，炫耀似的在我面前放上一两分钟，显示一下他有这个特权。然后关上。该死的古巴佬，他说。尽是些乌七八糟、宣传送小孩参加集体日托的胡言乱语。

有时，游戏结束后，他会坐在我椅子旁边的地板上，握着我的手。由于他脑袋的位置低我一头，抬头看我时，就像小孩瞧大人，一副顺从听话、俯首帖耳的样子。这个虚假的场面一定让他无比好笑。

他高高在上，奥芙格伦说。身居上层，我指的是最上层。

可在这种时候，难以想象这样的人与他有什么关联。

偶尔我会设身处地，把自己摆在他的位置。我这么做只是一种策略，为的是猜猜看他下一步会对我有何举动。尽管很难相信我对他拥有了某种权利，但我还是相信了，虽然其中不乏犹疑不定的成分。偶尔我会觉得自己已经能够用他看我的眼光看我自己，虽然有些模糊不清。他希望向我证明什么，希望送我礼物，希望为我服务，希望唤起我的柔情。

确实，他有所需求。尤其是在喝了酒之后。

一些时候他牢骚不断，而另一些时候则开朗达观。有时他会力图辩解，为自己寻找理由。就像昨晚。

过去的问题并不全在女人身上，他说。最大的问题还在男人。他们已经一无所有。

一无所有？我说。可他们明明还有……

他们无所事事，他说。

他们可以赚钱，我说话的口气有些难听。此刻我已不再惧怕他。惧怕一个坐着看你往手上涂润肤乳液的人很难。这种缺乏恐惧的心态十分危险。

那远远不够，他说。那太抽象了。我是说男人与女人之间已毫无关系。

你这是什么意思？我说。你怎么解释那些无处不在的色情窝点？他们甚至把性机动化。

我谈的不是性，他说。性只是它的一部分，是轻易就能得到的东西。随便什么人，只要用钱就能买到。问题是他们缺乏工作的动力，缺乏奋斗的目标。我们有当时的统计数字。你知道他们那时候抱怨最多的是什么吗？是没有感觉。男人们甚至开始对性失去兴趣。对婚姻也兴味索然。

现在他们有感觉吗？我说。

是的，他说，目光望着我。他们确实有了感觉。他站起身，绕过桌子朝我坐的椅子走来。从后面把双手放在我肩膀上。我看不到他。

我想听听你是怎么想的，他的声音从后面传来。

我不怎么想东西，我轻声回答。他希望得到的是亲昵，可那是我无法给他的。

而且我的想法根本无足轻重，毫无价值，不是吗？我说。我想什么无关紧要。

正因为如此，他才能放心告诉我一些事情。

好啦，来，说说看，他催促着我，手上用了点劲。你这么聪明的人，一定有自己的看法。

关于什么？我说。

关于我们所做的一切，他说。关于事情的结果如何。

我使自己保持纹丝不动。努力掏空思想。我想到没有月亮的夜空。我没有什么看法，我说。

他叹了口气，松开紧捏的双手，但仍放在我肩上。毫无疑问，他知道我怎么想。

要炒蛋就得打破蛋，有失才有得，他这么说。我们以为可以创造一个更美好的社会。

更美好？我声音细弱。他怎么会认为这样更美好？

所谓更美好，并非对人人而言都是如此，他说。对某些人，它从来都意味着更糟。

我平躺着，潮湿的空气挤压着我，像铅块，又像泥土。我希望能下一场大雨，来场雪暴就更好。乌云、闪电、震耳欲聋的雷声。也许会断电，这样就能以害怕为由躲到厨房去，同丽塔和卡拉一道坐在桌子旁，她俩会容忍我的胆怯，因为她们自己也一样害怕。她们会让我进去。到时会点起蜡烛，三个人你望着我，我望着你，各自的脸孔在摇曳不定的烛光和窗外撕破夜空的白色闪电中忽隐忽现。哦上帝，卡拉会说。救救我们。在那之后，空气会变得更明澈、更轻盈。

我仰望天花板，望着那个石膏花的圆环。画个圆，走进去，它会保护你。中间是那盏枝形吊灯，一根由撕开的床单编成的布条从吊灯上垂下来。她就在那里像钟摆一样轻轻摇晃，就像孩提时双手攀住树枝任身体晃动。当时她确实安然无恙，受到完全保护，直到卡拉开门进来。有时我会感到她仍在这间屋里，同我在一起。

我有种被埋葬的感觉。

第三十三章

傍晚时分，天空一片朦胧，阳光四散开来，但仍十分强烈，无处不在，就像古铜色的尘雾。我随着奥芙格伦沿人行道轻快地走着。我俩是一对，前面是另外一对，街对面还有一对。从远处看此番景象一定很不错，有画一般的效果，像墙纸饰带上身着长裙、头戴遮脸圆帽的荷兰挤奶女工①，又像一个摆满做成玩具人形状、身着当时流行服装的陶瓷盐瓶和胡椒瓶的架子，还像一群天鹅或别的什么东西，一成不变、千篇一律地重复自己，但仍不失优雅。此番景象可谓悦人眼目，尤其让那些眼目安心，这本来就是做给他们看的。我们正前往祈祷集会，去向众人展示我们多么恭顺、虔诚。

这里看不到任何齿状的蒲公英，草坪里的杂草被除得一干二净。我巴望能看到几棵，哪怕一棵也好，垃圾一样胡乱长在那里，目中无人地傲然挺立，难以除尽，一年四季都开着太阳一样金黄色的小花。它是那样明亮开朗，那样平凡普通，不论对谁都一视同仁地灿烂盛开。过去我们会把它做成戒指、花冠或项链，手指上沾满了蒲公英的苦汁。有时我会在女儿下巴上举着一棵蒲公英问她：喜欢黄油吗？②低头闻花时，她的鼻子上会沾上花粉（抑或是毛茛）。在蒲公英结籽的时候，我可以望见她在草坪上奔跑的身影，就在我前面那块草坪上，两三岁大的小人，挥舞着手，像一团跳动的光，一束烈火，空气中到处是飞扬的蒲公英，好似一盏盏小小的降落伞。用力吹，说说看是几点。所有那些光阴就在夏日习习的凉风中随之吹远飘去了。虽然这就像用掰雏菊花瓣的办法来测定自己是否被爱一样。我们也常常玩这个游戏。

到了检查站，我们排队等候过关。两个两个地列队等候，像一所私立女校的女生外出散步，却远远超过了预定时间没有回来。多少年过去了，女孩们渐渐长大，一切变得面目全非，腿脚，身体，裙子，全都变得奇大无比。就像中了邪。我宁愿相信这是一个童话故事。可它不是。我们两个两个地接受检查，通过，然后继续上路。

一会儿后我们向右拐，经过“百合”，往下朝河边的方向走。我希望我们能走远点，走到开阔的河岸边，那里有大桥飞架两岸，也是过去我们经常躺着沐浴阳光的地方。沿着弯弯曲曲的宽阔河道再一直往下走，就到了海边。到那里干吗呢？拾贝壳，还可以懒散地躺在油亮光滑的鹅卵石上。

可我们不是去河边，不可能看到沿路建筑物上用蓝色和金色镶边的白色小圆屋顶，朴实中不失俏丽。队伍拐进了一座装饰颇为现代的高楼，门上悬挂着一面大旗，上面写着“妇女祈祷集会，即日”的字样。旗子盖住了大楼先前的名字，这座楼是以某个被暗杀总统的名字命名的。红色大字下面，是一行黑体小字，头尾各画有一只带翅膀的眼睛。那行字是：“上帝是救国之源。”门两旁照例站着卫士，一边两位，共四位，双臂贴紧身体两侧，目光正视前方。他们头发整整齐齐，一丝不乱，军装笔直挺括，年轻的面孔如石膏一般光滑，与商店里的人体模型一样几可乱真。每个卫士的肩上都背着一挺冲锋枪，时刻准备着反击他们认为我们有可能在里面进行的任何危险或颠覆活动。

祈祷集会将在大楼有顶的庭院里举行。那里有一块长方形的

---

① 荷兰挤奶女工以恭顺、持家、爱清洁著称。

② 毛茛属植物在英文里为 buttercup，其字面意义为“黄油杯”。

空地，屋顶是透明的。这不是全城范围的祈祷集会，那通常在足球场举行，这只是一个教区的活动。靠右边，一排排木头折椅已经摆好，那是给高官显贵的妻女们坐的，这些官员间并无太大差别。上面有混凝土栏杆的廊台是给身份低微的女人坐的，包括马大和穿着杂色条纹裙子的经济太太。她们并没有义务非参加祈祷集会不可，尤其是忙于家务或孩子还小更不必到场。尽管如此廊台上还是坐满了人。我想大家是把它视为一项娱乐活动了，好比歌舞演出或马戏表演。

一些夫人已经落座，她们穿着自己最好的绣花蓝色长裙。当身着红裙的我们两个两个走向相对她们的右侧时，可以感到注视的目光齐刷刷地从那里射过来。我们被盯着，被品头论足，被小声议论着，我们能感觉到，就像能感觉到小蚂蚁爬在裸露的肌肤上。

这里没有椅子。我们的区域被一根红丝线编织的绳子封锁起来，就像过去电影院用来维持入场观众秩序的那种。这根绳子像畜栏或猪圈一样把我们圈起，将我们与他人隔离、划分开来，使他人不致被我们玷污。我们走进去，自觉熟练地一行行排开，在水泥地上跪下。

“到后面去，”奥芙格伦在我耳边轻声提醒，“那样谈话方便些。”俯首跪在地上时，我听到窃窃低语声悄然四起，好似高高的枯草丛里小虫爬行其间弄出的沙沙声响：众多的耳语声响成一片。在这种地方，我们可以自由交换信息，一个挨一个传过去。这样不容易被他们盯上谁或听到我们说什么。何况他们肯定不希望在电视摄像机前中断集会。

奥芙格伦用胳膊肘碰碰我让我留神，我慢慢地暗暗抬起头。从我们跪着的地方可以清楚地望见院子的入口，人们还在不断拥入。她叫我看的一定是珍妮，因为此刻她正走进门来，身旁换了一个女伴，不再是原先那位，这个我从没见过。珍妮一定是又换了一家，调了一个新岗位。好像为时尚早了点，难道是她没有奶水喂孩子不成？这是她被弄走的惟一原因，再有，就是除非她和夫人争夺孩子。这种事经常发生，远远超过人们的想象。我看得出来，一旦有了孩子，她完全可能舍不得放弃。红裙子下面，她的身体显得异常瘦弱，几乎皮包骨头，整个人也失去了怀孕时的风采。一张脸孔苍白瘦削，似乎全部的精气神儿都被吸干了。

"知道吗，那孩子不正常，"奥芙格伦靠近我脑袋说，"到头来还是个畸胎。"

她是指珍妮生的孩子，那个经过珍妮身体踏上别处不归途的婴儿。那个起名叫安吉拉的孩子。不能太早给她起名字的。我胃里面感到一阵恶心。不，不是恶心，是发空。我不想知道究竟是怎么了。"上帝。"我说。经历了这一切后，却是徒劳一场。这比一开始就什么都没有更糟。

"这是她的第二胎，"奥芙格伦说，"不包括过去她自己的那个。前一胎怀了八个月后流产了，你不知道吗？"

我们望着珍妮迈进这个用绳子围成的圈子，脸上的面纱使她显得煞气重重，触之不得。她看见了我，一定看见了我，可她把目光越过我。这回全无了胜利的笑容。接着她转身跪下，我只能看见她的后背和瘦削弓起的双肩。

"她认为是自己的错，"奥芙格伦轻声说，"连着两胎。她觉得都是因为她的过失。听说是跟一个医生怀上的，根本不是大主教的孩子。"

我不能说我对此一清二楚，否则奥芙格伦会奇怪我怎么知道。因为就她所知，她是惟一可以为我提供这类消息的人，这方面她知道的事情多得惊人。有关珍妮的事她是怎么发现的？是从马大那里？还是从珍妮的采购女伴那里？或是趁夫人们一边喝茶饮酒，一边编织毛线、说三道四的当儿，从门缝偷听得知。假如我照夫人说的办了，她会这样谈论我吗？二话不说就同意了，真是一点也不在乎，随便什么玩意，只要有两条腿，那个你知我知的东西管用就行。这个事情上，她们开放得很，跟我们的观念完全不同。别的夫人们在椅子里朝前探着身子，天哪，惊呼声中充满恐慌和猎奇的渴望。她怎么会这样？在什么地方？什么时候？

就像她们肯定对珍妮做过的那样。“太可怕了。”我说。虽然把过错揽到自己身上，独自承担那个孩子的先天缺陷，是珍妮一贯的作法。但人们怎么都不会愿意承认自己的生命毫无意义。也就是说，一无用处。缺乏情节。

一天清晨，大家在穿衣时，我注意到只有珍妮还是一身白色棉布睡袍，一动不动地呆坐在床沿。

我往体育馆的双重门望去，看平日守在那里的嬷嬷是否留意到。可嬷嬷不在那里。那时她们对我们已放心了许多，有时会把我们独自留在教室或饭厅里，一次几分钟。或许她是借机躲开抽烟或喝咖啡去了。

你看，我对隔壁床的阿尔玛说。

阿尔玛看了珍妮一眼。然后我们俩一起走到她身边。穿上衣服，珍妮，阿尔玛对珍妮的白色后背说。我们不想因为你而增加祈祷的次数。可珍妮还是一动不动。

这时莫伊拉也过来了。那是在她第二次出逃并获得成功之前。第一次出逃被她们上过刑的脚还跛着。她绕到床铺那头，好看清珍妮的脸。

你们过来，她对我和阿尔玛说。其他人也开始往这里凑，顿时便聚集了一小堆人。你们别过来，莫伊拉对她们说。别把事情弄大了，要是嬷嬷进来怎么办？

我望着珍妮。她睁着眼睛，却根本无视我的存在。双眼睁得又圆又大，牙齿露在外面，脸上带着僵硬的笑容。她就这么笑着，透过牙缝，小声地自言自语。我只好又朝前靠了靠。

你好，她说，但不是对我。我名叫珍妮。今天早晨由我来服务。先来点咖啡好吗？

上帝，莫伊拉在我身旁惊呼。

别乱诅咒，阿尔玛说。

莫伊拉抓住珍妮的肩膀使劲晃动。醒醒，珍妮，她大声说。别用那个字眼。

珍妮笑了。今天可是个好日子，她说。

莫伊拉朝她脸上来回扇了几个耳光。醒醒，回到这儿，她喊。回到这里来！你不能呆在那里，你不再属于那里了。一切都已一去不返。

珍妮的笑容颤抖起来。她把手放到腮帮上。你为什么打我？她说。嫌不好喝吗？我可以再端一杯来。你不用打我的。

你不知道她们会怎么对你吗？莫伊拉说。她声音低沉却不由分说。我名叫莫伊拉，这里是红色感化中心。你看看我。

珍妮的目光开始集中到眼前。莫伊拉？她说。我不认识什么莫伊拉。

她们不会送你去医院的，所以你想都别想，莫伊拉说。她们才不会劳心费神为你治病。甚至连送你去隔离营都嫌麻烦。你再这样颠三倒四，痴迷呆傻，她们会把你弄到化学实验室一枪崩了完事。然后把你当个坏女人和垃圾一起烧了。忘了吧。

我想回家，珍妮说。她开始哭起来。

耶稣上帝，莫伊拉说。够了。嬷嬷马上就会进来，我敢肯定。快闭上嘴巴，穿上该死的衣服。

珍妮还在抽抽搭搭，但终于站起身来开始穿衣。

要是她再那样而我又不在场，莫伊拉对我说，你到时只管狠狠打她几巴掌。不能眼睁睁地看她精神错乱。那个毛病是会传染人的。

当时，她一定已经在计划如何成功出逃。

第三十四章

庭院里可以落座的地方已经坐满，我们一边窃窃私语，一边等待。主持集会的大主教终于出现了。他是个大块头，已开始谢顶，看上去像一位上了年纪的足球教练。他身穿肃穆的黑色制服，披挂着一排排奖章和勋章。令人一眼难忘，可我故意不去注意他的外表，而是竭力想象他与其夫人和使女在床上的情景，拼命喷射精液，像一条发情的马哈鱼，脸上却装出索然无味的样子。上帝让人类多多生养，大量繁殖时，也指这个人吗？

这位大主教走上台阶，来到台前。讲台上垂着一块红布，上面绣着一只带白色翅膀的硕大眼睛。他往室内扫视了一眼，人群立刻鸦雀无声。连举手之劳都免了。随后他的声音进入麦克风，从喇叭里传出来，滤去了低音，变得金属般刺耳尖利，似乎那些话不是从他嘴里说出来，也不是发自他的身体，而是那些喇叭本身发出的声音。这声音呈现金属的质地，牛角的形状。

“今天是感恩的日子，”他开口道，“赞美的日子。”

他先是一番歌功颂德，我一句没听，只管想自己的事。接着是冗长的祈祷，谴责忘恩负义的女人，之后是赞歌：“基列的乳香。①”

“基列的炸弹。②”莫伊拉过去常这么偷梁换柱。

接下去才进入主要议程。二十名刚从前线凯旋新近受勋的天使军士兵，由仪仗队陪同，迈着整齐的步伐走进院子中间的空地。立正，稍息。接着二十名全身洁白、头戴面纱的少女由各自的母亲挽着手，羞答答地走上前来。如今交新娘的仪式不再由父亲，而是由母亲来完成，而且整个婚姻也由母亲操办。不用说现在时兴的是包办婚姻。这些女孩儿已多年未与男子单独交往，从这一切实行后便开始了。

她们有多大年龄？还记得过去的事吗？还记得身穿牛仔裤和运动鞋，打垒球，骑单车，读自己爱读的书的情景吗？虽然其中一些尚不到十四岁——如今的策略是让她们尽早结婚生子，机不可失，只争朝夕——但她们一定还记得。小她们三岁四岁五岁的也还能记得，不过再往后的就不会有印象了。她们将永远身着白色，在女孩堆里长大，永远保持沉静。

比起拿走的，我们给予女人的东西要多得多。想想她们过去所经受的烦恼。难道你忘了那些供单身男女幽会的酒吧间，那些中学时代与陌生男孩初次见面所遭遇的轻薄无礼？还有人肉市场。难道你忘了在不同女人之间，在那些轻而易举就能得到男人和得不到男人的女人之间存在着多么可怕的鸿沟吗？一些人不惜孤注一掷，靠绝食来减肥，要不就是在乳房里塞满硅胶把它弄得硕大无朋，把鼻子切掉安上假鼻子。想想人类遭受的种种苦难。

他朝那沓旧杂志挥了挥手。她们老是怨声不断。这个问题，那个问题。记得报纸上个人专栏里的广告吗，女，漂亮迷人，三十五岁……靠这种办法，她们个个都找到了男人，谁也不会拉下。到真的结婚后，会生一两个孩子，然后丈夫便开始厌倦，出走，消失。剩下母子几个只好靠救济度日。要么做丈夫的就是呆在家里，成天打骂孩子。倘若这些女人是职业妇女，孩子便索性送进日托所，或者扔给某个无知粗暴的女人照看，为此还得从少

---

①“基列的乳香”（Balm of Gilead）在古代被视为治疗疾病的良药。见《圣经·创世记》第37章25节，《圣经·耶利米书》第8章22节。此语今常用来指制作咳嗽糖浆的北美杨树。

② 在英文里，“乳香”（balm）与“炸弹”（bomb）谐音。

得可怜的工资中付钱给她们。金钱成了衡量所有人价值的惟一标准，她们得不到作为母亲所应得的尊重。怪不得她们索性连孩子也不生了。以此来保护自己，无牵无挂、没有烦恼地完成自己作为生物人的命运。更有甚者，这种做法还得到强有力的支持和鼓励。好，轮到你来说说了。你是个聪明人，我想听听你是怎么想的。我们究竟忽略了什么东西？

爱，我说。

爱？大主教不解。哪一种爱？

恋爱，我说。

大主教望着我，目光如孩子般直率坦荡。哦，你是说这个，他说。我读过那些杂志。过去人们推崇的就是这个东西，不是吗？可它是否真的物有所值，所谓的恋爱？包办婚姻的结果往往一样美满，有时甚至更好。

谈情说爱，丽迪亚嬷嬷带着厌恶的口气说。可别让我逮着。姑娘们，这里可不许害相思病或想什么六月新娘的美事。她摇着手指。这里需要的不是爱情。

从历史的角度来看，那些均属于畸形年代，大主教说。历史的偶然罢了。我们所做的是使一切回归自然。

妇女祈祷集会通常用来举行类似的集体婚礼。男子祈祷集会则主要为庆祝战事的胜利。这些都是我们理应为之大庆大贺的喜事。当然有时候也会为某个修女公开宣布放弃原有信仰而专门举行。这在早些时候大范围搜捕捉拿她们时比较多见。不过如今偶尔还会抓到几个，从隐秘的地下藏身处把她们像挖鼹鼠一样挖出来。这些女人的神情也与那些栖身地下的小动物一般无二：目光迟钝，畏惧光亮。她们中上年纪的会立刻被送往隔离营，年轻丰腴的则竭力说服她们皈依。一旦大功告成，我们便全聚集到这里来，看她们举行皈依仪式，同意放弃独身生活，为大众利益献身。她们先是下跪，大主教为之祈祷，然后各自领取红色面纱，同我们一样。不会让她们当夫人，怕把如此大权在握的位置交给她们过于危险。她们身上有一种女巫般的妖气，某种神秘莫测、迥异于常人的东西，不管怎么擦洗，脚上有多少鞭痕，单独监禁多少时间，那副神情依然故我。她们脚上总是鞭痕累累，同时也总是被单独监禁着，于是便有传言说：要她们放弃信仰可不容易。实际上，多数人选择了去隔离营。我们谁也不愿抽签抽到她们做采购同伴。她们比我们更灰心失望；和她们在一起很难做到轻松愉快。

母亲们把女儿带到指定的位置上后回到自己的座位。她们中有些人小声抽泣起来，一些人握着手轻轻拍着相互安慰，更有一些人用起了手帕，惹得人们侧目而视。大主教继续主持集会：

“愿女人廉洁自守，以正派衣裳为装饰，不以编发、黄金、珍珠和贵价的衣裳为装饰；

“只要有善行，这才与自称是敬神的女人相宜。

“女人要沉静学道，一味地顺从。”说到这里，他环顾了我们一眼。“一味地。”他又重复了一遍。

“我不许女人讲道，也不许她管辖男人，只要沉静。

“因为先造的是亚当，后造的是夏娃。

“且不是亚当被引诱，乃是女人被引诱，陷在罪里。

“然而女人若常存信心、爱心又圣洁自守，就必须在生产上得救。”①

在生产上得救，我在心里想。那么在过去，我们又是靠什么

① 此段出自《圣经·提摩太前书》第2章9—15节。

得救呢？

“这些话他应该对夫人们去说，”莫伊拉小声嘀咕，“在她们贪杯雪利酒的时候。”她是指有关自守的那番话。现在又可以放心说话了。大主教已经主持完集会的主要部分。新郎、新娘正在互换戒指，然后是新郎替新娘揭开面纱。我在心里发出嘘声。好好看看，如今一切已成定局，无可挽回。过些时候，这些天使军士兵将有资格分到使女，特别是如果他们新娶的夫人不能生育。到那时，你们这些姑娘的日子就难过了。所见即所得①，包括他的青春痘和其他所有一切。可你绝不能爱上他。这一点你很快就会发现。只管默默完成自己的职责。每当夜深人静，平躺在床上之时，心中倘有什么事不能释怀，尽可以往天花板上看。谁知道你会在那里看到些什么？葬礼上的花圈和天使，还是一团团灰尘云集，形状像星星或别的什么，或是蜘蛛留下的不解之谜。好奇的脑袋总是装满了问题。

*有什么不对头吗，亲爱的？*那个千篇一律的玩笑又来了。

没有啊，为什么这么问？

你动了。

只要不动就好。

丽迪亚嬷嬷说，我们追求的是女人与女人之间亲密无间、相濡以沫的精神。女人们必须团结一致，同心协力。

亲密无间，呸！莫伊拉从厕所隔间的木板缝里冲我说。和丽迪亚嬷嬷操得亲罢了，就像过去常说的。你敢打赌她只是让珍妮下跪吗？你以为在她那间办公室里她们会干些什么？她准是和珍妮干得起劲，让珍妮在她那个又老又瘪，干草一样没有一点水分的——

---

① 此句原为电脑用语。

莫伊拉！我喝住她。

莫伊拉怎么啦？她小声说。你明知道你也这么想的。

这样满嘴粗言秽语是没有用的，我说，虽然忍不住也想笑出声来。尽管如此，我还是自以为应该保留一些可以称之为尊严的东西。

你老是这么软弱无能，莫伊拉不无亲昵地责怪道。怎么没用，当然有用。

她说得对。此刻我跪在这坚硬无比的地上，耳边听着集会不紧不慢地进行，终于明白了这一点。用下流话悄悄议论那些当权者确实威力无比。它包含了某种令人快乐的成分，某种恶作剧一般、不可告人、偷尝禁果、发抖战栗的成分。它像一道符咒，一种魔力。它使高高在上的当权者顿时威风扫地，使他们降低到公分母的位置，一变而成常人可与之相匹敌的凡人。在厕所隔间的油漆上，不知谁曾画出这样一行字：丽迪亚嬷嬷口淫。它像一面在山头高高飘扬的反叛之旗。光是想想丽迪亚嬷嬷干这种事本身就让人开心振奋。

于是，此刻在这些天使军士兵和他们无精打采的白色新娘中间，我开始任想象驰骋：粗重的咕哝声夹杂着汗水，潮湿的阴毛一次次相互交战，或者不如说，一次次耻辱地败下阵来，那个东西像长了三个星期的胡萝卜，不得要领的笨拙抚摸充满痛苦，手下的肌肤冷冰冰毫无反应，如同没下锅的鱼。

集会终于宣告结束，我们鱼贯而出。奥芙格伦在我耳边用她低而清晰的声音说："我们知道你在和他幽会。"

"和谁？"我说，竭力不朝她看。我当然知道是谁。

"你那位大主教，"她说，"我们知道你一直在和他偷偷见面。"

我问她怎么知道的。

“反正知道就是，”她说，“他想要什么？玩性变态游戏？”

很难向她解释他到底要的是什么，因为我也无法用确切的语言来称呼它。我怎么向她形容我们之间真正发生的一切？不说别的，她一定会发笑。于是我避重就轻，应了句：“就算是吧。”那样至少还能体现一些高压统治的尊严。

她想了想。说：“你一定觉得难以置信，他们中许多人都是这样。”

“我无能为力，”我说，“我无法拒绝。”她应该知道这点的。

我们已经走上人行道，这里不便交谈，一来前后挨得太近，二来周围没有了交谈人群的隐蔽，太引人注目。我们默不作声地走着，故意拉在后面，她终于抓住时机说了一句，“你当然不能。不过有什么发现请告诉我们。”

“你指哪方面？”我问。

我感到而不是看到她的头微微转动了一下。“随便。”

第三十五章

此刻，在我屋里闷热难耐的空气里，又出现一块需要填补的空间和时间；一段时空，介乎于此时此地和彼时彼地之间，被晚餐打断。餐盘送上楼来，仿佛这屋里住着一个腿脚不便的人。一位病人，一个被人废掉的人。没有有效护照。没有出路。

那天的情形就是这样，我们试图用刚弄来的假护照跨越国境，那上面的个人资料全是伪造的：比如卢克从未离过婚，根据新颁布的法律，这样我们才算是合法夫妻。

我们对那个人说了要去野餐后，他朝车里望了望，看到我们的女儿在那些被她玩得百孔千疮的小动物群里睡得正香，然后拿着我们的护照进屋去了。卢克拍拍我的手臂，仿佛想舒展一下身子似的下了车，透过移民大楼的窗户注视那人的举动。我呆在车里。点燃一根烟，镇定自己，深深吸上一口，徐徐吐出，沉浸在虚假的惬意中。我望着两名身穿陌生军装的士兵，那时，这身军装已逐渐为人们所熟悉。他们懒洋洋地站立在黄黑相间的升降式关卡旁。一副无所事事的样子。其中一个正望着远处桥面上的海鸟，它们时而翱翔翻飞，时而停足在桥栏杆上。我不禁随着他的目光也朝它们望去。一切都呈现着往常的颜色，只是亮堂了一些而已。

但愿一切顺利，我在心里祈求。保佑我们如愿以偿。保佑我们过去。保佑我们到对面去。只要这一次让我如愿，我什么都可以为你做。至于我以为自己能为哪一个也许根本毫无用处，甚至对我的话一无兴趣的倾听者做些什么，我永远不会知道。

这时卢克回到车里，未免过快了一点，只见他打开车锁，掉头就开。那人拿起了电话，卢克说完，开始加大油门快速前进。前面出现沙土路，接着是树林。我们跳下车，狂奔起来。一间藏身的农舍，一只逃命的小船，我不知两人心中期待的是什么。卢克说护照不会有问题，两人来不及做任何打算。或许卢克心里早已有计划，一种像地图似的东西。至于我，只管拼命向前跑：向前，向前。

我不想讲下去了。

我可以不讲的。我可以什么都不讲的，不管对自己还是对别人。我满可以安安静静地坐在这里。可以告退，到此为止。因为它有可能让你深陷其中，陷在过去，不能自拔，万劫不复，无以逃脱。

别让那些杂种骑在你头上。她从这句话里受益无穷。

为何而战？

那绝对不行。

爱？大主教说。

这个话题不错。我了解这个东西，可以来谈谈。

不，是恋爱，我更正道。坠入爱河，这是过去人人都曾有过的经历，尽管方式各不相同。他怎么可以如此满不在乎，甚至嗤之以鼻？似乎它在我们的生活中不足挂齿，是无用的虚饰，是一时的心血来潮。恰恰相反，爱艰难棘手，绝非易事。它在我们的生活中举足轻重，人们通过它了解自己。假如哪个人不曾恋爱，一次也不曾有过，这个人就不像正常人，而像是外星来的异形人。这是谁都明白的道理。

坠入爱河，我们这样形容。他让我倾倒。我们是堕落的女人。这种向下坠落的感觉令我们痴迷：它是那样的美妙动人，像飞，但同时又那么可怖，那么极端，那么希望渺茫。上帝就是爱，人们曾这么说，可我们将其颠倒过来。爱，就像天堂，总是近在咫尺。越是难以爱上身边那个具体的男人，我们对抽象绝对的“爱”便越发坚信不疑。于是我们总在等待，等待爱的化身出现。等待那个字眼变成活生生的人。

它也曾一度发生。那种爱来去短暂，在心中如皮肉疼痛一般不留丝毫痕迹。某一天你会望着那个男人，心里想，我爱过此人，用的是过去时态，并且会涌上一种奇怪的感觉，不知自己怎么竟会做了这么一件令人吃惊、靠不住的蠢事，同时会恍然大悟为什么朋友们当初对此避而不谈。

此刻回忆起这一切，让人感到无限安慰。

还有些时候，即便还在热恋中，陷在情网里，你会在午夜霍然梦醒，月光透过窗子洒在他熟睡的脸上，使他眼窝的暗影比在白天显得更凹更深，这时你会想，有谁了解他们独自一人或与别的男人在一起时都干些什么？有谁知道他们说些什么或有可能上哪里？谁能说出他们的真正面目，在每日所见的外表下面？

在那些时刻，你多半会想：假如他不爱我了会怎么样？

你还会想起在报纸上读到的新闻，关于在壕沟里或林子里或废弃的出租屋内的冰箱里发现尸体的报道——多数是女的，偶尔也有男的，最可怕的是有时还有孩子——他们穿着衣服或一丝不挂，有的遭人强奸有的没有，但无一例外都死于非命。总有一些地方人们不愿涉足，每天得小心翼翼，仔细锁紧门窗，拉上窗帘，不敢熄灯，以防万一。这些举动和祈祷的作用一样：希望借此得以获救。它们多半能够奏效。要么就是冥冥之中什么起了作用。这一点只要从你还活在人世便足以证明。

不过这一切只与黑夜有关，和你所爱的男人毫不相干，至少在大白天是如此。同那个男人在一起，你希望的是两人心心相印，共同努力。努力这个词也指为了这个男人刻苦锻炼，保持身材苗条。假如你全力以赴，或许那人也会努力。或许你们可以同心协力，就像你们俩是有望解开的难题。否则，其中一个，多半是男方，将带着他那令人迷恋上瘾的肉体走开，回到自己的生活轨道，扔下你独自一人痛苦地摆脱那肉体的毒瘾，用健身锻炼抵制其诱惑。倘若两人未能相厮相守，那一定是其中一个观念出了问题。我们生活所经历的一切，据说都是来自头脑中正负力量的作用。

不喜欢就换一个，我们互相这么说，对自己也这么说。于是我们换掉那个男人，再找一个。我们相信，新的总是胜过旧的。我们是修正主义者，修正的是我们自己。

回想起过去的想法，真有点不可思议，仿佛一切都唾手可得，天经地义，不存在任何不测事件，也没有不可逾越的界限，似乎我们可以永远任意揉捏重塑日益扩大的生活边缘。我也一样，也曾那么做过。卢克不是我的第一个男人，也不会是最后一个，倘若他不是以这种方式被冻结起来。时光戛然中止，停在半空，在树林后面，在倒下的动作中。

要是在过去，会让人给你送来一个小包裹，里面装着他的遗物。据母亲说，战争期间就是这么做的。照理该哀悼多久？那句话是怎么说的？以你的一生悼念挚爱的人。是的，他曾经是，我挚爱的，人。

至今依旧是，我喃喃道。依旧是，依旧是，就这么三个字，你这蠢蛋，难道连这么几个字都记不住吗？

我用袖子擦了把脸。放在过去我不会有这个举动，怕把化的妆弄坏。但现在没有什么东西会被弄掉。此刻脸上不论是什么表情，都没有丝毫虚假，虽然我自己是看不到的。

请你原谅。我是过去的难民，像所有难民一样，我常常会回忆起已经脱离或被迫脱离的原先的生存方式和习俗。那里的一切从这里的角度去看或许显得离奇古怪，而我则对之魂牵梦绕，念念不忘。如同二十世纪一位在巴黎街头喝茶的逃亡白俄。我徜徉在过去，一次次企图返回那些遥远的小径。我变得脆弱伤感，不堪一击，完全迷失了自己。默默流泪，是双泪长流，不是嚎啕大哭。坐在椅子里，泪水慢慢溢出眼眶，源源不断，就像一块挤不干的海绵。

就是这样。漫长的等待。等待中的女人，这是过去人们对孕妇服专卖店的称呼。听起来更像是某个在车站候车的女人。等待也意味着一处地点：也就是等待时所呆的那个地方。对我而言，就是这间屋子。这儿的我是一块空白，夹在不断插入的事件之间，夹在他人之间。

门上响起敲门声。一定是卡拉，端着餐盘。

却不是卡拉。“东西给你带来了。”是赛丽娜·乔伊的声音。

于是我掉头望去，起身，迎上前。她举着它，一张宝丽莱一次成像照片，四方方的，充满光泽。这么说这类东西还在生产，这种相机。一定还少不了家庭相册，全是孩子的照片，但不会有使女。从未来史观的角度出发，扮演这种角色的我们是见不着的，不过这并不妨碍那些孩子呆在相册里，供夫人们在楼下一边嚼着美味大餐，一边等待婴儿出生时观赏。

一定是哪个马大弄来给她的。看来马大之间也有关系网，而且从中能得到某种好处。知道这一点真好。

我接过照片，掉了个头，将它摆正。这是她吗？她长的是这个样子吗？我的宝贝。

个子高了许多，变化如此之大。如今脸上有了点笑模样，这么快。身穿白色长裙，就像从前初入教堂，参加第一次领圣餐仪式。

时光并未静止不动。它漫过我的身体，将我冲刷一净，仿佛我只是一个沙子做的女人，被粗心的孩子丢在靠河边太近的地方。我在她心里已经被冲掉了。如今只剩下一个影子，远远隐在这张光滑发亮的照片表面下。影子的影子，就像死去的母亲被渐渐淡忘。我已经不复存在，这一点从她眼里看得清清楚楚。

可她还活着，穿着洁白无瑕的长裙。她在长大，在继续生存。这岂不是一件好事？一件幸事？尽管如此，我还是无法忍受，无法忍受就这么被抹去、被忘却。宁愿她什么也没有带给我。

我坐在小桌子旁，用叉子吃着奶油玉米。叉子汤匙可以给我，刀子却绝对别想。逢上吃肉，会事先替我切好，似乎我自己没有办法切或者没有牙齿。可我两样都不缺。正因如此，才不能给我刀子。

第三十六章

我敲响他的房门，听到回答，调整了一下表情，进门。他站在壁炉旁，手里举着已快见底的酒杯。通常他要等我来之后才喝点烈性酒，虽然我知道他们在晚饭时已经喝了葡萄酒。他的脸微微有些发红。我努力猜测他到底喝了多少杯。

“嗨，”他招呼道，“小美人儿今晚好吗？”

有几杯，但不太多，因为他的笑容是装出来的，经过精心设计。而且举止不失礼貌。

“很好。”我说。

“来点小小的刺激如何？”

“对不起，你说什么？”我问。在他这个行为后面，我意识到一种局促不安，一种拿不定能带我走多远、沿什么方向走的疑惑。

“今晚我想给你一个小小的惊喜。”他说完笑起来，那副样子更像是窃笑。我注意到今晚他说的所有话里都带着“小”字。他想把一切都缩小，包括我这个人。“一件包你喜欢的东西。”

“是什么？”我问，“是中国跳棋吗？”诸如此类的随便话我尽说无妨；他似乎乐于看我这样，尤其是喝了几杯之后。他喜欢我举止轻浮。

“比那强多了。”他说，故意吊我胃口。

“我真等不及了。”

“太好了。”说着，他走到桌子旁，在抽屉里摸索了一阵。然后把手藏在身子后面，走到我跟前。

"猜猜看。"他说。

"动物、植物还是矿物?"我说。

"嗯,动物。"他故作严肃地说,"我得说,毫无疑问是动物。"他把手从背后拿出来,乍一看,那上面抓的似乎是一把淡紫和粉红的羽毛。接着他一下抖开。原来是一件衣裳,显然是女装:胸前为乳罩式,上面覆盖着紫色的星状闪光饰片。短及大腿根部的裙边布满网眼,周围缀着羽毛,上半身也是。看来我前面说的送腰带的话多少也猜对了些。

我奇怪他从哪里弄来这东西。所有类似的"奇装异服"照理都已被彻底销毁。我记得曾在电视上看到销毁场面,是在不同城市拍摄的新闻镜头剪辑,一个个城市依次报道过去。在纽约,这项活动被称为"曼哈顿大扫除"。时代广场上燃起熊熊大火,周围聚满密集的人群,个个嘴里念念有词。女人们每当感觉到摄像机镜头对准自己,便立刻高举双臂,一副感激涕零的样子。脸上轮廓分明、面无表情的青年男子不断往火堆里扔着无数暗黄绿色、红色和紫色的丝绸、尼龙和仿皮以及黑色、金色和闪闪发亮的银色绸缎;还有比基尼内裤和透明乳罩,上面用粉红缎子做的心形图案遮住乳头。制造商、进口商和推销员跪在地上向公众谢罪。他们头上戴着笨蛋高帽①似的圆锥形纸帽,上面是红墨水写的"厚颜无耻"。

不过肯定会有一些漏网之鱼,不可能清除得那么彻底。这东西一定和那些杂志一样:是通过非法途径搞到的。它散发着浓重的黑市气味。它不是崭新的,已被人穿过,腋窝下有点起皱,还有些汗渍,其他女人的汗渍。

"我只能目测一下大小,"他说,"希望能合身。"

"你想让我穿那个东西?"我说。我知道自己的声音听起来一

① 旧时学校中作为惩罚给成绩差的学生戴的一种圆锥形纸帽。

本正经，很不情愿，但这个主意还是不无诱人之处。我从未穿过和这东西有一点点类似的衣服，那么耀眼炫目，夸张显眼，像演戏似的，是了，它一定本来就是戏装，要么就是从某个不复存在的夜总会里弄来的演出服。我穿过的服饰中最接近这东西的便是泳衣，还有一套粉色蕾丝背心式内衣，是从前卢克买给我的。尽管如此，这东西还是让人内心发痒，充满孩子气的盛装打扮的诱惑。再有，它是那样的招摇抢眼，对嬷嬷们该是多大的讥讽，罪孽深重，却又是那么的随心所欲，自由自在。自由，如同其他所有东西，纯属相对而言。

“好吧。”我说，不想表现得太迫不及待。我希望让他觉得我是在给他面子。现在也许就要接触实质了，他的深藏不露的真正欲望很快就会水落石出。他是不是在门后藏着一根马鞭？会不会拿出“铁靴子”①，把他自己或我弓身夹在桌子上？

“这是用来掩人耳目的，”他说，“你还得在脸上化化妆。我这里有那些玩艺儿。不这样根本进不去。”

“去哪里？”我问。

“今晚我要带你出去。”

“出去？”这个词汇早已过时，不用说，现在再没有什么地方可以让男人带女人出去了。

“出这个家门。”他说。

不用说我也知道这个提议太冒险，对他如此，对我更是如此。可无论如何我还是想去。任何事情，只要能打破这单调划一的生活，搅乱被众人认为高尚体面、理所当然应该遵守的常规秩序，我都想干。

我告诉他不想当着他的面穿这件东西。我仍然羞于在他面前展现身体。他说他把身子转过去，并真的这么做了。于是我脱去

① 旧时一种钳足夹腿的刑具。

鞋子、袜子和棉衬裤，在宽大的裙子里套上那件羽衣。然后把裙子脱掉，把两根细细的缀满闪光饰片的带子攀上双肩。还有鞋子，淡紫色的，跟高得出奇。整个行头都不是太合身，鞋子偏大了些，腰有点紧，但还算能穿。

“好了。”我说。他转过身。我自我感觉蠢极了，真想有面镜子瞧瞧自己的模样。

“很迷人，”他说，“现在来弄脸。”

他所有的不过是一支唇膏，放得很久了，软塌塌快要融化的样子，散发着一股人造葡萄酒的味道，还有就是一些眼线膏和睫毛膏。没有眼影，也没有胭脂。有那么一瞬间，我好像忘了该如何使用这些东西。我先是试了试眼线膏，一下就把眼皮弄得乌黑一团，好像刚和人打过架。我用植物油做的润手液将它擦去，重新来。又在颧骨上抹了些唇膏，揉进皮肤。我这么做时，他则为我举一面银背面的镜子。我认出它是赛丽娜·乔伊的。一定是从她屋里拿来的。

至于头发就无计可施了。

“太棒了。”他说。此时他已开始兴奋起来，好像我们正精心打扮，准备去参加一个聚会。

他走到柜子前，拿出一件带帽子的披风。淡蓝色的，属于夫人们的颜色。这一定也是赛丽娜·乔伊的。

“把帽子拉下来遮住脸，”他说，“注意，别把妆弄花了。这是为了应付检查站。”

“可通行证怎么办？”我说。

“放心，”他说，“我为你弄到了一张。”

就这样我们出发了。

车子轻快地驶过黑下来的街道。大主教拉着我的手，活像电影院里的一对少男少女。我紧紧抓着裹在身上的淡蓝色披风，像一位守规矩的夫人理应做的那样。从帽子的缝隙中，我可以望见尼克的后脑勺。此刻他帽子戴得端端正正，身子坐得端端正正，脖子挺得端端正正，整个人都端端正正。他的姿势在对我的行为表示非难，或者这只是我的想象？他知道我在这件披风下面穿着什么吗？是他弄来的吗？假如真是这样，他是对此感到愤怒、冲动、嫉妒还是没有任何感觉？我俩确实有相似之处：都是被人视若无物的小人物，都有任在身。我不知道他是否明白这一点。当他为大主教，顺便也为我打开车门时，我试图捕捉他的眼神，让他朝我看。可他的举动仿佛根本没看到我。为什么不呢？因为这份工作轻松简单，只需跑跑腿、讨讨好，他当然舍不得失去它。

检查站根本不成问题，尽管我心跳得厉害，头脑里血压骤然升高，一切还是如大主教所料，平安无事，顺利通过。胆小鬼，莫伊拉会这么说。

过了第二个检查站，尼克说："先生，是这里吗？"大主教说："是的。"

车子驶到路边，大主教说："现在我得请你趴到车底上。"

"趴到车底上？"我说。

"我们得进大门。"他说，似乎这话对我有某种意义。我想问他究竟准备去哪里，可他说想给我个惊喜，现在暂且保密。"那地方夫人们可去不了。"

于是我贴着车厢平躺下来，车子重又上路。接下来的几分钟里，我眼前一片漆黑，什么也看不见。披风下面闷热无比。这是一件冬天用的厚披风，不是夏天用的薄棉布披风，闻起来一股樟脑丸味。他一定是从储藏的衣物中找出来的，知道这样才不至于被她发现。尽管他已经很体贴地移开了脚让我躺的地方大些，我的前额还是碰到了他的鞋子。从前我从未如此靠近过他的鞋子。这双鞋硬邦邦的纹丝不动，像甲壳虫的外壳：漆黑发亮，神秘莫测。它们似乎和脚风马牛不相及。

又经过另外一个检查站。我听到说话声，公事公办、毕恭毕敬的口吻，电动车窗拉下来又升上去，显然是在出示通行证。这回他不会出示那张被认为是我的通行证。此刻的我在众人前已经不复存在。

车再次启动，然后再次停下，大主教扶我起来。

“动作得快点，”他说，“这是后门。把披风给尼克。照老时间来接。”他对尼克说。这么说他不是第一回干这种事。

他帮我脱下披风。车门打开了。我感觉凉风吹过我几乎裸露的皮肤，这才意识到身上已是大汗淋漓。转身关车门时，我望见尼克正透过车窗注视着我。这会儿他肯正眼瞧我了。从他目光中我读到的是轻蔑，还是无动于衷？在他心目中我是否就是这个模样？

我们走在一座大楼后面狭窄的走道上，这是一座式样颇为新潮的红砖大楼。一排排垃圾筒立在大门旁，散发出炸鸡变质后的味道。大主教有开门钥匙，门是灰色的，式样普通，和墙在同一平面上。我想是钢制的。门里面是一条混凝土空心砖筑成的走廊，顶上有许多盏日光灯照明。这是一条出于某种实用目的而设计的地下通道。

“到了。”大主教说。接着把一个标签套在我手腕上，紫色的，系在橡皮圈上，就像机场用的行李标签。他吩咐我：“要是有人问起，就说你是夜女郎。”然后挽起我裸露的上臂往前走。这时我真希望有面镜子，看口红是否完好，羽衣是否过于滑稽可笑，过于纷乱不整。在这么亮堂的灯光下，我这一身看起来一定花枝招展，绚丽耀眼。但一切都已为时过晚。

白痴，莫伊拉说。

第三十七章

我们沿走廊前行，穿过另一扇与墙齐平的灰色大门，眼前又出现一条走廊，不过灯光柔和多了，还铺着地毯。地毯是棕红的蘑菇色，走廊两旁有许多门开着，上面写着号码：101，102。电闪雷鸣的暴风雨天气里，人们常会这么数数，看距离雷电砸下来到底有多近。这么说这是一家酒店。从一扇门后传来嬉笑声，一个男人和一个女人的笑声。我很久没听到这种笑声了。

我们走进一个位于中央的庭院。高而宽敞：有好几层楼高，顶上是天窗。庭院中间有一处喷泉，喷出圆形的水花，像一株结籽的蒲公英。到处可见盆栽植物和树木，爬藤从阳台垂挂下来，椭圆形玻璃电梯沿壁上下升降，像巨型软体动物。

我知道自己身在何处。我从前到过这里：很久以前，那无数个下午，和卢克一道。那时它是一家酒店。如今则挤满了女人。

我停下脚步，一动不动地盯着她们。在这儿我可以随便盯着看一件东西，东张西望，左顾右盼。没有白色双翼头巾挡住我的视线。去掉了头巾，脑袋感到异常的轻松，就像去掉了一个沉重、坚实的东西。

那些女人有的坐着，有的懒懒地躺着，有的在随便溜达，还有的背对背倚靠着。男人们混迹其中，许多男人，但都穿着黑色制服和西装，千篇一律，分不出彼此，形成一种背景似的东西。女人则完全不同，一律热带打扮，身穿各式各样鲜艳灿烂的节日盛装。有浑身羽毛，闪闪发亮，下身短到大腿根，上身低到胸口，和我同样打扮的；有穿旧时的花边女内衣，短睡袍，娃娃衫睡衣，若隐若现的半透明晨袍的；还有穿泳装，上下连在一块儿的或两段式的。我还见到一个女人，身着钩针编织的网眼衫，胸前用两块大扇贝壳图案盖住乳头。还有些人穿着跑步短裤，晒日光浴时穿的三角背心或有彩色针织暖腿套的紧身体操服，就像过去在电视上常看到的。甚至还有些人身着啦啦队长的专用服装，小小的百褶裙，特大号的字母横跨胸前。我猜想她们是把能弄到的全都搜罗来了，才会弄成这么个大杂烩。所有女人都是浓妆艳抹，我意识到自己已经不习惯看到女人化妆。在我看来，她们的两眼显得太大太黑，闪闪发光；双唇太红太湿，在血里浸过了一般，润湿晶亮。或者换个角度说，有如小丑，显出一副滑稽相。

乍看起来，这番景象很是开心热闹。像化装舞会。这些人就像个头超大的孩子，用翻箱倒柜找出来的衣服盛装打扮起来。她们对此感到快乐吗？可能，但这是她们由衷渴望的吗？单靠看是看不出来的。

这里裸露的屁股太多。对此我已经大不习惯。

“就像回到了从前。”大主教说。他的声调听起来十分喜悦，甚至可以说兴高采烈。“你不觉得吗？”

我努力回想从前是否就是这个样子。此刻，我实在无法确定。它是包含了这些东西，但其成分比例却大不相同。一部描写过去的影片并不等于就是过去。

“是啊，”我说。我所感到的并不是简单的一个什么东西。当然这些女人并不让我感到惊恐不安或震撼。我只把她们当做逃避的一群人。官方对这帮人不予认可，拒绝承认她们的存在，但她们确实存在。至少这一点很重要。

“别老盯着别人，”大主教说，“会露馅的。放自然些。”他重又领我往前走。有人瞧见了他，向他打招呼，并朝我们走来。大主教挽住我上臂的手骤然收紧。“保持镇定，”他小声说，“别慌。”

你所要做的，我对自己说，不过是闭紧嘴巴装出什么也不懂的傻相。这并不难。

在那人和随后几个人面前，大主教替我应付了所有交谈。他没有多说我的情况，没有必要。他说我是新来的，于是他们看看我，便转而谈起别的话题。我这身打扮确实起到了瞒天过海的效果。

他仍挽着我的胳膊，说话时，他难以觉察地挺直了脊背，胸脯撑起，声调越来越呈现出一种青春活力，显得生气勃勃、轻快诙谐。我猛然想到他是在炫耀。一方面向那些人炫耀我，对此他们心领神会。个个装出正人君子的模样，手虽然不动，眼睛却在我乳房、大腿上滴溜溜转个不停，似乎这么做理所应当。另一方面他也是在向我炫耀。向我显示他一统天下的凛凛威风。管他什么清规戒律，他想破就破，而且就在他们眼皮子底下，完全不把他们放在眼里，然后一走了之。也许他已经到达那种飘飘然的境界，如同人们所说的，大权在握，容易令人忘乎所以。人一旦到了那种境界，便会自以为是，认为自己是不可或缺的大人物，万事皆可为之，只要想做，没有做不了的事。有两次，他自觉没人注意时，竟对我眨起眼睛。

他的整个举动简直像小孩子幼稚的表演，煽情得令人起腻，但意思却再明白不过，一眼就能望穿。

表演够了之后，他又带我来到一张鼓囊囊的花沙发旁，过去酒店大堂里，常有这种沙发。实际上我记得就在这个大堂里，就曾有过这种装饰着花卉图案的沙发，深蓝的底色，缀满粉红的新艺术①花卉。“我想你的脚一定累了，”他说，“那么高的鞋子。”他说的没错，我内心充满感激。他扶我坐下，自己也坐在我旁

① 约一八九〇至一九一〇年间流行于欧洲和美国的一种装饰艺术风格，以曲折有致的线条为其特色，主要表现于建筑、室内装饰和插图艺术。

边。然后把一只手搭在我肩上。他的袖子碰在我皮肤上，有点发刺。如今我已如此不习惯被人触碰。

“怎么样?”他说，“你觉得我们这个小俱乐部如何?”

我再次环顾四周。那些男人并不像我起初以为的那样属于同一种族。在喷泉那边，有一小群身着浅灰色西装的日本人，更远那一头则是一片白色：显然是阿拉伯人，身上裹着睡袍式长衣，脑袋缠着头巾，手腕处绑着吸汗带。

“这是个俱乐部?”我说。

“嗯，我们之间是这么称它的。俱乐部。”

“我以为这类东西是绝对禁止的。”我说。

“这个嘛，公开场合确实如此，”他说，“不过毕竟大家都是人嘛。”

我等他说下去，可他住了口，于是我说：“此话怎讲?”

“就是说我们不能欺骗自然，”他说，“自然要求男人的生活丰富多彩。它合乎天理，是传宗接代必不可少的一部分。是自然的安排。”我没有吭声，于是他继续道，“女人天生就明白这点。过去她们为什么要买那么多不同的衣服？就是为了让男人上当，错以为她们是几个不同的女人，日日如新。”

他说话的口气好像对此深信不疑，不过他说许多事情都是用这种口气。也许信，也许不信，也许半信半疑。说不上他到底相信什么。

“这么说来，因为如今女人没有不同的衣服，”我说，“你们便只剩下不同的女人了。”这话明显是在挖苦，可他拒不承认。

“它解决了不少问题。”他说，对我的话完全不加理会。

我没有回答。我开始烦起他来。真想对他冷若冰霜，沉下脸一声不吭地度过当晚剩下的时间。但我知道自己舍不得这么做。不论如何，这毕竟是在外面度过一个夜晚。

我真正渴望的是与那些女人交谈，但机会渺茫。

“这些都是什么人?”我问。

“只有官员才有资格到这里来,”他说,“各行各业的高级官员。当然还包括贸易代表团。这个地方有利于促进贸易。是人们见面洽谈的好地方。离了它别想做生意。我们尽量提供至少和别处一样好的服务。另外在这里还可以听到很多事情,各种各样的消息。有时候男人会把决不讲给另一个男人听的事说给女人听。”

“不,”我说,“我是说那些女人。”

“噢,”他说,“嗯,一些是货真价实的妓女。过去的职业女郎——”他哈哈大笑起来。“这些人没法被同化。不管怎么说,她们更喜欢这儿。”

“那其他人呢?”

“其他人?”他说,“嗯,各种人都有。那边那位,穿绿色裙子的那个,是位社会学家,或者不如说曾经是。那个是律师,另外那个曾经是某企业的行政主管,经营快餐连锁店或酒店之类的。据说如果只是想聊天,她倒是个很好的谈伴。她们也更喜欢这里。”

“和什么相比更喜欢?”我问。

“和其他选择,”他说,“恐怕拿现在的处境相比,就连你自己都会更情愿呆在这里。”他说话的口气忸怩作态,他想探听我的态度,想听恭维话,我知道这场严肃的谈话已经结束。

“不知道。”我说,做出认真思考状。“这活可不轻松。”

“不过你得减肥,这是肯定的,”他说,“这点在这里要求很严格。增加十磅就会关你单独禁闭。”他是在开玩笑吗?很可能,但我不想知道。

“好了,”他说,“赶紧让自己融入这里的气氛,想喝点酒吗?”

“我不能喝,”我说,“这你清楚。”

“就一次不要紧,”他说,“不管怎么说,不喝酒显得不正常。

这里可没什么不能抽烟不能喝酒的规矩！你看，她们在这里确实能享受到一些好处。”

“那好吧。”我说。心中窃喜，我已经好些年滴酒未沾了。

“想喝什么酒?”他说，“这儿各种酒应有尽有。全是进口的。”

“那就来点金汤力，”我说，“不过请掺稀点。我不想让你丢脸。”

“你不会让我丢脸的。”他说，同时咧了咧嘴。接着突然站起身，拿过我的手，在手心吻了一下。然后离开往吧台走去。他满可以叫个女招待的。周围是有一些，穿着清一色的黑超短裙，乳房处绣着绒球，但她们似乎忙得不可开交，很难用手势将其招呼过来。

接下来我便望见了她。莫伊拉。她在喷泉近旁同其他两个女人站在一起。为了确定是她，我反复使劲辨认。又怕引起别人注意，不敢连续张望，只是一次次飞快瞥去目光。

她的衣服怪怪的，是一件曾经鲜亮，而如今却破旧得完全不成样子的黑色锦缎礼服。没有背带，用缝在里面的金属丝托起乳房。可是因为太大，在莫伊拉身上不大合体，显得一只乳房高，一只乳房低。她正心不在焉地把衣服使劲往上拽。她侧过身子时可以看到她身后连着一块毛茸茸的棉絮，看上去像是爆米花一般“扑”地打开的卫生护垫，我意识到这应该是一条尾巴。她脑袋上立着两只耳朵头饰，不知是兔耳还是鹿耳；其中一只耳朵不知是脱了浆还是断了金属丝，软塌塌地耷拉着。脖子上系着黑色蝴蝶结，脚穿有网眼的黑色袜子，足蹬黑色高跟鞋。她向来对高跟鞋深恶痛绝。

这套既陈旧过时又怪里怪气的行头，令我想起过去的什么，但一时又想不起到底是什么。一出舞台剧，还是音乐喜剧？姑娘们装扮成兔女郎，庆祝复活节。在这里它有什么不同寻常的意义？为什么认为兔子对男人具有性吸引力？这么一件破旧不堪的衣服怎么会吸引男人？

莫伊拉正在抽烟。她吸了一口后，把烟递给在她左边的女人，那人穿着缀满红色闪光金属饰片的衣服，拖着一根又长又尖的尾巴，头上立着银白色的角。一副魔鬼打扮。这会儿莫伊拉两手交叉，放在用金属丝撑起的乳房下面。两脚不断变换着重心，那双脚一定很疼；脊椎也微微下垂。她百无聊赖地望着四周。眼前的一切对她一定是再熟悉不过。

我恳求她看我一眼，认出我，可她的目光只在我身上一扫而过，就像我只是一棵棕榈树，一张椅子。莫伊拉，你一定得转身瞧瞧我，我在内心拼命恳求着，别让什么男人过来找你，别走。这时和她在一起的另外一个女人，那个穿着一件粉色的、镶边皮毛已缠结破烂、过去坐在床上时用来套在睡衣外面的松软宽松短上衣的女人，已经有了主，此刻已走进玻璃电梯，升高，刹那间不见了踪影。莫伊拉再次转过头，或许是想看看有什么可能捕获的目标。站在那里没人要的滋味一定不好受，就像在中学的舞会上遭人冷落。这回她的目光总算抓住了我。她看到我了。她很清楚，这时不能有任何反应。

我们面无表情、漠然冷淡地端详着对方。然后她把头往右边轻轻一翘。又从红衣女人的手里拿过烟，放到嘴边，手在空中停留了片刻，五指张开。完了后便背过身去。

这是我们之间的老暗号。就是说我要在五分钟之内去女洗手间，不用说在她的右边。我往四周望了望：哪里有什么洗手间的影子？再说没有大主教的陪同，我也不敢贸然起身走开。在这里我人地生疏，什么也不熟悉，很可能会遭到盘问。

一分钟，二分钟。莫伊拉移步走开，没有再往周围看上一眼。她只能默默希望我看懂了她的手势，能够尾随而去。

大主教回来了，手里端着两杯酒。他俯身朝我微笑，把酒放在沙发前面的黑色长咖啡茶几上，然后坐下。“开心吗?”他当然希望我如此。这毕竟是一次款待。

我报以微笑。并问:“这里有洗手间吗?”

“当然有。”他说。同时小口啜着酒，并未主动指给我看。

“我想去一下。”我在头脑里倒计着剩下的时间。现在只能按秒钟计算，而不是分钟。

“就在那边。”他点头同意。

“要是有人拦住我怎么办?”

“把标签给他看，”他说，“没事的。他们会知道你已经有人要了。”

我站起身，脚步不稳地穿过大厅。走到喷泉近旁时，踉跄了一下，差点跌倒。都怪高跟鞋。没有大主教搀着让我保持平稳，我有些失去平衡。好些个男人望着我，我想他们的目光里惊奇多于色欲。我觉得自己活像个傻瓜。我有意把左手举在眼前，弯起胳膊肘，让标签朝外翻。没有人开口说什么。

第三十八章

我终于找到女洗手间的入口。那上面依旧写着“女洗手间”的字样，是烫金的花体字。从入口到洗手间有一段走廊，一个女人坐在门边的一张桌子旁，监督着进进出出的人。这个女人已不再年轻，身着一件绛紫色的宽大女袍，涂着金色的眼影，但我还是一眼就看出她是位嬷嬷。电动赶牛刺棒放在桌上，刺棒的皮带子系在她手腕上。这里可开不得玩笑。

“十五分钟。”她朝我说。又从桌上一沓长方形的紫色硬纸板中抽出一张给我。这有点像从前大商场里的更衣室。接着我听到她对我身后的女人说，“你刚刚才来过。”

“我又急了。”那个女人说。

“中间必须隔上一个小时，”嬷嬷说，“你知道规矩。”

女人开始抗议，声音里透着焦躁、绝望。我推门进去。

我记得这个地方。里面有一块休息区，粉色的灯光柔柔地照着，有几张安乐椅和一张沙发，上面印着墨绿色的竹子图案。沙发上方是一架壁钟，金丝镶边。这里的镜子仍然保留着，正对沙发就有一面长方形镜子。在这儿，你得十分在意自己的容貌。穿过一个拱门，屋里的另一头是一溜隔开的洗手间，也是粉色的，还有盥洗盆和更多的镜子。

几个女人脱了鞋，正坐在椅子里或沙发上吞云吐雾。我进去时她们一齐盯着我。空气中充满香水味和污浊的烟味，以及操皮肉生意的人身上惯有的气味。

“新来的？”其中一个说。

"对。"我说。两眼四处寻找着莫伊拉，却不见踪影。

那些女人板着脸。继续抽烟，仿佛这是件再正经不过的事。屋里另一头，一个穿着紧身连衣裤、身后黏着一根橘黄色仿皮尾巴的女人正在补妆。这里就像剧院的后台：到处是化妆用的油彩、烟雾和各种让观众产生幻觉的道具。

我迟疑不定地站着，有些手足无措。我不想向她们打听莫伊拉，害怕因此惹祸上身。这时只听冲水声"哗"地一响，莫伊拉从一个粉色的单间里走了出来。她摇摇摆摆地朝我走来。我等着她的手势。

"放心，"她对我和那几个女人说，"她是我朋友。"那些女人笑起来，我们俩紧紧拥抱。我的双臂搂着她，托起她乳房的金属丝压进我的胸脯。我们相互亲吻对方的脸颊，先是一边，接着是另一边。然后才分开。

"太可怕了。"她说。对我咧了咧嘴。"你这身打扮整一个巴比伦的荡妇!"

"就是要这个效果，难道不是吗?"我说，"你不看看自己，根本就是衣冠不整，一副邋遢相。"

"不错，"她说，拽了拽胸前的衣服，"这种式样根本不适合我，再拉几下就要散了。但愿他们能到哪里挖出一些知道怎么剪裁衣服的裁缝，好让我穿得稍微体面些。"

"是你自个挑的吗?"我说。心想也许和其他行头相比，她宁愿选这件，起码它只有黑白两色，不是那么花哨俗气。

"才不是，"她说，"是政府统一发的。我猜想他们认为这就是我。"

我仍不相信这就是她。我又摸了摸她的胳膊。然后哭起来。

"别这样，"她说，"眼线膏会弄花的。再说也没有时间。来，挪一挪。"她对坐在沙发上的两个女人说，那种专横跋扈、大大咧咧的口气一如既往，而且和从前一样，无往不胜。

“反正我的时间也到了。”其中一个女人说，她穿一双婴儿蓝①的“风流寡妇”牌绑带鞋和白色袜子。她站起身，握握我的手，说，“欢迎你。”

另一个女人热心地往旁边挪了挪身子，我和莫伊拉坐了下来。两人迫不及待地脱掉鞋子。

“你来这里干什么？”莫伊拉紧接着就说，“不是不高兴见到你，可对你真不是件好事。你犯了什么过错？对他那个东西有失恭敬吗？”

我望望天花板。“有没有窃听器？”我说。然后用指尖小心翼翼地擦眼睛周围。指尖满是黑色。

“有可能，”莫伊拉说，“想抽支烟吗？”

“求之不得。”我说。

“哎，”她对身旁的女人说，“借支烟，好吗？”

那个女人把烟递过来，一副心甘情愿的样子。看来莫伊拉依然是个战无不胜的借东西好手。我笑起来。

“不过呢，也可能没有，”莫伊拉说，“我想不出他们会对我们说的什么话感兴趣。这种话他们已经听得够多了，再说除了进黑色篷车，谁也别想从这里出去。既然你到了这里，一定也清楚。”

我把她头拉过来，冲着她耳朵小声说，“我只是暂时的，”我告诉她，“只有今晚。这地方我根本就不能来。是他偷偷把我带进来的。”

“谁？”她也压低了声音。“和你在一起的那个家伙？我和他打过交道，是最难对付的。”

“他是我的大主教。”我说。

她点点头。“他们有些人喜欢这么做，为的是寻求刺激。好

---

① 一种柔和的浅蓝。

比在祭坛上或其他什么圣洁的地方淫乱胡搞：谁让你们是众望所归、贞洁无邪的圣女呢。他们巴不得看到你们个个浓妆艳抹。不过是拙劣的权力炫耀罢了。”

这种想法我倒不曾有过。我把它用到大主教身上，却似乎过于简单武断。不用说他的动机要微妙得多。不过话说回来，驱使我这么想的也许只是虚荣心而已。

“我们没有多少时间了，”我说，“把一切都告诉我。”

莫伊拉耸了耸肩膀。“有什么用处吗？”她说。可她知道有用的，于是她娓娓道来。

以下就是她说的，声音时大时小。我记不大全，因为没办法写下来。细节部分是我尽量补上的：时间不多，她只是大致说了一下。另外这番话是分两个时间说的，第二次我们又找了个机会呆在一起。我尽力保留她说话的口气。用这个方法让她永远活着。

“我把伊莉莎白嬷嬷那个老妖婆像圣诞节的火鸡一样绑在暖气炉后，当时我真恨不得杀了她，不过现在我很庆幸自己没这么干，不然的话日子会更不好过。我简直想不到从感化中心出去会那么轻而易举。我只管穿着那件棕色的袍子往前走，胸有成竹似的，直到走出他们的视线。我并没有什么宏伟计划，甚至没有经过周密的思考，完全不像他们所想象的。当然在他们盘问我时，我编造了许多东西。你会开口的，特别是当他们用电极和别的刑具逼供时。你不会在乎自己都说了什么。

“我昂首挺胸地大步朝前走，心里盘算着下一步的行动。他们下令我们报刊停业时，逮捕了好多我认识的姐妹，我想现在剩下的恐怕也都给抓去了。我敢肯定他们手里有整个名单。我们真傻，以为只要转入地下，只要把办公室里的所有东西转移到人们家里的地下室和后房间，就万事大吉，就可以继续活动了。没有用的。因此我知道那些人家一定不能去。

“我大致清楚自己在城市的哪个位置。虽然对脚下的那条街没有一点印象，我还是从太阳的位置判定出哪儿朝北。参加女童子军的经历还是蛮管用的。我想不妨朝那个方向走走，看能否找到市中心活动场地或广场或其他建筑。那样我便清楚自己的确切位置了。另外我想不要从小路走，沿着大街走会更好些。更不易令人生疑。

“我们在感化中心期间外面设立了更多的检查站，到处都是。第一个检查站简直把我吓得屁滚尿流。一拐弯猛地就出现在我眼前。我想这时在众目睽睽之下如果转身往回走，难免要引起疑心。于是我虚张声势地走过去，就像起先过大门口一样，板着脸，一副严肃的表情，嘴唇紧闭，对他们视而不见，就当他们是讨厌的痈疮。你知道嬷嬷们说到*男人*这个词时脸上的表情。这个法子确实灵验，在其他几个检查站也屡试不爽。

“可在心里我急得快疯了。我并没有多少时间，那个丑老太婆很快就会被人发现，并发出警报。随即就会派军队出来抓我：一个步行的假冒嬷嬷。我绞尽脑汁、搜肠刮肚回忆熟人的名字，想找一个投奔之处。最后我终于想起了邮寄名单。当然，我们早已把它销毁了；或者说并没有销毁，而是在我们当中将它撕开，一人记下一部分，然后销毁。当时我们还在寄有关资料，只是信封上不再贴我们的标识。那样太冒险。

“于是我努力回想我记下的那部分。我不会把最后挑中的名字告诉你，因为我不想给他们惹麻烦，但愿他们现在仍太平无事。我可能早已把他们供出去了，我根本想不起来受刑时自己都说了些什么。什么都可能说出来的。

“我之所以选择他们是因为这两人是一对夫妇。成家的人比起单身的要安全得多，同性恋会更糟。另外我还想起他们名字旁边‘Q’的标志，这说明他们是 Quaker（贵格会教徒）。为了便于组织游行，对那些有宗教信仰的我们通常都标明其所属教派。这样很容易就知道谁适合参加什么活动。比如，就不好去号召有‘C’（Catholic 天主教）标志的人参加支持堕胎的游行。最近一段时间我们已不大组织这种活动。我还想起了他们的地址。我们曾经互相严格测试过这些地址，因为准确无误地记住所有地址的详细内容包括邮编等太重要了。

“不知不觉我走到了弥撒街，我终于弄清楚自己的确切位置，并知道了他们家位于何处。这会儿我开始担心其他事情：这些人见到嬷嬷朝他们家走来，会不会索性关上门，假装不在家？但这是惟一的机会，无论如何也得试试。我想他们不至于会开枪射我。这时已经差不多五点了。我已经走得筋疲力尽，尤其是学嬷嬷们的样，迈着该死的军人步伐，昂首挺胸，弄得我累死了。而且从早饭到现在，我什么也没吃。

“当然，那时我并不知道，在这一切刚开始的那段日子里，嬷嬷们甚至包括感化中心都尚未对外界公开。起初完全是在重重铁丝网后面秘密进行的。可能是因为即便大局已定，对他们的做法还是有人反对。因此人们即使偶尔看到几个嬷嬷，也不会真正了解她们到底充当什么角色。最多以为她们是随军护士。人们已学会不到万不得已，决不轻易开口提出疑问。

“于是这家人立刻让我进门。来开门的是女主人。我告诉她我是来做问卷调查的。这么做是为了不要让她露出吃惊的表情，以防附近有人监视。但一进门，我就脱掉了头巾，告诉他们我的真实身份。我知道自己在铤而走险，他们完全可以打电话报警或采取其他什么背叛我的行动，但就像我说的，此时已别无选择。还好他们没有这么做。他们送给我一些衣服，包括一条女主人的裙子。又在火炉里烧掉了嬷嬷服和通行证。他们知道做这件事得赶紧。他们不愿我在他们家久留，这一点很清楚，他们已吓得魂不守舍。他们有两个孩子，都不到七岁。我了解他们的意思。

“我去上厕所，那儿所见的一切格外令人惬意。浴缸里漂着塑料鱼和其他玩具。然后我坐在楼上孩子的房间里，和他们一起玩耍，搭积木，他们的父母则呆在楼下，商量该拿我怎么办。我当时一点也不害怕，事实上我感觉舒服极了。听天由命吧，可以这么说。随后女主人给我端来一块三明治和一杯咖啡，男主人说他将带我到另一家去。他们不敢打电话。

“另一家人也是贵格会教徒。可真是找对了人，因为他们是‘妇女地下交通网’的一个站点。等前面那对夫妇离开后，他们说要把我弄出国去。至于怎么出去就不告诉你了，因为有些站点至今还在工作。他们互相之间采取单线联系，永远是一对一。这么做有好处——特别是如果有人被捕——但也有不利之处。一旦某个站点遭破坏，整条路线便阻断了，一直要等到与情报员联系上，再建立一条路线。他们组织之严密远远超过我们的想象。他们成功渗透进一些要害部门，其中一个便是邮局。那是一位开小货车的驾驶员。我混在邮包里跟着他过了桥，进到市区。我现在之所以可以把这个告诉你是因为不久之后他就被逮捕了，最后被吊死在围墙上。你会听人议论这种事，尤其在这里，听得太多了。对此你一定很吃惊。连大主教们自己都会跟我们说，我想他们肯定是认为我们听了也没地方去传，最多只是在我们这堆人当中说说，根本无伤大局。

“我现在说起来好像很简单，实际上完全不是那么回事。我几乎时时刻刻都在担惊受怕。其中最难受的事就是知道有些人正为你冒着生命危险，而他们完全可以不必如此。但他们说之所以这么做是为了宗教信仰，我不该把它当做是为我个人。这么说令我好受了些。每天晚上他们都要默祷。一开始我很不习惯，它老是使我想起感化中心的情景。说实话，它让我反胃、想吐。我不得不拼命忍住，对自己说这完全是两码子事。起初我真是很反感。但我猜想那正是支撑他们继续抵抗的精神力量。他们多少也知道一旦被捕会有什么下场。虽然了解得不详细，但都知道。那时电视上已开始播放有关内容，包括审判，等等。

“那是在大规模宗派搜捕开始之前。当时只要你说信仰基督教并已婚，当然是初婚，他们基本都能放你一马。他们先是集中力量对付其他教派。他们要先把这些人基本控制住，然后才开始制服大众。

“我一直躲躲藏藏，过了大约八到九个月。从一个安全住处转移到另一个安全住处。那时这种地方已越来越多。并非都是贵格会教徒，有些人甚至根本没有任何宗教信仰。这些人只是不满他们的做法而已。

“我差点就成功出去了。他们把我北上弄到了塞勒姆①，然后又跟着满满一卡车鸡来到缅因州②。一路上那种味道熏得我几乎要吐出来。你有没有想过被满满一车子鸡欺负是什么滋味，而且每只鸡都晕车？他们打算让我从那里的边境过去，不坐汽车或卡车，那已经难以办到，而是沿海岸乘船过去。我一直到行动当晚才知道这个消息，每一个步骤都是这样，要到临发生的前一刻才让我知道。他们就是这么小心翼翼。

“因此我并不知道具体发生了什么。也许有人临阵畏缩，或者其他什么人受到怀疑。要么就是因为那条船，或者他们认为那个船夫夜里出海太频繁。那个时候，那里以及所有靠近边境线的地方一定都布满了眼目。总之，我们刚从后门出来走向码头时就被逮捕了。我和那个船夫以及他的妻子。这是一对老夫妻，五十多岁的年纪。在沿海捕捞业遭到毁灭性破坏之前，他以打捞龙虾为生。我不知道他们后来怎么样了，因为我被单独抓到一辆车里。

---

① 俄勒冈州首府，位于美国西北部。
② 位于美国东北部。

“我以为自己这下算完了。要么就是被送回感化中心，交给丽迪亚嬷嬷和她的钢鞭去处置。你知道，她一贯乐于此道。嘴巴上假慈悲，口口声声说什么憎罪孽，惜罪人的好听话，实际上最喜欢折磨人。我确实想过自杀，假如有办法我早已这么做了。可两个眼目一直虎视眈眈地守着我。他们不怎么说话，只是坐着，斜着白眼紧盯住我不放。我根本无计可施。

“我没有被送回感化中心，而是到了别处。那之后的情形我就不说了。我不想提它。我想说的只是他们没有留下任何疤记。

“接着他们给我看了一部影片。知道是讲什么的吗？是关于隔离营生活的。在那里，女人们所有时间都在清洗。如今她们的脑袋里已被清洗得干净无比。有时就只是清洗尸体，战场下来的尸体。那些死在贫民区的尸体最可怕，扔在那里没人搭理，时间一长，臭不可闻。这帮人不喜欢看到死尸横陈街头，怕引起瘟疫什么的。于是隔离营的女人便负责焚烧那些尸体。还有一些隔离营情况更糟，专门和有毒倾倒物和辐射泄漏物打交道。据说在那里最多不出三年鼻子就会脱落，皮肤会像橡皮手套一样剥落下来。他们才不会费心给你多吃东西补充营养，或是让你穿什么防毒衣帽。为了省钱嘛。反正那里大部分人都是他们早就想除掉的。听说有些隔离营没这么苦，主要是种庄稼：比如棉花和西红柿等。不过给我看的影片里没有这方面内容。

“都是些上年纪的女人，我打赌你一定曾经奇怪为什么街上再也见不到几个这样的人。还有把三次机会都白白毁了的使女，再有就是像我这样屡教不改、不可救药的女人。全是些被社会遗弃的人。当然，她们全都不育。假如开始时不是这样，到那里过上一段时间后便必定如此。如果还不肯定，他们会在你身上动个小小的手术，那样就能保证你不育。我得说隔离营也有一些男人。不是所有背叛性别的人都在围墙那里处死。

“所有人都穿着长裙，就像在感化中心一样，不过是灰色的。

从那些镜头来看，男女都是一样的装束。我想让那些男人穿裙子是为了挫败他们的锐气，让他们抬不起头来。呸，连我都抬不起头来。这叫人怎么忍受？思来想去，我宁愿穿这件东西。

“接下来，他们说我这人太危险，不能再让我回到感化中心过舒服日子。他们说我会败坏那里的风气。他们说，有两条路让我选择，一是呆在这里，二是去隔离营。呸，除了修女谁会愿意去隔离营。我是说，我不是什么殉道士。好些年前我就已经结扎了，所以连手术都不用动。这里所有人的体内都没有可以成活的卵子，你知道那东西会导致什么问题。

“于是我就到这儿来了。在这里甚至连面霜都发。你真该想些法子到这儿来。你会有三四年的好时光，等你那东西不中用时，他们自会送你去坟场。这里的食物不坏，有烟有酒，连白粉都有，只要你需要，而且只需上晚班。”

“莫伊拉，”我说，“你说的不是真的吧。”她把我吓坏了，在她声音里我听到的是麻木不仁，意志涣散。难道他们真的对她做了什么，拿掉了她身上的什么东西——什么？——那个从前对她必不可少的东西？可既然我自己并未做到，又怎么能期望她一如既往，用我所认为她应该具备的勇气胆略，坚强地活下去，敢怒敢恨？

可我真不愿她像我一样，委屈求全，苟且偷生。那真是尊严扫地。我希望看到的是威武不屈的莫伊拉，虚张声势的莫伊拉，具有英雄气概的莫伊拉，孤军作战的莫伊拉。这些都是我缺乏的。

“别为我担心。”她说。她一定多少猜出了我的心思。“我这不是好好的就在你跟前吗？不管怎么说，试着这么看：这里并不坏，周围有很多姐妹。简直可以说是女同性恋者的天堂。”

她终于开始说笑了，整个人也显出一些活力，我稍感安慰。“他们让你们这么做吗？”我说。

“不止是让，见他妈的鬼，我看他们是巴不得我们这么做。知道他们私下怎么称呼这个地方吗？‘荡妇俱乐部’。嬷嬷们心想反正我们是不可救药了，索性撒手不管，随便我们去胡作非为。至于大主教们对我们下班后都干些什么根本就不会说什么。不管怎么说，女人和女人干让他们觉得十分刺激。”

“那其他人呢？”我说。

“这么说吧，”她说，“她们并不太喜欢男人。”她又耸耸肩。一副无可奈何的样子。

我想讲的就是这些。我想讲一个关于莫伊拉如何逃跑、并终于逃之夭夭的故事。如果我讲不了这个故事，我会说她炸了“荡妇俱乐部”，五十位大主教身在其中。我希望她的结局轰轰烈烈，与某种勇敢惊人之举相联系，与某种肆无忌惮的暴行相联系，那样才符合她的性格。可就我所知，那一切并未发生。我不知道她最后的结局如何，甚至不知道她是否已经不在人世，因为从那以后，我再也不曾见过她。

第三十九章

大主教有客房钥匙。他去前台拿钥匙，我则坐在花沙发上等他。他带着狡黠的表情把钥匙给我看。我应当明白。

我们乘着椭圆形的玻璃电梯向上攀升，布满爬藤的阳台在眼前一晃而过。我还应该明白自己正在被炫耀。

他打开房门。一切都与过去的某个时候一如既往，丝毫不差。窗帘一模一样，上面是密密麻麻的花卉图案，与蓝底色上橘黄的罂粟花床单相呼应。外面一层白色的薄窗帘是用来阻挡阳光的。方角的梳妆台和床头桌，不带一点人情味。还有台灯。墙上挂着画：一盆水果，几只按固定格式摆放的苹果，花瓶里插着花，毛茛和橘黄山柳菊，色彩与窗帘协调。一切都别无两样。

我让大主教稍等，进了浴室。刚才抽的烟令我耳鸣不止，杜松子酒则使我浑身乏力困倦。我把洗脸巾弄湿，贴在额头上。一会儿后，我开始四处寻找看是否还能找到单独包装的小块香皂。还真有。上面印有吉卜赛人的那种，是从西班牙进口的。

我呼吸着香皂的味道，消毒的味道，站在白色的浴室里，倾听着远处隐隐的流水声，冲马桶的声音。奇怪的是我有了种在家的舒适感觉。马桶有某种宽慰人心的作用。至少身体机能还是充分民主的。人人都得大便，莫伊拉会这么说。

我坐在浴缸边上，眼望着干净的毛巾。它们曾经使我激动亢奋。它们曾意味着一件事的余波，爱的余波。

我看到你妈妈了，莫伊拉说。

在哪里？我说。整个人大为震撼，惊惶失措。我意识到自己一直认为她早已远离人世。

不是亲眼见到，是在那部关于隔离营的纪录片里。有一个特写镜头，是她，没错。虽然裹在那身灰衣里，我还是一眼就认出她了。

感谢上帝，我说。

为什么要感谢上帝？莫伊拉说。

我以为她已经死了。

她还不如死了，莫伊拉说。你应该求她早死。

我记不得最后一次见到她的情景了。它和其他所有事情混在一块，平平常常，没有一点特别之处。她一定是随便过来走走。她经常如此，一阵风似的在我们家飘进飘出，来来去去，好像我是母亲，她是孩子。她无忧无虑的样子也像孩子。有时候，她在搬迁之间，也就是刚刚搬进一个地方或刚刚搬出一个地方，会来借用我的洗衣干燥两用机洗衣服。也许当时她是过来向我借东西：锅，或者是电吹风。那也是她的习惯。

当时我不知道那就是诀别，否则我一定会努力记住。可我连当时说了什么都记不清了。

一星期过去了，二星期，三星期，当所有一切急转而下，形势骤然变得无比严峻时，我曾尝试和她通电话。但没有人接，再试，还是没有人接。

她没有告诉我要去哪里，不过也许是因为她觉得没有必要。并非次次她都告诉我她的行踪。她自己有车，也还没有老到开不动。

最后，我接通了大楼管理员的电话。他说近来都没见到她。

我万分焦虑。心想她也许是得了心脏病或是中风，这不是没有可能，虽然在我记忆中她从未生过病。她身体向来健康。至今仍坚持在一个叫“鹦鹉螺”的健身中心锻炼，每隔两周都要去游一次泳。我常对朋友说她比我更健康，这话也许一点不假。

卢克和我驱车来到市区，卢克吓唬管理员打开了公寓房门。卢克说，她也许已经死了，躺在地上。时间越长，事情越不可收拾。你想过那会发出什么味道吗？管理员说了些必须经过许可之类的话，但卢克摇唇鼓舌，话说得不由人不信。他明确告诉他我们既不愿等也不会走。我哭起来。也许是眼泪最后打动了他。

当那人打开房门，我们眼前出现的是凌乱不堪的房间。家具打翻在地，床垫掀开，梳妆台抽屉翻得个个扔在地上，里面的东西撒了一地，到处堆积着。但母亲却不在里面。

我要去报警，我说，我已经停止哭泣，只感觉从头到脚的寒意，牙齿咯咯打着冷战。

别，卢克说。

为什么不？我说。我瞪着他，怒目而视。他站在惨遭劫难的客厅里，只是呆望着我。然后把双手插进口袋里，人们在不知所措时常会有这个茫然的举动。

就是别，他说。

你妈妈好干净，在大学时，莫伊拉常这么说。后来变成：她好有活力。再后来变成：她好可爱。

她不可爱，我会说。她是我母亲。

老天，莫伊拉说，你真该看看我妈妈的模样。

我想着母亲清扫致命有毒物质的情景，就像过去在俄罗斯，让不能干活的老女人清扫灰尘，把她们最后一点力气也榨干一样。只是这种灰尘将置她于死地。我觉得难以置信。毫无疑问，她的高傲、乐观、精力以及活力，都将促使她逃离那鬼地方。她一定会想出法子来的。

但我知道这不是真的。这只是像小孩子常做的那样，把责任推给母亲。

我已经悼念过母亲。但我还会悼念她，反复悼念。

我把思绪拉回来，拉回这儿，拉回这家酒店。我需要回到此地。此刻，在白色灯光下的这面大镜子前，我端详起自己。

这是仔仔细细的审视，慢条斯理，平心静气。我的脸简直不成样子。刚才经莫伊拉修补过的睫毛膏此刻又花了，紫色的唇膏已经褪去，头发凌乱地披散着，掉了毛的粉红羽毛艳丽俗气，如同狂欢节上花枝招展的傻妞。一些星状的闪光饰片也掉了。也许一开始就掉了，我没在意。我就像一个拙劣的模仿者，身穿别人的衣服，化着难看的妆，显出一种陈旧的华丽。

我希望我有把牙刷。

我可以就这么站着，没完没了地想下去，但时间在流逝。

我得在午夜前回到住处，不然我就会变成童话故事里的南瓜，或者是马车。算起来，明天又该是举行授精仪式的日子，因此今晚赛丽娜希望我好好保养一下自己。倘若我不在，她会调查的，结果会怎样？

再说，想换换口味的大主教正在等我。我可以听见他在房间里来回踱着。接着脚步声停在浴室外面。只听他清了清嗓子，装腔作势地“嗯哼”了一声。我打开热水龙头，表明已经好了或马上就好。我得赶紧恢复正常。我洗着双手。让自己活动活动，免得整个人慵怠无力。

出来时，他已经躺在那张大床上，并且，我注意到，已脱去鞋子。不用他吩咐，我主动在他身边躺下。我不情愿如此，可躺下来确实舒服，我太累了。

终于两人独处了，我心想。事实是我并不想单独和他在一张床上。我宁愿赛丽娜也在。宁愿玩拼字游戏。

可是我的沉默并没有使他退缩不前。“是明天对吧？”他柔声说，“我想我们不妨提前一天。”他转向我。

“你为什么带我到这里来?”我冷冷地说。

这时他已开始抚摩我的身体，如人们所说，从头到脚，一点一点地沿着左边身子下去，到左大腿外侧，再到左小腿。最后停在足上，用手指像镯子似的在我的脚踝处很快环绕了一下，花纹就刺在那里，那是他能够读懂的盲文，是牲口烙印。那是被人占有的标志。

我提醒自己他还算是个好人，换个环境，我甚至会喜欢他。

听到我的话，他停下手。“我以为换个地方你会喜欢。”他知道这还不够，又说，“我只是想试试。”这也不够。“你说过想了解情况。”

他坐起身，开始解扣子。剥去威严的教士服之后，是否会更糟?他身上只剩下一件衬衣，下面是小得可怜的腹部。几撮毛。

他把我身上的一根带子拉下，另一只手滑进羽毛，但全无用处。我躺在那儿，像一只没有生命的死鸟。他不是魔鬼，我心想。我没理由表示高傲或厌恶，在那种情形下，所有情绪都得抛之脑后。

“也许我应该把灯关了。”大主教说，口气沮丧而且显然大失所望。他说这话前我曾注视了他片刻。脱去了制服，他显得更瘦小，更苍老，像一个风干的东西。问题是，只要和他在一起，我就无法改变和他在一起的一贯方式。往常我也都是木头人一样一动不动的。但毫无疑问，在这里我们应该有所不同，而不是像现在这样乏味无聊和老一套。

装装样子吧，我在头脑里对自己喊。你应该记得怎么做的。早点把这事了了，不然你得在这里呆上一整夜。让自己亢奋起来。手脚动起来，喘出点声音来。至少这一点你可以做到。

13
夜

第四十章

夜晚的闷热比白天更难忍受。虽然电风扇吹着，但什么也不见摆动，储存了一天热气的四堵墙壁，此时像刚用过的烤箱，不断散发着热气。雨一定很快就要来了。我干吗盼望下雨？它只会使空气更加潮湿、闷热。远处有闪电划过，但不见打雷。往窗外望去，我可以看见天空阴霾密布、昏暗低沉，夹杂着灰蒙蒙红外线的天际后面有微光闪现，仿佛在翻涌的海水中才得以一见的闪烁的波光。探照灯没开，这有些反常。电源中断。要么就是赛丽娜·乔伊一手安排的。

我静坐在黑暗中：没必要用灯光来突出我依然活着的事实。此刻我重又穿回红色的修女服，那件缀满闪光饰片的羽衣已被脱掉，口红也已用卫生纸擦去。我希望什么都看不出来，希望我身上什么味道也没有留下，包括他的味道。

她是夜半时分过来的，如她先前所言。我听见她拐杖点地，拖着步子，隐隐地顺着地毯沿走廊那头由远而近，然后轻轻敲门。我没有吭声，只是跟在她后面，穿过楼道，下楼。她可以走得很快，比我想象的要有劲得多。她左手牢牢抓着楼梯栏杆，也许很痛，但强忍着，努力保持镇定。我心里想：此刻她一定正疼得咬紧嘴唇。但她想要那个孩子健健康康。下楼时我见到镜子里两个影子一晃而过，一个红，一个蓝。我和我的对立面。

我们经过厨房出去。厨房空无一人，只有一盏昏暗的小烛光夜灯还亮着，显出空旷的厨房在夜间特有的宁静。长台面上的碗碟，瓶瓶罐罐，以及粗陶坛子在微弱的光线中影影绰绰，显得无比沉重。刀具已经收进木头搁架里。

“我就不和你一起出去了。”她低声说。听她低声说话感觉真是奇特，仿佛她是使女中的一员。通常夫人们是不会压低声音说话的。“出了这扇门，向右走。跟着会看到另一扇门，门没锁。只管上楼敲门，他在等你。我就坐在这里，没有人会看到你。”这么说她会等我，以防万一出什么麻烦。以防卡拉和丽塔醒来，为了办什么事从厨房后面的屋里出来进到厨房。如果是那样，她会对她们说什么？说她睡不着。说她想喝杯热牛奶。她那张巧言善辩的嘴巴定会让她们信以为真。我敢肯定。

“大主教在楼上他自己的卧房里，”她说，“这么晚他不会下楼，向来不会。”那只是她的想法。

我推开厨房门，迈出去，停了一会儿让眼睛适应。我已经很久很久不曾独自一人在夜里出门了。雷声轰鸣，暴风雨越来越近。那些卫士她是不是已经打点好了？我会被当做秘密潜行者开枪打死的。我希望她以某种方式收买了他们：比如用烟或是威士忌，也可能他们对这个种马场的把戏一清二楚，假如这个不成，下次她会换他们也难说。

车库门只有几步之遥，我走过去，脚无声地踩在草坪上，迅速打开门潜入。楼梯很暗，暗得我什么也看不见。我摸索着拾级而上：这里铺着地毯，我想是蘑菇色的。这里过去一定是公寓套房，租给学生或有工作的单身汉居住。附近许多大房子里都有这种套房。过去人们把它称作单身套房或一室公寓。我很高兴还能想起这些。*独立门户*，广告上会用这个词，那意味着你可以享受性而不会被人窥视。

我走到楼梯顶端，举手敲门。他亲自来开门，还会有谁呢？屋里有一盏灯，仅有一盏，却亮得令我直眨眼睛。我目光越过他，不想与他对视。这是一个单间，里面是一张折叠床，已经铺好，房间另一角是一套厨房用的设备，另外一扇门应该是通往浴室。屋里的陈设简洁，如军人一般，简单得不能再简单。墙上没有画，也不见任何植物。就像在野外宿营。床上的灰毯子上印着“美国”字样。

他退后一步侧身让我过去。他穿着衬衣，举着烟，烟是燃着的。在屋里闷热的空气中，我嗅着他浑身上下的烟味。我真想脱掉衣服，沐浴其中，把它擦在我的皮肤上。

没有前戏，他知道我为何而来。他甚至什么也没说，没有必要浪费时间，这只是一件例行公事而已。他从我身旁移开，关灯。外面，就像给我们的动作打上标点一样，骤然划过一道闪电，紧接着就是炸雷。他在脱我的衣服，一个用黑暗做成的男人，我看不见他的脸，我几乎喘不上气来，几乎站立不住，我不再站着。他的嘴贴在我身上，还有他的双手，我等不及了，而他已经在动了，哦，爱，这久违的感觉，我的肌肤重新有了生命，双臂抱着他，倒下，似水的柔情将我包围，不绝如缕，没有穷尽。我知道这种机会也许不复再来。

这是我编造的。实际不是这么回事。以下才是真正发生的情形。

我走到楼梯顶端，举手敲门。他亲自来开门。屋里亮着一盏灯，令我直眨眼睛。我越过他的眼睛，看到这是一间单人房，床铺已经铺好，屋里的陈设简洁，如军人一般。没有画，但毯子上印着“美国”的字样。他穿着衬衣，手里拿着烟。

“嗨，”他对我说，“来一口。”没有前戏，他知道我为何而来。让人弄大肚子，未婚先孕，遇上麻烦，这些都是从前人们对这件事曾经有过的叫法。我把烟拿过来，深深地吸了一口，还给他。两人手指几乎碰都没碰。可那口烟已经让我晕乎乎了。

他什么也没说，只是望着我，脸上不见一丝笑容。假如他准备碰我，最好还是对我友善些。我觉得自己又蠢又笨，虽然我清楚自己既不蠢也不笨。可他在想什么？为什么他一声不吭？也许他以为我一直都在“荡妇俱乐部”与大主教或更多的人鬼混。我居然会在乎他想什么，这让我有些恼火。还是实际点吧。

“我时间不多。”我说。真是笨嘴笨舌，我想说的并非这个。

“我可以射进瓶子里，你再倒进去。”他说。脸上没有笑。

“没必要这么粗暴吧。”我说。也许他觉得自己被利用。也许他想从我身上得到些什么，某种情感，某种认可，承认他也是人，而不只是专事生殖的植物心皮。“我知道这对你不容易。”我试探道。

他耸耸肩。“我可不是白干的。”他恶声恶气地回答。但仍然没动。

我是花钱雇来的，你也是花钱雇来的，我在心里反复念叨着。那我们就看钱办事好了。他不喜欢涂脂抹粉，不喜欢珠光宝气。我们将冷面相对。

“你常到这儿来吗？”

“像我这样的好女孩怎么会到这种地方来？”我应道。两人都笑起来：这样好多了。这表明我们都知道自己在演戏，在这样一个布景中我们还能做什么呢？

“离别①更增思念情。”我们引用的是过去夜场影片中的对白，而那些影片是更早时候拍的：这种对话可以追溯到很久很久以前，与我们所处的年代相隔久远。即便是我母亲也不这么说话，从我记事时就不曾有过。现实生活中恐怕没有一个人会这么说话，根本从一开始就是编造出来的。但这句伤感多情、苦中作乐的性调侃居然如此轻易就泛上脑海，真是令人不可思议。现在我终于明白它的用处了，明白它一直以来的用处：是为了把自己的内心包裹起来，保护起来，使他人无法企及。

---

① 此处“离别”（abstinence）有“禁欲”之意。

我黯然神伤，因为我们的谈话方式无比悲凉：消失的音乐，褪色的纸花，褴褛的绸缎，回声的回声。一切都消失了，不可能再来。猛然间我失声痛哭。

他终于走上前来，抱住我，轻轻拍打我的背，就那么托着我，安慰我。

“别哭了，”他说，“我们可没有多少时间。”他揽着我肩膀，引我到折叠床边，让我躺下。他甚至没忘了先把毯子掀开。他开始解扣子，然后开始抚摩，并在我耳边亲吻。“不要浪漫色彩，”他说，“可以吗？”

这句话曾经有别的意味。过去它指的是：不要附加条件。如今则意味着：不要英雄气概。它意味着：如果真有什么事，别为我冒险。

然后就过去了。就这样。

我知道这种机会也许不复再来。别了，即便在当时我也这么想，别了。

实际上并没有什么雷声，是我加进去的。为了掩盖我羞于弄出的声音。

以上也不是真实情形。我不能肯定真实情形究竟如何，不能完全肯定。我所希冀的只是一种重述：爱情所感受的向来只是大约情形。

在进行到中途时，我想到坐在厨房里的赛丽娜·乔伊。她一定在心里想：下贱。她们对谁都可以张开两腿。只要给根香烟就成。

事后我曾经想：这是一次背叛。倒不是说事情本身，而是指我自身的反应。假如我确定他已不在人世，是否会有所不同？

我不想有愧。我希望自己没有廉耻之心。我希望自己懵然无知。这样我就不会知道自己有多么无知。

14 挽救

第四十一章

我希望这个故事有所不同。希望它多几分雅趣。希望在这个故事中我哪怕不能更开心起码也多一些亮色，至少更活跃一些，少一些犹豫不决，少被琐事分心。希望它更有条理。希望它与爱情有关，或者与某种启迪人生的感悟有关，甚至与日落、飞鸟、暴风雨或冰雪有关。

也许从某种意义上来讲它确实与这些事物有关，只是与此同时，总会有那么多别的东西横插进来，那么多窃窃私语，那么多对别人的思忖猜测，那么多无法证实的飞短流长，那么多不曾出口的话语，那么多暗中潜行和躲躲闪闪。有那么多时间需要忍耐挨熬，那些时间如油炸食品般腻味，或如浓浓大雾般厚重。接着猛地一下，所有这些红色事件，如爆炸般溅撒在原本端庄稳重，宛若梦中的街头。

很抱歉这个故事中充满了痛苦。很抱歉它只是支离破碎的片断，就像被交叉火力轮番扫射或被暴力撕裂的人体。但要我改变它却无能为力。

我曾试图加进一些怡神悦目的事物。比如鲜花，因为假如连花都没有，那会是个什么地方？但一遍遍讲这个故事令我心痛。一遍就足够了：难道每次不都是这样吗？但我还是不停地讲着这个充满伤感、饥渴、悲惨的故事，讲着这个进展艰难缓慢、残缺不全的故事，因为我毕竟还是希望你能听我讲这个故事，正如我也愿意听你讲一样。但愿能有机会，但愿能同你见面，但愿你能逃出来，在未来的某个时候，在天堂或牢狱或地下，总之逃到别的什么地方。那些地方的共同点是都不属于这里。和你讲点什么，至少说明我相信你的存在，相信你就在那里，相信你是活生生的人。对你讲这个故事，我使你得以存在。我讲，即你在。

因此我还要讲。因此我强迫自己继续不停地讲。我现在就要讲到你最不喜欢听的一段，在这段故事中，我举止轻浮，行为不端，但我还是要尽力不遗漏掉什么。在听了前面所有一切后，不管我还剩下什么没讲，你也该听听，虽然内容不多，却都是实情。

接下去故事是这样的。

我回到尼克身边。一次又一次，自觉自愿，没让赛丽娜知道。不是应召而去，没有任何借口。不是为他，完全是为我自己。我甚至没有想过这是在把我自己给他，说到底，我有什么可给的？我并没有慷慨施与之感，相反，我充满感激之情，为了他每次的接纳。他大可不必如此的。

为了到他那里去，我变得毫无顾忌，瞎碰运气。从大主教那里回来，我会顺原路回到楼上，然后再沿着过道，从后面马大们走的楼梯下去，穿过厨房。每次我都会听到厨房门在我身后喀哒一声关上，每次都几乎令我回头。它听起来那么刺耳，像耗子夹的声音，又像武器的声音，但我不让自己回头。而是快步穿过那几英尺被照得通亮的草坪，探照灯又回来了，我在头脑里时刻准备着子弹穿过我的身体，甚至不等呼啸声响起。我会在暗中顺着楼梯摸索着拾级而上，靠在门上歇一会儿，让双耳沸腾的血液平静一下。恐惧是一服强力兴奋剂。然后我会轻轻敲门，乞者般怯生生的敲门声。每次我都会想他一定不在，或者更糟，想他会拒绝让我进去。他可能会说他不想再为我破坏规矩，自己找死。最糟的是，可能会告诉我他已对我失去兴趣。但这些他哪一样也没做，令我感到自己真是三生有幸，能得如此稀世恩宠。

我说过这段不好。

经过是这样的。

他打开房门。身上穿着衬衫，没有束在腰里，而是松松地搭在外面。手里拿着一把牙刷，或是一根烟或一个杯子，里面盛着什么。在这儿他有属于自己的小库存，我想全是黑市的玩意儿。他手里总有活干，似乎他的生活一如往常，没有盼我来，没有在等我。或许他真的没盼我来，没在等我。或许他对未来毫无预感，或者不愿伤脑筋也没胆量去好好想想。

“太晚了吗？”我说。

他摇摇头表示不晚。我们俩如今都明白在我们之间根本不存在太晚的问题，我这么问不过是出于礼节罢了。这让我更觉身处主动，似乎我有两条路可以选择，何去何从由我决定。他站到一边让我过去，随手把门关上。然后他走到房间那头关上窗子。接着关灯。两人之间没有什么交谈，特别在这个阶段。我只顾忙着宽衣解带，已经脱去了一半。我们把谈话留到后面。

和大主教一起时，我总是闭起眼睛，即便只是分手时的那一吻。我不想那么近看他。可在这里却完全不同。每次我都把两眼睁得大大的。真希望屋里有点亮光，比如，模仿大学时代的做法，在瓶子里插根蜡烛，但那样太冒险。于是我只好将就，权且以照在楼下、透过和我房间一样的白色窗帘洒进屋里的探照灯灯光应付了事。我希望看到他身上所有的一切，将他尽收眼底，牢牢记住，把他的形象储存在我心里，为了日后有个想头：包括他身上的线条，肌肉组织，皮肤上闪闪发光的汗珠，以及那张略带嘲讽、含而不露的长脸。我早先对卢克也该如此，多注意他身上的细微之处，包括每一颗痣每一块疤每一道伤痕。可我没有这么做他的身影便日渐淡没。日复一日，夜复一夜，他的身影渐渐逝去，我越来越失去信心。

对这个人，只要他喜欢，我愿意穿上粉色的羽衣锦裳，戴上紫色的星状饰片，或随便什么别的东西，甚至包括兔子尾巴。但他对这些装饰一无所求。每次我们做爱都做得死去活来，就好像我们确知这种机会对两人而言将不复再来，而且同谁都永不会再有这种机会。而每当它再次来临，则次次对两人都是一份惊喜，一份额外的礼物。

和他呆在这里让我感到安全。他的小屋就像一个洞穴，两人紧紧相偎其间，任屋外狂风大作，暴雨滂沱。当然，这只是一种臆想。这间屋子是最为危险的地方之一。万一被逮着就别想活命。但我毫不在乎。再有，我何以如此信任他？这本身就是缺乏考虑的鲁莽之举。我怎么会想当然地自以为了解他，哪怕是一丝丝的了解？他到底是什么人，究竟是干什么的？

我把这些不安的窃窃私语抛到一旁。只顾口无遮拦地乱说一气。我说得太多了，把不该说的都说了。我告诉他有关莫伊拉和奥芙格伦的事，但没提卢克。我还想说有关我屋里那个女人的事，那个在我之前住在那里的女人。但我没说。我嫉妒她。要是在我之前她也来过这里，也在这张床上躺过。我不要听。

我对他说了我的真名，并由此感到自己终于为人所知。我简直就像个大笨蛋。真不该这么没头脑。我把他当成了一个偶像，一个用硬纸板剪成的图样。

与我相反，他谈得极少：不再闪烁其辞，也没有调侃玩笑。他只是不断地提问题。他似乎不关心我说些什么，只对我身体的潜在价值反应灵敏，但在我说话时他始终望着我。始终望着我的脸。

难以想象一个我如此感激涕零的人会背叛我。

我们谁也不曾使用过“爱”这个字眼，一次也不曾，那是玩命，是冒险，会招来大祸。

今天见到了一些不同的花朵，枝叶更干爽，轮廓更分明，都是些在盛夏开放的品种：像雏菊和金光菊等，季节的脚步正慢慢走向秋天。我和奥芙格伦一起行走时，见到好些花园里零零星星开着这些花朵。我几乎没听她说话，我已经不再信赖她。她对我絮絮低语的一切显得极不真实。对我来说，如今那些话还有何用处？

你可以趁黑夜摸进他房间，她说。仔细检查他的书桌。一定有什么文件、批注，等等。

门是锁着的，我喃喃道。

我们可以为你弄把钥匙来，她说。难道你不想知道他是什么样的人，是干什么的吗？

但我目前的兴趣已经不在大主教身上。我得竭力不让自己把对他的冷漠显露出来。

一切照旧，尼克说。不要有任何改变。不然会被他们察觉。他吻着我，自始至终注视着我。答应我好吗？千万别出差错。

我把他的手放在我的小腹上。有了，我说。我觉得有了。再过几个星期就能证实。

我知道这只是痴心妄想罢了。

那他就会爱死你了，他说。她也一样。

可这孩子是你的，我说。绝对是你的。我希望他是。

但我们追求的并非这个。

我办不到，我对奥芙格伦说。我太胆小。总之干这种事我根本不行。我会被抓住的。

我连让自己的语气里带几分遗憾都提不起劲来，我竟变得如此懒怠。

我们会救你出去，她说。到情况万分危急，大难临头，真正迫不得已时，我们会负责救援。

但事实是我已不想离开，不想逃跑，不想越境投奔自由。我只想呆在这里，和尼克在一起，在这里我对他触手可及。

对你讲这个，我确实感到自惭羞愧。但这件事本身的意义却不仅于此。即便到了今日，我仍然认为自己说这件事实际上是在夸耀，里面不无自得的成分，因为它清楚表明了我曾处在何种山穷水尽的极端境地，从而使我所做的一切都变得合情合理，情有可原。多么值得。就像在得了一场险些送命的大病之后，向人们讲述自己大难不死的经历，又像战争中的幸存者讲述有关战争的故事。所有这些故事都一本正经。

这样一本正经地说到一个男人，要是放在过去，简直不可想象。

一些日子过后，我变得理智了些，我不再对自己使用爱这个字眼。我说，我不过是在这里为自己创造了某种生存方式罢了。早期移民的妻子们一定也是这么想的，还有在战争中幸存下来的女人，假如她们尚未失去男人。人性是如此容易适应环境，随遇而安，母亲会这么说。人的适应性真是不可思议，只要有些许补偿，对什么都能习以为常。

很快就会有了，卡拉把每月用的卫生巾给我时说。用不了多少日子了，怯生生的笑容中一副无所不知的样子。她知道吗？她和丽塔知道我夜里偷偷从她们的楼梯下去干什么吗？难道是我自己泄漏了秘密，大白天做梦，痴痴傻笑，在自以为没人看见时轻轻抚摩脸颊？

奥芙格伦已经不再对我抱任何指望。她很少再低声说什么，更多的是谈论天气。我并不对此感到遗憾。相反，我如释重负。

第四十二章

钟声持续不断地响着，从老远的地方便能听到。已是上午时分，这天没有供应早饭。到大门口时，我们两个两个一起排成纵队进入。这里戒备森严，重兵把守，专门挑选的天使军士兵全身防暴装备——头戴前面有凸出透明普列克斯玻璃①面罩的头盔，活像一只只甲壳虫，每人手里都拿着长棍和毒气霰弹枪——他们在围墙外面筑起密密的封锁圈，以防里面爆发激烈情绪。墙上的钩子空无一人。

这是一个专门为妇女举行的教区挽救仪式。挽救仪式向来是男女分开的。举行今天这个仪式的消息昨天刚刚公布，提前一天才通知你。这点还要过一阵子才会习惯。

伴随着钟声，我们走在曾留下无数学子足迹的小道上，穿过曾经是教室和学生宿舍的大楼。重新置身此地令人感觉无比奇特。从外观上看，说不出有什么改变，只是大多数窗户都拉下了百叶窗。如今这些大楼归眼目们所有。

我们排成纵队走上昔日图书馆前面的大草坪。由下至上的白色阶梯依然如旧，图书馆的正门也还是老样子。草坪上临时搭起了一个木头台子，就像过去每年春季用来举行毕业典礼的那种。我想到帽子，一些母亲们戴的色彩柔和的帽子，以及学生们身上穿的黑的和红的毕业礼服。但这个台子还是不大一样，因为台上竖着三根绑着一圈圈绳子的木头柱子。

在台子前方，安了一个扬声器，边上不显眼的地方有一台电视摄像机。这种仪式我只参加过一次，是在两年以前。挽救妇女仪式并不经常举行。必要性不大。这些日子以来我们已是如此循规守矩。

我真不想讲这个故事。

我们按照规矩各自就位：夫人们和她们的女儿坐在后排的折叠木椅里，经济太太和马大们坐在边上和阶梯上，最前面是使女，首当其冲，众目所向。我们不坐在椅子上，而是跪着，这次膝下有块垫子，不大，是红色天鹅绒的，上面什么字也没有，连“信仰”都没有。

幸亏天气不错：不太热，有云，但还算晴朗。要是雨天跪在这里可就惨了。兴许这就是那么晚才告诉我们的原因：只有到前一天才可能知道确切天气。再没有什么理由比这更好了。

我跪在红色天鹅绒垫子上。尽力去想晚上的情形，想着在黑暗中，在从白墙壁反射过来的探照灯光亮中做爱的情形。被拥抱的感觉历历在目。

一根长长的绳子蛇一般从第一排垫子前面向后蜿蜒，经过第二排，一直穿过后排的椅子朝后面延伸，弯弯曲曲，像从空中俯视的一条古老久远、水流缓慢的江河。绳子是棕色的，很粗，闻起来一股沥青味。绳子的前端连到台上。看上去像保险丝，又像是气球的系带。

台上靠左边，是几个将受到挽救的人：两个使女，一个夫人。夫人被挽救可不多见，我不由对这位产生了浓厚兴趣。真想知道她究竟干了些什么。

大门开启之前她们就在台上了。几个人都坐在折叠木椅里，如同准备接受奖励的毕业班学生。她们两手放在大腿上，看上去

---

① 一种用聚甲基丙烯酸甲酯制成的透明塑料材料，常用以制造飞机座舱罩、镜片等。

似乎十分安详地交叠着。身子微微晃动，也许是打了针或吃了药，这样便不至于大吵大闹。最好一切顺利。她们是被固定在椅子上的吗？没法说，长裙遮盖着，谁也看不出下面究竟是何情形。

一队官员沿着右边阶梯走上台来：走在前面的是三个女人，为首的是位嬷嬷，稍后一步是两位黑帽黑衣的挽救者。其他嬷嬷紧随其后。我们之间的窃窃私语声戛然而止。前面三位排好位置，嬷嬷位于中间，左右两边是身穿黑袍的挽救者，然后把脸转向我们。

是丽迪亚嬷嬷。我们有多少年没见面了？我已经开始把她当做只在记忆中存在的人物，可此刻她却就在眼前，只是苍老了一些。从我这里看得很清楚，她鼻子两旁的纹路更深了，眉头上皱纹如刀刻一般。她两眼不停地眨巴，神经质地笑着，东张西望，审视台下的观众，不时地举起一只手摆弄头巾。扬声器里突然传出一声奇怪的憋在嗓子里的声音：原来是她在清喉咙。

我全身颤抖起来。仇恨充满我的口腔，如同唾沫恨不得一吐为快。

太阳出来了，台上以及台下的人顿时亮堂起来，仿佛圣诞节常见的耶稣诞生塑像①。我可以望见丽迪亚嬷嬷眼窝下的皱纹，坐在台上的女人们苍白的脸蛋，眼前草地上那根绳子上的毛状纤维，包括青草的叶片。一棵蒲公英就在我眼前，蛋黄色。我感到饥肠辘辘。钟声终于停了。

丽迪亚嬷嬷站起身来，用两只手理了理裙子，向前一步走到麦克风前。“各位女士，你们好。”她说，扬声器传出来的是一阵短促刺耳的尖利噪声。我们中间不知是谁居然笑出声来，真是难以置信。不过在那种紧张的气氛下，丽迪亚嬷嬷调试声音时脸上气急败坏的神情确实让人无法不笑。这本该是庄重、严肃的场合。

---

① 描绘马利亚、约瑟等人围绕着马槽中初生基督的情景。

“各位女士，你们好。”她又说了一遍，声音细小低沉了些。她用的是女士而非姑娘，是因为在场的还有夫人。“我相信大家都清楚是什么不幸的事件将我们带到这里来，在这样一个明媚的上午，大家肯定更愿意干别的事情，至少我自己是如此，但责任是一位严厉的监工，或许在这个场合，我应该用女监工，正是以责任的名义我们才聚集于此。”

她继续这样说了有几分钟，但我没听。这些话，或是类似的话，我早在过去就已经听够了：千篇一律的老生常谈，千篇一律的口号，千篇一律的陈词滥调：诸如未来的火炬，人类的摇篮，摆在我们面前的任务，等等等等，不一而足。当然，这番发言之后，肯定少不了出自礼貌的掌声，然后大家会在草坪上喝茶吃点心。

这只是开场白，我心想。现在她要切入重点了。

只见丽迪亚嬷嬷在口袋里翻了半天，拿出一张皱巴巴的纸来。慢吞吞地打开，慢吞吞地看，根本不需要那么长时间的。她这是故意叫我们难受，让大家知道她是何等举足轻重的人物，让大家在她不出声阅读时眼巴巴地望着她，炫耀她独有的权力。真恶心，我心想。但愿这一切快快结束。

“过去，”丽迪亚嬷嬷说，“在挽救正式开始之前，习惯上都要详细陈述犯人的罪行。但是，我们现在发现，这种公开宣判，特别是电视公映以后，总会有人模仿效尤，导致完全类似的罪行相继发生，这么说也许不太确切，应该说恶性爆发才对。因此我们决定，为了尽力维护大家的利益，从今天起废止这项程序。挽救将立即进行。”

我们中响起一片低语声。对我们而言，别人的罪行好比隐显文字。毕竟通过这些罪行，我们得以看到自己究竟可以有多大能耐。因此，她宣布的这个决定没有人会喜欢。但这点从丽迪亚嬷嬷脸上是绝对看不到的，她只是一味地微笑着，眨着眼睛，仿佛沉浸在热烈的掌声中。现在我们只有靠自己去想，自己去猜了。

第一个女人，也就是正从椅子上被戴着黑手套的手抓着上臂拎起来的这位。是因为看书吗？不会，那只是斩手，而且是在连犯三次以后。要么是因为行为不贞，或是企图谋杀她那家大主教？抑或是大主教夫人？后者更有可能。我们心里是这么想的。至于那位夫人，多半只因为一件事需受到挽救。她们尽可以对我们为所欲为，但绝不能杀死我们，法律上不允许。无论是用编织针或花园里用的大剪子还是从厨房里偷来的刀子都不行，杀死怀孕的使女更是罪加一等。当然，还可能因为通奸。这个罪名自古有之。

要么就是企图逃跑。

“奥芙查尔斯。”丽迪亚嬷嬷宣布道。这些人我都不认识。那个女人被带上前来，她走起路来似乎需要全神贯注，先是抬起一边脚，然后是另一边，她绝对是被上了麻醉药了。只见她嘴角挂着一丝含混不清、迷糊游离的笑意。一边脸颊面对摄像机不自然地痉挛抽搐着。当然，这不是实况转播，这个镜头是不会播出来的。两名挽救者把她双手反绑在身后。

我背后有人开始干呕。

之所以没让我们吃早饭，原因就在于此。

“肯定是珍妮。”奥芙格伦小声说。

我曾经见到过这个情景，白布袋套上头后，女人便被托举到高高的凳子上，就像被托举上公共汽车一样，放妥后再把绞索小心套住脖子，仿佛它是一件衣服，然后踢掉凳子。我听到四周响起一片长长的叹息声，就像充气床垫放气的声音，我看到丽迪亚嬷嬷把手挡在麦克风前，盖住她身后发出的其他声音。我俯向前去，和众人一齐把双手放在面前的绳子上，绳子毛刺刺的，在炎热的太阳光下绳子上的沥青有些发黏。然后把手放在心脏的位置，表示我与挽救者团结一致，赞成并共同参与了处死这个女人。台上悬空的两只脚开始乱蹬，被那两个黑衣女人抓住，使劲往下拽。我不想再看了。我把目光转向青草。转向绳子。

第四十三章

三具尸体吊在那儿，即便有白色口袋套着，她们的脑袋还是显得长得出奇，像吊着脖子挂在肉店橱窗里的死鸡，又像剪掉翅膀的鸟儿，飞不起来的鸟儿，遇难的天使。使人无法移开目光。在几条裙子底下，几双脚晃悠着，两双红鞋，一双蓝鞋。要不是那些绳子和袋子，乍眼望去，她们仿佛在翩翩起舞，芭蕾舞的腾空动作，用闪光摄影拍下来。她们看上去像经过精心编排的娱乐演出。一定是丽迪亚嬷嬷的主意，把蓝色置于中间。

“今天的挽救仪式到此结束，”丽迪亚嬷嬷面朝麦克风宣布，“接下来……”

我们全都把脸转过来，竖起耳朵盯着她，等待下文。她一贯乐于此道，喜欢把停顿的时间拉得老长。人群中泛起一阵波动。接下来或许还有一些别的什么事情。

“你们可以起来了，围成圈。”她对台下的我们微笑着，神态慷慨宽厚。看来她是要给予我们些什么东西了。赐予。“现在，按顺序排好。”

她是对我们说话，对使女们说话。一些夫人和她们的女儿已经离开。大多数还没走，不过都远远呆在后面，在一旁观看。她们没有加入我们的圈子。

两名卫士走上前来，卷起粗绳，腾开地方。其他人把垫子拿开。我们开始在台前的草坪上挤来挤去，一些人抢占前面靠近中央的那圈位置，多数人则用力插到前后两排中间，这样前后都有一层保护。在任何一个类似的集体活动中，千万不能动作迟缓，退缩不前。那表明你性格冷漠，缺乏热情。这里是充满活力的地方，细微的声浪此起彼伏，个个身手敏捷，群情激奋。人人身体紧绷，两眼放光，仿佛在瞄准什么目标。

我不想在前也不想在后。我无法断定会发生什么事，但凭感觉肯定不会是什么我愿意近看的。但奥芙格伦已经抓住我的手，把我拖到第二排，前面一排的人寥寥无几。我不想看，但也没有退后。这方面的传闻我曾听到过一些，却不大相信。不管我听到了什么，我对自己说：他们应该不至于那么过分。

“你们知道参与处决的规则，”丽迪亚嬷嬷说，“你们先等着，听到我哨子响后才动手，随你们爱怎样就怎样，听到第二次哨响就住手。明白吗？”

我们中间响起一片嘈杂声，算是无形的赞同。

“那好。”丽迪亚嬷嬷说。然后点了点头。这时两名卫士从台后走了出来，不是刚才抬走绳子的那两位。他们俩一起半抬半拖着另一个人。此人也穿着卫士的军装，但头上没戴军帽，军服也又脏又破。脸上被砍得伤痕累累，浅红褐色的伤口颜色发暗。皮肤肿着，凹凸不平，满脸是没刮的胡子碴儿。看上去不像是脸，倒像是一棵叫不上名字的蔬菜，一棵被压坏的球茎植物或块茎植物，一棵没长好的东西。即使离得那么老远，我也能闻到他身上的味道：夹杂着粪便和呕吐物的味道。金黄色的头发散落在脸上，一簇一簇缠结着，上面沾着什么？干了的汗水？

我满怀厌恶地盯着他。他看上去像个醉鬼。像个喝醉后和人打了一架的酒鬼。他们把个醉鬼带到这里干什么？

只听丽迪亚嬷嬷开口道：“这个人，他犯了强奸罪。”她的声音颤抖，半是因为气愤，半是出于某种胜利的喜悦。“他曾经是名卫士。但他滥用了值得信赖的地位，使其军装蒙羞。他凶残的同伙已被击毙。大家都知道，根据《圣经·申命记》第二十二章二十三至二十九节，对犯强奸罪者，将处以死刑。我还想加一句，这个罪行的受害者是你们当中的两个，他们以枪口威逼实行强奸。情节十分残忍。我无意渲染细节弄脏你们的耳朵，只想说受害者之一是位孕妇，如今婴儿已经夭折。”

四周响起一片叹息声。我在不知不觉中捏紧了拳头。这太不像话了，如此侵犯我们。还有那个婴儿，受了多少苦才好不容易怀上的。当时我确实有一种杀戮欲，恨不得把他千刀万剐，挖出他的眼睛，将他撕得粉碎。

众人往前拥，摇着头，鼻孔翕动，呼哧呼哧地嗅吸着死亡的气息。我们相互对视，每个人脸上都充满仇恨。枪毙太便宜他了。那人的脑袋含混不清地摇晃着：他听到丽迪亚嬷嬷的话了吗？

丽迪亚嬷嬷等待了片刻，然后脸上泛起微笑，把哨子举到唇边。接着我们便听到哨响，哨声尖锐清脆，就像很久以前的排球赛。

两名卫士松开那人的手臂往后退。只见那人脚步摇摇晃晃——是被上了麻药了吗——接着便跪倒在地。他的两眼在浮肿的脸上皱缩起来，似乎灯光太强受不了。他肯定是一直被关在黑牢里。只见他举起一只手摸摸脸，仿佛想感觉一下自己是否还活着。所有这些都是在极短的时间内发生的，但感觉中却无比漫长。

没有人向前移动一步。女人们面带恐惧望着他，仿佛他是一只筋疲力尽的老鼠，正拖着身子爬过厨房。他乜斜着眼望着我们，一群围着他的红衣女人。一边嘴角微微翘起来——是在笑吗？真是不可思议。

我努力想看清他的模样，看清在累累伤痕底下他究竟长得什么样。我想他大约三十岁左右。不是卢克。

但很可能是，我知道。有可能是尼克。我知道不管他做了什么，我都绝不能碰他一下。

他说了些什么。声音含混不清，似乎他喉咙受了伤，成了大舌头。可我还是听清楚了。他说的是:“我没有……”

刹那间，人流猛地朝前拥去，就像从前在摇滚音乐会上，门一打开，那种急不可待的心情大浪一般将我们淹没。空气中充满了刺激，人人都跃跃欲试。无拘无束，随心所欲。这就是自由。在我身体里，也同样热血沸腾，激动得发晕，眼前到处是一片红色。但就在红衣人流触到那人之前，奥芙格伦已经拨开前面的女人，挥动双臂，抢先跑上前去。她将那人推翻在地，抬起脚凶猛无情地狠狠踢他的头，一下，二下，三下，既准又狠。这时只听人声鼎沸，喘息声，低沉的咆哮声，叫喊声响成一片，红色的身体一拥而上，他的身影顿时被淹没在手臂和拳脚中，从我眼前消失了。一声巨大的尖叫从某个地方传来，仿佛马受惊时的嘶叫。

我没有跟着跑，竭力使自己站着不动。有什么东西从后面朝我打来。我踉跄了一下。等我站稳脚跟回头望去，我见到那些坐在椅子里的夫人和女儿们全都向前倾着身子，台上的嬷嬷们兴致盎然地往下张望。在那里一定看得更为清楚。

那人成了一个没有生命的东西。

奥芙格伦回到我身旁。她面孔紧绷，毫无表情。

“我看到你的行为了。”我对她说。这会儿我重新有了感觉。我感到惊愕，气愤，恶心。简直野蛮透顶。“你为什么要那么干?你！我原以为……”

“别朝我看，”她说，“她们正盯着。”

“我不管。”我说。声音越来越高，忍无可忍。

“控制一下自己。”她说。她假装为我掸掉手臂和肩膀上的灰，凑近我耳边。“别傻了。他根本不是什么强奸犯，而是政治犯。是我们自己人。我把他打昏。是让他不再受苦。你知道她们是怎么对待他的吗?”

自己人，我心想。居然是名卫士。听起来令人难以置信。

丽迪亚嬷嬷再次吹响哨子。但众人并没有立刻住手。两名卫士挤进去，将她们拉开。一些人躺在草地上，她们是被误打或误踢了的。还有一些人已昏厥过去。她们滞留在后面，三三两两，或者孤身一人，显得恍惚迷茫。

“现在去找到你们的同伴重新排好队。”丽迪亚嬷嬷对着麦克风说。但没几个人听她的。一个女人朝我们走来，走路的样子似乎在黑暗中摸索。是珍妮。她脸颊上有一道血痕，白色的头巾上血迹斑斑。她面带微笑，灿烂的微笑。眼神涣散。

“嗨，你们好，”她说，“近来如何？”她右手紧紧抓着什么。是一绺金发。嘴里小声地咯咯笑着。

“珍妮。”我说。可她不予理会，完全视若无人，处于自由落体的状态，与外界隔绝。

“祝你们玩得开心。”她说着，径直从我们身边穿过，向大门走去。

我目送着她的背影。心里想，出去容易。我甚至一点也不为她感到惋惜，虽然我本该如此。我感到愤怒。但我并不为此觉得骄傲，一点也不。可是，那恰恰是关键所在。

我的手闻起来有一股温热的沥青味。我恨不得立刻回到楼上浴室里，用气味难闻的肥皂和浮石反复刷洗，一直洗到把身上这股味道消除干净。这股味道令我作呕。

但与此同时我还感到饿。这太荒谬了，却是实话。死亡令我饥饿。也许是因为我被掏空了，或者这是身体的本能反应，通过这点来证实我还活着，还能反复默念至少那几个字：*我活着，我活着*。我依然，活着。

我渴望上床，做爱，立刻就做。

我头脑里泛起一个词：*津津有味*。

我可以吞下一匹大马。

第四十四章

一切重又恢复正常。

我怎么可以把这一切称为正常？不过同早上相比，现在可谓正常。

午餐是黑面包夹奶酪三明治，一杯牛奶，几根芹菜，一些罐头青豆。像小学生的午餐。我吃完了所有东西，但不是狼吞虎咽地一扫而尽，而是细细品尝，让饭菜的香味在舌头上久久停留。接下来我准备像往常一样出去采购。我甚至对此盼望不已。按惯例行事让人感到某种安慰。

我从后门出去，走上小路。尼克正在洗车，帽子斜戴着。他没看我。这些日子来，我们一直回避目光接触。害怕相对视的话，肯定会泄漏一些秘密，即使在无人的房子外面也难保不被人发觉。

我在拐角处等奥芙格伦。她迟到了。终于看见她走过来，一个裹着红布和白布的身影，像风筝一般，迈着我们个个训练有素的步伐，不紧不慢地朝我走来。我望着她，起初并未发觉有何异常。等她渐渐走近，我才觉出有些异样。她看上去不对劲。具体什么变化又说不上来。既没有受伤，脚也没有瘸。只是好像整个人缩小了。

等她更近一些时，我终于明白了是怎么回事。她根本不是奥芙格伦。两人身高一样，但这个瘦得多，而且脸色是浅褐色而不是桃红。她走到我跟前，停下。

“祈神保佑生养。”她招呼道。脸上一本正经，严肃古板。

“愿主开恩赐予。”我应道。尽力不表现出惊讶。

“你一定是奥芙弗雷德吧。”她说。我说是的，然后两人一起向前走去。

怎么回事，我心想。脑袋里翻江倒海。这可不是好消息。她到底怎么了，怎样才能打听到又不显得对这事过于关心？按规定我们相互之间不能有朋友之情，也不许讲什么赤胆忠心。我努力回忆奥芙格伦照理在这家还剩下多少时间。

“主赐给了好天气。”我说。

“真让人心情舒畅。”她的声音平和，低沉，含而不露。

两人过了第一个检查站，谁都没再开口。她不言不语，我也一声不吭。她是在等我开口，听听我的底细呢，还是她根本就是个虔诚信徒，正在专心致志地默念沉思？

“奥芙格伦被调走了吗，这么快？”我开口问，虽然明知道她并没有。早上我才刚刚见到她。要真是那样，她会告诉我的。

“我就是奥芙格伦。”这个女人回答。字字正确，丝毫不差。新来的这位当然是奥芙格伦，而原来的奥芙格伦，不管她此刻身在何方，都不再是奥芙格伦。我一直不知道她的真名。在茫茫姓名的大海中，你就这样迷失了方向。现在要想找到她绝非易事。

我们去了“奶与蜜”食品店，又进了“众生”肉店，在那里我买了鸡，新的奥芙格伦则买了三磅绞碎的纯精牛肉。店里照例排着队。我见到几个认识的女人，互相微微点了点头，以此来表示自己至少还有人认识，还存在。出了店门，我对新来的奥芙格伦说：“我们得上围墙那儿去。”我不清楚自己说这话是什么目的。也许是想试试她的反应。我急需了解她是否自己人。如果是，如果我能确定，也许她能告诉我究竟奥芙格伦出了什么事。

“随便。”她说。是出于无动于衷，还是小心谨慎？

围墙上挂着上午处死的那三个女人，仍穿着裙子，仍穿着鞋子，头上仍罩着白布袋。她们的手臂已经松绑，僵硬规矩地放在身子两旁。蓝色位于中间，左右两边是红色，只是颜色不再鲜艳，似乎褪了色，变得暗淡无光，像死蝴蝶，又像在沙滩上风干的热带鱼。她们身上了无光泽。我们站立着，默默无语地望着她们。

“让我们以此为鉴。”新来的奥芙格伦终于开口道。

起初我没有说话，因为我极力想弄清这句话的含义。她可以指以此为鉴，不要忘了这是一个毫无公理、残忍野蛮的黑暗政权。那样的话，我应该附和。但她所指的也可能恰恰相反，即我们应该循规蹈矩，不要轻举妄动，自找麻烦。倘若一意孤行，则罪有应得。倘若她指的是这个，我应该回答感谢上帝。她的声音平板、单调，什么也听不出来。

我心怀侥幸地答了一句：“是啊。”

对这话她没有回答，但我眼角感觉有道白光闪过，似乎她飞快地瞧了我一眼。

片刻后，我们转身重新上路回家。这段路很长，我们心照不宣地用相同的速度大步向前走，使两人看上去和谐一致。

我想也许应该耐心等待，不要急于作进一步打探。这样未免操之过急。我应该等上一两个星期，或者更长一点时间，仔细观察她，从她不经意说出的话里试探她的口气，就像奥芙格伦曾试探过我那样。现在奥芙格伦不在了，我整个人重又敏捷起来，懒散一扫而光，我的身体不再只贪求舒服，而是感觉到它正处在危险之中。我不该草率行事，不该冒无谓的风险。但我急需知道。我拼命忍着，一直到走过最后一个检查站，前面只剩下几个街区。这时，我再也忍不住了。

“我和奥芙格伦并不太熟，”我说，“我指的是原先那个。”

“是吗？”虽然她十分谨慎小心，到底还是有了回应，这使我备受鼓舞。

“我是在五月才认识她的。”我说。我感觉到自己身上发热，心跳加速。这太拐弯抹角了。起码它不是真话。接下去我该怎么说才能过渡到那个关键词？“我想是在五月的第一天。过去人们常把它称为五月天。”

“是吗？”她声音不大，口气也无动于衷，却满含威胁。“这种叫法我记不清了。你居然还记得真让我吃惊。你应该尽力……”她停顿了一下。“从脑袋里清除掉这种……”她又停顿了一下。“往日的回声。”

刹那间我浑身发冷，寒意如水一般渗进我的皮肤。她是在提醒我。

她不是自己人。但知道内情。

剩下的路程我走得心惊肉跳。我又犯傻了。傻得不能再傻。在这之前我从未想过，但此刻我明白了：假如奥芙格伦被捕，她可能会供出别人，我也必在其中。她肯定会招供。她顶不住的。

但我对自己说，我什么也没干，并未真的怎么样。我只是知道内情而已。只是没有去告密而已。

他们知道我孩子在哪里。假如他们把她带到我跟前，威胁要加害她，那该怎么办？或者真的下手。我简直不敢想象他们会对她怎么样。或者是卢克，假如卢克在他们手里该怎么办？或者是母亲或莫伊拉或任何一个我熟悉的人。噢，上帝，别让我选择。我会受不了的，我知道。莫伊拉说得对。我会什么都说出来的，要我说什么就说什么，血口喷人，瞎说一气，把谁都可以牵连上。不错，我先是会尖声叫唤，甚至哭哭啼啼，然后就会吓成一摊烂泥，随便什么罪行都供认不讳，最后被吊死在围墙上。收起锋芒，少惹麻烦，小心渡过难关，我过去常这么告诫自己。但现在这话毫无用处。

接下来的一路上我就这么在心里自说自话。

在拐角处，我们照例转向对方。

“我主明察。”这位新来的、阴险狡诈的奥芙格伦向我道别。

“我主明察。”我回了一句，努力使声音听起来热情洋溢。好像这种演戏一般的话语能使我们之间已然发生的一切有所改观。

接着她作出一个出乎意料的举动。她凑上前来，两人头上硬硬的白色眼帘几乎碰在一起，我看到她苍白的浅褐色眼睛近在我眼前，还有双颊上细细的纹路。她的声音又轻又快，细微得如同干树叶的沙沙声响。“她上吊自杀了，”她说，“在挽救仪式之后。她看到抓她的车来了。这样更好。”

说完，她便离开我沿街走远了。

第四十五章

我呆立了片刻，似乎被人踢了一脚窒息了一般。

这么说她死了，而我还活着，安然无恙。她抢在他们前面结果了自己。我感到如释重负。对她心怀感激。她死了我才得以活命。往后我会哀悼她的。

除非这个女人在撒谎。这完全有可能。

我做了几下深呼吸，给自己补充氧气。前方的道路先是一团漆黑，然后明亮起来。我重新恢复了意识。

我转身打开大门，把头靠在门上镇定了一会儿才走进去。尼克在那里，仍在洗车，嘴里轻轻吹着口哨。他显得十分遥远。

亲爱的上帝，我心想，你让我绝处逢生，现在你要我做什么我都在所不辞。我愿意消灭自我，倘若你真的希望如此。我愿意掏空自己，成为一个名副其实的圣餐杯。我愿意放弃尼克，忘掉其他人，不再抱怨。我愿意接受命运的安排。愿意作出牺牲。愿意忏悔。愿意放弃原有信念。愿意公开声明放弃。

我知道这么做不对，却还是忍不住要想。所有在红色感化中心灌输给我们的东西，所有我极力抵制的东西，此刻都如潮水一般涌上心头。我不要疼痛。我不想作舞者，双脚腾空，头部成为一个无脸的长方形白布袋。我不愿当挂在围墙上的玩偶，不愿成为没有翅膀的天使。我想继续活下去，随便怎么活都成。我情愿将自己的身体交给别人任意使用。他们可以随心所欲地对我。我将卑躬屈膝，逆来顺受。

我第一次对他们真正拥有的权势有了切身的感受。

我经过花圃和柳树，朝后门走去。我要进门去，进去就安全了。到了房间，我要跪下，心怀感激地大口吸入屋里散发着家具上光剂的污浊空气。

赛丽娜·乔伊已经从前门出来，正站在台阶上。她喊我过去。她想要什么？是想让我到起居室帮她缠灰色毛线吗？我两只手肯定会抖个不停，她会发现异常的。但我别无选择，还是朝她走了过去。

她站在顶层台阶上，居高临下地望着我。两只蓝色眼睛怒气冲冲，闪闪发亮，与皱瘪苍白的皮肤形成强烈对比。我把目光从她脸上挪开，盯着地上，盯着她的脚和拐杖的底端。

“我信任你，”她开口道，“还尽力帮助你。”

我还是没有抬头。内心充满犯罪感。事情终于败露了，可她究竟发现了什么？我罪恶累累，到底她是要指控哪一桩？要想找出答案，最好是保持沉默。如果现在就自谴自责，承认这个，承认那个，势必酿成大错。很可能会不打自招出一些她根本没有疑心的事来。

也许什么事也没有，也许只是因为那根藏在床铺里的火柴。我垂下头。

“怎么样？”她说，“没什么要为自己辩解的吗？”

我抬起头。“为了什么？”我费了好大劲才结结巴巴说出这几个字。可是话一出口听起来却显得口气很冲。

“你自己看吧。”她说。她那只没拄拐杖的手从背后拿出来。手上是那件披风，冬天用的披风。“上面有唇膏印，”她说，“你怎么可以如此下作？我早就告诉过他……”她扔下披风，同时把瘦骨嶙嶙的手里抓着的另一件东西也随手扔了。缀满闪亮金属小饰片的紫衣滑溜溜地落到石阶上，如蛇皮一般，在阳光下闪闪发光。“竟敢在我背后捣鬼，”她说，“你本该留点什么给我的。”她到底爱不爱他？她举起拐杖，我以为是要朝我打来了，但她没有。“把那个可恶的东西捡起来回到你屋里去。和过去那个简直是一路货色。娼妇。你也别想有什么好下场。”

我弓着背，拼命支撑着自己。身后尼克已经停止吹口哨。

我想转过身，跑到他跟前，用双臂抱住他。这么做太蠢，他什么忙也帮不上。他自身难保。

我走到后门，进了厨房，放下篮子，走上楼梯。我表现得有条不紊，镇静自若。

15

夜

第四十六章

我坐在屋里的窗台边，等待。大腿上是满满一抱揉皱的星状饰片。

这也许是最后一次等待了。但我不清楚自己在等待什么。你在等什么？人们过去常这么说。这句话的意思是催人快点。不需要回答的。你这么等是为什么则是一个截然不同的问话，对它我也不知该怎样回答。

然而，确切地说它又不算等待。它更像是一种缺乏悬念的悬念状态。没有时间了。

我失宠了，那意味着我不再得宠。我应该对此大感痛心。

但我感到的是平和，宁静，毫不在意。别让那些杂种骑在你头上。我一遍遍地对自己重复着这句话，但它不起作用。你也尽可以说，别让那儿有空气。或者，别活了。

我想你可以那么说。

花园里空无一人。

我在想天会不会下雨。

外面，天色逐渐昏暗下来。四周一片微红。很快天就会黑下来。说话间就已经暗了不少。照以往来看用不了多长时间。

有好些事我可以做。比方说，我可以放把火烧了这房子。我可以把衣服和床单拢成一堆，用那根藏起来的火柴点燃。如果点不着，这件事也就算了。可要是真让我点着，那起码也是件大事，多少能表明我的存在。可是几束火苗，很容易就能扑灭。另外我可能弄出滚滚浓烟，把自己呛死。

我可以把床单撕成条，编成带子，一头绑在床脚，试着破窗而出。可是窗玻璃是防碎的。

我还可以去找大主教，跪在地上，像人们说的，披头散发，抱住他的腿，忏悔、哭泣、哀求。别让那些杂种骑在你头上。我可以用那句拉丁文说。不是祈祷。我眼前清楚地呈现出他的皮鞋，漆黑锃亮，坚硬无比，不可穿透，将其中的秘密深深包藏。

再不然我可以用床单做成索套套在脖子上，一头拴在柜子里，用力往前扯，结束自己的性命。

我可以躲在门后，等她带着随便什么判决、苦行或惩罚令，一瘸一拐地沿过道走进门时，一跃而上，将她击倒打昏，对准她的头猛踢。让她不再受苦，我也不再受苦。让她从我们俩的苦难中解脱。

这样能争取不少时间。

我可以从容不迫地下楼，往前门出去，走上街头，极力保持镇定自若，一副目标明确的样子，看看自己到底能走多远。可红色太显眼了。

我还可以到车库那头尼克的屋里去，像过去一样。可以想想他会不会让我进门，肯不肯为我提供庇护。这次可是出于实际需要。

我在心里胡思乱想着这些念头。哪一个似乎都值得一试。比较可取的又似乎一个都没有。此刻能感觉到的只是身体的疲乏，两腿酸痛，眼睛发涩。最后你就是这么完了的。“信仰”不过是个绣上去的字眼。

我朝窗外的暮色望去，想到目前已是寒冬季节。雪花轻柔地飘落，毫不费力地将大地万物裹上柔软的银装。快要下雨了，月色迷蒙，使一切都显得模糊不清，色彩难辨。据说，在最初的冷感过后，冻死是没有痛苦的。只需躺在雪地上，像孩子们堆的雪人天使，睡去便可。

在我身后，我感觉到她的存在，我的女前辈，酷似我的人，身着缀满星状饰片和羽毛的霓裳，在枝形吊灯下悬在空中，像一只停止飞翔的鸟儿，一个变成天使的女人，等着被人发现。这次是被我。我怎么会以为自己在这里是孤身一人？这里一直都是有我们两人的。战胜它，她说。这场闹剧已令我厌倦，我不想再保持沉默。你谁也保护不了，你的生命对谁都毫无价值。我希望它早点结束。

我站着不动时，听到了黑色篷车的声音。我先听到然后才看到。它伴随着暮色一道出现，像是声音变成了固体，又像是凝固的一块黑夜。它驶进车道，戛然停下。我只能看见那只白色眼睛和两只翅膀。一定用的是磷光漆。影影绰绰中有两个人跳下车来，走上前门的台阶，揿响门铃。我听到门铃在门厅里丁咚响起，就像雅芳小姐①的幽灵。

这么说，更可怕的结果来了。

我白白浪费了太多时间。我应该趁还有机会时争取主动。我应该去厨房偷把刀来，或者设法弄把剪刀。还有花园里的大剪子，毛衣针。只要有心寻找，这里处处都是武器。我本应该多留些心的。

可是现在想这些为时已晚。他们已经走上铺着灰玫瑰色地毯

---

① 北美电视里常可见到雅芳牌化妆品广告：门铃声响起，随即是一悦耳的女声，“我是雅芳小姐”。许多女性兼职上门推销该化妆品赚取外快。

的楼梯。脚步声沉重发闷，前面的地板随之震动。我背朝窗户。

有人推开门，我以为是陌生人，不料却是尼克。他啪地把灯开亮。我一时难以确定是怎么回事，除非他是一伙的。这种可能性历来存在。尼克，秘密眼目。卑鄙的人从事卑鄙的伎俩。

下流家伙，我心想。我张开嘴巴刚要说出来，只见他走上前，凑近我，放低嗓子。“别担心，是‘五月天’。放心跟他们走。”他用我原来的名字叫我。何以见得这就该有什么特殊意味？

“他们？”我说。我看到他身后站着那两个人，过道顶上的灯光使他们的头颅看上去像骷髅。“你一定是疯了。”我疑心重重，望着他头顶上方，一位黑色的天使告诫我远离他们。我几乎能望见它。他为什么就不该知道“五月天”？所有的眼目肯定都知道此事。到目前为止，他们一定已经从不知多少具身体里，多少张嘴巴里把这个词用力挤压出来，捣碎、扭曲。

“相信我。”他说。这句话本身从来就不是护身符，提供不了任何保证。

但他话一出口我还是立刻就接受了。毕竟这是我唯一的机会。

他们一人在前，一人在后，把我夹在当中下了楼梯。脚步不紧不慢，一路灯光照着。不管我多么害怕，一切都平平常常。从这里我可以看到那口钟。上面没有具体时间。

尼克没有和我们一起走。可能从后楼梯下去了，不想被人看见。

走道上，赛丽娜·乔伊站在镜子下面往上看，脸上一副怀疑的神情。她身后是大主教，起居室的门开着。他的头发异常灰白。他看上去焦虑而无奈，但已经从我身边退缩，与我拉开距离。不论我对他还意味着什么，此时的我也意味着一场灾难。夫妻俩肯定刚为我大干了一场，她一定让他吃尽了苦头。不管怎样，我心里还是对他充满了歉意。莫伊拉说得对，我是个软弱无能的人。

“她干了什么?”赛丽娜·乔伊说。这么说，他们并不是她叫来的。她为我准备的惩罚不管是什么，都要隐秘得多。

“我们不能说，夫人，”我前面的那个人说，“对不起。”

“我想看看是谁授权你们的，”大主教说，“有授权令吗?”

我简直要喊出声来，身子也往扶梯上靠，完全不顾脸面了。这么说我可以阻止他们，至少暂时阻止他们。如果他们是真的，就会站着不动，假如是冒牌的，就会立刻跑掉，把我继续留在这里。

“我们不需要有授权令，先生，不过一切都符合规程，”还是先前那个人回答，“她犯了侵犯国家机密罪。”

大主教把手放到头上。我到底说了些什么，对谁说起，又被哪个与他作对的人发现了？也许从现在开始，他将成为一个危及国家安全的危险分子。我居高临下地望着他；他整个人在缩小。他们中已经开始实行清洗，还会有更多的人遭到清洗。赛丽娜·乔伊脸色骤然发白。

“贱货，”她说，“他那样对你，你竟如此恩将仇报!”

卡拉和丽塔挤搡着从厨房出来。卡拉已经哭了起来。我曾经是她的希望，但我令她失望了。如今她的身边将永远不会有孩子。

篷车停在车道上，双重门敞开着。那两个人，现在是站在左右两边，一人抓着我的一只胳膊肘拉我上车。我无从知道这究竟是我生命的结束还是新的开始：我把自己交到陌生人的手里任其发落，因为我别无选择。

于是，我登上车子，踏进黑暗抑或光明之中。

史料

关于《使女的故事》的历史记载

以下是“第十二届基列研究专题研讨会”会议记录的部分文字。该研讨会是“国际史学会大会”的部分内容，于二一九五年六月二十五日在努纳维特地区①迪奈大学举行。

主席：努纳维特地区迪奈大学高加索人类学系玛洋·克里森·穆恩②教授。

主要发言人：英国剑桥大学20—21世纪档案馆馆长詹姆斯·达西·皮艾索托教授。

克里森·穆恩：

很高兴欢迎各位莅临今天上午的讨论会。看到如此众多的学者聚集在此聆听皮艾索托教授的演讲，令我不胜欣喜。相信皮艾索托教授的发言一定精彩绝伦，富有价值。基列研究会的同仁们一致认为，这段历史时期很值得我们进一步研究，因为它是重新绘制世界版图、特别是这个半球版图的决定性因素。

在演讲开始之前，先宣布几件事。明天的垂钓活动将按原计划进行。如果有哪位忘了携带合适的雨具和驱虫剂，可以到登记台购买，收费低廉，尽可放心。“漫步自然”和“野外仿古着装演唱”活动安排在后天举行，因为根据我们一贯正确的乔尼·冉宁·多格③教授的预测，届时天气有望转晴。

这里我想提醒大家一下本次大会上由基列研究会主办、作为第十二届研讨会部分议程的一些其他活动，欢迎大家参加。明天下午，来自印度巴洛达大学西方哲学系的哥珀·切特吉教授将作题为“早期基列国家宗教中的克利希那神④和迦莉神⑤成分”的报告；星期四上午的报告人是塞林达·梵·布伦教授，他来自得克萨斯共和国圣·安东尼奥大学军事史系。梵·布伦教授的报告题为“华沙战略：基列内战中的城市中心包围策略”，届时他将引用大量实例，相信一定十分精彩。这些活动想必大家都会殷切希望参加。

另外我还要提醒我们的几位主要发言人遵守时间——虽然此话显然有些多余。我们得留下足够的提问时间，另外我想谁也不愿意像昨天一样误过了午餐时间。（笑声）

皮艾索托教授不用我来介绍，他在大家中间早已是声名遐迩，广为人知。即使无缘和他相识的人，从他浩如烟海的著作中也已对他的大名耳熟能详。他的著作包括《历代节约法令：文献分析》，以及著名研究成果：《伊朗与基列：从日记中展现的两个二十世纪后期的单一神权国家》。大家都知道，皮艾索托教授与其剑桥大学的同仁诺特里·维特教授合作主编了眼下正在审议中的这部书稿，他在促使这本书由录音转述成文字、注释和出版中起了很大的推动作用。他发言的题目是：“有关《使女的故事》真实性鉴别中的一些问题”。

有请皮艾索托教授。

---

① 努纳维特（Nunavit）即指今天的努纳瓦特地区（the Nunavut Territory），它位于加拿大北极区，85%居民为土著因纽特人（Inuit），即爱斯基摩人。该地区于 1999 年 4 月 1 日正式成为加拿大独立的政府区域。因阿特伍德写此书时该地区尚未正式命名，故有此拼写之误。

② 克里森·穆恩（Crescent Moon），意为“新月”，据阿特伍德本人称，其名表示女教授玛洋·克里森·穆恩为土著印第安人。

③ 冉宁·多格（Running Dog），意为“走狗”，有戏谑之意。

④ 也可译为“黑天”，湿婆的化身之一。

⑤ 印度教女神，形象可怖，既能造福生灵，也能毁灭生灵。

掌声。

皮艾索托：

谢谢主席。相信各位都很欣赏昨天晚餐上可爱的红点鲑①，此刻我们在欣赏一个同样可爱的来自北极地区的会议主席②。这里使用的两个“欣赏”意思极其明确，当然绝不包括早已废弃不用的另一层意思③。（*笑声*）

还是言归正传吧。我希望就我简短发言的题目所提示的内容，谈几个与所谓的书稿有关的问题。这部名为《使女的故事》的书稿，如今已为大家所熟悉。我之所以称它为“所谓的”，是因为如今摆在我们眼前的东西并非它的原始样貌。严格来说，它刚被发现时，根本称不上书稿，也没有书名。《使女的故事》这个名字是维特教授加上去的，这在一定程度上当然是为了向伟大的杰弗里·乔叟④表示敬意，可是，当我说相信所有的双关语都是有意为之，特别是这个双关语与古语中那个带有下流意味的词“尾巴”⑤有关，而在某种程度上，这个词又正是我们这个长篇故事论述的基列社会历史阶段中争端起因的时候，那些和我一样与维特教授有私交的人都会明白我话里的意思。（*笑声，掌声*）

这件物品——我觉得用“文献”这个词有些不妥——是在昔日班各城旧址上发掘出来的，它位于基列政权统治开始之前的缅

---

① 产于加拿大北部及阿拉斯加。

② “红点鲑”（arctic char）和“来自北极地区的会议主席”（Arctic Chair）在英文里谐音。

③ 此处使用的“欣赏”（enjoy）一词，在英文里除有“享用”、“喜爱”等义外，在古英语中还有“与（女人）性交”之义。

④ 杰弗里·乔叟（Geoffrey Chaucer，1340？—1400）英国著名诗人，其代表作《坎特伯雷故事集》反映十四世纪英国社会各阶层的生活面貌，体现了人文主义思想。

⑤ 在英文中，“故事”（tale）与“尾巴”（tail）为同音异义词，而tail一词又有“（女人）阴部”之义。

因州。我们都知道，这座城市曾经是作者提到的“妇女地下交通网”的一个著名站点，后来被爱开玩笑的历史学家们戏称为“不贞女子地下交通网”。（笑声，哼哼声）因此，我们研究会对它产生了特别的兴趣。

这件物品的本来面目是一个铁制的床脚柜，美国军用品，生产时间大约是一九五五年。这点本身并无多大意义，因为大家都知道，这种床脚柜在商店里作为“军用剩余物资”经常有售，必然四处可见。但这个柜子用过去人们邮寄包裹时用的那种胶带紧紧封住，里面大约有三十盒卡式录音带，这种录音带早已在大约八九十年代期间随着激光唱盘的出现在市场上销声匿迹。

让我提醒各位此类东西并非首次发现。举个例子，各位一定很熟悉那件放在西雅图近郊住宅区一个车库里的《A. B. 自传》，以及人们在过去的纽约州中部城市锡拉丘斯附近建造新会堂时偶然挖掘出来的《P. 日记》。

维特教授和我对这项新发现感到兴奋不已。多亏几年前我们优秀的馆内古文物技师组装了一台能够播放这种磁带的录放机，于是我们立刻着手进行将录音转述成文字的艰巨工作。

磁带总共大约有三十盘，叙述间夹杂着不同数量的音乐。一般来说，每盘磁带开始时都先是两到三首歌，显然是为了掩人耳目，接着音乐突然中断，换上说话声。是一个女声，根据我们的声纹专家判断，从头至尾均为同一人。磁带上的标签标着真实日期，不用说是在早期基列时代开始之前的某个时期，因为所有此类世俗音乐在基列政权统治下都是明令禁止的。例如，有四盘《猫王金曲》、三盘《立陶宛民歌》、三盘《乔治男孩①即兴独奏》

① 八十年代美国流行歌星，喜着女装，浓妆艳抹，使用尖嗓，以男女不分的形象著称。

和两盘《曼多瓦尼柔和弦乐》，另外还有一些标题只有一盘。其中《卡内基①会堂的扭妹儿②》是我最喜欢的一盘。

虽然标签真实无假，却并不一定都贴在相应的音乐磁带上。此外，磁带没有按一定顺序摆放，随便散乱着，也没有标号。因此，整个故事完全靠维特教授和我两人把一段段口述按照其在表面上的进展脉络组合而成。不过，正如我在别处所说，这种组合毕竟是依靠猜测完成，只能视为大致正确，还有待进一步研究。

文字转述工作完成之后，我们又反反复复核对了几遍，因为有口音、指称不清以及古词使用等诸多因素的干扰，确实给我们带来了很大困难。接下来便是决定这些经过千辛万苦得来的材料究竟属于什么性质。有几种可能摆在我们面前。首先，这些磁带也许是伪造的。大家都知道，此类赝品屡见不鲜，出版商不惜投入大量资金，自然是希望借此类故事的轰动效应大捞一把。在我看来，历史上的某段时期很快成了其他社会及其拥护者并非特别出于教育目的的传说素材，也使许多伪善者的沾沾自喜显得理直气壮。请容许我在此插入一句我个人的意见，我要说，依在下之见，我们对基列人进行道德审判时必须采取谨慎态度。当然，如今我们都知道这种审判是我们这个文化所特有的，难以避免。此外，基列社会处于沉重压力之下，比如人口和其他方面的问题，并且受到某些因素的支配，而我们自身却有幸不用受其支配。因此，我们要做的不是横加指责，而是力图理解。（掌声）

扯远了，还是回到刚才的话题上来。这种磁带很难伪造，同时看过磁带的专家向我们保证，这些实物本身真实无疑，绝非伪

---

① 卡内基（Andrew Carnegie，1835—1919），生于苏格兰的美国钢铁企业家，曾致力于慈善事业，捐款资助英、美等国的文教科研机构，创办图书馆和卡内基基金会等。

② 八十年代美国流行摇滚乐演唱小组，其领唱者身着醒目女装。

造。至于录音本身，也就是重叠在音乐磁带上的声音，更不会是在过去的一百五十年中制作的。

好，假定这些磁带都是真的，那么，讲述本身又是什么性质？显而易见，它不可能在其所描绘的时间里录制，因为假如作者说的是实话，她不可能拿到录音机和磁带，也不可能有隐蔽的地方来做这件事。此外，讲述中带有某种思考的成分，我觉得足以排除掉同步发生的可能。那微微的几乎不动声色的情感流露，说明它即使不是在平静中，至少也是事后的回想。

我们觉得，假如可以确定叙述者的身份，便可以着手说明这份文献——请允许我出于简洁考虑这么称呼它——究竟是怎么形成的。为了做到这一点，我们试着从两条线索进行调查。

首先，我们试着从昔日班各城的城市平面图和其他现存的文献，来确定当时位于发掘地上房屋的主人。根据推断，这所房子有可能是当时“妇女地下交通网”的一个“安全屋”。作者也许就藏在屋里，阁楼上或地下室里，呆上几个星期或几个月。她可以利用这段时间制作录音。当然，也不排除这些磁带是制作好之后才弄到我们说的地方的。我们希望能够顺藤摸瓜，找到假设房主的后代，并希望通过他找到其他材料：包括日记，或者更进一步，找到家人之间的趣闻轶事什么的。

很遗憾，这条线索毫无结果。假如这些人真是地下交通网的站点，可能早就被发现并逮捕了，在这种情况下，任何关于他们的资料都将被尽数销毁。于是我们开始另一种方法。我们查询了那段时期的所有史料，试图将著名历史人物和作者讲述中提到的人物对号入座。当时幸免于难的资料只能零零星星找到一些，因为基列政权习惯在各种清洗运动和内部动乱后清理电脑内容并销毁打印材料，不过还是有一些打印材料保存了下来。其中一些确实被偷偷运到了英国，被五花八门的“挽救妇女”协会作为宣传之用，那时在不列颠群岛有很多这样的组织。

我们对直接找到讲述者本人不存奢望。内在证据表明，她是第一批招来完成生育任务、并分发给那些需要这种服务同时又够格享受这种服务的上层官员的女性中的一员。这个政权轻而易举便收罗了一大批这种女人，方法非常简单：宣布所有二次婚姻及非婚同居关系皆属通奸行为，逮捕女方，并以她们行为不端、道德败坏为由，没收她们已有的孩子，让没有子嗣、盼子心切的上层人家领养（到了中期，这项政策推广到适用于所有未在国教内订婚的婚姻）。这样一来，在基列政权中身居高位的男性便可以在那些已经生育了一个或多个健康孩子，从而证明有良好生育能力的女性中进行挑选。在高加索种人口出生率急剧下降的年代，能生育健康孩子这一点是求之不得的美德，这种现象不仅在基列，在当时的大多数北高加索社会也都能看到。

我们不太清楚导致人口锐减的原因。当然，一些不育症显然与在基列之前的时期广为普及的各种节育、避孕手段有关，包括堕胎。当时还有一些不育是强迫的，这可以用来解释高加索人和非高加索人之间不同的统计数字。但并非人人如此。还用我来提醒大家那是一个什么样的年代吗？R 型梅毒泛滥成灾，臭名昭著的艾滋病病毒蔓延流传，一旦整个人口患上这些疾病，许多有性能力的青年人便从生殖群中被淘汰出局。死胎、流产、遗传畸形十分普遍，日益严重。这种趋势与各种核电站事故、核反应堆停堆以及那一时期特有的蓄意破坏事件有紧密关联，与此相关的还有化学与生物战争储备物资及有毒废料堆发生泄漏，这些废料堆有成千上万，合法、不合法的都有——在一些地方，这些有毒物质被随便倒入下水道里——再有就是随意滥用化学杀虫剂、除草剂以及其他喷剂。

但不管出于何种原因，其影响却是有目共睹的。基列政权并非当时对之作出反应的惟一国家。例如，罗马尼亚先基列一步，早在八十年代就开始禁止所有节育措施，对女性人口要求实行义务妊娠试验，并将生育与提职、加薪挂钩。

对我称之为生育服务的需要早在基列前时期已经得到社会认可，当时这种需要主要通过以下一些不尽人意的方法来满足，例如“人工授精”、“生育诊所”以及使用“代孕母亲”，雇来专事生育。基列以违反教规为由废除了头两个方法，但第三个方法因为在《圣经》中有先例可循而被法定下来并加以实行，从而用古老的在《旧约》开始时期和十九世纪前犹他州实行过的同期一夫多妻制代替了基列前时期屡见不鲜的分期一夫多妻制。历史告诉我们，任何一个新的制度在取代先前的制度时，都无一例外地要吸收先前制度中的许多成分，中世纪的基督教教义体系中的异教成分以及从先前的沙皇秘密警察衍变而来的苏俄“克格勃”即是明证。基列也不例外。例如它的种族政策，是牢牢植根于基列前时期的，种族恐惧也在情感上起了一些火上浇油的作用，使基列取代原有政权得已顺利完成。

讲述者作为普通人中的一员，必须将其放在她身处的历史阶段的大轮廓中进行审视。然而除了她的年龄、一些在人人身上都可以找到的身体特征以及她居住的地方外，我们对她知之甚少。她应该是一位知识女性，只要是在当时任何一所北美大学毕业的人都可以称为有知识的人。（*笑声，几声哼哼*）大家知道，这种人遍地都是，因此这一点同样无济于事。她认为没有必要把真名告诉我们，确实，在她进入“拉结和利亚感化中心”后，所有与名字相关的正式记录肯定都已遭到销毁。“奥芙弗雷德”并不能提供任何线索，就像“奥芙格伦”一样，它是一个源于父名的姓，由表示所有关系的介词和故事中那位高层人物的名字构成。这类名字只有在这些女人进入某一个大主教家里后才开始使用，离开时便随之放弃。

文献中的其他名字对身份确定和真实性鉴别同样也毫无用

处。“卢克”和“尼克”完全是空有其名，就像“莫伊拉”和“珍妮”一样。很有可能这些全是用来掩护那些人的化名，以防万一磁带被人发现。假如真是如此，它将证明我们的观点不无根据，即这些磁带是在基列境内录制的，而不是在境外录好后再偷运回来给“五月天”地下组织使用。

以上种种可能性排除后还剩下一种可能。我们觉得，假如能够确定难以把握的“大主教”的身份，整个研究一定会有所进展。我们认为，这个身居高位的人物很有可能是首批绝密“雅各之子智囊团”成员，就是这个团体费尽心机构建了基列的哲学和社会体系。它是在超级大国军事僵局得到公认，秘密“势力范围协议”签署之后不久成立的，这项协议使超级大国们得以不受外国干扰，自由处置国内日益扩大的反叛势力。“雅各之子智囊团”的正式会议记录都在其中叶时期“大清洗”运动中销毁，该运动使许多基列缔造者名声扫地，惨遭清洗。不过通过和在座的一些人一样同为社会生物学家的威尔弗雷德·林普金教授用密码写成的日记，我们还是掌握了一些资料。(众所周知，有关自然界一雄多雌性的社会生物理论被基列政权利用来作为推行其一些奇怪做法的科学依据，就像达尔文主义被早期思想体系利用了一样。)

从林普金留下的材料中，我们知道有两个人可能性较大，也就是两个姓名中带有“弗雷德”的人。一位是“弗雷德里克·R. 沃特弗德”，另一位是 B. 弗雷德里克·贾德。没有他们的任何照片，但据林普金说，贾德是位妄自尊大的人，他在日记上的原话是这样的，“一位得在高尔夫球场上施以性爱前奏挑逗取悦的家伙。”(笑声) 林普金本人在基列政权建立后也没能活多久。多亏他有先见之明，将日记存放在家住加尔各里的嫂子家里，我们才有幸一睹那些文字。

沃特弗德和贾德两人均有引起我们注意的特点。沃特弗德有市场调研的背景，因此，据林普金的说法，负责女性服装的设计，同时也是他提出把使女的服饰定为红色。这个想法似乎出自于二战期间加拿大战犯营里德国战犯所穿的红色囚服。另外似乎是他最早发明了“参与处决”这个概念。“挽救”这个概念想必也是他的主意，虽然在基列政权开始时，这个最初在菲律宾使用的词已经传播开来，成为一个普通名词，用来指消灭政治对立面或政敌。正如我在别处所说的，真正属于基列独创或本土的东西极少：它的天赋在于善于综合。

而贾德则似乎对外观包装不太感兴趣，他更关心的是策略。是他提议使用一种含义不清的名为“C. I. A”的小册子作为“雅各之子智囊团”的战略手册，里面全是有关如何破坏外国政府稳定性的内容。同时也是他制订了最初的除掉当时“美国政界要人”的谋杀名单。他还被怀疑精心组织策划了总统日①的谋杀事件，那必定需要大量人员渗入国会的保安系统，否则美国宪法不可能冻结。“国有家园”以及用船运送犹太教难民离开基列的计划也是他的主意，根据这个计划，犹太人遣返回国的方案交给私有企业完成，其结果是为了最大限度地获取暴利，不止一船的犹太人在大西洋上被活活倾入海里。据我们对贾德的了解，他不会对此事件感到难受。他属于强硬派，据林普金认为，以下这些话便出自他口中：“我们的最大错误是教会她们识字。将来我们再不会重蹈覆辙。”

此外，林普金还认为是贾德构想出了“参与处决”仪式的形式，虽然名称不是他起的。他认为那不仅是清除颠覆分子的极其骇人而有效的方法，还可以充当基列女性群体的出气阀。纵观人类历史，替罪羊的用处向来臭名昭著，而那些平日备受禁锢的使

---

① 总统日，指美国总统华盛顿和林肯的出生纪念日，为多数州的法定假日，定于每年二月的第三个星期一。

女们，每隔一段时间，能够有机会靠赤手空拳把一个男人撕成碎片，对此她们一定感激不尽。它是如此行之有效，广受欢迎，到了基列政权统治中期，这个做法得以规范化，一年四次，分别在夏至和冬至以及春分和秋分举行。从中可以看到早期大地女神膜拜仪式中繁殖仪式的影响。正如我们在昨天下午的小组讨论会上听到的，基列虽然在形式上毫无疑问是父权制的，但在实质内容上偶尔却是母权制的，就像社会结构中一些导致其产生的部门。正如基列的缔造者们所知，要想建立一个高效的极权主义制度或是任何一种其他制度，首先至少得为小部分特权阶层的人提供一些利益和自由，以补偿那些被废除掉的东西。

关于这点，我想就镇压女性的管理机构，即众所周知的“嬷嬷”们说几句。贾德——根据林普金的资料——从一开始就认为，通过女人来管理女人，是达到生育或其他目标的最好、最划算的办法。这一点在历史上有不少先例可循。事实上，任何一个靠武力或其他方式夺取的国家都具有这一特点：即用当地人内部成员管理当地人。而在基列，之所以有许多女人愿意充当“嬷嬷”的角色，一来是因为她们确实对被称为“传统价值”的东西深信不疑，二来也因为可以从中获取好处。当权力稀罕的时候，只要一丁点儿便可令人趋之若鹜。另外一点诱惑来自反面：没有子女、不育或上年纪的未婚老处女可以通过担任嬷嬷一职，逃避成为多余人、被装船送往可怕的隔离营的厄运。隔离营由能够吃苦耐劳的人口组成，主要用来担任消耗性有毒物质的清理工作。当然，如果走运的话，可能会被分派去从事不那么危险的活，比如摘棉花和收获水果等。

主意是贾德出的，但在实施上却离不开沃特弗德。除了他，还有哪一位“雅各之子智囊团”成员想得出，嬷嬷们必须取在基列前时期里女性经常接触的商品名称为名，使其产生亲近感和抚慰感——这些名称有系列化妆品、蛋糕混合料、冰冻甜点，甚至药品①，这一着干得真是漂亮，它使我们越发感到，沃特弗德在他鼎盛时期，不愧是一位卓越天才。贾德在他自己的领域也是如此。

这两位先生都没有子嗣，因此有资格获得使女服务。维特教授和我在两人合作撰写的《早期基列的“种子”观》一文中提出，如同许多大主教一样，这两人也染上了导致不育的病毒。这种病毒是在基列以前对流行性腮腺炎进行的秘密基因剪接试验中产生的，原来准备掺入专门供应莫斯科高级官员食用的鱼子酱里。由于许多人认为该病毒难以控制，过于危险，这项试验在“势力范围协议”签订后停止，尽管有人希望将该病毒传播到人口过多的印度。

然而，不论是贾德还是沃特弗德都未曾与名叫“潘”或“赛丽娜·乔伊”的女人结婚。这一点似乎是作者不无恶意的杜撰。贾德妻子名为班比·梅，沃特弗德妻子叫西尔玛。不过西尔玛确曾当过书中写的那类电视人物。这是从林普金的日记中得知的，他对此出言不逊，毫不客气。基列政权本身对其上层官员配偶从前离经叛道的行为向来讳莫如深。

总的来说，所有证据更偏向沃特弗德。例如，我们了解到，大约就在作者描述的事件发生后不久，在最早的一次清洗运动中，沃特弗德的生命也到了末日。他被控犯有自由主义倾向，私自藏有大量异端画刊和文学读物以及窝藏颠覆分子等罪。当时基列政权尚未开始实行秘密审判，还在用电视转播，因此审判过程通过卫星被转录下来，录像带现在就存放在我们馆里。沃特弗德的镜头不很清晰，但有一点看得很清楚，他的头发确实是灰白的。

---

① 如莎拉嬷嬷名字源于“莎拉·丽蛋糕”（Sara Lee Cakes），伊莉莎白嬷嬷名字源于“伊莉莎白·阿登化妆品”（Elizabeth Arden Cosmetics）等。

至于沃特弗德被控窝藏的颠覆分子很可能就是“奥芙弗雷德”其人。她被归入此类人物自然是因为她的逃跑事件。而且凭这些磁带可以断定，很可能是“尼克”帮助她出逃的。他所使用的方法说明他是秘密“五月天”地下组织成员，这个组织与“妇女地下交通网”不同但有联系。后者是纯粹的解救性组织，而前者则是半军队性质的。许多“五月天”组织的特工人员据说打入了基列的高层权力组织。将其人员以私人司机身份安插到沃特弗德身边显然是极其成功的一着，一个一举两得的高招，因为“尼克”无疑同时还是一名眼目，这类私人司机和贴身仆人一般都身兼二职。

当然，沃特弗德一定有所觉察，但由于所有的高层大主教同时也都兼任眼目的指挥官，他不会对此太在意，也不会让它来妨碍他自认为只是轻微犯规的好事。像多数后来遭到清洗的早期基列大主教一样，他认为自己的位置雷打不动，固若金汤。到了基列中期，官风便谨小慎微多了。

以上这些都是我们的猜想。即便这个猜想确切无误——也就是说，沃特弗德确实是故事里的“大主教”——也还存在不少等待填补的空白。假如我们不知名的作者别有禀赋的话，其中一些本来是可以由她来填充的。例如，假如她有记者和间谍的直觉，便可以多告诉我们一些有关基列王朝的运作情况。要是现在能搞到从沃特弗德私人电脑打印出来的材料，哪怕只有二十来张，我们定将不惜代价。尽管如此，对历史女神垂怜赐予的点点滴滴，我们已是感激不尽。

至于讲述者最终命运如何，这点还不甚了了。她是否被成功偷运出基列边境，进入当时的加拿大，然后从那里取道去了英国？这将是一个明智之举，因为那时的加拿大并不希望与其强大的邻国对抗，常有搜捕引渡此类避难者的行动。如果真是如此，她为何不随身带上那些录音故事？也许行程突然，来不及带上，也有可能她害怕路上被人拦截。反过来说，她也许已再次被捕。因为若是真的已经抵达英国，为什么不像其他成功逃往国外的人一样，向外界公开这个故事？可能她害怕假如“卢克”还活着（这种可能性微乎其微），他会因此遭到报复，甚至还会连累女儿，因为基列政权为了镇压国外反对势力的宣传，往往不择手段，这种株连九族的事也同样做得出来。例如我们不止一次听说某个不够小心的避难者会收到一只手、一只耳朵，或一只脚，藏在诸如一听咖啡里，用真空包装快件寄来。要么就是她也像某些逃出虎口的使女一样，习惯了受人保护的生活，一旦到了外面世界，竟变得完全无法适应，无所适从。她也许已像她们一样，远离尘世，索居起来。这一切都无从知晓。

另外，对“尼克”策划她出逃的动机，我们也只有靠推测猜想。可以断定，一旦奥芙弗雷德的同伴奥芙格伦与“五月天”的关系被人发现，他本人便处于危险境地，因为作为一名眼目，他十分清楚，奥芙弗雷德肯定会遭到审问。与使女私通的刑法极其严厉，即使是身为眼目也难逃其咎。基列社会是极端拜占庭式社会，任何过失都会被政权内看不见的敌人利用来陷害暗算。当然，他也可能亲手结果她的性命，这不失为明智之举，但情感因素不能不考虑。此外，正如我们所知，两人都认为她肚子里已经有了他的孩子。基列时期的哪个男性会舍得放弃做父亲的机会？它是身份的象征，备受珍视。于是，他喊来一帮眼目解救小队，虽然真假难辨，但肯定听命于他。这么做的结果完全可能也导致了他的灭亡。这点同样永远无从知道。

到底我们的讲述者是否已平安抵达国外过上了新生活？或者是否在藏身的阁楼上被人发现，逮捕，送往隔离营或“荡妇俱乐部”甚至被处决？

这份文献虽然从它自身来说可谓滔滔不绝，但在这些问题上却缄默无语。我们可以把欧律狄刻①从冥界中唤回来，却无法令她开口作答。我们回头看她，不过一会儿工夫，她便从我们的掌握中滑离，逃开。正如所有历史学家都知道的，过去是一片黑暗，充满回声，我们可以从中听到声音，但具体说话内容却因为声音发源地本身就含混不清而不甚清楚。尽管我们已尽力而为，还是无法用我们自己这个昌明时代的眼光，将这些往日的回声一一精确破译。

掌声。

有谁要提问的吗?

---

① 源自希腊神话。欧律狄刻为歌手俄菲俄斯之妻，新婚之夜被蟒蛇杀死，其夫以歌喉打动冥王，冥王准她回生，但要求其夫在引她返回阳世的路上不得回头看她，其夫未能做到，结果她仍被抓回阴间。

图字：09－2017－1058 号

图书在版编目（CIP）数据

使女的故事／（加）玛格丽特·阿特伍德（Margaret Atwood）著；陈小慰译.—上海：上海译文出版社，2020.7（2025.8 重印）
书名原文：The Handmaid's Tale
ISBN 978－7－5327－8536－0

Ⅰ.①使… Ⅱ.①玛… ②陈… Ⅲ.①长篇小说—加拿大—现代 Ⅳ.①I711.45

中国版本图书馆 CIP 数据核字（2020）第 103051 号

使女的故事
［加拿大］玛格丽特·阿特伍德 著 陈小慰 译
责任编辑／杨懿晶 装帧设计／胡 枫 张擎天

上海译文出版社有限公司出版、发行
网址：www.yiwen.com.cn
201101 上海市闵行区号景路 159 弄 B 座
上海市崇明县裕安印刷厂印刷

开本 889×1194 1/32 印张 12.25 插页 2 字数 206，000
2020 年 7 月第 1 版 2025 年 8 月第 9 次印刷
印数：43，801—47，800 册

ISBN 978－7－5327－8536－0
定价：59.00 元